长篇小说

莽林深深

MANG LIN SHENSHEN

张远贵/著

云南出版集团 云南人民出版社

图书在版编目（CIP）数据

莽林深深 / 张远贵著. -- 昆明 : 云南人民出版社,
2021.1
ISBN 978-7-222-19564-6

Ⅰ. ①莽… Ⅱ. ①张… Ⅲ. ①长篇小说－中国－当代
Ⅳ. ①I247.5

中国版本图书馆CIP数据核字(2020)第151070号

责任编辑：刘 焰
装帧设计：李乐乐 熊小熊
责任校对：姚实名
责任印制：窦雪松

莽林深深
张远贵/著

出 版 云南出版集团 云南人民出版社
发 行 云南人民出版社
社 址 昆明市环城西路609号
邮 编 650034
网 址 www.ynpph.com.cn
E-mail ynrms@sina.com
开 本 720mm×1010mm 1/16
印 张 21.25
字 数 357千
版 次 2021年1月第1版第1次印刷
印 刷 河北文盛印刷有限公司
书 号 ISBN 978-7-222-19564-6
定 价 78.00元

如需购买图书、反馈意见，请与我社联系
总编室：0871-64109126 发行部：0871-64108507 审校部：0871-64164626 印制部：0871-64191534

云南人民出版社微信公众号

尊敬的阅君，翻开有关记录中华民族的资料，五十六个民族跃然纸上，它们是：

蒙古族、回族、藏族、维吾尔族、苗族、彝族、壮族、布依族、朝鲜族、满族、侗族、瑶族、白族、土家族、哈尼族、哈萨克族、傣族、黎族、傈僳族、佤族、畲族、高山族、拉祜族、水族、东乡族、纳西族、景颇族、柯尔克孜族、土族、达斡尔族、仫佬族、羌族、布朗族、撒拉族、毛南族、仡佬族、锡伯族、阿昌族、普米族、塔吉克族、怒族、乌孜别克族、俄罗斯族、鄂温克族、德昂族、保安族、裕固族、京族、塔塔尔族、独龙族、鄂伦春族、赫哲族、门巴族、珞巴族、基诺族、汉族。

然而，在中国大地上，却存在没有在册的民族兄弟。他们，是什么民族，多少人口，居住何地，如何生存，如何为命运而抗争、付出，以及为国奉献，等等，正是本书要敬献给你的主要内容。

一

层层铅一样的乌云笼罩着一八八三年最后一个月。鸟儿在弥漫的雾气中凄凉地传递着信息。整个莽山像银灰色的巨龙，匍匐在中越边界中方的脊梁上，忍受着硝烟的侵袭。

如果是在晴天，莽山的高大、厚重、顶天立地，以及莽莽苍苍的森林、平缓起伏的峰峦、凌空傲视的雄鹰，一定会展示尊容，尽显原始风貌的神奇！

对于外界，这里是人迹灭绝的洪荒禁地，是毒蛇猛兽盘踞的天堂，也是瘴气、毒草、砒潭遍布的地狱。可有谁知道，这里却隐藏着中国乃至世界族系中名不见经传，被外界遗忘的原始部落——“莽人”社会。

正因为没有族名，当地人只得暂借居住地之名而冠之，即莽山居住者的简称——莽人（待以后有了正式族名方予正名，恳请这里的同胞委屈并海谅。作者注）。

莽人居地至县城金平不过二百里地。其间，至莽山下的沟河地带，一条狭谷往西北延伸，两面稀疏杂居着金平的边缘民族。他们以种玉米为主维持生活。峡谷尽头往县城方向，山地、丘陵交错，汉族、彝族为主的多民族混居。种植业有玉米、水稻、香蕉等，养殖业以牛羊为主。县城坐落在山坳上，周围是穷山恶水，但强作耕耘之田地居多。而莽人居住的西南面是越南，距海边不过几百里。地势由莽山一直缓慢地延伸至海岸，像一面巨大的绿色旗帜，先莽莽苍苍壁立直下，继而舒舒展展起伏近海。莽人不仅居住在接近山头的地段，而且山的两面都分别有中越的兵卒巡逻把守。山外民族的挤压，国境线的限制，莽人生存的环境和空间可想而知。

不知从什么时候起，莽人，应该是“莽族”（附近的民族有此称谓）同胞便在这里安营扎寨。与其说是营寨，还不如说是依穴、依树适者而栖。他们大多寻找背风、避雨、趋高的岩洞，或者灌木厚密的平坦之处居住。少数人家就地取材，砍伐木材，建起“人”字形窝棚。之所以称窝棚或千脚落地房，是“人”字形棚架上铺盖的全是茅草。有的，干脆“游居”：草丛、石板、树丫、沙坪、溪畔、枯木，都是栖身之所，随遇而安，顺适而就。作为莽人同胞，这环境已经是足以繁衍、生存的净土了。

在苍莽之中，绵延起伏的是数不清的山峦。这些山峦，莽人把它们称为牛背梁子山、福占梁子山、道查梁子山、屏火梁子山、南科梁子山、聚宝梁子山、草棵坪子山、迟了梁子山、粑桃梁子山、勾藤梁子山、愚头山等等。还有许多叫不出名字的山。莽人主要分布在这些叫得出名称的山里。从这些山名可以发现，“梁子”用得较多。据了解，将山赋予“梁子”之意，主要是这些山迎着天的一面很像四脚大型动物的脊梁。莽人居住在这些山里，互相往来，常常移居——居无定所。移居，其实是在那个大范围内，哪里适合就在哪里居住。

莽人居住的莽山（姑且这样称谓），海拔大致在一千米至两千米。这样的高度，适合雾瘴生存。因而不是雾霾重重，就是瘴气滋生，很少有蓝天白云。这样的气候，最适合蕈类生长。这也为莽人的生存提供了方便。

雾霾重生的同时，必然伴随连绵的阴雨，这是常年纠缠莽人的恶魔。如此恶魔，每年要夺去不少莽人的生命。如果不是这种致命的气候，莽人肯定人丁兴旺，不亚于天下几万人的国家或地区。

为了摆脱恶魔的纠缠，莽人一代代与之抗争，寻求适合自己生存发展的地方，这是后话。

自古以来，人多为大，强者为王，这是称霸天下的法则。在这个法则下，人口稀少的莽人，是当然的被强食、挤压、排除的对象。

自然的，人为的重重阻隔，使莽人社会和外界人世相距有如十万八千里。有不少人甚至不知道他们之外还有别的人世存在。

可有谁知道，这潭与世隔绝的“死水”却偏卷起波澜，令人惊厥与同情。

二

不知从何时起，莽山下面依稀的村寨，人们流传着关于野人、莽人的种种骇人听闻的故事。

从前，有几个孩子上山玩耍，忘记了回家的路。天黑云重，他们不知所措。他们看到一个山洞，便进去准备借住一夜。洞很深很深，河很长很长。他们在离洞不远的暗河边一块平坦的石板上依偎而睡。夜深了，他们谁也睡不着，身上的汗一阵接一阵，没有干的时候。时值秋冬之交，气候凉爽，洞内不无寒意。可他们为何如此热呢?

他们寄宿石板，虽然谁也睡不着，可谁也不敢睁眼看这个漆黑的又不时光怪陆离、魑魅魍魉闪现的陌生世界。

在忍无可忍的惊恐下，年长的男孩突然勇气倍增，自觉担当起长兄的责任，睁开一只眼，又立即闭拢。就在这一睁一闭之间，他看到了不愿看到的一幕：

一个披着散乱长发的魔怪，巨大的血口咬着一个幼儿，鲜血一股股往下流淌。幼儿已经失去知觉，痛苦的表情定格在狰狞的面目上。那个狰狞的面孔头大骨突，几乎没有肉。在不知在从什么地方射出的蓝光的摇曳下，白蓝交替，飘逸的风柳样的身子划过洞顶，似乎在捕捉下一个猎物。

男孩全身战栗，身子蜷缩成团，挤进伙伴中间，面部紧贴石板。

就在男孩挤进同伴中间的一瞬间，一个声音尖利地发出：“嗬嗬！肚皮不怕饿啦！呵呵呵呵！”

伴随这声音出现的，是“哇哇”“呱呱呱”“噫嘻”“扑扑扑扑”“哄哄哄”“哀哎哟”等等令人毛骨悚然的怪叫。

男孩用双手抱紧脑袋，头上的汗一颗颗从指缝流出。

另一个男孩再也经不起恐怖的煎熬，失去理智，从石板上跳起来，紧闭双眼，仰面朝天（洞顶），发出一声绝望的号叫：

“来吧，我什么都不怕！”

声音震裂山洞，打破狰狞的世界。

几乎同时，几个男孩不顾一切，睁开眼睛，直面黑洞。迎接他们的便是悲惨的一幕：

在蓝光白光依稀闪烁的洞顶下，粗大的藤条吊着全身赤裸的男女向孩子们猛扑过来。这人体，下肢肥大，参差不齐，裂开的肌肉如同滴血的菜花，一朵朵往下掉。人的面部在散乱飘荡的毛发下深凹灰白，被牙夹住的长舌喷着黑红的血液像雨一样降落暗河。这些人体中部的肝、心、胃、肠只有很薄的半透明的肉皮挡住。这根本不是人啊！

“哇——！”几个男孩发出声声惨叫，是从石板上跌入暗河，还是被怪物猎走，谁也说不清。

几天以后，人们从暗河的出口不远处发现几个男孩的衣服、鞋子、护身符，还有残存的肉块。

类似几个男孩入山惨遭不幸的故事四处流传。人们谈“山”色变，夜不开门，对山里的“人”充满恐怖、神秘、敌意与仇视。

于是，山下的人们联合行动，在进山的地段修筑“鬼域”。

所谓“鬼域”，实际是壕沟。这鬼蜮宽有两丈，深有五丈，长度穷尽山的两极。壕沟建成，人们便将战死、病死、凶死的外乡人、外地人的尸体投放其中。这是“鬼域”的最初含义。

“鬼域”建成后，山上山下自然隔绝。人们谈洞色变，更不敢跨越尸横遍野的灵界。山下人没听说有人再进山，当然上山失踪遇险的事便不再发生。

说也蹊跷。“鬼域”修建以后，山下人们夜间看到的白绫从山而降，牛鬼蛇神、魑魅魍魉飞临山下，黑瘴红雾偷袭人间等鬼怪灾祸随之消逝。人们认为，这是壕沟阻隔之功。此说加深了“鬼域”的含义。

其实，“鬼域”的真谛不外乎把山下的人与山上的“鬼”——野人隔开，世不往来。

“爷爷，你好久好久没有讲打鬼的故事给我听啦！爷爷，我要听，我要听嘛！”明明拉住爷爷李平伟的衣角要听远古的故事。

李平伟家住山下东沟边。他们这一辈人知道不少“野人”与他们这些人的纠葛。

“打鬼”“驱鬼”便是一例。

很久很久以前，莽人为了改变身为“野人”被人糟践凌辱的状况，偷偷下山了解山下人的生活、生产情况，以便跟上人的生活节奏。为了不被人驱赶、伤害，他们只有深夜行动，下山打探。

一个电闪雷鸣的深夜，三个莽人摸黑下山躲到一户人家的窗下，观看他们如何睡觉，睡觉时床上都用了什么东西；家里都有什么生活生产用品。正在这时，门“嘎吱”一声，有人进茅房小便。一道闪电正好照在他们三人身上。

三个莽人身上穿的是蓑衣，头上缠的是芭蕉叶，腰部至脚包裹的是棕榈叶，脸上粘满黑色的泥土，泥土外面粘了蛛网、羽毛、杂草。三个人的形貌人不人、鬼不鬼、刺猬不刺猬。

“鬼——！”

进茅房的人飞跑进屋，叫醒家人。

“咚、咚、咚！”有人敲响了牛皮鼓。

不多一会，周围涌来了不少人。有的拿长刀，有的持梭镖，有的扛锄头，有的挂板斧。

逃离窗户的三个莽人躲在一棵大树上观看这来势汹汹的场面。不料，他们回归的路径上也亮起了火把。

三个莽人迅速往山上逃跑。路被把守着，他们入林另辟生路。到了壕沟，他们来时搭到上面的木棒已被人拆除。犹豫间，后面火光向他们逼近。他们无法脱身，慌不择路，跳入壕沟。

“后来呢，爷爷？”明明天真的双眼盯住爷爷，急于想知道接下来发生的事。

李平伟吸了口旱烟，将烟锅往布鞋帮上一磕，看看燃尽的烟蒂已掉，对孙子继续讲道：

后来，人们围住壕沟。等雨停了，找来柴草，丢进壕沟。然后，点燃柴草烧“鬼”。

只听沟里柴草的爆裂声和“鬼”的呼救声混成一片。

这时，只见一股几丈粗的烟柱直冲而起，沿壕沟一直卷向山顶，像白绫扶摇而上。

天亮了，火灭了，“鬼”没了。

事后，接连不知多少个晚上，每当月亮升起的时候，伴随一股白烟从沟里升到山上，鬼哭狼嚎声不断，直叫到夜深。

“鬼域”，越发神秘、恐怖，谈而色变，望而寒战。

三

夜很深了。刀朗一家早已进入梦的世界。岩洞外面冰融雪化的声音，像暴风雨中的冰雹，唰唰撕扯树叶和本来静谧的世界。一家人的熟睡，看得出对如此境遇已习以为常。

突然，一阵挤压积雪的脚步声由远而近冲进刀朗的梦乡。刀朗本能地被脚步声惊醒，竖耳细听。

“后面跟上来，小心野兽！”一个似乎是领头的严厉地呵斥队伍。

“天杀的法国佬，把我们逼到这深山野林。”一个东北人的声音埋怨地发泄。

“灯光，灯光！”一个略带稚嫩的声音就像发现了什么。

紧接着，队伍里传出命令：“点松脂！”

片刻，十多个松脂火把把山林照亮。

刀朗警觉地离开草铺，逐个叫醒家人。

他摸到大儿子草床边，用手推醒大儿子道：

“醒，醒，有人进山啦！”并责令大儿子刀大道：

“带好木棒，安排好你‘嘛’（即妈）、‘穷’（奶奶）、‘扪’（爷爷）和‘样姆’、‘乌稳’（即弟妹）他们！”说完，操起家伙（砍柴刀）摸出洞口，躲藏在灌木丛深处，窥视着这队人马的动静。

只见这伙不速之客身穿胸前有圆形白底黑色“兵”字的马褂，一条长辫子像麻绳从头直接吊到臀部。他们在头儿的指使下，迅速取下斜挎在背上的长刀，在松脂火光的照耀下，见草棚就上。他们气势汹汹，用刀尖挑开竹子编织的门，边挑边呵斥道：

“里面的人出来，赶快给老子做饭吃！”

这是所有人的需求。看来，这队人马已经到了人饥马乏的地步。

一个大个子兵操着四川口音窜到刀朗的洞门口，边用刀捅开木棍制作的门边对里面命令道：

“快把好吃的东西拿出来，要不然老子一把火烧了你们的洞！”见里面没有回应，大个子兵摸进洞里，四处寻找什么。他摸摸草床，发现还有余温，小心地观察四周：

“龟儿子，别躲啦，老子们只要吃的，只要把老子的肚子填饱了，保证你们没得事！”

他自信地认为这里的主人就藏在屋里。他左找右寻，没有发现人，扯下挂在岩壁上的干炙野兔，边出洞边嘀咕道：

“躲啥子嘛，老子又不要你们的命。”

在部落中间的空地上，大略一个排的清兵围着火堆等待着莽人烧烤食物。被逼无奈的莽人拿出家里的木薯、山鸡、野兔、狗肉之类，挂在木架上，放到大火上去烧烤。清兵手持大刀在一旁监督，不时传出“快点烤”“都架上！”的催促声。

一个长官模样的肥胖清兵重重地将屁股坐到士兵送上的草墩上，接过下属送来的冒着热气的山药汤，对所有士兵发号施令：

“边吃边休整，看来法国佬找不到这里，等天明再做打算。大家明白了吗？”

士卒齐声答应道：“明白，照办！”

柴火熊熊燃烧，支架上的肉被烤得“滋滋”呻吟。莽人一边添薪烤肉，一边将烤熟的食品不情愿地、“恭敬”地分送给清兵。

一少女埋头从火塘将一块烤得冒油的鸡肉送给一个中年清兵。清兵忘记了接收鸡肉，两只眼睛滴溜溜直盯着少女，迫不及待地对少女挑逗道：

“姑娘，你抬起头让我看看。”

姑娘不理，也听不懂，将鸡块放到中年清兵面前的草垫上转身便走。不料，中年清兵用刀尖挑破了姑娘身后的棕榈衣服。姑娘立即拉拢被划开的衣服遮住雪白的肌肤，慌忙回到篝火旁，继续烧烤食物。

刀朗攥紧的拳头慢慢松开。看得出，这个五十岁左右的莽人，年轻时候的血性依然刚烈。高大的身躯虽显弯曲，然而，却给人一种伟岸的感觉。结实的臂膀、宽厚的胸部、高隆的肌肉，方方的额头、脸颊纵横摆布的皱纹，不难看出，年轻时的健壮和饱经沧桑的坎坷。紧锁的双眉，锁不住对时势的愤懑。一双鹰眼，时刻防备着周围的不测。宽阔的前额和胸部，包容着人间的不平。上身前倾常常是应急的趋前预备。

刀朗紧紧窥视着中年清兵对伺候自己的姑娘的一举一动，上身前倾右手紧握木棒，随时准备为救助同胞突然出击。当姑娘回到火堆旁，清兵停止了恶意行为，他才收回前倾的身子稍稍松了口气。但仍不放松对这群不速之客的警惕，继续躲藏在灌木丛深处一动不动。

四

在清兵来的方向，大约十多公里的山下，临海的密林深处，一群高鼻梁、蓝眼睛的法国兵横七竖八倚枪休息。鼾声搅乱了沉睡的山谷。

一个高个子法国兵紧握火枪，紧盯住山谷下面，警惕黑旗军的动向。身后的榕树被他紧张的身子死死地贴住。细致观察，这棵两个成人牵手合围的榕树，轻微的几乎难以觉察的颤动，将法国哨兵紧张的心情暴露在昏暗的苍穹下。

这时，不知什么原因，在西北方向的树林里，几只鸟冲出树梢，腾空“嗷嗷”离去。高个子卫兵端起枪，猫着腰，紧盯着西北方向的风吹草动。

"咕咕咕咕咕……"从距卫兵四五百米的西北方传出几声长臂猿的叫声。高个子卫兵收回枪，贴回身子的右侧，长长地吁了口气。

夜露越降越多。白雾开始升腾。一切显得平静而又凝重。

一队身着黑色长衫，头裹黑布包头（一种装饰，相当于圆柱形的帽子，后有缠结）的人，自西北方向法军露宿的地方靠近。他们口衔利刃，腿缠利器（飞刀），不声不响，摸索前行。一个被称为"大狼"的队员断后，不慎撞上一根狼尾竹，惊飞了寄宿的夜鸟。大狼急中生智，模仿长臂猿叫了几声。麻痹了法军卫兵的神经。

"咔嚓！"一把锋利的匕首刺进卫兵的胸膛。卫兵来不及呻吟慢慢顺着树干滑到根部，耷拉着脑袋，进入天堂。紧接着，一个个黑衣队员按照指定的目标，各自摸向熟睡的法国兵。只听"嚓""嚓"声接连不断。不多一会，战斗结束。二十多个法国兵在梦中与世长辞。

"清理战场！"黑衣队的头儿发出命令。接着，队员手持大刀，分别一刀刀划向法军的肚子，重新结束敌人生命的任务完成，队员们将缴获的战利品背在身上，列队待征。

"王大，你是这一带的人，你带路往你们家住的地方前进！"长官命令王大。

王大立即出列答道："是！"

五

王大披荆斩棘，在队伍前头开辟行军路线。

莽人一般不远离自己的部落。王大却是例外。

一年前的盛夏，王大邀约部落的少女刀妹，外出狩猎。两人由部落往西，进入原始森林深处。傍晚，他们首先要做的事情就是"居住"。要在平时与同性进山寻食，住是不用愁的。随便找个能倚靠的地方，钻进落叶或者干草堆积处，就可以进入梦乡。这回不一样，他必须为她的需求献殷勤，也是男人起码的责任。

王大东寻西看，终于发现一个略高于地面的溶洞，正好里面有个小小的平台，平台上铺满了干燥的沙土，沙土上还有不知名的小虫进入里面栖息留下的拇指大小的锅底状“沙漏”。洞内面积不大，空间相当于汉人的睡觉之处。洞口有两个成人的身体大小，方便遮挡。王大征得女友的认可后，立即从腰间抽出一把自制弯刀，砍来几棵竹子，很快编成一扇与洞口差不多大小的门。接着，他又找来竹枝和叶填塞门缝，以避风寒和动物的侵扰。

与此同时，刀妹四处搜寻干草树叶，很快就将沙坪铺得厚厚实实。她接着又捡来几捆干柴，放到平台一侧，准备生火野炊。

“‘幺舵’（音，哥的称谓，这里有亲昵之意），想‘沙打’（吃之意）什么？”刀妹望着王大问道。

王大面对刀妹说道：“你休息，我出去想办法。”说完，提着弓箭离开山洞。

王大来到乱石横亘的荒丘，发现兔粪，观察四周环境，躲藏在草丛中，发出“噗噗”的声响。不多一会，一只野兔从石缝中探出头来，看看没有危险，便爬出石缝寻找着什么。

“嗖——”一支利箭从王大躲藏的地方飞出。野兔应声倒地，四肢朝天痛苦挣扎。王大迅速抓起兔子赶回山洞。

刀妹接过王大手中的野兔，从棕片制成的包里取出一把明晃晃的尖刀，在兔子脖子周围划了一圈。王大上前帮助，用手抓住兔子的耳朵。刀妹从划口处撕开兔皮，用力往下一拉，兔皮从脖子处慢慢剥到四脚爪部。“咔嚓、咔嚓！”王大利索地用刀将兔爪四脚切下，又将兔头一刀砍掉。只见砍掉的兔头上眼皮还在上下翻动。兔子的身子还挣扎着。

刀妹将掏空腹腔的兔肉整个地戳到木棍上，架到火上烧烤。王大将采集的蒲公英放进石“锅”（形状似锅的石头）里烹煮。

不多一会，兔肉“滋滋”作响，油脂一滴滴掉到火上。兔肉香充满山洞。这时，刀妹已将蒲公英菜汤装进箬叶折叠的“碗”里。

温馨惬意的气氛弥漫山洞。

王大和刀妹这对二十岁左右的青年，从小青梅竹马。虽说他们早已到了谈婚论嫁的年龄，可还没请人撮合（相当于媒说），双方都清纯地钟爱着对方。

柴火在夜间的山洞越烧越旺，火光闪烁在两个青年纯情的脸上。

王大，比刀妹早出生三个月，自然成了刀妹的“幺舵”。他白净的四方形面部标准地摆放着浓黑的柳叶样的双眉、长长的豆荚般的黑眼、高高的葱头似的隆鼻、高粱色的微微开启的双唇，还有洁白整齐的牙齿、肥大的双耳，配上五尺多的个子，粗壮的身板，俨然就是英俊的汉子，强悍的丈夫。虽然长长的鬓发掩盖不住竹尖留下的伤痕。然而那在刀妹的眼里却是“美人疤”。

王大、刀妹在松软的草叶“床”上“呼呼”入睡。他们的头枕着的树叶被头上的汗浸润。轻轻的夜风不时将飘出洞外的烟雾温柔地分散。

“唰、唰！”将近凌晨，一阵撕扯洞门的声音将两人惊醒。王大本能地将刀妹搂到怀里，暗示她：“‘幺舵’在你身边，别怕！”王大握住身边的大刀，静观其变。

听到随意撕扯声，王大断定，是野兽来光顾——这是他多年与原始森林交往的经验。他轻轻松了口气，又将刀妹紧紧搂了一下。

“扑哧，唰唰！……”从声响判断，野兽势在必得，而且，似乎不止一头。

王大放开刀妹，起身对自己也是对刀妹布置道：“‘年’（火），加柴！”两人迅速往火塘里加柴草。不多一会，大火将山洞照得通透。王大索性将洞门开启，飞速退至洞里。

一群花斑虎见状立即退去，躲进山林。

王大、刀妹睡意全无。看看天边已经发白，便将所带物品捆绑在身上，离开山洞，继续前行。

前行的路，林深山险，黑暗笼罩，只能摸索行进。

“‘稳女’（音，姑娘之意，这里有妹的含义，双重义。后文凡出自王大或者情男之口，均如此），裹实双脚，小心蛇虫！”王大关心地提醒刀妹。

刀妹下意识地摸摸缠在双脚和小腿中间的棕带，感激地望着王大：“‘幺舵’，该遮的地方都遮得很厚实，你的裹牢实了吗？”

王大是个爽快人。面对刀妹，“啪啪”拍响披在身上的棕褂，以示自己都穿好了，以“幺舵”对“稳女”（妹和姑娘的双重含义）的口吻对刀妹不无关心道：

“紧跟我！”

王大在前，用刀斩除阻挡前行的荆棘，用树枝刷去蛛网，边开辟道路边前行。

行不多久，身后传来“沙沙”声。像有什么东西摩擦干枯树叶发出的声响。

两人毛发竖立，立即蹲下屈身隐藏在树丛中，准备弄清情况。

透过林缝，铜钱大小的绿光错落跟进。那群光顾山洞的花斑虎又尾随而来。

情况不妙。王大、刀妹立即改变行进方向，甩掉它们。

这时，天已蒙蒙亮。为了弄清自己所处的方位，王大他们只得席地而坐，等待天大亮确定方向再做打算。

林海茫茫。两人对眼前的处境全然陌生，转来转去找不到头绪。显然已经迷路。太阳已经当顶，不能再挨到天黑，必须做出抉择。

“稳女，你说怎么办？”王大迷茫地看着刀妹，一反常有的自信。

刀妹果断而鼓励地看着王大说道：

“幺舵，我跟着你！”

刀妹希望寄托的目光，使王大眼前为之一亮，自信心重新建立。

他摸了一下鬓毛中的疤痕，眼睑飞快眯了一下，突然拉着她的手，快刀斩乱麻，朝着一个方向——太阳升起的方向，快速行进。

两天两夜过去了，王大、刀妹还没有走到尽头。在林中，尤其是在原始森林劳作，最最重要的，就是在明确方位的前提下，方能为之。他俩无心狩猎，精疲力竭地躺在枯草上，对“回家”已经丧失希望。

“嗷，嗷嗷——！”这时，几只海鸥从他们头上的高空掠过。

“有了，有了！”王大两眼大睁眼前一亮，起身用力将刀妹从草地上拉起：“我们跟着海鸥走！”

他们一边快速行走，一边注视海鸥远去的方向。

“哎呀！”一声惊叫，刀妹不知为什么猛然滑进深涧。

“哎哟！”几乎同时，王大被木棒打昏了过去。

六

王大醒来，已经是次日中午。

自己躺在草垫上，手脚都被绳索捆得牢牢实实，全身麻木冰凉。四周，土墙约一丈高，上面铺满破旧船板。墙和船板结合部四面各有一道高五寸、长一尺左右的通风口。很显然，这是关押人的地方。房内不仅阴暗、潮湿，而且霉臭，老鼠、臭虫等成群结队，肆无忌惮。出于逃生的本能，王大四处观察，寻找着什么。他上下左右前后都看个遍，摇摇头，失望地低下头。忽然，他眼睛一亮，被左侧墙上露出的锋利石块紧紧吸引。他徐徐向左侧墙壁滚过去，倚墙慢慢而立，把背部贴拢石块，开始摩擦。终于，捆住双手的绳索断裂。王大挣开双手。活动活动双手之后，吃力地坐到地上恢复体力。接着，他解开了脚上的绳索，躺倒在地，让双脚及身体的其他部位恢复、放松。过了一会，王大从墙中抠出那块石头，将其弄成两片，用边缘锋利处在墙上挖出缝隙。王大沿墙缝往上爬，透过通风口，只见“三角形套方框”式茅棚密布在高大树林中，至少有八九百个。炊烟顺着树下用树叶垒成的通道在林中分散排放。一面黑底、七颗金黄色的“星星”成一字点缀的三角旗，被一根三丈多高的竹竿支撑在营房的上空，迎风猎猎，威震八方。一队队士兵正在训练拳击。汗水透过身上的黑布头巾、护胸和长裤，折射出依稀可见的太阳光点。这是黑旗军的一部分。

士兵头巾顶部有“天”字样，胸部黑褂上有“地”字样。显然，这是天地会的一个支系。其首领是广西上思人刘渊亭（永福）。透过军营后的树林，可以隐约看到大海的浪花。

正当王大沉醉于外部的大千世界时，一个士兵领着一个头领模样的人进来，见状呵斥道：

“下来，不许乱看！”

王大慌忙从墙上跳下来。惶恐的目光等待着命运的捉弄。

王大不曾想到，头领模样的人十分亲和。这人立即制止士兵不友善的态度，责怪部下道：

“你不能对山里兄弟无理！”接着走到王大身边，指着旁边的木凳温和地示意王大坐下。

“你家里都有什么人？今年多大？”

“我们二头领问你话，你如实回答！”二头领还没问完，就被随从把话语打断。

“说！有什么人？今年多少岁？！”随从板着面孔质问王大。

王大听不懂他们的话。但从对头领的放松和对随从的反感表情可以看出王大的和善与憎恨。

这个姓刘的二头领摸摸王大的棕榈“衣服”，又关切地看看王大受伤的脚，对随从吩嘱道：

“带这位兄弟去洗洗澡，换上我们的衣服，然后安排他吃饭。”说完便离去。

在临时搭盖的简易洗澡间，几个士兵一丝不挂正在搓洗身上。王大被领到这里，随从便要脱他的“衣服”。他说啥也不，双手紧按住自己被棕榈遮住的阳物，双颊通红。这的确是为难他。在王大的部落里，是绝不允许隐私外露的。一旦出现这种情况，终身羞愧，无地自容。王大理解随从的好意，但万难从命，因为他（他们）是不能当着别人的面赤身裸体的。见拗不过王大，随从只得按头领的吩咐，带王大去办别的事。

在营地中央的树林里，黑旗军将士正在吃晚饭。王大无心吃饭，他的注意力完全被新奇的场面所吸引。米饭、碗、筷、勺、桶之类，王大（包括部落人丁）从没有见过。白色的米饭像一颗颗老鼠的粪便。圆圆的土陶碗像石头窝子。长长的筷子就是两根细木条。汤勺饭勺像捕蛇时用以压制蛇头的木挖子。看到没有吃过的饭、没有用过的碗筷勺桶锅，王大真是大开眼界。

莽人的生活习惯，具有浓厚的原始色彩。不懂农耕和编织。吃的是猎物和山茅野菜；穿的是棕榈、树皮、茅草之类。烹调食物的方式基本上是烧烤（包括野菜、山药、木薯等类）。看到黑旗军士卒的吃、穿、生活用品，王大感到新奇不足为怪。

王大的神态和拘谨，全在随从的掌握之中。王大接过随从递到手上的装满饭菜的碗和盘子，一个人躲到一边，用手将饭菜捏拢送进嘴里，感受着破天荒的神奇滋味。红烧猪肉在嘴里的油滑，佐料的浸润甘香，汤汁的提神，米饭的清香充实，一切是如此的美妙和新鲜，无不令王大神往和贪婪。连空空的碗和菜盘也令王大爱不释手，用舌头舔去油汁和贴在边缘的饭粒后，将其小心地放入胸前的棕片夹层里，末了，还用手按了几下棕片，掂掂是否放置牢实。

晚上睡觉，王大被安排在第一队兵士的营帐里。随从专门为他送来了新的床单、被盖、毛巾、绵麻衣裤、缠腿（裹脚）、布鞋等。看到这些从未见过的东西，王大就像见到了宝藏，也非常茫然，不知道怎么用。

入夜不久，刘二头领带着随从唐丁查铺，来到第一队营帐，看到王大蜷缩在叠得方正的棉被旁，问唐丁：

“他为何这样？”

唐丁答道：

“我们发给他的东西他不会用，看到别人用这些东西他也不用，脾气犟，不接受我们这一套。”

刘二头领轻脚轻手将被盖打开，盖到王大的身上。这时的王大，因为连续地折腾和惊吓，已深深地沉入梦乡。

“好好对待这位山里兄弟，他人很好。”刘二头领为王大盖好被子对唐丁提醒道。

次日清晨，王大一觉醒来，仍沉浸在温软舒适的享受中。他摸摸不知什么人为他盖到身上的被子，第一感觉告诉他：这东西真好啊！他反复摸捏着被盖，柔软、温热、服帖，一种从没有过的温情迅速流遍全身。这，应该就是来自天堂的生活！

王大虽产生好感甚至幸福，但身处异乡异邦，总觉得不是久留之地。他曾几次想离开，都被兵士们给予好说好吃好玩好住好哄留了下来。

一天中午，王大脱下士卒服装放到床上，换上自己的棕榈片，带上自己的刀具之类，离开军营，往自己认为是回家的方向走去。一个负责站岗护卫的兵卒边说边用手比画要求王大留下。看王大绝无留下之意，兵卒无奈，随地拾起一根干燥竹子用刀裁成五六尺长，双手握住一头，将另一头交给王大。王大不知他干什么，呆呆地看着兵卒。兵卒见状，将双手移到王大一头，向逆时针方向扭了一下，又迅速移到另一头，将竹子向相反方向扭了一下，如此反复多次，到王大点头为止。这玩法像是王大部落里青年玩“扭木棒”较劲的活动。

兵卒和王大各自握住竹竿的一头，用力往对方相反方向扭动竹竿。连续两次王大都输给对方。王大是一个不轻易认输的人。这一点，卫兵看得很清楚。兵卒将计就计，对王大挑衅道：

“最后一次定输赢，前两次不算。”

王大往手心里吐了一口唾沫，下肢摆成弓步架势，用力收腹的同时，双手突然用力。只听对方“哎呀”一声，便放下竹竿，摊开双手，对王大诉苦道：

“我的手掌已经破皮啦！想不到你的爆发力真强。我扭不过你。”说着，将随身携带的玉如意摘下递给王大：

“按我们壮族老家的规矩，比赛输了一定要给对方一件心爱的东西，不然，就不是汉子！”

王大听不懂对方的话，但对他的用意略微知晓。他先是用手推开礼物，听卫兵反复解说，后只得收下对方的礼物。

卫兵进一步道：“我今年二十一岁，属龙的。你呢？”

王大用右手在胸前摆了两下，难为情地道：

“这个，我们不懂。我们开初过一天藏一颗石头，每到天黑临睡觉时，在自己想好的地方（一般是在火塘旁自己睡觉的下面）将一颗石子投进事先挖好的坑里。后来一天一天多了，我有多少天没有投石子我已记不清了。”王大一边说，一边指指天，表示以白天为一日，接着从地上拾起一颗石子作投下状。

卫兵灵机一动，对王大比画着说道：“这样，你比我高大，力气也比我大，我就称你哥，幺舵。”

卫兵学着莽人的话，边望着王大亲热地叫了一声“幺舵（哥）”，边双膝跪下，面对王大：

“‘样姆’（莽人语：弟）韩大福正式拜王大为幺舵。”

王大见韩大福如此，虽不懂多少，但起码被他的真诚、敬重所打动，也紧挨着韩大福双膝跪地，表示认同。

接着，韩大福致结拜词：

“苍天在上，我俩从此结为兄弟，同生，同死，同福，同祸，永不分离，万代手足！”

王大听不懂韩大福说什么，但知道这是结拜发誓。他非常激动。随着韩大福的话语，看天看地，连连磕头，以表心意。末了，王大起身，紧紧抓住韩大福的手，感激涕零。

韩大福的仗义、真诚、活泼，深深打动了王大。王大便打消了离开黑旗军的念头，随韩大福回到了军营。

七

刀妹被一根绊绳猛然“弹”入十多丈的深渊。冰冷的山水把她从昏迷中冻醒。她无力支撑，闭上双眼，等待厄运的到来。这时，她脑海里浮现王大的身影。她想，如果冰凉的山水这时变成“幺舵”的温热怀抱该有多好啊！她想着想着，又陷入昏迷状态。不知过了多长时间，她终于又睁开双眼。她四周除了清澈的流水，就是阴森严实的树木杂草。她挣扎着爬出深涧，极度惊恐和饥饿使她又一次昏迷过去。

刀妹清醒过来，全身不听使唤，除了大脑还有些微作用外，其他都不像自己的。每逢大难倍思亲。她这时非常想念王大。要是“幺舵”在身边该有多好啊！

她想，他们这次遭遇不测有些奇怪。听人说，山外人喜欢女人。若是这样，幺舵应该不会有生命危险。而自己为什么没有见到歹人？论长相，自己在部落里是数一数二的美女。多少小伙子都想弄到手。有一次，一个姓陈的青年看到我圆圆挺挺的胸脯，砍柴的刀久久悬在空中。等柴刀落下时，却砍到自己脚上。更可笑的是罗升平那个小伙子，每次看我都是从苗条的身材放眼，最后把眼神集中到我端正的面部。当他的眼神从我洁白的牙齿、红红的双唇移到柳眉下的大眼时，像遇到太阳的强光，飞快而又不情愿地回避。这时，他脸上泛起红晕，手不知放到什么地方，双脚交替在地上不知磨蹭什么。难为情至极，干脆躲得远远的。

当刀妹沉浸在别人青睐自己的脑海中，两个蒙面黑衣人悄悄向她靠近。一股熏香不知不觉进入刀妹的鼻腔，延伸到脑部。等刀妹意识到不对时，乏力的身子已经被熏烟带入迷茫之中。两个黑衣人将她迅速装入麻袋……

八

在海边的一角。海面上漂浮着葫芦围成的半圆。半圆内是浅滩，最深处不过一丈。这时的海面，在骄阳的直射下，被风吹起轻柔的波浪，星星点点，与天交融，光怪陆离。

在半圆内，黑旗军一小队士兵赤身裸体，正在进行游泳及水上其他项目训练。人头、葫芦此起彼伏，推波助澜，形成一道怪异的风景线。

“王大，注意避浪换气！”负责训练的教官韩大福厉声责令。

王大由迎波对游立即改为顺波逐游，像青蛙一样每游一次便将头浮出水面换一次气。

“对，这样很好，坚持！”韩大福鼓励道。

王大天生聪明，游泳项目训练这是最后一项。之前的各种游泳训练技术都已掌握。

除此之外，水上救护、格斗、迂回、牵敌、诱敌，以及水下制胜等项目他都顺利过关。

大海，像娃娃的脸，说变就变。从东方飞来一缕缕黑云，在上空越积越厚，像万千条蛇，凶恶疾速地穿梭，交织在一起。顷刻，一阵狂风吹来，海水立即狂啸翻滚，大有吞噬黑旗军士兵之势。

“赶快救人！”不知是谁发出指令。

“清点人员！”队长对大家发出命令。

“报告，一组人员都在！”

“三组全员不少！”

“四组……”

“二组常春山不见踪影！”

队长赵发惊愕，气急败坏地冲着二组，不，是冲着大家：

“还不立即找人，妈的？！”

士兵立即分头潜入海底搜寻。

王大尽挑波涛汹涌的葫芦边缘海底找人。他想：葫芦下是训练的深水区，常春山水性好，游泳技术在士兵中属中上水平，若在浅水区他不可能出事。

王大边想边继续潜入海底搜索。他往返海底十多次，都不见常春山的下落。他游出水面喘息，突然发现，有几个葫芦漂沉入海水，他毫不犹豫，一头扎入海底。

不多一会，他浮出水面大声疾呼：

“常春山在下面，快拿刀来！”

随着王大的呼叫，有人立即从岸上取刀递到王大手上，其余士兵都奋勇潜入浮漂海底抢救常春山。

王大接过刀，衔在嘴里，飞快没入海底。身边几个士兵心领神会，也随王大顺淹没的葫芦漂潜入海底，等待派用。

在海底，王大动作利索地用刀割断缠绕在常春山身上脚上的系葫芦的绳索。在几个士兵的帮助下，迅速将常春山托出水面。

经过控水、挤压胸部、腹部，常春山最终获救。王大因此受到大家赞赏，也因此赢得大家、特别是头领们的器重。

莽人避风处（摄影：张焱）

九

王大是个好奇心极强的人。他通过一段时间的军营生活，已经对自己包括部落的原始落后产生动摇。反言之，他已深深感到自己、部落与外界的天壤之别。这是他进入军营生涯想得最多的问题之一。他最揪心的另一件事情是刀妹。

“她现在还在人间吗……”

每当他想到这里，都毛发竖立，全身发毛，再也不敢往下想。

人，当自己心爱的人发生不测又不知道结局时，总往好的方面扭曲自己的思维。王大也是如此。尤其是他被脑海的狂风恶浪吞噬，本能回避心上人的悲剧时，他会让美好的憧憬立即平息厄运的狂风巨浪。

他思念、寻找、拯救刀妹之心日愈加强烈。

王大这次随队出征，听说要经过自己的家乡，打心眼里高兴。他可以看看心上人是否已经回到部落，是不是和原来一样。

清兵和黑旗军是联合抗击法军的主力。两支直奔莽山的小股抗法部队，都是被法军“逼上梁山”的。由于战争前期中国军队对法军知之甚少，官兵和地方民团的初次配合、武器落后等诸多原因，导致失利，使部队一部分人分散溃败。莽山这块茫茫原始森林，成为败军退逃的首选地。他们不约而同路过莽山，扎营整肃。

之前那位为清兵侍候烧烤的莽女的那一幕，正好被随后赶到的以王大为向导的黑旗兵看得真真切切。那个莽人少女不是别人，正是刀妹。可王大是军人，面对特殊任务，有家不能进，有亲人不能认。但他至少知道刀妹已回家乡。

十

刀妹被装入麻袋里，不知在什么样人的肩上颠来倒去，呼吸很困难，挣扎不了多久，便精疲力竭，处于半昏迷勉强维持生命的状态。

两个黑衣人将刀妹扛到一个溶洞里，解开麻袋，放了出来。刀妹像一堆尚存生命的活肉，被放在平地上，一动不动。

“这家伙不会是死了吧？”一个黑衣男人看着刀妹惊疑地发问。

另一个黑衣男人接过话题：

“不管耷（把‘她’说成‘耷’方言），好好干（把‘看’说成‘干’）住耷，我去报告二头领。”说完便离开溶洞。

不多一会，刘永强二头领在黑衣人和一个中年妇女的陪同下来到溶洞。见到刀妹畏缩的样子，亲切地站到刀妹面前，俯身提醒刀妹道：“姑娘，不要八（‘怕’的广西方言），我们不会对你怎样。”他接着对跟来的妇女吩咐道，

“李大姐，麻烦你搞搞（把‘好’说成搞）照顾这个姑娘”。说完后带着两个黑衣青年离开。

姑娘现在才醒悟，跌入深涧时，好像有什么东西护着自己，身体没有受到任何伤害。

原来，黑旗军兵员缺乏，尤其是像王大这类身强力壮朴实可靠的汉子，是征募的重点对象。为了稳定征募对象，安抚是主要方式。为了让王大安心戎马，他们不仅对王大，而且对王大的心上人包括其他亲属也尽量真诚、热情关照。因此，在猎获王大时，他们针对对象的体力状况，不得不以暴力手段降服。而对刀妹，他们却以绊倒、双绳滑翔的办法，将其弄进深涧。虽说刀妹并无伤害。但由于突然惊吓和女性的脆弱，就在绊倒和下滑的刹那，早已魂飞魄散，进入昏迷状态。

见女人留下，男人离去，刀妹本能地松了口气，悬着的心有所稳定。

留下刀妹的用意，是为了稳住王大。见王大几次逃跑被安抚没有再逃迹象时，黑旗军便派李大姐和一个士兵送刀妹回到部落。

王大几次回家，都被黑旗军将士以非常友好的方式挽留。他离开黑旗军的想法慢慢烟消云散。加之，黑旗军生活的新奇与舒心，环境的适宜与多样，士卒的兄弟情谊与练武的收获，逐步抹平了他叛逃的心理。

黑旗军扩充兵源，以广西为主。

这次到广西招募，由刘永强二头领带队。经过军队磨炼，刘永强对王大产生了好感：诚实、忠恳、勇武、爱憎分明。因而，将王大带在身边，一同前往广西。

他们一行从云南东南部进入广西。经过文山、兴义、白色、南宁、钦州、合浦等地。在各个驿站（黑旗军军事接待站）换乘多少匹马谁也记不清。此行对王大而言，是人生观念转变的一次革命。他亲眼看到云南高原的广袤，广西丘陵的富庶，大海的宽阔；亲自品尝大米、小麦的鲜香，煎炒蒸煮食物的奇特，棉麻绸缎的温软，亭院楼阁的气派，各民族交谈交往的亲和。这些，对于他自己而言，都是闻所未闻的天堂感受，也是部落成员作为人的最大耻辱和悲剧——没有基本的生存条件：耕地、生产生活用品，姓氏（依别的民族而姓）、族名、文化。社会发展了一千八百八十多年，部落还是纯原始的生存方式——狩猎为主食，穿兽皮和树皮为主衣，洞穴茅棚为常居，婚姻以女氏主宰，没有文字且语言不成系统以体语为常用语，与外界几乎没有交往。每当面对这些，王大便无地自容。他恨，恨这个世界留给自己和部落的只有原始、野蛮和洪荒；恨部落从古至今不思进取，被别的民族逼进深山永远自生自灭；恨天道不公，把莽人置于被人遗忘的角落；恨部落成员完全丧失人的自尊、自信、自立、自强而自甘堕落。痛恨之余，一种“希望”之火在似有似无、似明似暗中燃烧着自己的心灵。

在这“希望”之火的蔓延下，大凡看到平原、丘陵、楼房、馆舍、江河、大海、牛羊、鸡鸭，诸如此类适宜人居的环境氛围，王大都会怦然心动，格外留神。有时会由衷感慨：能在这样的环境和氛围中生存该有多美啊！他多么希望如此扩充兵员的美差多派上几次，以便饱览更多的人间仙境和自然奇迹。

在美轮美奂的轮回中，一种原始共有的思想复苏了：让原始部落生活在美好的地方！

王大结束了此次美好的差事，告假回到部落。他说服邀约陈武、盘祥云、罗石头等七名有头脑的青年，离开部落来到黑旗军驻地。七名青年进入军旅生涯的目的：了解外界的生活生产方式，开阔眼界，为与原始落后决裂奠定人才基础。

十一

刀妹被黑旗军派人护送回部落。本应是高兴的事，而她却无论如何也高兴不起来。

黑旗军兵士穿的是棉、麻、丝绸制品，吃的是大米、鱼、鸡、猪、羊、牛肉、蔬菜，用的是陶器、银器、铜器、铁器、玉器和竹木制品。李大姐高耸入云的发髻上插的是柳叶状的簪子，白皙的双耳下挂着金光闪闪的宝坠；高挑的身材包裹着紫色的镶着金边的唐装，衬托出突兀的胸峰成为人们（尤其是男人们）觊觎的美饰；船一样的布底锦面红色绣花鞋将一双小巧的脚封得严严实实，令轻盈的步履支撑起丰满的体态，言谈的温柔伴随着举止的文雅，充分显示出汉人妇女日常生活的基本格局。李大姐鲜活的高贵形象常常在刀妹的心中出现。她行走时身体笔直，两臂微微摆动，两腿平直交替向前迈进。她坐下与人交谈时上身挺立，稍侧，双手微握，轻松随意放到下腹与大腿的右侧，两眼亲和地平视对方，小而薄的嘴唇微微启动，即便是笑时也很难目睹她牙齿的尊容。她吃饭时，嘴唇微闭遮掩住咀嚼的隐私；拈菜时大拇指很自然地搭在筷子的左上侧，食指、中指、无名指亲密配合形成两个夹角托住筷子的右上侧，在小拇指的辅助下，它们共同协作，将筷尖调整成钳状，以最小的开口度，慢慢把菜夹起放进饭碗，再拈起缓慢地送入嘴里。这些意外收获都是刀妹（也包括部落成员）降到人世以来的头一次也是最大的惊喜。这些惊喜常常在自己的眼前、脑海闪烁。惊喜闪烁过后，又常常被部落的原始生活情景覆盖淹没。

部落生活主要是围绕着“吃”展开。吃的主要原料源于狩猎和采集。猎物除了鸟这个崇拜物和猴外，野猪、野兔、牛、马、鹿、麂、松鼠、獐子、獾、熊、狼、虎、豹、狮，以及蛇、蚂蚁、竹虫、蝗虫、蜜蜂、鱼、虾、泥鳅、蛙、蟾等动物，都是上好的食品。采集物主要是干、鲜果类，如核桃、板栗、松子、橡子、梨、柿子、香蕉、芭蕉、柑橘、桑椹等，还有山药、木薯、竹笋、葛根、蕨根等干、鲜果类，是部落成员肉食以外的主食。除了主食之外，动物常采吃的东西也是他们的副食。

莽人穿的，不，准确地讲，应是遮身的，除了上面提及的棕榈、树皮、茅草“编织”品外，还有兽皮、羽毛、火麻、竹片、藤子、亚麻等。有的，通过下料（相当于剪裁），如晾晒干的兽皮，按身体的前后面积用刀或者石块将兽皮分割，然后用细藤或者竹丝串联（近似于缝），在手臂或肩膀位置留出孔。“衣服”长度一般上至脖颈下至膝盖。有的，经过粗加工，再拼凑成“衣服”。如亚麻，将采摘的亚麻，用竹片、石块净皮剥落，取其经（纤维，即麻）进行编织。又如竹子，先剖开剥其表皮（绿色层面），再加工成细丝状进而编成“衣服”。再如羽毛，用麻、竹丝将其串联成片，再依身体宽窄按前后两片连接即成。前后两片式的遮身物（即所谓衣服）是莽人那个时期以及以前不知多少代沿袭下来的主要着装。除此之外，还有裙阴式（以遮住下身周围为主的“服饰”，形状类似裙子）、围胸式（主要是女人用）、缠体式（用编织成的条状物将上身顺胸部交叉层层包裹，主要是防寒）、随意式（就地取材，随便取块芭蕉叶之类大片的自然物挂在身上遮着即可）、披挂式等。小腿以下，脖子以上，一丝不挂。

家庭用品主要是刀（多以铁、铜磨制或用石块磨制）、箭、绳、枷（捕猎动物的暗器）、标，瓦罐、陶碗（泥土自制）、石缸（磨制或自然品）、火石（取火用）等，以及柴火、干野菜、干果、腌（实为风干）兽肉、树皮、羽毛、兽皮、棕榈、竹片等，也是财产。由于不懂农业生产，因而几乎没有农业生产工具。

入夜了，想到外界的高贵生活和部落的非人状况，刀妹很难入睡。她多想与幺舵一同离开原始部落，去寻求高贵人的生活。可如何起步？何处寻找幺舵？他是否同意自己的想法？一连串的心理疙瘩越来越纠结。她不知如何是好。

哗哗的雨声从洞外传来，越来越响，越来越大；雷声时而夹杂撕裂大树的“嚓嚓”声，时而夹杂冰雹欺凌树叶的“啪啪声”；狼停止了嚎叫；虎停止了撕扯；蟒躲进了洞穴；狗不知蜷缩在什么地方。一切都无奈地容忍暴雨的涤荡，雷电的疯狂。

刀妹被雷雨折腾得精疲力竭，昏然入梦。

突然，“轰隆”一声闷响，刀妹一家随着山洞的垮塌，被埋入泥石中……

不知过了多少个时辰，刀妹从昏迷中醒来，剧烈的疼痛和泥石的重压，她整个躯体一动也不能动。

“嗡（爸、爹）……”

“嘛（妈）……”

“……”

她断断续续地呼唤亲人，可都没有回应。她在悲痛中挣扎，在挣扎中呻吟。

“吭哧、吭哧……”什么声音从附近传到刀妹耳里。

“难道自己还能活命？”刀妹不相信自己的耳朵。

接着，脚上有什么东西在松动。应该是石块。

“自己遇到救星了！”她心里暗自高兴。

“咕咕……”显然，这是“救星”用嘴拖动石头时发出的声音。

“不对，这不是人！”刀妹突然紧张起来。

根据平时狩猎的经验，她的判断是对的。这不是人，而是狼。紧接着袭来的独特的酸腥味更加证明了这一点。

“不好，狼拖动石头是为了吃自己的脚！”刀妹非常警觉，用力往回收脚，可是怎么也动弹不得。她开始绝望。

“哎呀！”狼的牙锋已经钻进她脚背的肉里。她无能为力，紧闭双眼忍受着狼的撕扯。

“啪——！”一声沉闷的击打声传来，狼停止了撕咬。看来，击打声是冲着狼来的。

刀妹心中迎来了新的希望。

“唏唏唏唏……”这是老猩猩的声音。这是刀妹熟悉的声音。

那是几年前的一次奇遇。

刀妹和王大一同走进离部落不远的深山采集干果。一阵阵“嗷嗷”的狼嚎吸引了他们的注意力。两人循声而进，狼嚎越来越响，越来越肆无忌惮。他们躲进树丛，观察究竟。只见一群狼将一棵苦楝树围得像铁桶一般。狼头高昂注视树上，血红大口狂叫，此起彼伏，声嘶力竭。树上，一只苍老的猩猩蜷缩在树杈，一条腿耷拉滴血，十分凄惨。见状，王大和刀妹产生了同情心，互相示意共同救助老猩猩。

他们拯救猩猩（包括其他猿猴）是有原因的。听祖辈讲，人是由猴变成的。因此，莽人狩猎都不伤害猴类。不仅如此，还在方便时为猴类提供食物。久而久之，他们和猴结下了友善关系。

王大取下身上的箭张弓瞄准领头狼。只听“嗖”的一声，领头狼便应声带箭逃跑。见领头突遭不测，其他狼也尾随领头狼惊惶逃去。他们立即靠近猩猩，向猩猩做手势，示意赶紧离开。猩猩遇救，发出“唏唏唏唏”声，从树上艰难地滑倒地面，因失血过多，昏倒在地上。

刀妹立即从附近森林里找来止血和消肿的仙鹤草（他们曾经见到红顶鹤用此草的汁敷自己受伤流血的脚，因而仿效），一边放进嘴里咀嚼，一边从“衣服”上扯下一块很薄的棕片。这时，王大从沟里弄来清水，为猩猩清洗伤口。两人配合默契，很快就为猩猩上药包扎好伤口。接着，将猩猩安放进一个隐蔽的山洞。还在猩猩的身下垫了厚厚的干草。

也许是感恩的缘故，刀妹和王大进山狩猎，猩猩有时还尾随其后。

刀妹知道这是老猩猩在救自己。

自从刀妹王大救了老猩猩，老猩猩就随时关注他俩的行踪，以图回报。这晚，老猩猩刚冒雨赶到刀妹住的山洞，便发现狼乘人之危伤害遇难的刀妹。它不容迟疑，拣起一根木棒，对准狼的腰部，用力打下去。狼在黑夜遇袭，以为是人，便逃之夭夭。接着，老猩猩使出吃奶的力气，企望搬开压在刀妹脚上的石头。它前爪磨出了血，坚持推石头、刨泥巴，气管里不断发出痛苦的嘘嘘声。

刀妹也尽量配合猩猩，挪动大腿和脚，可瞎子点灯白费劲。她熄灭了生还的希望，闭上双眼，等待生命最后的到来。

“哗啦！”正当刀妹绝望的时候，压在刀妹身上的泥和石在猩猩的推动作用下发生调整，减轻了刀妹身上的压力。刀妹趁机发力，抽身坐起，摆脱了泥石流的重压。

“嘻嘻……”看到刀妹脱险，老猩猩从内心发出似人的笑声。

这场突如其来的灾祸，夺走了刀妹的爷爷、奶奶的生命。刀妹的父亲刀朗以及母亲身受重伤，哥哥刀大等人受轻伤。

面对灾祸，刀妹脑海里浮现一连串问题：

为什么莽人只能居住在环境恶劣的深山老林？

为什么人多势众的汉人、傣人居住在平坝物产丰富的地方？

为什么莽人的祖祖辈辈都远离其他人类？

为什么……

……

最后，她决心带着这些问题去寻找自己的心上人“幺舵”。

可是，当兵的天南地北，又到哪里去找呢？她陷入了苦闷地思索中。

十二

中国，每个民族都有自己的节日，莽人也不例外。

莽人，是非常爱美的。他们洗发护发，用的是皂角。每当皂角成熟的时候，每家每户像储备粮食一样，将皂角摘下挂在家里通风的地方以备后用。用时将皂角捣烂，放进竹筒里，然后从竹筒里倒出，搓洗头发。他们还用皂角洗身，洗“衣服”等。

莽人护肤是平常的事。由于环境和生存因素，本来属于白皮肤的他们，慢慢被浸透为黄黑色。因而，婴幼儿皮肤白里透红，娇嫩无比，成为成人羡慕的对象。为此，男女有闲就往脸上、身上抹擦芋粉、蕨粉。值得一提的是，蕨粉来之不易。他们将蕨根洗净刮皮，用木棒、石头捣碎似泥，放进水里淘洗，将渣清除。当沉淀后，将水排出，将淀粉捏成块状或球状，晒干即可用。蕨粉不仅能美白皮肤，还是上好的食品，也是婴儿医治褶皱处多汗的良药。

莽人中的妇女，不少人常用羽毛修饰眉毛。她们将羽毛一丝丝剥下，用蒜汁依眉样沾在眉头，二至三天一换。颜色的选择，是根据各人的喜好而定。

藏美，也是莽人的特殊风俗。姑娘长大了，胸部自然发育。为了不让高挺的乳房暴露，她们收集羽毛、棕丝，加工成圆形垫。将垫压到胸部，使双“峰”得到收敛。除了胸部之外，阴部也用此法覆盖。有人说，此举是为了防止男人蹉动。可能是一个方面。

在装饰上，莽人不分男女老少，竞相攀比。他们用的装饰品，完全取之于大自然。玲珑的石子，饱满的干果，飘柔的羽毛，鲜艳的花朵，美丽的蝴蝶，金色的藤条，红色的树叶，彩色的砂石，柔软的兽毛，动物的干眼（放在水里烫煮晾干而成），动物的双角，诸如此类，都是莽人的装饰物。

无怪乎，爱美之心，人皆有之。

莽人的“赛装”节，便是爱美尚美的最大亮点。

每年四月的最后一天，是莽人的“赛装”节。也许有人会质疑：没有“衣服”（专指布绸等纺织料加工而成的服装）何为“装”？其实，大大不然。能附着在身上遮羞、保暖，具有美感、装饰作用者，都应称为衣服。从这个广义的角度而言，莽人附着在身上的物件，也属“衣服”范畴。

到了每年“赛装”节这天，莽人部落男女老幼，兴高采烈，欢天喜地——这是莽人一年中最热闹、隆重的日子。

为了这一天的到来，有心人提前准备。平时，看到有适合“赛装”的东西，就收集在家。

“赛装”节这天，人们最先做的，是用植物颜料将身子除眼睛以外全涂成黑白相间的斑马图纹。图纹涂抹结束，用香茅草、沉香、附子、山玫瑰、黄椒等加工而成的香粉、香汁喷洒或涂抹在身上，并稍加按摩使香气浸透。也有用动物制品的，如蜂蜜、麝香、九香虫等。

接着是着装。将平时准备的饰物全部拿出佩挂在身上。

在莽人居住的中心地段，一块方圆近百丈的平坦草地，是莽人的赛装场。也是平时集体活动、休闲的场所。人们穿戴好，吃饱肚子，便陆续来到赛装场。来人大多为一家一户共同前往。他们扶老携幼，笑容满面，参加这一盛大的节日。

赛装节没有专人组织，完全是自由、自发、自愿的。最先，不知在多少年前，由几个青年在那块平坦的草地上显示自己的身上饰物。随之，越来越多的人穿上美丽的琳琅满目的饰品加入青年的行列。久而久之，此举便演变成至今的“赛装”节。

在莽人部落，最惹眼的美丽姑娘树修修，今天格外引人注目。她用孔雀毛编织成半圆形，用细藤固定在头顶上；用锦鸡毛粘在眉毛上端，酷似初几的月；用蕨根粉扑脸，南瓜粉妆靥，白里透金，青春靓丽；用五倍子串珠，涂上七彩颜色，挂到脖子上，珠光宝气；用各色羽毛编织成胸衣，与皮毛制成的披肩前后紧扣，艳丽富贵；用水晶、鸡血石等石子串成腰带，佩挂在棕榈叶编织的腰裙上，野趣浓烈，意气风发；用青苔、薄篾、蜂胶制成的下装，两根裤管迎风拨浪，朝气蓬勃，风姿绰约；用棕丝、篾条编织成船形履，每只以七条黑色的千脚干虫（可卷成一圈，故又称“手蟠”，“手镯”虫）点缀，奇彩无比，步履轻盈；用刺茅草、棕叶编成的筒形护手，套在狮皮手袖上，精巧绝伦，爱莫能近。加之她的一侧身，一投足，一睥睨，一启唇，一举手，丰满的体态和匀称的身段，令在场的男人神不守舍，想入非非。

十八岁的小伙桩平，今天也格外引人注意。他头戴虎头（经过干燥处理），额涂黑色“王”字，颈挂石子彩环，上身穿狮皮，下身着麂皮筒套，脚踏蛙形木屐，腰佩一把石制大刀，俨然是一派滑稽的武夫打扮。他虽这副装饰，可在大多莽人姑娘眼里，高大、魁梧、英俊的长相，是崇拜的偶像，择配的标准，情事的向往。

六十岁老人马休元却是另一番打扮。他头顶灯芯草编织的“云”团，眉插狗尾巴草装饰的长眉，嘴下悬挂长长的白马尾“胡须”，身着长长的棕榈叶制成的连裤“衣”，手执蛇头拐杖，迈着蹒跚的步伐，引起全场人捧腹大笑，赞不绝口。

由五个老妪联手装饰的动物更令全场惊叹：正在大家彼此观赏装饰的时候，有人发出一声警告：

“闪开，有大兽冲来了！”

顿时，全场骚动，惊叫声骤起，人们慌忙躲避。

突然，一头高大的巨象从东北方冲入草地中央，蹦蹦跳跳。不一会儿，巨象站立不动，象皮慢慢滑落，露出五个老妪。

真相大白，全场哗然。

赛装节一波未平一波又起。紧随“巨象”之后，是一个少年的装饰令人惊愕。少年名叫坎太，是莽人孩子中最有胆量的。只见他：头盘由乌梢蛇为塔底、蟾蜍为塔尖的“宝塔”，脖缠暗红色的王蛇，腰缠响尾蛇、飞天蛇、青色透明蛇，下身穿由蛙串构成的蛇食裤，脚踏蝎子、红蛛串成的蛇食鞋。身上的蛇很乖巧，全身颤抖，急于离开少年的热体，无心面对下面的“美食”。据说莽人串蛇的方法，是从一种铁丝虫的肚里剥出的线体经过干化将蛇捆绑在一起，用这种线体连接的蛇，不能动弹，越动弹，线越往肉里钻。所以，蛇很乖，不能用力和轻举妄动。这个少年的装束，俨然就是一幅群蛇戏蟾图。

除此之外，赛装节有把自己装扮成蛇形、龙形、马形、孔雀形、秃鹫形等动物形状；有把自己装扮成荷花形、牡丹形、牵牛花形、松树形、桐树形、棕榈形等植物形状；还有把自己装扮成泥人的。尽其所能，各显神通。

赛装，其实是大家聚集在一起，以装饰为由头，互相观赏，互相赞美，互相交往，取长补短。

赛装节活动增设的主要内容有斗蛇、吞蝎、滑枝（爬到树上攀枝而降）、拔竹、过槽等。

“过槽”，是在场地中央，用木板、竹子搭建三十丈长、三寸宽、悬空五尺高的槽道。参与者主要是青年、年轻人。配对为男女各一人。一般不选配有血缘关系的亲戚。

择配方式：将参与选配的人集中到划定区域；用棕片蒙上参与者眼睛，让其各自寻找异性配对。这种择配并非易事。不仅要找到人，而且要辨别男女和自己喜欢的人。有心计的人，双方事先都有准备：体势（主要是手、臂、臀、腿、脚）、物件、声音、旁人暗示等。找到对象不是问题，找到如意之人才是少数。

活动要求：配对依次各自向相反方向上槽，从一端往前行驶，以走完槽道不掉落到地上为胜。

活动的戏剧性在于：各自行驶到交会处如何让对方继续过槽。其一难度是三寸宽的槽道，除去槽沿，宽度（脚道）可想而知；其二是交会处两人可利用的槽道更有限，这也是此活动的精妙、引人、激动、扣人心弦之处。

鞭哨“啪啪”两声，清脆、震谷。过槽开始。

只见第一队人马老二、线红妮出场。俩人各自从一端上槽，晃晃悠悠望着槽的另一端行驶。双方还不到交会处已是汗透全身，精力减退，摇摇欲坠。

突然，钱红妮脚下打滑，体力不支，向下跌落。她急中生智，双手紧抓槽沿，重新站立身子，稍事休息，又继续前行。

惊心动魄，也是双方期盼的时刻到了：

交会处伸手便到。

作为男人，马老二自觉责任重大。他早已做好精神准备：紧抱她实现顺利、快乐交会。他接过她伸过来的手，两个人的身体逐渐接近。

这时，她身子失去重心，猛然摇晃一下，随之发出“哇”的惊叫声。他急忙跨前一小步，用手扶住对方；她顺势张开两臂，抱住他。两人像两股潮流迅速交汇在一起。

两股潮流油然升温、滚烫，尽情融合。他俩完全忘记竞技，紧紧拥抱，闭目享受两颗心灵的突然撞击。

“肉肉、肉肉（搂紧不放松之意）！”

“哇，好过吗？”

“……”

人群里不断爆发出狂荡的起哄声。

二人如梦方醒，睁开双眼，彼此羞臊地望了望对方，飞快低头回避。

这时，马老二明白责任，鼓足勇气，发挥男人的作用，将对方抱起脱离槽道，扭着身子将钱红妮越过自己的身子，各自向相反的方向走去。过槽成功。

场上欢呼声、掌声、“喔呵”声此起彼伏。

接着，有二十多对男女都先后过槽成功。

赛装节最后是以“泥战”落下帷幕。“泥战”是在入夜举行。之前，有人专门挖一种白色糍泥（饥饿时可以充饥），搓揉成泥团。白泥团不易弄脏身体。玩时，不分男女，只要身体健壮能胜任即可参加。参与者各选对象为“敌”，将白泥团砸向对方以示攻击。但不能攻击眼部，否则，对方一气之下另寻攻击对象，或一走了之。除了一对一攻击之外，还可交叉攻击，一对多、多对一等。

攻击进行五个时辰左右，便进入高潮。这时，人们身上的着装大多已被泥团击落或自身用力使其脱离身体，露出斑马条纹——半裸或全裸的身体。

“泥战”进行越加激烈，攻击双方（或多方）的距离逐渐拉近，直到零距离。这时，出现身体接触，各自向对方涂抹泥丸——除眼部以外的其他部位均可。

泥战场外，一堆堆篝火围绕，一股股食物香味扑鼻。这些食物是各人从家里带往赛装节场地的。他们不分彼此，都把家里上好的食物带上，共同烧烤烹煮，供所有人食用。

篝火星星点点，照耀泥团大战。“战场”上不断传出女人的尖叫声、弱者的告饶声和强者（包括得逞者）的得意声。也传出狂荡的调情声、混乱的喊叫声……更有男女控制不住倾城的情，冲霄的焰，双双跑入林中、草丛、洞内或无人看见的其他地方……

尽情、尽力、尽意之后，泥战结束，“队伍”围拢篝火，加入野餐的行列，直到次日凌晨。

十三

王大从部落带出的七名青年开始了军旅生涯。

次年深秋，蚊虫困扰，气候闷热。老界，气氛格外紧张。这是一个关系军队胜败的绿障山头。山的南面，法军一个司令部驻地的最后一道关卡；山的北面，黑旗军前沿阵地；山的西面临海、东面纵深是越南的一个县。两军对峙，谁占有山头，谁就居高临下，扼制对方，稳操胜券。这个山头的重要性是在法军溃败企图往北退守海岸时显现出来的。

为了挡住敌人的退路，黑旗军迂回山北，正面阻击敌人。已升为排长的王大，带领一个排隐蔽在山的西面靠海的一个夹角处，伏击敌人。

根据探子情报，法军一个营正靠近山头。这时正是凌晨。似乎未发现敌情，法军长驱直入。

黑旗军得知情报，也以一个营的军力迅速逼近山头。但是，由于情报的不准确，他们比法军晚一步。他们见法军已经占领山头，只得改变战术，变正面占领为侧面声东击西。部队绕到老界的东侧，按照部署，立即向法军发起攻击。

这突如其来的进攻，使得法军晕头转向，挥师东击。而这时，黑旗军的两个预备营乘机向正面山头摸进，并神不知鬼不觉进入山头。法军发现时，已处于两面夹击之中。无奈，法军慌不择路，向海一侧逃窜。就在海陆交接的夹角处，一股天兵突然杀出，法军猝不及防，仓促应战。

这支天兵正是王大率领的部队。法军的落荒而逃，无不证明头领刘永强他们谋略和领军的正确。王大遵照指令，带领黑旗军士兵们拦截敌人。王大率领的黑旗军，埋伏在夹角的最高处，即逃军必经之路的上面。埋伏时，王大担心敌众我寡难以取胜，便动员弟兄准备柴草，堆积在道路的下方。接着，在埋伏处沿线也堆满柴草，浇上桐油备用。

当法军残余进入伏击圈，王大一声号令：

“点火！”

一个个火球滚向路边，立即引燃路边的柴草，将敌人包裹在火龙之中。凭借火势，王大厉声命令：

“上！”

弟兄们腰挎大刀，手持棱镖，杀向敌群。

黑夜之中，敌军被火光照得一目了然。而黑旗军实力强弱法军都无法知晓。加之风助火威，燃烧的爆裂声和士兵的喊杀声，以及助阵的铜鼓声，响彻一片。法军不知虚实，如临千军万马，四面楚歌，吓得魂不附体。一些无心抵抗，束手就擒；有的保命为重，四处逃散；有的决一死战，舍命拼杀。

王大手起刀落，接连砍倒七八个侵略者。正杀得痛快时，迎面杀出一小撮敌人，紧紧护着一个身材高大、手持“竹筒”（望远镜）的人。王大认定这人是头领，不顾自己，只身杀入敌阵，直奔那个头领。他举刀厮杀，倾力破阵，都很难接近头领。他急中生智，突然摸出随身藏匿的一叠飞刀，“嗖嗖嗖”直飞敌群。只听声声“哎呀”，五六个护身（随从）立即倒地。几乎同时，王大眼疾手快，“嚓嚓”两刀结果了余下被飞刀惊魂的护身。接而单挑带“竹筒”的敌人。他凭借军营练就的功夫和自身的身体素质，与带“竹筒”的敌人连战了二十多个回合。先大刀对长枪，后因双方的器械都被对方震落离身，便赤手空拳对搏。搏击中，对方“横空出世”，飞腿直奔王大脑袋而来。王大“飞流直下”，迅速蜷缩直躲路下。王大瞄准对方，猛然起身，“佛手铜拳”直捣对方的“仙鹤抱蛋”；又顺势“翻江倒海”，双肘致对方“从天入地”。对方也不示弱，借力“霹雳电闪”，打得王大满眼金星，不知所措。

正当王大晕头转向时，只听“哎哟……”一声惨叫，便见带“竹筒”的敌人头颅挂在胸前，鲜血“咕咕”直冒。再定睛一看，原来是陈武及时赶来，从身后“扑嗤”一刀，结果了敌人的狗命。

结果了带“竹筒”的敌人，不知又从何处窜出一队法兵，直奔陈武、王大而来。这时，王大已经体力不支，行动艰难。

陈武将王大隐蔽在草丛，只身对敌。陈武将敌人引进窄路，挺标迎击。在上是峭壁，下是深涧的天然屏障的阻隔下，法军与陈武只能一对一。这对陈武是天赐良机。他手握梭镖，娴熟运作，接连刺倒两个敌人。第三个敌人往枪里装上火药、铁沙，对准陈武扣动扳机。陈武眼疾腿快，纵身一跃跳到一棵树上躲避。这时，只听“呯”的一声，从枪筒里飞出的铁沙擦身而过。陈武吓出一身冷汗。他不容迟疑，飞身从树上返回原处，继续阻击敌人。陈武立足未稳，只见一把像树叶的匕首迎面飞来。陈武横标一挡，匕首“哐啷”入涧。他以其人之道还治其人之身，顺势摸出一把飞刀送入敌人胸膛。就在这一瞬间，一个高大的法军乘势接近陈武。短兵相接，什么武器都施展不开，只能徒手拼命。五尺身高，敦厚壮实的陈武，面对六尺左右，比自己高大的庞然大物，不免有几分寒战。他把平时捕猎狮虎等大型动物的本领全使出来，尽量避开与对方身体接触。在躲闪的同时，他不失时机，给对方突然一击。因为陈武在躲闪时的一招一式都充满吓唬大动物的动作，给对方以假象，使对方不得不转攻为守。就是这平常的一招，就是这平常的一掌，对方的一趔趄，充分暴露了实力，坚定了陈武战胜对方的勇气。陈武转守为攻，变降虎时的“击脊”为“掏心”，当对方防守右腿的“海底捞月”时，急转身右肘猛击对方胸部。这一招真灵，对方一声惨叫，捧腹退让。陈武毫不手软，乘胜再对准对方后脑重重一击。对方立即倒地。紧接着陈武腾空屈腿，“千钧盖世”，双膝直扣对方腹部。只听对方“哇”的一声，便瞠目毙命。

这时，借助火光，只见法军后部乱作一团。定睛一看，“后院起火”，王大稍加休息，从这队人马后面突然挺标杀至。两人将法军堵在狭路中。好戏连台。赶来的黑旗军其他士兵看时机难得，点燃浇上桐油的柴草，从峭壁滚落狭路，烧得法军呼天抢地。

很快，王大、陈武等黑旗军士兵三下五除二，就把这小股敌人尽数消灭。

天渐渐亮了，一面七星黑底三角旗飘扬在老界山头上。

十四

经过反复考虑，刀妹决定动身，寻找使自己寝不能寐，食没有味的途径。

当月亮从山头上露脸的时候，刀妹从鸡窝抱起一只没有打鸣的公鸡，来到一块开阔地方。面对月亮，她双膝跪下，双手捧鸡高过头顶，做行（出远门）前叩拜。她心里默默祈求神保佑她顺利找到平安的心中人；祈求神保护她出行后家里一切平安。她一求一叩。末了，平稳地将鸡从头顶放到怀中，用双腿夹住鸡身，双手在鸡冠上绕一圈，然后从鸡翅上拔下一根最长的毛，放到跪拜地的最中间。她又将鸡毛粘肉的那一头插进地里，掐断另一头贴在土里的那一头边上。看看一切就绪，刀妹抱着公鸡回洞。

第二天太阳露出山头的那一刻，刀妹身带行装（以防身器具为主）出现在昨晚祈求的地方。重复昨天祈祷的仪式。然后寻找鸡毛。她发现，贴在插进土里的那一截鸡毛，在附近的一片枯叶上，末梢的细毛向着太阳升起的地方不停地煽动。刀妹如获至宝，立即捧起鸡毛，面向鸡毛指引的方向，咿咿哑哑，念个不停。接着，她将鸡毛藏进头发厚实的地方，又用手压了几下，便直冲太阳升起的地方，匆匆奔去。

五天五夜过去了，刀妹扇形的十个脚指头都起了泡，有的血肉模糊；手上、脸上，凡是裸露的地方都伤痕累累。这是原始森林给刀妹的“恩赐”。这五天五夜，她去过曾经被蒙面人劫留的原黑旗军营地；去过她与王大经常狩猎、采集、玩耍的密林、溪畔、洞穴；去过她认为可能找到心上人的其他去处，都无结果。

王大他们（这个后缀词应指王大周围人际的捎带，含实为专指又羞涩让人不知隐秘的含蓄婉转之意）会在何方呢？刀妹又处于迷惘之中。

刀妹轻轻抚摸藏鸡毛处的头发，面对太阳升起的地方，心中又燃起新的希望。她找来棕片，把双脚裹了个严实，吐口唾沫在手心，往严重的伤口抹抹（消毒），紧了紧行装，向着初升的太阳，满怀希望大步朝前走。

又经过五天五夜，刀妹昼行夜宿，每天东方发白就出发，迎着太阳赶路，拖着自己的影子奔忙，直到太阳落山，自己的影子消失，看不到前进的方向为止。

今晚，她是最幸运的。不仅天上有星星，前方也隐约见到灯光。她确信，那灯光不像她家乡的松脂燃放的样子，没有长长的火焰，没有跳动的闪现，没有烟雾的升空。从她所在的位置到灯光之间，有广阔的不像密林的东西将平坦的大地盖得严严实实；右侧还有很多天上的星星掉落，这应该是长长的宽宽的有水的地方。其余地方看不到边。她看着看着，觉得眼皮很重。特别是上面的眼皮总是往下掉落。她无法坚持，便钻进事先搭好的树杈间的草窝里，呼呼入睡。

刀妹梦见自己掉进火海，全身滚烫，头发被烧焦，身上的棕片、草袋、鸟毛（指衣服）全烧没了。当她醒来，太阳已经老高老高，阳光直射她的草窝，她全身汗如雨下，焦灼难受。

她跳下树杈，遥望前方。昨晚那覆盖平坦大地的东西变成金黄色的茅草（实为水稻）；星星掉落的地方是天大的水塘（大海）；有灯光的地方是一堆堆黄色石头（黄瓦）垒起来的小山（房子）。这眼前的一切，都是她从娘肚子里掉下来后第一次见到的。她双眼充满惊喜和恼怒。惊喜的是莽林的外面好的地方好的东西好多啊！恼怒的是多少代莽人从未走出过莽山，不知道天有多高，地有多宽。

她想，这看不到边的金黄色茅草里一定有肥壮的兔子、山鸡、山鼠，一定有香甜的木薯、山芋、刺梨；天大的水塘里一定有鲜美的鱼、虾、蟹，水一定照得出她右耳垂下面的红豆（痣），一定会将她白里透红的身体摇来摇去……

她从美好的想象中回到现实，一个大胆的决定浮出脑海——

搭建“人”形（千脚落地房）棚子，找回幺舵同住；把部落人全带过来居住，共同过上好日子。

她砍倒树木、竹子、藤子，修去枝叶；刈来茅草、竹枝，便在离开大水塘与平地结合的背风高处选了一块宽阔又隐蔽的地方开始建“房”。

她在两棵树之间将一根很粗很直的木头用藤子拴扎固定作为“梁”，在“梁”木两头和中间架上“人”字形木架，将剖开的竹片均匀排放在“人”字架上并用藤条扎牢。然后在“人”字架上铺垫茅草和竹枝，用茅草、泥土封堵“人”字架的一端，留出另一端作为“门”方便进出。这“房子”就算建好了。

“人”字形“房子”在那时的莽人部落可称得上是上房。

她盘算，自己挑选的这块平坦的地方，一户部落家庭建一棚（相当于汉人的幢），七十户家庭还用不完这块地。剩余的土地部落成员几代人发展都够用。

入夜，不，是新“房”的第一夜，刀妹将建棚剩余的竹子拼凑成的“门”由里屋轻轻关上，用刀把撞击火石取火，将屋内柴火点燃，开始烧烤。不多一会，兔肉的油香，山芋的糊香，栗子的焦香满屋扑腾。温馨与思念缠绕着她。她望着通红的柴火，嗅着诱人的香甜，完全把自己融入恋人、家人、部落成员之中，暖流融遍了她身体的各个部位，她完全沉浸在幸福之中。当她从沉迷的思绪中清醒过来，面对孤零零的现实，她多么想念亲人和部落成员啊！她想着想着，热泪禁不住从脸上滚滚流淌。

……柴火越来越小，越来越弱；鼾声越来越响，越来越长。外部的宁静紧紧包围着刀妹。

远处，三个黑影越来越靠近刀妹。这是三个男人。他们是通过刀妹新建的“房屋”透出的火光发现目标的。他们接近目标是为了弄清新出现的情况。

三人走进目标，贴近新“房”。其中一人用手指扩大茅草缝隙，发现里面躺着一个“野人”。这人立即将另外两人拉到僻静处说了发现的情况和商议对付的办法。

这时，也许是柴火的原因，刀妹在睡梦中将盖在身上的草全都推开。腰部的棕榈片由大腿翻弄到腹部以上，女人的隐私暴露无遗。

这一切，被三个黑影在柴火的闪烁下看得时明时暗。其中一个黑影轻轻推开“门”，从头饰摘下一根羽毛，露出淫荡狰狞的面孔接近刀妹，用羽毛撩拨刀妹的下部。紧跟其后的两个黑影捂着嘴笑个不停。

长期生活在深山野林的刀妹，神经特别敏锐。她感觉有什么东西贴近自己、撩弄自己，便从梦中惊坐起来，下意识拿起身边的刀，猛然跳出草堆，惊恐地躲开三个坏人。刀妹看到三个坏人堵住出“门”的路，急中生智，将诱虎的招使出来，用刀破壁。

三个坏人立即舍“门”阻止刀妹逃出去。

就在这一瞬间，刀妹机灵地闪到“门”边，推“门”而出。挂在胸前的幺舵送给她的绿色月牙石头被枝条刮到地上。

几乎同时，一个坏人立即扑向刀妹。

刀妹知道如何对待威胁自己的坏人。她突然发力，一刀刺向坏人。

另外两个坏人一个保护肚子被刺的同伙，一个握刀来刺刀妹。

刀妹使出捕蛇的办法，顺手抓起一根竹枝，在坏人眼前一戳。当坏人用全部精力保护眼睛的同时，刀妹另一手将刀抹向坏人的脖子。

三个坏人中两个都受了伤。没有受伤的急忙救护受伤的同伙，腾不出手来对付刀妹。

刀妹乘机逃进山林。

当她回顾自己新建的棚子时，只见火光冲天，一切希望都被大火吞噬。

在火光的照射下，刀妹才看清坏人的面目。三个男人都是中等身材，两胖一瘦，穿的服装是两种式样。一种是头缠包巾，把眉毛以上头顶以下裹一圈，左耳上面扎着一朵羽毛编织的花。衣服是白色的，从脖子正中直下至小肚皮开缝，由几颗布做的纽扣扣住缝的两边。两根裤管像芭蕉叶卷成的圆桶从腰部直盖到脚背。一根白色的（银饰品）带子拴在黑色裤子与衣服的结合部，一环紧扣一环，将肚子勒成花生壳的样。带子右边挂着白色（银）的长盒子（刀鞘、刀把）。

另一种服装式样是从脖子下端一直到小腿，右边开缝。缝分两段，一段从位于咽喉部衣领处斜插右胳肢窝。一段从胳肢窝一直到衣服底边。衣服的颜色由于火光的缘故，蓝、黑都像。这样的衣服穿在瘦个子身上，使瘦个子很像一根枯柴。

正当刀妹想弄清三个人的面部时，被三个坏人放火烧的自己新建的“房”突然垮塌，熊熊大火顿时变成浓浓烟雾，淹没了三个坏人，遮住了刀妹的视线。

莽人士居（摄影：云石）

十五

老界一战，虽取得了胜利，但，王大却失去了从家乡带去的四个兄弟。现在，只剩下陈武、盘祥云、罗石头。

法军的侵略行为在各个战场受到致命打击，加之给养不足，生活不习惯，厌战情绪高涨，不论从军事上，或是从精神上都处于极其不利的地位，逃出被侵略国已成定局。这种态势，让黑旗军和清兵、越军都感到庆幸。随之而来的，便是黑旗军的去留问题。招募时明确规定，打完仗或抗法结束，士兵不愿留的可以回家，或由本国政府协调另选自己满意的地方居住。后者，对于王大他们很需要。

王大、陈武他们四人经过商量，认为与其自己寻找地方开辟新天地，还不如选择由政府协调的办法。他们决定向头领提出要求，给予新居住地。

黑旗军头领向清军有关头领反映王大他们的请求。清军头领直接与地方政府联系。结果，同意王大他们（包括牺牲的四个同胞的家属）的请求，责令地方政府在莽人居住的西南一百里范围内划定一块由王大他们选择的地方作为新的居住地。

这件事情之所以顺利，是王大他们不知道的权宜之计的促成。黑旗军的关心，是出于对底层人心的需求的考虑。经过王大等人在黑旗军的表现，黑旗军发现了莽人兄弟的质朴、憨厚、勇敢。这正是黑旗军今后打天下所必不可少的中坚力量。很显然，这就是黑旗军将领关怀王大他们的目的所在。

而清军满足黑旗军的要求，是有原因的：一是黑旗军在抗法方面与清军肩负同样的使命；二是黑旗军在抗法中的忘我牺牲精神和巨大贡献；三是清军清醒地认识到黑旗军在国家的地位和今后的巨大前景，留条后路有利无害。

地方政府的顺从，是着眼于军队与天下的关系。

王大他们只知道军队、政府都把他们当人看待。

十六

在山下的人群中，“野人”是妖魔邪恶怪物的化身，是养育、诅咒、调侃、威吓、玩笑等日常生活的调料。并且贯穿于各方各面。

有孩子不听话，窜山踏野，长辈就会对孩子说：

“‘野人’将你抓去喂蝎子毒蛇，你会没命的。”

有人戏弄别人或玩笑过头，对方就会生气，或释放一种冲动、愤怒：

“让‘野人’一口口将你吃掉！”

有大姑娘、小媳妇常常外出撒野，父母及别的长辈就会痛骂警示道：

“你东跑西野，迟早会被‘野人’夯（交媾时发出的喘气声，此处指奸）死！”

夜幕降临，五十多岁的木除在小女儿木冬冬的纠缠下，讲述‘野人’零星的传说。

“妈妈，‘野人’的脚板有三尺多长，那他的腿有多粗呢？”木冬冬对“野人”充满好奇心。

木除放下手中的柴火，回答女儿道：

“听我的爷爷讲，‘野人’的腿有大象的腿粗。它一脚能踩死一头牛。”

木除继续对女儿说道：

“原来，我们只知道猴子的手臂或者肢体是最长的。听我们的祖先讲了以后，我们才知道，‘野人’的四肢才是最长的。我们住的是三丈高的房子，‘野人’一伸手便能摸到房顶。他们走一顿饭时间的路，我们要走一天。他们的口水。”

说到这里，灶上的壶水烧开漫出，溅到火里发出“哧呼哧呼”的声音，她急忙去提开水。

女儿急不可耐地催促母亲：

“妈妈，他们的口水怎么啦，快说给我听嘛！”

木除坐到中堂木凳上望着女儿接着讲道：

“口水，汗，尿，都是红色的，是血。”

女儿木冬冬急忙打断母亲的话问道：

“他们的血是什么颜色呢？”

木除回答道：

“他们‘野人’的血和五脏六腑一样，都是黑的，他们见人吃人，没有人就吃野兽。他们吃东西可凶啦，一口能吞一条蛇，吃一只鹰。”

“一个人呢？”

女儿木冬冬又打断母亲的话问道。

母亲回答道：

“几口，嘎叽嘎叽就咽到肚里了。”

“妈妈，他们先吃人的头还是脚？”

“先吃人的肚子，连屎一块吃。”

“哈哈，妈妈骗人！”木冬冬不相信地发出笑声。

笑声过后，木冬冬天真又认真地问妈妈道：

“他们是晚上还是白天出来吃人？他们何时肚子最饿？”

木除边理线边回答女儿的问题：

“他们见到人就吃，不分白天黑夜；晚上，深夜，‘野人’最饥饿，最想吃人。”

“妈妈，他们都藏在何处等待吃人？”

“乱跑贪玩不听大人话的人，‘野人’最喜欢吃。他们躲在山洞、树丛、狼窝、田边、地角这些人不容易发现、不小心、不注意的地方，一切看不见、看不明的地方。”

木冬冬听到这里，看着门外，若有所思，然后转过头望着母亲道：

“妈妈，‘野人’除了长得很大很大，还有何处长得怕人？”

“说这‘野人’也真怪，他们的双眼像开口爆裂的大石榴，鼻子像蟾蜍，嘴巴像两把合在一块的簸箕，脸像乌蛇的皮，头发和脸上的毛粘在一块，分不清谁是谁。他们黑黑的舌头会伸缩，见到人时，突然从人看不到的地方伸出，将人一下卷进嘴里；平时，舌头缩在嘴里一动不动，好像专门为吃人而生的。”

“妈妈，我们睡觉的时候，‘野人’会从房梁、山墙、屋角，我们看不到的地方突然出来吃我们吗？我用被子盖住头他们会看到我吗？妈妈，我怕……”

木冬冬边说边恐惧地躲进妈妈的怀抱，脸紧贴母亲的胸部。

“乖，不怕不怕，只要你听话，什么都不怕。”木除搂紧女儿，摸着她的脑袋鼓励道。

在莽山脚下小河的北岸，几个青年正在运石头砌河埂。虽说他们是青年，可谈起莽人，他们难免毛发竖立，顿生畏惧。

常饼头是几个青年中胆量最小的。他既怕莽人又喜欢听有关莽人的故事。

“唐都，‘野人’最喜欢何种活动？”常饼头来了兴头，问莽人的事。

“莽人最喜欢分尸抢食。”唐都轻描淡写地回答常饼头的提问。

“你知道得多，你就讲讲‘野人’的事嘛！”常饼头近乎要求地请唐都讲“野人”的事。

“‘野人’分尸抢食可凶啦！他们将抓到的活人用木头钉在地上，用水浇透活人。这时，围在活人四周的‘野人’双脚交替运动，跳起‘分尸舞’。舞到高潮，他们用力吐出口中的石子，一齐冲向活人，用嘴撕扯。有的撕扯头，有的撕扯脚，有的撕扯手，有的用手撕扯肚子、胸脯、大腿，以及阴部、屁股。这些‘野人’边撕扯边发出‘嗷嗷’狂叫。完了，他们并不满足，抓起沾有活人血迹的泥土抛向天空，大有吃完天下活人方才罢休之势。”

听到唐都讲得认真、动听，常饼头得寸进尺地要求道：

“听说‘野人’吃活人的方法很多，都还有哪些？你快讲讲。”

唐都接着讲道：

“说多也不多，我听讲的就几种。一种是刚才讲的，另一种是在柴火上烧着吃。他们把人肉烧熟，蘸上蜂蜜，吃得有滋有味的。他们连骨头一起吃。再一种是风干吃。将活人钉在木桩上、山洞里，或挂到树上、岩石上，人的水分全干了，他们一块块撕下吃。这种风干人肉，他们常常带在身上外出当干粮吃。还有种吃法，是泡着吃。将活人四脚捆扎，投入水塘，一段时间，七八天后，当尸体从水底漂到水面，人体完全膨胀，捞出撕着吃。”

常饼头听不下去了，阻止唐都道：

“我们可别落入‘野人’的手，要不然，可惨啦！”

十七

刀妹的爷爷、奶奶不幸死于灾难，全家活着的人非常悲痛。部落成员也抹不干伤心的眼泪。

第二天清早，部落的乡亲按习俗立即帮衬安埋死者。

死者家里的人先清理洞内的泥沙和石头，为死者用清水洗擦全身，用藤条将死者脚拇指捆扎在一起，接着，将洞中死者生前与家里其他人隔离的竹墙拆除，把死者用“衣服”和“被子”（用棕榈所编织）穿戴好，停放在原来睡觉的地方。

部落成员为刀妹的爷爷奶奶分头准备后事。

寻找墓地的跋山涉水，找遍所有觉得可行的地方，然后从中挑选确定。莽人墓葬，一般都选择山梁的下部，顺山横葬。他们选定位置后便挖墓坑（深至五六尺，以埋好与地表基本平行为准）。

与此同时，一部分人在墓地上为死者用竹、藤、木、草等搭建棚屋；一部分人砍树加工棺木（将树中间剜空）；一部分人为死者准备祭品：猪、鸡（不杀，而是用木棒、拳掌等将其打死放血）、玉米、木薯等死者生前喜欢吃的，烧烤烹煮。

还有一部分人找来竹子、藤条，编成两块竹席和藤席，将尸体对角包裹捆扎。

这时，刀妹和家人在爷爷奶奶身边摆放他们生前用过的棕榈、兽皮等编织的衣服、被盖，以及生活用的竹筐、铁刀、石斧等作为陪葬品。

接着，负责埋葬的人将尸体抬到墓坑进行安葬。一般安埋方式为吊葬（也有滑葬、提葬）。将包裹好的死者放入棺材，按男人头向太阳升起的地方，女人头向月亮落山的地方的习俗，将棺材放入墓坑，填放泥土与地面齐平为止。

送葬、安埋死者的人快回到死者家时，要在后门的方位将全身裸露的地方（主要是面部、手、脚）用清水洗净。同时，死者的亲人将头顶头发用刀割下一部分放入洞口雨水常滴落的地方（意在死者灵魂不会附着在活人身上）。这样，送葬、安埋死者的人才能进入死者家。

死者家人哭丧，分几个阶段：死者咽气时，家人（含亲人）悲痛欲绝；死后，家人找来树皮、藤条等披在身上（主要是背后沿头发以下），大家泣不成声；送葬和下葬时，家人护灵而哭，惊天动地。

莽人信仰人死后回到祖先生息的地方，但必须有人引路、指路，否则，就成孤魂野鬼。他们请来专门引路的魔王或神人。神人在埋葬死者的次日清晨，在死者生前居住的正门相反方向，手里握住柏枝、松枝、姜枝，低头念念有词（大致内容有颂扬死者值得称颂的事迹、父母的养育、部落成员的关怀帮助、家里的财产等生活基础、嘱咐希望等）。

葬后，刀妹和母亲清扫洞窟，将爷爷奶奶生前用过的东西全清除抛入深谷，以便随亡灵而去。

葬后第二天傍晚，连续九天的送火安魂开始了。刀朗和儿子刀大将准备好的火种和祭品带到坟地。

一到墓地，刀大将箩筐内绒草包裹着的木炭火球细心取出，点燃事先准备好的堆放在坟棚内的柴草，双膝跪在爷爷奶奶坟前，匍地叩拜，心中不停地念道：

"'曚（爷爷的称谓）'，你饿着肚子从林里带回鸟蛋，急急忙忙煮给'稳多'（孙子）吃。

"你带'稳多'去打猎，遇到毒蛇猛兽，总是先将'稳多'藏在你的身后，宁肯把危险留给自己。

"你常常教育'稳多'，想事做事都要往正道上走。要把年长的人当成长辈；要把年平的人当成兄弟姐妹；要把年幼的人当成自己的孩子；要把远方的人当成贵客；要远离恶人。

"你看到别人有困难，你就带着我们去帮助他们；你看到有谁欺负别人，就带着我们去打抱不平。

"愿'曚'保佑'稳多'和家人平安富有，代代兴旺。

"愿'曚'一路顺利，永远过上有吃有穿无病痛的好日子……"

拜完爷爷，刀大又到奶奶坟前跪拜。他接着拜道：

"'琼'（奶奶的称谓），'稳多'外出，你在门前焦急地等待，不知有多少泪水流进心田。

“睡觉的时候，你经常将‘稳多’的手和脚塞进草窝里，担心冻着凉着。你还整夜整夜为‘稳多’驱赶蚊虫。

“吃饭的时候，你总是将好吃的东西往‘稳多’嘴里喂，自己却吃得很少很少。

“‘稳多’病了，你时刻不离守在身边，嘴里还念个不停，祈求上苍保佑。

“天冷的时候，你脱下自己身上的棕榈衣为‘稳多’穿上。天热的时候，你用竹子编织的扇子为‘稳多’扇风退热赶蚊子。

“你要‘稳多’自立自强，靠自己的双手独立生活。

“愿‘琼’保佑‘稳多’和家人平安富有，代代兴旺。

“愿‘琼’一路顺利，永远过上有吃有穿无病痛的好日子……”

接着，刀大往火堆里加了几根粗大的象征吉祥如意的能增加和延续火势的木头，和父亲一道离开墓地，三步一回头，心情沉重地往家的方向离去。

十八

王大、陈武、盘祥云、罗石头他们根据地方官员指定的区域，寻找地块作为新的居住地。

他们整整找了半月，终于找到了满意的地方：

一块长方形的大约上千丈宽的、东面临山、西面森林遍布、北面沟谷纵横、南面大海隐现的理想地。

大范围确定之后，他们开始确定中心地。

他们披荆斩棘，跋山涉水，大范围走遍了整个看好之地。

“喂，罗石头、陈武，你们过来看，这里有人住过。”

看到房子被烧毁后留下木炭和灰烬，王大边提醒同伴，边仔细观察火烧的痕迹。突然，他发现了蓝色月牙石，抑制不住惊叫起来：

“‘稳女’（这里即指妹，又指心上人，双重含义）来过这里！……”他对身旁的人说到这里，发现自己太激动暴露了秘密，马上打住。

盘祥云问是怎么回事？

王大回忆道：五年前，他进山打猎，在一条小溪里发现蓝色光亮的东西，便捞上岸，原来是一块半个鸡蛋大小的月牙形状的蓝色石头。之后，他把这块石头作为心爱之物随时挂在身上。不久，便把这块凿了小孔的月牙石赠给了心上人刀妹。

显然，刀妹在这里住过，而且离开时把房子烧毁。王大这样认为。

“不对，我们住过的地方是不能烧的，谁烧了谁就会毁了火的好名声，火就会随时燃烧谁。”王大分析道。

“刀妹她为什么把定情物随意扔掉，难道……”罗石头猜测。

“不好，刀妹出事了，遇到坏人了！”王大感到事情不妙，大声惊呼。

他们四人立即分头四面寻找刀妹遇害的痕迹。

他们一行不断扩大寻找范围，从太阳出来到天黑。一天、三天、十天过去了，仍未发现任何蛛丝马迹。

莽莽林海，偌大天涯，何处寻找刀妹？他们无计可施，决定先选地址建房，再做找人的打算。

其实，他们心里都明白：如刀妹还在人世，一定会回来寻找定情物月牙石，因为定情物如同生命和女人的贞操一样重要。如果别人拾到，失落者便会重则遭天谴，轻则失去生命和操。如果人已经遇害，便另当别论。

他们宁肯信前者，先建房，然后等着刀妹的到来。

他们根据莽人部落的人数和户数多少，按一户一房动工兴建。

在他们看来，“人”字形结构最适合莽人生活习惯。便统一建“人”字形住房。

他们分头备料。不到两月，便把竹子、木头、棕榈、树皮、藤子、石片等统统准备就绪。

他们正式破土建房的时候，突然来了一大群人，有穿长衫留有长辫的，有裹包头别着羽花的，有穿短褂腰佩银器的，有披羊皮衣头上戴着羊角的。从服饰看，至少有十种民族。他们有的手持砍刀，有的斜挎弓箭，有的扛着扁担，各种器具不下于十种。杀气腾腾，大有一举剿灭王大他们之势。

要是在以前，王大他们惹不起还躲不起吗？早就一躲了之。可现在的他们，大多是经过黑旗军历练过的精兵强将，是不会轻易逃避的。

为了应对不测，王大他们都握紧手中的刀，看准可利用的木棒和竹棍之类。

不速之客中一个身材清瘦的身着青色长衫留着长辫子的中年男人站在队伍中间的前面，冲王大他们发话道：

“前不久有个女的砍我们的山林，在我们的土地上……”他说到这里用手指着王大他们站立的地方，接着说道，

“……建房，我们把它给烧了。”

他又抬起右手指着王大他们：

“你们又来破坏我们的山林，占我们的土地建房，真是无法无天，岂有此理！赶紧滚开，滚得越远越好，我们不想再见到你们！”

他的话音刚落，这伙人高举手中的武器，龇牙咧嘴，爆发出震耳的吼声：

“滚开！滚开！”

声音在山谷回响：

“滚开！滚开！”

王大他们耐着性子，等待狂怒的停歇。吼声终于停了下来。王大抓住机会，向前一步，手摸腰刀，面对这群人解释道：

“我们是经政府官员同意才到这里来建房的，如果你们不信，你们就去问政府官员。”

“甭听他胡说八道，赶他们滚！”人群中有人高声起哄。接着“滚！滚！滚……”的狂啸声又重新叫个不停。

这伙人边吼边向王大他们逼近，大有一触即发之势。

“我们怎么办，王大？”陈武用恳求的目光看着王大。

王大习惯地摸摸鬓毛中的疤痕，神情专注，拿定主意后，果断地对陈武，也是对大家说道：

“不能坏了莽人的规矩，我们还是忍了吧！”

论功夫，王大他们几个人未必战胜不了这群地头蛇（即地方邪恶之辈），但论习俗规矩，莽人不跟其他人群斗，除非到了生死关头。

“我们逃吧！”王大看大家一眼，示意躲进山林，便带着几个弟兄离开了这是非之地。

按照地方官员的安排寻地建房，结果落到如此地步！王大他们十分窝火，对地方政府及官员产生了怀疑。

王大他们哪里知道，战事平息，法军败退回国，清军回归朝廷，黑旗军也退隐修炼，地方官员又恢复了腐败和各自为政的局面，把对军队的承诺和军队与地方的关系束之高阁。

他们多次找政府，可都不了了之。

接下来何去何从，王大他们面临两难的选择：

回家乡吧，为乡亲们改变居住环境的愿望没有实现；希望破灭，又怎么办呢？

在退避的山洞里，王大手中反复抚弄着月牙石，心里不停地念叨着：

“‘稳女’你在哪里？我们还能见面吗？”

在随黑旗军兄弟回老巢扩充兵员的日子里，当王大看到广袤的丘陵，浩瀚的大海，别致的庄园，眼前便浮现出刀妹的影子。

他曾想，在开阔的丘陵，选择有湖泊或江河的地方，像先进的人们那样，建一幢三层楼有围墙、庭院、鱼塘的庄园，楼内分卧室、粉黛阁、客厅、厨房、饮宴厅、书房。园内种上柑橘、黄犁、芙蓉、玉兰等树木，塘中移种莲荷。园外学习耕种水稻、玉米、蔬菜。到那时，生下很多后代，也让后代建造各自的庄园，将方圆广大的地方都变成王氏居住地。不，应把部落的成员都搬迁到这里来，让每家每户都住上庄园，让每家每户都发展很多后代，让更广大的地方都成为我们部落的领域。

他想到这里，身子一热，躁动不安——丰盈的体态又出现在眼前。在庄园的卧室，他和‘稳女’依偎在棉被铺垫的、丝绸覆盖的、绣着鸳鸯戏水的枕头舒适的刻有龙凤图案的楠木大床上。刀妹侧身躺在他宽阔的胸怀里，他紧紧搂住‘稳女’。刀妹有些喘不过气来，发出短促轻微从气管里挤出来的声响。他伸出一只手把早已扯到一边的她的睡衣拉过来搭在她的身上，他们又进入温柔的梦乡。

在粉黛阁，刀妹正在往脸上涂玫瑰粉底。他为她将垂落到身后臀部下面的如同波浪一样的青丝用桃木的梳子轻柔地梳理。又为她抚平锦底丝花的披肩。顺势吻了吻她细嫩的散发芳香的脖子后面，进而又情不自禁地从身后双手搂住她高耸的胸。她顺势转身，将嘴唇交给了他……

在庭院里，儿子、孙子们汇聚一起，欢声不断，笑语连天。

最小的孙子蹒跚学步，跑到爷爷王大的怀里，伸出红红的小舌头不停地舔着王大的脸。

最小的只有四五岁的女儿非常淘气，将沾上鸡屎的小南瓜用瓜叶盖住上面递给妈妈刀妹。妈妈接过南瓜，发现手上沾了鸡屎，追打着小淘气。

部落所有庄园炊烟袅袅，青烟掩映。黄澄澄的稻谷从庄前一直铺到湖天连接之处。围绕庄园的江河湖泊，鱼虾跳跃，垂柳依依。不远处的山丘，满是牛羊。白、黄、黑、花、各色牛羊在绿色的映衬下，多像一块绿底的巨大地毯上跳跃着璀璨的星光。

在庄园群落的中央，一座红墙青瓦、周传梁画栋、宽敞清雅的私塾，传出琅琅读书声：

“涓涓之水，汇成江河……”孩子幼稚清甜的声音穿过丘陵，穿过山川河流，穿过蓝天白云，直奔王大心田。

……

“哎，你梳着我眼睛啦！”刀妹转身提醒和嗔责王大。

王大这才收回想象的翅膀，让心旷神怡收缩到刀妹这个“点”上。他展开双手，抚慰着她：由温软的云，逐步变化为压缩的棉团；由挺拔的山峰，渐渐升华为炽热的暗流密布的剧烈动荡的湖，将王大吞没、窒息、神魂颠倒……

……他被炽热的湖水搅拌，被千丝万缕的网拉扯。他精神倍增，活力四射，专注于神秘世界的探索。他发现，这个世界各个网眼中，有无边无际的、神秘莫测的、令人神往的魔幻太空，每个太空，都容纳无尽的想象和永恒的虚幻，以及狂妄的贪欲与放纵。他驰骋广宇，冲破一生的禁锢；他放任自由，竭尽所想、所能、所不能；他横冲直撞，任凭云遮雾掩，哪管酷热与冷寒。他突然睁眼，想一睹大千世界的神奇。可就在这一刹那，伸展舞动的双手已碰到尖硬的冰锋上，他“哎呀！”一声惨叫，垫在木头上的小拇指，被另一只拿着月牙石的手狠狠砸到。他回到现实。

“下一步我们应该做何打算呢？”王大摸摸鬓毛中的疤痕用征询的口气看着陈武他们。

“我们另找地方迁移部落成员。”罗石头提出自己的想法。

“去我们扩充兵员时到过的地方，选地再建。”盘祥云发表自己的看法。

“组织力量练武，把政府指定的地方夺过来！”陈武还未说完，就得到大家的赞同：

“干！”这办法马上把大家情绪调动起来，除了王大外，都激动支持。

大家统一了意见，坐在一个角落不吱声的王大站起来，一手摆弄着月牙石，一手摸着鬓毛中的疤痕对大家说道：

“大家的办法都很好，但是眼前都难以操办。找地方再建迁移房，这是我们的共同心愿，要不然，我们离乡背井出来闯什么呢？这是下一步的打算。”他说到这里，把目光转向陈武：

“你的主意很远大。”他停了停，控制情绪，继续说道。

“通过武装夺天下。”他把目光转向大家，“黑旗军可以，清军可以，法军可以，为什么我们不可以呢？我们遵照政府官员的决定选好地方，平整地块，准备好木料、竹料、石料，就要正式建房子，可是一伙地方势力硬是阻止我们，将我们赶走。”

他睁大眼睛，提高声音，摸了摸鬓毛中的疤痕，激动地接着说道：

“这就是势力，就是武装力量的作用。反过来，要是我们换到他们的位置，我们就有好地方住，就有好日子过，就能想干什么就干什么，就能想让谁怎么样就怎么样。我们莽人并不是天生就只有居住在深山恶劣的环境的命，而是因为世代贫穷落后总被人欺负，才被逼走投无路躲进深山老林藏身生存。”

说到这里，王大非常气愤，抓了一下鬓毛中的疤痕，声音有些哽咽地说道：

“我把弟兄们请出山，到黑旗军当兵，目的是让大家走出深山，走出落后，了解外面都发生了什么，社会都进入到什么阶段。”

他话锋一转，接着说下去：“我们所看到的外部社会，农村靠耕种为主生活，靠养牛养马养羊养猪养鸡养鸭养鱼改善生活，靠双手和……”

他说到这里用手指了指自己的脑袋说道：“……脑筋走富裕的道路，住上了单家独户的房子。有的还是四合院、三合院。城镇街道不仅多，而且宽敞，人们大多以买卖做生意生活。那里要什么有什么，房子有高楼有小楼；有享乐，有富裕，有人间最好的生活。不管农村城镇，人们穿的是用棉花、蚕茧、元麻、皮毛做成的衣服；吃的是大米、玉米、山珍海味。而我们呢，住的是山洞、树杈、‘千脚落地’房；吃的是猎物、山茅野菜；穿的是棕榈、兽皮、草叶。这种日子我们再也不能过了！”

“不过了，不过了！”大家立即站起来附和着王大的话大声喊道。

王大面对大家，双手掌向下压了压，示意大家冷静。他接下来话锋一转：

“但是，改变我们的原始落后不是说改变就能改变的，是要靠时间，靠智慧，靠几代人甚至几十代几百代的努力才能实现的。当今之计。”他摆了摆月牙石，接着说下去，

“是要等待刀妹。她一定会回来寻找自己心上人赠送的月牙石的。”

“等她就能等到好地方来吗？”盘祥云接过话题问王大。

“你们知道刀妹为什么丢失月牙石吗？她这些年都在干什么吗？”他说完望着大家。

他不等大家回答，自答道：

“刀妹为什么跑到这里来丢失月牙石？是她在这里为部落的成员建房，被当地人发现赶走她，烧了她建的房子，冲突中月牙石被扯落到地上。情急之中她为了逃命，顾不上身上掉了什么。这说明，刀妹也在做我们同样想做的事情

——为部落成员寻找摆脱贫穷、落后、恶劣的生存环境。”

“哦，原来是这样！”经王大这样解释分析，大家如梦方醒，异口同声，一致同意，等刀妹来找月牙石，再做打算。

十九

太阳在团团云雾中穿行，寻找着失去的光明。它时而悲伤、沮丧，将云雾撕成斑斑点点，撒向人间；它时而缠绵，深沉，将云彩拉到身边，紧紧地拥抱，狂热地亲吻；它时而高大、伟岸，将云雾排列成队队阵形，让自己检阅，操练；它更多的时候还是阴阴阳阳，阳阳阴阴，使人捉摸不透。它徘徊不定，焦虑烦躁内心的苦楚无处倾诉，肩上的重负无处交割。

王大他们的暂栖地山洞距离刀妹建盖的被烧毁的部落新房不远。他们采取轮流值班隐蔽观察的办法，注视刀妹的回返。

轮值人员为了不疏忽大意，在刀妹可能寻找月牙石的地方埋上细到几乎看不见的一种虫子吐出的丝织成的线，另一头接到观察人员蔽身的地方。如有人刨动埋线的泥土灰烬，挂在线上的靠近隐蔽者的野蚕茧便会发出“呱呱”声响，以提醒观察者有情况。

不值班的人有双重任务：寻找食物，保障生活；窃看村庄，捕捉民情。

从后者不难看出，他们对选择之地还存有幻想。同时，也不妨看看这里的人都怎样生产生活，从中学习学习。

他们发现，在他们选择地方圆几十里，居住着最多两百户人家。这些人大多将房子建在一起，形成村庄。散居的人也离村庄不远。每个村庄，都有不同的穿着。即便是一个村庄的人与另一个村庄的人穿的衣服大多也有明显区别。村庄与村庄相隔近的有二三十里，远的有近百里。

在生产习惯上，这些人有相同的地方和差别的地方。大多数人种植水稻、玉米都是用牛耕田耕地，然后是人工进行播种、施肥、锄草、收割。少数人（主要是居住在纯山地者）常年养殖牛马羊等家畜，种植洋芋、荞麦、兰花子等庄稼。他们的主要生产工具除牛、马（搬运东西）外，有铁制的锄、铲、镰、斧、锤、剪，木制的箩、耙、犁、风车、水车、牛车、马车、船，还有渔网。生产方式以户为单位独立经营，有时为了赶节令也会互相帮忙突击完成生产计划。

这里的人以吃大米、玉米、小麦为主，辅以荞麦、洋芋、木薯等。蔬菜有青菜、白菜、萝卜、菠菜、南瓜、冬瓜、辣椒等。副产物有甘蔗、香蕉、核桃、板栗、柑橘、柚子、花生等，除了食用外，还用于交易。肉食品以猪肉、牛肉、鸡肉、鱼肉为主。每天用餐大多两次：上午大约巳时一次，称为早饭（涵盖正餐所有吃的）；傍晚大约酉时一次，称为晚饭。也有在两餐以外加餐的。这些人烹饪食品的主要方法有蒸、煮、炒、炸、煲、拌。还在各种菜里放进盐、辣椒、生姜、大蒜、葱等佐料。

室内用具多种多样。卧室一般有床、衣柜、梳妆台、抽桌。床上有棉被、床单、枕头。中堂（迎着大门居房中间最大的套室）有桌、椅、凳、香案（供奉祖宗神位），墙壁上悬挂或张贴字画等。

人与人的关系主要体现在相互关照、体谅、尊重上。有人家办喜事、丧事、修房造屋，邻里、亲朋好友主动帮助、张罗、送礼。有人病了或者受伤，附近的人会主动寻医问药或看望安慰。老人、孩子倍受尊敬和爱护。一般人相处显得亲近热情。遇到口角是非，会有人从中化解。出现不平事，会有人制止。社会较为祥和。

对外，来者均为客，只要不做不利于当地和别人的事。如果来者损害当地利益或做其他坏事，这里的人团结一致，共同维护，严重时不惜动刀动枪。

诸如上述各种民风民情的掌握，对于王大他们而言，远不止是好奇。相形之下，所见所闻，与部落比较，一个在天上，一个在地狱。情况收集，对实现未来理想，带领部落成员真正过上人的生活奠定了基础。因而，王大他们非常细心，总怕遗漏，尽量大大小小、方方面面地进行了解。就这样，他们花了几个月时间和心血，基本掌握了附近村寨的生产生活情况。

而几个月过去了，仍不见刀妹的踪影。他们决定不再等下去，派人偷偷回家乡打探刀妹是否回到家的消息后实施下步打算。

之所以“偷偷”打探，是因为王大他们有约定：不实现共同愿望，无颜见家乡父老乡亲。

经过盘祥云回家乡秘密查看打探，刀妹近半年离家未归。

等待刀妹的计划落空，王大他们决定实施再次寻找迁徙地的计划。

二十

莽山的上空，从地上升起的雾瘴，犹如若干并排的“之”字无力地往上延伸，伸入天际，十分不情愿地进入厚重的乌云行列。这时的森林失去了往日的喧嚣，鸟儿在枝头、地上默默地寻找着虫子；四脚兽们不知躲到什么地方，不见了踪影；几只蜜蜂见到枯萎的挂到黄叶间的花儿失望地飞回老巢；蚯蚓、地甲虫爬到地面，身上沾满干土，拼死挣扎，重回泥土的希望非常渺茫；森林的主要成员树木花草在阵阵热浪的侵袭下，维系着行将就木的枯黄。

这是洪灾过后连续两年干旱的莽山。人们在饥饿线上顽强地生存着。

刀朗从竹叶门后面拿出一根木撬，对儿子刀大说道：

“大，我们出去转转，找点吃的。家里有几天没有可吃的东西了！”

“唉，爹！”刀大从木墩上站起似叹似应回答。

父子俩从太阳初升到太阳当头，还没有找到可吃的。刀朗有气无力地拉着儿子道：

“大，找个地方坐坐，我累了！”

“爹，你在这里休息，我在周围找找看有没有可吃的东西。”刀大将父亲安排在一丛干草上坐下说道。

在沟旁的乱石中间，一只山鼠头被架住脱身不得，见到有人到来，先惊恐的目光后被无力的眼睑耷拉半遮半掩。似乎是在告诉来人：命该如此，任剐任杀！

从乱石中取出山鼠，刀大如获至宝。他捡起一块石头，用力砸碎，取其锋利处，将山鼠颈部划了一圈，拉开一条缝，一手朝上，一手往下，“刺啦”一声将皮剥脱，上至嘴部，下至爪子，红白红白的鼠肉全暴露出来。接着，他又将石片往山鼠肚子上一划，左手熟练地将腹中肠肚抓出扔到地上，将手上血迹揩到自己肚子上。伴随整个过程，只见山鼠瞠目流泪，全身剧烈震颤。

“爹，我们有吃的！”刀大提着还在滴血的山鼠激动地告诉刀朗，并将山鼠递到他手上。

刀朗接过山鼠，两手用力撕，将山鼠生拉活扯（这时山鼠还在动）弄成两部分。接着，将胸部以下部分递给儿子催促道：

“快吃，再不吃，人就垮啦！”

见状，刀大推辞道：

“爹，我吃有头的一截，我牙好！”边说边从刀朗手中抓过那截鼠肉，急忙放入嘴里。

父亲见拗不过儿子，只好顺从儿子的孝心，将鼠肉放进嘴里。

太阳西沉，父子俩找不到可以带回家的食物，就将贴近石头上的裹着泥的青苔用石块刮下带回家，作为一家人当晚的主食。

第二天一早，刀朗一家全部出动，到很远的人迹罕至的森林寻找可以填充肚子的食物。

刀朗见到一棵摇摇欲坠的枯树，他上前从身后取下石锤，从地面将树砸倒。又将其砸碎。还算走运，从腐木里爬出不少拇指大小的白虫。一家立即围拢饱餐一顿。吃不了的，装入竹筒带回家。

这一天，没有白跑，木耳、树衣、竹黄（结在竹节附近的金黄色的芝麻大小的颗粒）、竹叶菜，人人都有收获。

可是到了第五天，刀朗一家就不走运了。这天，他们走了将近一天的路，在森林里东奔西窜，所到之处，都有人“光顾”过，没有发现可食之物。

无奈之下，一家人只好到白泥洞挖白泥塞肚子。

白泥，是一种瓷软黏性较强的无杂质泥土。人吃下后腹胀解不出大便。吃上几次就有生命危险。

生存条件已将莽人逼上绝路，不得已而为之。当晚，一家人就住在白泥洞。作为一家之主，饱经沧桑的刀朗要为一家人生命安全负责。他提醒和告诫一家人道：

“吃白泥不可多，每人吃一次不超过香桃（一种香甜的山桃，个头比鸡蛋小）大小。明天，一定催肠，不能忘了！”

所谓催肠，就是吃粗糙的植物促使肚子里的白泥尽快排出体外。

刀朗说完又不无感慨地对家人也是对自己期盼道：

“巴不得我们这一生不要再吃这鬼东西（指白泥）！”

次日，一家人继续往森林深处寻求充饥的东西。他们最先做的，是按照刀朗的咐，采摘韭菜、水香芹、葛藤尖、椿皮等，放在柴火上烤熟吃下。

当天，一家人总算寻找到可以带回家的食物：蛇蜕的皮、蛇蛋、甜树皮、芦苇根。前两样，家里人舍不得吃，因为孤独重病的李太老人和三口失明的残疾人陈大大一家不能眼睁睁饿死。

还有，王神、花雨、陈方指、拉多多、赵大坪等三十户老弱病残人员已经饿倒在家十多天了。大家的日子怎么过啊！刀朗和大家一样，非常着急。

夜很深了，刀朗在草“床”上翻来覆去，饥饿和着急折磨着他。这岂止他刀朗，全部落为饥饿能有几人睡得着呢！

刀朗从草窝里钻出，数着星星走到部落中央的小平坝上，苦思冥想。不多久，他周围来了十多人。他们都怀着同样的心情为了一个共同的目标——除饿，走到一起来了。

这样的连旱，这样的处境，动物不是被干死，就是跑得远远的；植物不是开不出花，长不出叶，就是被枯死。能填充肚子的，远近森林、水里、洞穴，都翻个底朝天。现在，唯一的办法，就是指望土里能有救命的。

“对，向土里想办法！”刀朗突然开窍。

他把这个想法告诉大家。

“土里有什么？山药、山芋、木薯、葛根之类，由于干旱，早就枯死了，即使有往年留下的老的，早已被刨吃光了！”有人提出质疑。

“土里有虫子，总不能找虫子吃罢！”有人说出自己的看法。

刀朗提出自己的看法，顺着刚才这人的意思说道：

“说到虫子，有不少都是可以吃的。蚂蚁、虫蛹、蛆、甲壳虫这些，我们，包括我们的祖辈都吃过。还有我们没有吃过的，我们都可以试试，只要保命，只要熬过难关。”

翌日，部落体力能支撑的，都带上工具，四处刨土找虫子。

刀大最卖力。他寻找到一片腐土，刨去上面一丈多厚的干土，向下挖，终于见到潮湿的土。他满头大汗，体力不支，坐到土上休息。当他看着泥土出神的时候，一条蚯蚓引起他的注意。他索性拈起一条蚯蚓，找来竹签，从蚯蚓尾部戳入，然后从头部将竹签拉出，将整条蚯蚓从里翻到外。接着，他用草擦除蚯蚓身上的稀泥，又用手掌抹去黏稠物，将手上粘的脏东西擦到腿上。他看着还在动弹的蚯蚓，有所畏惧，但口中唾液不停渗出，他紧闭双眼，将蚯蚓放入嘴里，囫囵吞枣，整个吞下。过了片刻，他感觉除了腥臭味外，还能勉强接受。

“如果放在火上烧烤，味道会更好些。”他这样联想。

时近太阳快落山，人们汇合在一起，三十多种虫子也集中在一处。有人燃起了柴火。虫餐即将拉开帷幕。

刀大动作快，串好了三十多串翻弄到的蚯蚓，和二十多串其他虫子。他将炭火相对集中，把串好的虫子、蚯蚓摆到上面直接烧烤。放到火上的虫子大多都在挣扎。翻弄过的蚯蚓一放到木炭上就裹上了白色的灰烬，颜色使人看了不太恶心。

刀大的方法，成了大家的榜样，都将虫串好放到火上烤。

通过烧烤，令人作呕的虫子发出一种焦香味，勾起人们的食欲。大家不管三七二十一，开始拿起烤熟的虫子往嘴里放。“咔刺”“咔刺”的声音由单一到集中，在人群中响起，覆盖了火中柴草的爆裂声和四周远去的风动声。

“啊，饥肠裹食，是人天大的需求！”

旱情日益严重，莽人的日子更加煎熬。“虫子”充饥的渠道虽可应急，但由于干旱加剧，泥土干燥日甚一日，刨虫子越加吃力，有不少地方刨土一丈多深都是燥土，当然也就找不到虫子。因而，寻虫充饥之路越往后越狭窄，莽人不得不再寻其他救命之路。

树皮、树根、草根、粉叶之类，是大家想得最多的。也只好试试这条路是否可行。

这条“路”的开辟，由两部分人实施。

一部分由刀朗带头，组织大家采集无毒鲜嫩的树根树皮进行加工。一部分由刀大带领，收集草根、粉叶等。不论树皮树根，还是草根粉叶，其加工方法大体相同：用木槌将其砸碎砸细砸绒，用水淘洗去渣去杂质过滤，将淀粉凉晒干，即可食用。

虽说莽人身处原始森林，得天独厚的地理环境，这条救命之路理应行得通，然而，由于天干物燥，树木草叶大多干枯，可供加工的鲜嫩原材料日益减少，人们不得不转向用干枯的树根树皮草根粉叶进行加工取粉。很明显，淀粉量大打折扣，此路也越走越窄。

最后，人们走向白泥，被逼走向老天设下的死亡陷阱……

人们在死亡陷阱中挣扎，乞求苍天降雨降甘霖拯救苍生。

莽人求生的绝命一招——求雨，在悲壮的奄奄一息中举行。

神老身穿由棕叶一圈圈编织成的长长的桶状形天衣。一手持柏枝，一手向跪在地坑周围的莽人用蘸了神水（用七彩矿石浸泡）的松枝朝天舞动，口中念道：

“我们是天下的逆民，受到上苍弘旱的惩治——”

跪民跟着齐声念道：

“我们是天下的逆民，受到上苍弘旱的惩治——”

神老念道：

“你的逆民永记你的弘恩广德，得以生存在你的天下——”

众人重复道：

“……”

神老道：

“现在，你的逆民将离开你的天下，乞求你垂怜，让我们走完你指引铺设的人生路——”

众人重复道：

“……”

神老道：

“这条路而今只有干燥火热，求苍天降下甘露灭除燥热，还逆民以生机，给万物以活命——”

众人重复道：

“……”

神老道：

“天啊，你的逆民现在已经找不到兽头作为牺牲贡献你，只有用我们的头替代——”

众人重复道：

“……”

神老道：

“天恩浩荡，无所不能，降雨小事，上苍慷慨——”

众人重复道：

“……”

……

一念一合结束，神老发号施令：

“点火！”

人们将事先准备的上面铺有厚厚的青苔的柴草点着火。

这时，地坑周围点燃七七四十九堆火。

人们一个接一个，在均匀摆设的烟火堆与烟火堆之间爬跪——

爬完一段火堆与火堆之间的路，抬头朝天，跪拜祷告一次。

本来被饥饿折磨得奄奄一息的人们，哪再经受得住如此摧残？有一半的人还爬不完两堆烟火的距离，就倒下再也爬不起来。

……

一堆堆火仍在燃烧，一柱柱浓烟直冲苍穹，一个个爬跪的“逆民”慢慢倒下……

浓烟在地坑之上越积越厚……

二十一

冬天的海风，变换着方式戏弄大地。它要么汇聚成股股势力，对万物实行各个击破；要么分散出击，对攻击目标普遍扫荡；要么以静制动，蓄力再战；要么摇旗呐喊，搅得天下鸡犬不宁；要么惊天动地，气吞山河；要么短突出击，大有剿灭万物之势。

来到这样的地方，王大他们苦不堪言，饱经折磨。

他们经过长途跋涉，来到百越（桂地）南端三面临海之地。这里是热带气候，丘陵地貌，除海洋以外，江河遍布，出产丰富。它西南以越南为邻，南与海南隔海相望，东南与澳门隔海相对。是较为理想的居住地。这里，人烟稀少，生活资源富足。基本生活可以以捕鱼、耕种水稻、狩猎维持，而且应有尽有，自然天成，取之不竭。大家一致赞同把这里作为新的移居地。

不到半年，凉京湾莽人住宅群正式建成。并陆续迁住部落人口两百多人。

在建凉京湾住宅群的同时，陈武、盘祥云、罗石头未雨绸缪，从几十里远的地方买来甘蔗、玉米、元麻种子进行试种，为今后莽人的生产变革打基础。

“一棵甘蔗平均裁剪为五截，然后运到地里。”负责种植甘蔗的罗石头对部落成员传授种植方法。

“种甘蔗的土要挖成沟（槽形）状。”他边挖沟示范，边将剪裁好的甘蔗依沟顺势埋在土里。接着，大家照他的方式方法挖沟，埋甘蔗。

在另一块土地上，盘祥云正教大家如何种植玉米。他用锄头先将泥土挖起，捣碎，平整，接着打塘，将玉米种子放进塘内，盖上泥土，最后放上腐殖土。部落成员在盘祥云的带领培训下，投入玉米种植。

“刀莲莲，坑应该再深一点，宽一点，标准是：一蔸元麻种进土里靠近根的茎与坑的边沿持平。这样，长出的麻不会摇动歪斜，日后才有抗风、保水、保肥、固土能力。”罗升平边讲解边为刀莲莲做示范。

在底底坝，罗升平站在一大块肥沃的黑黝黝的土地中间对参加种麻的人动员道：

“我们莽人世世代代没有穿过衣服。”他从地上提起一蔸元麻继续说道：

“别小看这东西，它的作用可大啦。到冬天长成材，我们剥下它的皮，再把皮的外膜刮去，便是一片片白黄白黄的麻。把麻加工成纱线就可以织布。到那时，我们就过上真正的人的生活——穿上衣服，穿上裤子，穿上鞋子，用上床单，用上被套，戴上头巾，套上袜子。人模人样，堂堂正正……”

“哇！哇——（好的意思）”罗升平话未说完，一片喝彩声和掌声将他的话打断。

春播秋收，在莽人历史上史无前例的种植大革命获得成功：甘蔗长了两人多高，玉米棒子大多结实。

部落成员尝到了甘蔗的甜蜜、玉米的清香，第一次体会到做人的高贵与玄妙、尊严与幸福。也深深领悟到外部世界的新奇与先进，本部落的落后与愚昧。

人啊，人，同样都是人，为什么相差就十万八千里呢！

清晨，盘祥云在火塘边的床上伸伸懒腰，揉揉眼睛，推推身边的老婆：

“起床，去地里掰几个玉米煮吃，今天还有事要做。”

他老婆田叶撒娇地嘀咕道：

“昨晚你捣蛋，几次三番让我睡不着。你倒好，完事就呼呼睡得像死猪一样。”

她边说边顺从地从床上爬起，将丈夫推开，把狼皮拼成的被子叠好，又拢拢昨晚被他俩弄得一片狼藉的垫在地铺的茅草，从前门出去。

盘祥云最关心的是房后东山坝的稻田。他边走边啃着老婆煮的玉米。

东山坝田里的稻谷已成熟，只是还需让太阳多晒几日收浆后才能收割。盘祥云把过去学到的种植技术全都派上用场。

他看到黄澄澄的稻穗在海风的吹拂下翻着“金”浪，心里盘算着：

这些稻谷完全可以满足明年全部落的稻田种植；收割后在通风的地方晾干，作为种子蓄存起来，到春天播种育秧移栽大田；准备农家肥和草木灰（将草木烧成灰作肥料），争取明年部落的成员都能尝到稻米是什么滋味。

“呜，呜——”他抓起一把石子向飞到稻田偷吃稻谷的麻雀撒去：

“滚开，这是我们全部落明年稻田的种子，我们都不舍得吃，你们就别做梦啦！”

几只麻雀不情愿地飞到附近的树上，叽叽喳喳叫个不停，似乎是在责怪盘祥云：

“我们吃几颗稻谷又碍着你们哪样，何必与我们过不去，还用石头打我们，真可恶！”

盘祥云赶跑小鸟，又在稻田附近将一个个鼠窝、鸟巢收集在一起，用火石取火烧毁。边烧边自言自语：

“把你们的房子烧掉，看你们还敢不敢偷吃我们的稻米。”

接着，他又仔细寻找鼠洞，将其封堵。为了不让老鼠出洞，他找来石头，砸住洞口，让老鼠有力无处使，在洞里饿死困死。

这些办法能小范围阻止稻谷的天敌。最主要的还得有人天天守着稻田，不让老鼠小鸟偷吃稻米。白天易守，可到了晚上，虽说小鸟不动，老鼠躲在暗处，即使偷吃了稻米也很难发现。

人，毕竟比动物办法多。到了晚上，盘祥云带领青年轮班在稻田周围燃烧柴火，威吓老鼠，保护稻谷。

大约过去了不到十天，王大与盘祥云组织部落成员准备收割稻谷。

“明天天快亮的时候，由盘祥云负责，到稻田的东西南北方各点上七堆柴火，向苍天祭拜开镰割稻。”

王大接下来安排道：

“太阳从海上升起的时候，我带领大家开镰收割稻谷，请大家注意，收割时细心，不要损失一粒稻谷，这是我们明年全部落的命根子，救命种子！”

他说完吹灭了用桐子点燃的“灯”对大家说道：

“天已快半夜了，大家回去早点睡觉，明天按安排的统一行动。”

第二天天还不亮，盘祥云带领几个部落成员，扛着猪头、鸡肉等好吃的东西，来到东山坝准备祭奠开镰收割。可没有想到，稻田里只看到二尺多高的稻茬，却看不到稻穗。

全部落的人眼看辛苦一年好不容易种出的稻谷被人偷走，怒火中烧，呆坐在田里不知如何是好。

这时，王大与陈武细心察看稻田，发现偷盗者们穿鞋的印迹。事实证明，是外来的人干的，因为部落的人没有鞋穿，也从不知道鞋子是什么东西。

根据这一线索，王大先咳嗽两声，摸了一下鬓中疤痕，抚抚胸部冷静地对部落成员说道：

“稻谷已经被人偷走，我们只能认倒霉。各人回到家该做什么做什么。好就好在我们祖祖辈辈并不是靠粮食生活到今天。我们多打猎，多捕鱼，继续过好日子，等到明年再想办法种植水稻。”

王大说完，久久凝视着不愿离去的部落成员。他看似冷静，可内心比谁都愤慨。摸捏鬓中疤痕的手久久没有离开。

二十二

“嗷——嗷——”几声凄清的狼嚎，打破了深山的宁静，也将刀大从睡梦中吼醒。他辗转难以复睡，索性披上棕衣，推开柴扉走出家门。

像河边石子样铺成的星河在薄薄的银灰色云雾的覆盖下，正横亘在头顶上天的正中。一般这种景象出现，应该是大半夜已过。刀大一边看着天，一边设想部落天亮后人们进山寻找生活用品的日常收获。

通常，在天气正常的情况下，莽山的人们都会不约而同出门寻找吃的用的，这是莽人生存的头等大事。这与山外汉人耕作一样重要。

天上是个百思不得其解的地方。那上面除了星星、月亮、太阳、云彩、风雨雷电、冰雪之外，还会有人、有野兽、有山、有树、有水吗？刀大仰望长天自己问自己。哪里是入天的路？哪里是看穿天空的地方？哪里是天上住神的地方？哪里是天空最好玩的去处？人死了是从哪条路进入天上？天上的人和神都长什么样？那里的人，那里的神都穿什么吃什么？一连串的问题在刀大脑海里不断出现。是天神奇还是人间美妙，这是刀大永远解不开的谜。

三多、由上头、黄之之、牛巴、刀成成、岩平戈、庄底刚、大九九、红垂良……部落人员活着的、去世的，凡有印象的，都在天上闪烁出现。虽说时隐时现，是似非似，可都通过刀大脑海投放到天幕交替出现。刀大很是疑惑：这就是说天人是可以互通的。

正当刀大沉醉于莽人升天的奇幻景象时，天空东南方一颗亮晶晶的星星拖着长长的火龙直从星河向刀大正前方的山后飞落。这要是以往，刀大一定没命地追赶，看个究竟。可现在，他早已丧失信心和希望，再也不会去追赶那使人总是失望的星星。

他抛开一切幻想，顺手捡了几根干柴进屋，放到膝盖上折断投入火塘。接着，他迅速匍匐在地，用嘴吹燃灰烬中的火星，燃起了柴火。当柴火烧得旺盛时，刀大从房屋一角捧来野芋，放在火旁烧烤。

天亮了。莽人陆续鱼贯入山。

人们身上带着各种工具，有木梭镖、铁刀、绳索、鱼叉、铁钩、铁锹、木榔头、棕袋等狩猎、采挖器具。他们边走边吃着烧烤食品，为一天的劳作奠定基础。

没有几顿饭时间，莽人们便进入清子河。他们沿河而作，捕猎、采集可吃、可用的东西。

由上头运气不错，无意将鱼叉插入水中青苔，收回鱼叉，觉得沉沉的，一条两尺长的肥肥的乌鱼被鱼叉穿透肚子而垂死挣扎着。青年由上头忙从鱼叉上取下鱼，用手撕破鱼肚，将里面肠胃抓出丢入水中，然后将鱼放入棕袋中。

在离河不远的乱石杂草中，有什么东西在摇动杂草。中年男人三多手持梭镖，蹑手蹑脚迈进乱石杂草中。他的身后有两人跟着，以便助一臂之力。

“哗嘎”“哗嘎”，一种从未听过的声音从乱石杂草中传入三多的耳朵。他握紧梭镖，毛发竖起，放慢靠近声音的速度。

“哗嘎——”声音越来越响。三多为不惊动目标，也为防止意外，变站立接近为匍匐贴近。后面跟着的人也像三多一样改变方式跟进。

离目标很近。三多停止前进，轻轻拔开茂密的蒿草，观察目标。原来，是两只獾正在交配。

按莽人的习俗，遇到有人和动物干这种事是不便干预的，更不能去伤害。三多退出乱石杂草，收起梭镖，向跟随身后的人做了个手势：两手掌上下一合。三人会意笑了笑。

离河边不远的山崖上，几只山羊发出“咩咩”的叫声。牛巴带着几个人立即爬上山，在山羊可能到达的隘道、沟箐、岩角，以及叶茂草青之处，设置绊绳、竹夹。一切就绪，他们抄羊的后路，突然从山后出现，发出震惊山谷的“哇哇”声。山羊受此一惊，四处逃散。此法奏效，他们共收获四只山羊。

这次入山，刀大的收获最实在，在一片林子里，他发现山药的藤纵横缠绕，树木密不透风，便喊了几个弟兄留下来。他们砍断藤蔓，空出通道，用铁刀、梭镖撬土刨山药。他们从太阳升起直到下午，集中力量劳作，身后的通道上摆满了大大小小的山药。他们估算，光凭他们几个人，还不能把山药完全运回家。山药、木薯、野芋和核桃、板栗、松子、栗子等是莽人的主要食物之一。这些食物，像汉人等其他民族以粮食为主食一样，世代延续。刀大他们采挖的山药，足够部落成员十天的口粮。他们将山药按长短用藤条捆扎成人体粗细，方便运回家。

在另外的地方，一场生死拼搏正激烈进行。

就在刀大他们采挖山药的同时，大九九、庄底刚一行发现了猎物。他们爬上一座小山，刚想喘口气休息，山下密林中传来几声尖利的叫声。从声音的成分判断，这是野猪的撕咬声。凭经验，野猪打斗撕咬时，一般是为了争食，争配偶。这种场合，显然是群猪行为，最少也不会少于四五头。大九九对庄底刚吩嘱道：

“从树枝的动静看，野猪不会少。你带一些人从林子左面包围过去，我带人从右面想办法。”

大九九的安排是根据地形和野猪的习性制定的。猎物所在的林子，前是山，后是岩。山四周是悬崖峭壁，野猪不可能从此逃生。只要猎物被逼入悬崖峭壁，便进入死亡区域。大九九的排兵布阵是正确的，庄底刚由衷赞同，便带着一群人潜入林子的左面。

“咕——咕咕！”三声“鸟”叫，大九九、庄底刚接到信号立即各带人马悄悄靠近猎物。

接近猎物，他们拨开树叶，发现一群野猪正在林子里狂欢打闹、戏食甘薯和青草。他们暗自高兴。

莽人一边紧缩包围圈，一边下套。套：用竹篾制作，关节处为活结，猎物入套，越挣扎结越紧，以致窒息死亡。

左右两边由人设置的“网”随密林渐渐收拢。猎物全然不知，该干什么仍干什么。

下完套的莽人手握梭镖，对准猎物，只待时机成熟。

这时，他们离猎物只有几丈远，已经闻到刺鼻的腥臊味。这种距离，是出击猎物的最佳位置。

进入最佳位置，他们并没有守株待兔，而是继续推进，直到听得到猎物呼吸声，即前跨一步便可对猎物发起攻击。这时，猎物仍不知不觉自己处于危险境地。

“嘟——”大九九吹响山螺，发出攻击的信号。

只见：密林左右两侧两排梭镖齐刷刷飞快刺入猎物；猎物不知所措，呆头呆脑，转而四处窜逃。

受伤的野猪不顾一切反攻猎人：用嘴咬，用爪抓，拼尽全力。直到精疲力竭，倒在血泊中。

没受伤的猎物清醒过来明白是怎么回事，便确定方向朝左右两侧逃命——它们知道，前山后岩，崖岩死路。

它们顾不了猎人的凶器，踏过猎人，迈过凶器，没命逃亡。

猎人虽凶猛，可武器太落后。刺进猎物体内的梭镖拔出吃力费时，刺死一头野猪要连捅几次，以致延误了对其他猎物的杀机，使大部分野猪逃脱。

尽管这样，也捕获了十二头野猪。这些野猪小的有三尺多长两尺多高，大的五尺以上长，四尺多高，都膘肥体壮，毛色发亮。

围猎野猪，伤了五人。伤得最重的是两人的额皮、面皮、眼被抓破。

一天的辛劳结束，人们满载而归，抬的抬，扛的扛，背的背，抱的抱。猎物主要有野猪、豹子、狐狸、獐子、蟒蛇、猹子、山羊；采集类主要有芋、薯、核桃、松仁、蘑菇、香菜、蕉心、蜂蜜、竹花、棕子、茶子、桐子、松脂、岩衣、葛根、红柿、羊奶果、奶浆草、木耳、竹虫、狗尾草、山玉菽、腰瓜、掌豆、扁豆、米豆。这次收获，足够莽人部落生活一个月。

莽人集体出门劳作，主要是为吃的用的等必需品。一般情况下，大家共同行动平均分配，每次所获按人口分配给各户，可以满足四十天左右的需用，除此之外，各户各人另有所需，可自行外出寻找。集体、个体劳作区别在于：前者主要从事大型捕猎与采集，后者主要是对小型动物的狩猎和日常生活用品的添补。

集体和各自的劳作方式，有效地保障了莽人的生存发展。其互补性，在一定程度上使部落成员在有基本生活资源的基础上对生活有所改善、提高。很显然，集体劳作确保莽人的基本生活，个体“生产”有助于生活的质量提升。就是这种生存“生产”方式，至少使莽人不会因生活发愁，更不用说饿死冻死。这种方式，把人平等看待，共同生存。部落成员，不论男女老幼健康伤病，都一视同仁。其分配方式很简单：当天当次集体劳作所得立马兑现，按人口分配。到所分配食物快用尽又组织集体劳作，周而复始，世代延续，从不间断。这方式凝聚力极强，部落成员像一个人，像一个家庭，和睦相处，风雨同舟。生老病死，都有大家的彼此关照和集体的体恤资助。

平均分配的方式是建立在自觉的劳动基础之上。历史的形成使部落成员自觉积极参加集体劳作。集体劳作中，大家都吃苦耐劳，勤思苦想多出成效。久而久之，互相激励、无私效力，形成一种自觉为部落大家出力献计的传统定势。

也许有人会问，平均分配的方式不会滋生懒惰、懈怠、寄生、观望的坏习惯吗？说也奇怪，在莽人中还从未出现过这种情况。家庭有人多人少，劳力有强有弱，身体有好有坏，年岁有老有少，等等这些，大家都不计较。作为部落成员的家庭，参差不齐，是谁也改变不了的现实。劳力多、强、人口少的，会体谅同情劳力弱人口多的。也会考虑自家说不定什么时候也会向弱势转化。反之，劳力少、弱、人口多的家庭会想方设法为部落成员多做事，做好事，弥补不足，以此感谢别人对自己的付出，并尽力改变不利局面。这种换位思考，彼此宽容，是部落成员情深意厚的纽带。

二十三

黑云一团团遮住太阳，像道道屏障，紧紧守护着阳光，不让它有一丝外泄。地面，森林，原本郁郁葱葱，现在却变成黑灰色。飞禽走兽停止了喙喧。偶尔有一两声声响，也是孱弱哀怜。一切的一切，都是那样的沉重、压抑。

刀妹历经长久奔波，早已力不从心，疲惫不堪。她钻进一个方圆一丈多的枯树洞，倒下便睡，很快进入梦乡。

一只猿猴看到刀妹，先是惊慌准备逃离，继而发现刀妹一动不动，便好奇凝视。它慢慢静下心来，蹑手蹑脚，一步步谨慎地靠近刀妹。

“哈哧——”刀妹一声似鼾似叹的梦呓，把猿猴惊吓倒退两步。稍后，见没有任何动静，猿猴又接近刀妹。进而试探地，在刀妹身上寻找着“宝贝”。它先摸摸箭镞，弹弹箭弦。接着翻弄装满东西的带毛的兽皮包，偷吃着里面的干果、干兽肉。它边吃边看刀妹的脸，舔舔她的鼻子，又揭开她胸前的羽毛编织的扇形的衣巾。她高挺的两座胸峰将它紧紧吸引：人和我们的这种区别，只不过她的硕大、鼓囊、无毛、有横七竖八的蚯蚓（血管）藏在里面。它伸手刚想扯开缠绕在她下腹上面的棕榈兜肚探秘寻幽，她似乎察觉什么，顺从地将卷叠的两腿舒展张开。这一动，猿猴受惊不小，立即跳到树洞口，慌忙离去。

顺着山梁，刀妹继续往前走，寻找王大随军可能到达的地方。

自从新居被人毁坏，刀妹被迫踏上寻找心上人的不归之路。她包裹在脚上的棕榈“鞋”不知换了多少双；她穿在身上的兽皮衣服破烂不堪再也不能缝补。穿过多少山，涉过多少水，她已经记不清楚，也没有必要计较。她只顾往前走，只要有路，就有希望。

天渐渐黑下来，她没有停下脚步，急急匆匆往可能有人居住的地方靠近。这是她常年漂泊在外的求生经验：接近人群越近，人身安全越有保障，畏惧之心越加平实。

这时，她心中只有一个念头：尽快找到暂时的栖身之地。她顺着一条人行小道埋头疾驰。她走着走着，单纯的思绪防线被打破，一个理想的住所横亘脑海：

在家乡莽人部落的“家”里。洞中柴火噼啪作响。刀妹的“曚”（爷爷）和“琼”（奶奶）正围火烤炙山鸡和野兔。柴火堆上的石锅内竹笋翻滚不停。香气满洞。一家人温馨和美。但好像有所失。

刀妹疲惫不堪，满身血迹一头扑进“家”门，扑进母亲怀里。

“嘛——”刀妹一声痛哭，掩盖了对母亲的呼唤，沉浸在阵阵抽泣之中。

柴火突然震塌。火光由集中变为分散，还被柴火爆烈出的星星点点装扮得绚丽异常。随着火光的变幻，刀妹拥进的怀抱变得宽大坚实。她深深感到王大的厚重呼吸，和体温的灼热。

他将盛到竹筒的竹笋汤轻轻地送到她唇边，又细心地喂到她嘴里。

“哎呀！”汤泼到脚上，刀妹发出一声惊叫。原是脚趾被木刺扎了一下。

刀妹在温馨甜美的回忆中不知不觉顺着小路进入到一个岩溶洞口。路，还在往里延伸。

她抬头望望远方，咬紧牙关，捏紧双拳，义无反顾，点燃松脂，沿路而进。此举，对于刀妹有双重含义：寻找王大和人烟；借洞暂栖。

小得几乎看不到的路在松脂的照耀下，时有时无，时断时续。进入溶洞不远，一条“哗哗”流淌的暗河与路平行，打破了黑暗的宁静，也增添了暗界的诡秘。小径时而被河水掐头去尾，时而被岩石吞噬殆尽，时而被荒草荆棘遮盖。

暗河深不可测，水声沉闷深邃。忽然，鱼虾跳跃水面寻找食物；忽然，河蛙跃入水中，躲藏不速之客的到来；忽然，不知什么头颅亮着怪异的目光冲出水面。

溶洞、暗河，阴森恐怖，令人毛骨悚然。林立的岩溶石柱，有的瘦骨嶙峋，龇牙咧嘴；有的如龙似虎，凶相毕露；有的蓬头垢面，人首蛇身；有的似碑似棺，煞气逼人；有的舞刀弄剑，气吞鬼神；有的刃兔殪狐，血迹淋淋。

溶洞空旷的地方看不清边际，狭窄之处人行走十分困难。

惊奇、神往、急行，使刀妹体力难支。她索性熄灭火把就地而坐，并将火头随身放置，稍加休整歇息。突然，座下似圆木的长堤好像受到火头的刺激颤动两下。刀妹立即惊起逃离，迅速又燃起松脂，以壮胆量。

这是什么东西如此巨长而又有灵性？刀妹来不及弄个水落石出，加快脚步，逃生而去。

她几乎以小跑的速度逃亡。狼的嚎叫，蝙蝠的惊嘶，莫名的鬼哭，各种恐怖的声音紧随她不舍。惊恐、冷汗，她两腿更加神速。

这时，一种“啪、啪”又似“呱呱”的幽灵声在她身后紧追不去。她跑得越快，幽灵声越近。她斗胆回身偷看，却什么也不见。她不敢再往后看，不顾一切逃离险境。

听“曚”讲，不知多少年前，几个青年去一条很深很深的暗河寻宝。途中休息，他们就地坐下。湿湿的青苔使他们感到屁股冰凉，青苔下面不知是长长的巨木或是石柱，总之是很长很长，很大很大的东西，应该是沿河岸平躺。坐下后，其中一人吸了几袋旱烟，顺手将烟锅摆放屁股旁边。不多一会，座下的物体像受到刺激一样震动起来，大有翻身之势。几个人吓得魂飞魄散，慌忙逃跑。其中一人边跑边惊叫：

“有龙！龙来喽！”

刀妹边跑边不由想起这个传说，全身毛发竖立，冷汗直淌。“这就是‘曚’讲的暗河神龙！”

她不敢再想下去，亡命往前飞奔。

不知跑了多少时候，前面时隐时现出现灯光样的东西。

这是一个漆黑的夜，分不清溶洞内外。灯光样的东西，使刀妹先喜后惊。

喜的是可能脱离死亡之洞，来到有人烟的地方。惊的是，深山野洞，不可能有灯光，肯定是鬼，是另一个天地（人死后去的地方）。

她不敢再往下想，继续往前跑。

跑着跑着，前面的灯光渐渐明显，而且有三五处地方都出现大致相同的灯光。往前，再仔细观看，灯光是从窗户透出的。从光束变化看，是柴火透出的火光。

看到火光，刀妹一直悬着的心放了下来。她席地而坐。该休息喘口气啦！

刀妹发现的灯光，是从红麻坝发出的。

红麻坝，酷似铁桶般的小盆地。周围不足三十丈高的山，枯藤老树在莽莽林海的衬托下，傲然挺立，顶天立地。被林墙包裹的盆地方圆不到五千丈。田地阡陌纵横交错。田里只有稻茬在水里摇曳。这是在告诉人们，已是收割以后的季节。地里一块块元麻在红叶的点缀下，一片片绿里带红的彩“绸”与蓝天交相辉映。这时的元麻平均长有五尺多高，过不了多久，人们将把它的皮剥下再把皮上的保护膜刮除，利用其经麻加工成衣服等生活用品。“红麻”地名应与这种出产物有关。

盆地里居住着几十户人家。远看，当炊烟袅袅升起的时候，几十户人家分散居住在不同的地方。近看，每户人家房屋外形基本相同：泥土夯成的两丈多高的墙牢牢托起圆木支架木板装饰的瓦片盖顶的“人”字形房。少数人家的房还装有高高的挑梁，华丽的花窗。这种由泥土墙和之上的“人”字形两部分构成的民居，有其独特的风格结构：一层（土墙部分）二层（人字形木结构部分）各有三室，即一带二：中间一间稍大，当地称为中堂，主要用于生火、待客、一家团聚之用；左厢右厢（卧室）主要用于睡觉。二楼与一层近似，用于住人或储存物资。

红麻坝人用红麻编制的衣服是典型的组合型：横竖合为“丁”字形，所不同的是衣服的前面，男式从正中开衩用纽扣连接，女式由左肩胛至下沿开衩用纽扣连接。裤子由两片组成：“人”“入”，男女一样，用布带系于腰部即可穿用。经济、适用。其服装颜色有两种：红麻原色（淡黄色）、青色（自制染料）。红麻人穿的鞋主要由麻制成的帮，棕榈、笋壳垫于布中为底加工而成。

从服装住房可窥见红麻人生活之一斑。

二十四

东方才泛鱼肚白，曹尔就和父亲来到溶洞路口。

曹尔，是个二十岁上下、五尺多高的青年。他从肩上放下鱼篓对父亲说道：

“阿爹，暗河回沱的渔床总让鱼跑掉，今天应该认真修补缀牢。”

父亲：“儿子，你现在就去扛一捆红麻棍来，我去砍竹子剖篾片。”说后两人分头行动。

父子俩的一言一行，全在刀妹的窥视中。

不多一会，父子俩来到暗河洄水沱。

曹尔放下鱼篓和红麻棍，点燃事先准备好的枯干竹把，脱下裤子随地一放，便下水直奔渔床。

渔床，用竹子、红麻棍、芦苇或枝条编成长方形物体，再将其以锥形状卷制而成。

渔涧，在鱼经常出没的流速较快的河段沿两边往中间砌成两条夹角石墙，在夹角封口处留出二至三尺出口，垫上石坎（便于放置渔床），抬高水位即成。将渔床较宽的一头以前低后高的角度放于渔涧石坎下，以夹角石墙拦挡之水全部进入渔床为最佳。这样，鱼顺渔涧流入渔床，就无法逃脱离开。

在竹光的照射下，曹尔光着的下身摇摇晃晃向岸边移动。曹尔扛着从渔涧下取出的渔床，有些吃力地往岸边走。

渔床的竹片有的已经被水和鱼弄坏。看得出，挂在竹片上的几条肥硕的黑褐色棒棒鱼，在逃生的挣扎下，终于无力求生，停止了生命运动。

曹尔熟练地将毁坏和松动的竹子拆除后排匀扎实，将红麻棍一根根排进鱼床稀疏的地方，然后用篾条扎牢。

“曹尔，昨晚有人来过。”曹尔的父亲曹田水看着刀妹留下的松脂剥落的灰烬对儿子说道。

曹尔穿好裤子，提着几条鱼来到父亲身边。他不以为然地：

“摸鱼的，晚上比白天容易。”

其实，在暗河不存在白天黑夜。然而，这里的鱼有其生活规律，当暗河外处于白天时，它们喜欢游动觅食；到晚上，则入洞或依水草石缝等物休息。红麻坝的人掌握这里鱼的习性，趁晚上鱼休息时入洞摸鱼。

摸鱼，是当地人的一种抓鱼方式。他们结伴（因为洞内阴森恐怖，危机四伏）而行，顺河而作。在石洞内、水草青苔下将两手（因为鱼藏身处大多为两头通道）从两头慢慢合拢，扼住鱼的头尾，置鱼于两手的掌控中。摸鱼，技术熟练者每晚可收获十多斤鱼，一般技术者也不下于四五斤鱼。他们一边摸，一边将鱼放进鱼篓里。有时运气好，一手可抓到两条鱼。每遇这时，忙不过来放鱼篓，就先放一条在嘴里衔着，有空闲时再将鱼往篓里装。

曹田水盯住地上的脚印越看越觉得蹊跷。这分明是女人的脚，而当地女人除非常特殊紧迫的情况外，是不会晚上外出的。而摸鱼，是不允许女人参与的。那么，这个女人晚上到暗河干什么呢？又是谁家的女人呢？他带着一连串的疑问与儿子离开暗河回到家中。

二十五

莽人天生就具有不信邪的特质。对暗河遭遇的最惊人的一幕，刀妹决定重返暗河弄个明白。

她找了块砂石，磨快了随身携带的刀具；收集了不少松脂；检查身上的火石及取火材料。

刀妹并没有走出暗河。曹尔父子离开后，天已大亮。为了不被人发现，她趁早再进溶洞，沿暗河往前走。越往里走，她特意准备的一头削尖的栗木棍越攥得紧，心跳得越厉害，身上的皮肤越来越像被很多的虫子瘙痒。她虽不信邪，但毕竟是女人。

不久，她又来到坐下休息的不远处。她警惕百倍，加大了松脂的亮度，左手高举松脂火把，右手紧握栗木棍。她小心翼翼，非常机警，向坐过突然抖动的地方靠近。她还清楚地记得，坐过的地方像长长的"河埂"，怎么现在是平坦的沙滩。她以为是自己找错了地方，便扩大搜索范围，几乎走过的地方都寻了个遍，丝毫没有发现坐过的"河埂"。她又回到自己休息的地方，仔细寻找自己的脚印和松脂灰烬。两样东西都留在原处，就是不见了"河埂"。难说真是一条龙！

刀妹带着惊奇和疑惑离开暗河，寻找避身之处。这一天，她说啥也睡不着。"龙"和暗河始终在她脑海盘旋。她想得最多的是溶洞的千奇百态，是暗河的丰富的鱼虾野兽。若居住附近，光是暗河的物产，就足够部落的成员生活。

她想到这里，望望远方，眉头紧锁，牙关紧咬，双拳紧握。看得出，她又有了新的大的打算。

第二天天刚亮，她边啃着木薯边上到暗河的脊梁——溶洞背部。

溶洞东西摆布。刀妹由东而西沿山察看。整个溶洞之上，是一眼望不到边的平坦的原始森林。枯树朽藤，遮天蔽日；古柏苍榕，直刺青天；奇花异草，隐岩没涧。还有令刀妹心动的未来猎物，一只只，一群群不时在她眼前晃过。按说，溶洞之上不应再有溶洞。可这里却洞穴遍布，沟壑纵横。刀妹喜出望外，双眼一闭，计上心来。

她无心记挂走了几天几夜。她来到西面的巨大悬崖边，俯瞰红麻坝，一览无余。

这时，刀妹才感到很累很累，索性坐到草坪上，看着红麻坝盆地进入梦乡。

二十六

从汤山流下的泉水在山脚绕了整整一个弯，注入飞龙潭，形成周围有十多丈的清澈水面。潭高本有两丈多，由于洪水冲入的砂石日积月累，潭水现在深度不过六尺。漫出潭沿的水直接淌入沟里汇成小溪，滋养着两边的树木花草。

不仅如此，飞龙潭还是莽人洗浴游玩的好地方。夏秋两季，人们从山里打猎采撷归来，大多先到飞龙潭洗去满身的汗渍和污垢，消除一天的疲劳，再回家清清爽爽吃喝休息。

王珍珍、刘七妮、黄大妹三人，带着挖木薯的疲劳，在太阳刚偏西照到飞龙潭的时候来到此地。

王珍珍动作最快。一到潭边，解开遮胸的棕榈"褂"和腰腿周围的藤编"裙"，以及捆扎头发的牛筋草，从潭边一下进入水中，让全身浸泡。接着，上到潭沿，将皮囊里用竹筒装着的皂角面、枧子面，洒到头发上，熟练地搓揉。头发搓揉完，她又用皂角枧子面抹擦身子。

当王珍珍进入到这个环节，两个伙伴一个没有脱完"衣服"，一个还在潭边看着王珍珍出神。

王珍珍是个调皮活泼的人。她见两个同伴磨磨蹭蹭的，用双手将水花推到两人身上，促使两人快下水。

王珍珍三人在水里追逐打闹，整个山谷都停止了喧嚣。经过搓洗后的三尊玉体在金色阳光的照射下，使泉水黯然失色。那缥缈的抹抹青丝，使天际的彩霞停止游移与炫耀；那挺拔的座座乳峰，令高耸入云的松山羞愧难言无地自容；那无瑕的柔柔姿态，让潭中五彩斑斓的块块奇石相形逊色自愧不如。还有那不断泛起的层层涟漪，费尽移山心力，也遮不住尽情释放的娇柔。

净身娱体，三人上岸各自打点头发：王珍珍和刘七妮将用手指梳理过的与身体长短的秀发从上至下拧了几下，缠绕在胸部；黄大妹则将齐胸的厚厚的头发在头顶盘弄成高高的发柱，用竹簪固定。然后，她们各自穿上“衣服”，准备回家。

没曾想，意犹未尽的王珍珍提出：

“七妮、大妹，离天黑还早，我们去滑山。”

七妮、大妹以行动同意她的主意，一同前往离飞龙潭不远的山坡上，看了看倾斜的茅草长满的草壁，她们立即投入游戏前的准备：

用茅草编织成厚厚的草垫。草垫成后宽前窄形，并在窄处留有草把。

准备就绪，三人骑上草垫，手握草把，并排面向坡下，同时用脚跟用力一蹬，飞快向山下滑去。

滑完一次回到坡上，黄大妹突发奇想，对七妮和珍珍说道：

“从这轮起，我们各自滑三轮，谁最后滑完，谁为先滑完的两人赠送白串（五倍子，长在水边，其颗粒有豌豆大小，米白色）圈。”

七妮和珍珍点点头，表示赞同。

三轮结束，王珍珍滑到最后，甘愿认罚。

三人到水沟边寻找白串，将白串用刺从中穿孔，用马尾毛串起来。王珍珍很快就串完两串各有一百颗的百串圈，分别为七妮和大妹挂到胸前。

大凡人，都有充实生活的娱乐内容，莽人也不例外。

“抛石”，是莽人青少年闲暇时玩得最多的一种。

先准备石子：将石头敲砸成麻雀蛋大小形状，打磨光滑。分五、七、九颗各为一副。

具体玩法为：

一手握一副石子。在选好的石板、木板、平地上均可。玩时将手中石子抛一颗在空中，不等其落下，迅速将手中石子（四颗、六颗、八颗）进行布局（也称花样）。

一副五子的布局为："四星"：一对三，三对一；"双星"：二对二；"抛花"：将四颗石子同时抛到地上；"聚宝"：将"抛花"之石一把收拢收入手中。一轮结束。

一副七子的布局为："六重天"：一对五，五对一；"三配对："三对三；"双星带"：二对四；"多星捧"：四对二；"抛花""聚宝"同五子幅。

一副九子的布局为："七女求夫"：七对一；"一父七子"：一对七；"双配王"：四对四；"拜双亲"：二对六，六对二；"五指权"：五对三，三对五；"抛花""聚宝"与五子副同。

要求：抛一子至空中时按顺序进行布局，每完成一个步骤，如布完"一对三"时，将抛入空中的一子收回手中，接着又抛一子至空中时将布局和空中石子全收入手中（便于完成后续步骤）。

输赢：先按步骤抛完者为胜，反之则败。

罚：布局不对、混乱、抛子掉地或接不到手、聚宝剩子，都把抛石权交给对方，直到对方出差错再夺回。

对手：两人、四人、六人或多人（必须偶数）都可以。

难度：抛一子至空中即布局，布局完立即收回空中子；接着，又抛子至空中，立即收回布局和空中子。下一程序接上。

在一块兽皮上，杨雨和田大大两个青年正玩"围堵"。这也是莽人，特别是青少年喜欢的一种闲暇游戏。

"围堵"取材于狩猎，有猎人斗兽、兽斗猎人、兽兽相斗、人人相围等多种玩法。

其图表为：在一块方正的兽皮（其他替代物，如石板、木板，只要能将围堵路线图画在上面就行）上画一方块（四边相等），在方块四方各确定三条均等的线，加上框线便都有五条均衡的线。在对角画两条交叉的线，再围绕中线画一棱形图案贯穿南北，这就是围堵图。

规则：二者参与，各持不同的图案（一方一种），将其摆放在东西五条线头。一方执图案一次只能走一步（即线条交叉处），称为一次围堵。图案围堵中可变换为不同的形态，主要有：在一条线上，当围堵变为一方二图案紧连，在一端遇对方一图案，称为“打”，即把对方一图案“吃”掉；当围堵图案变为一方二夹二（或一夹一），即把对方一图案夹于中间，称为“夹”，这时，便“吃”对方一图案；当一方四图案在一条线上无空排列时，另一方有临近图案时，进一步刚好把对方一线上的唯一一步出路封堵，这称为“死门”，遇此，便“吃”掉对方四图案。当一方图案在一条线上形成“二二空一”（各并排二图案与二图案之间空一步），另一方一图案进一至二者中间，形成“挑”，便可将两头各二图案“吃”掉。如此这般，“吃”完或围堵对方没有出路（绝路）者，为“围堵”成功，反之，则败。

这时，青年杨雨和田大大玩的是“兽兽相斗”法：

杨雨所持图案是泥制狮形。田大大所持图案为泥捏龙形。经过一盘较量，田大大所有图案都先后被杨雨围堵“吃”完，杨雨胜。

“围堵”技巧在于：通盘布局，具体应变。每走一步，都必须考虑成熟，不给对方形成“打”“夹”“死门”“挑”等可乘之机，进而，逼对手于死地。

为使“围堵”更接近实际，人们玩乐时大多在方块正上方（北方）以中线为准，加一对应棱形图框（以“十”字贯穿，共五步），便于将对手最后围堵封杀于此。

莽人的游戏娱乐活动，以“吊葫芦”为最痛快刺激。这种活动显然以年轻人为主。在大口坪，青年们就正在进行此项活动。

只见：两棵对应的粗大的中部用草捆扎在后面树上的刺竹下，各站立一个男青年。

这时，传出主持人清脆的声音：

“准备，上！”

竹下两人像猴一样，攀竹而上。快到竹梢，两人空中会意，同时用手抓住垂下的竹梢，身子突然悬空，飞速往下跌落。

“哇，哇！”场外惊叹赞美声此起彼伏。

刺竹急剧弯曲，顷刻，随着两个青年的跌落，竹梢与竹根刚好形成一个圆形。

“吊葫芦”取材除竹子外，树枝也可。此活动看似危险，实为保险。不论是竹子还是树枝，所选者都是经检验后完全能承受人体的惯性力。人随竹或枝下落时有其弹性力拉扯而又选择不断裂之材。至于下落前之所以要用草或绳将其固定在树上，一是便于人爬上竹，二是下落一瞬间所拴系的草、绳随之脱落，使其动作更惊险，竹或树枝弯曲的幅度更大更自然，当然也更安全。

类似“吊葫芦”的玩法还有一种，叫“空中飞人”。

“空中飞人”所选择的地方为高高的悬崖峭壁，下面为平坦之处。

绳索，是这项活动最最重要的内容。加工时必须粗、牢、实。

套绳也有讲究：先套双脚（有如马镫），然后将绳绕大腿固定三圈，再将绳缠到腰部、胸部，分别捆扎牢实。自下而上的系绳，起到层层分摊用力，环环保险的作用。

绳的另一头，固定在超出悬崖的粗壮树干上。

为了更加安全，在崖下平地铺垫厚厚的松草。也有选择崖下有深水的地方。

此项活动为一人。

活动开始：

表演者身系绳索，站立在系绳的树上，双手成飞行状。当接到下跳的指令时，便猛然向悬崖下面“飞”落。

每每这时，围观者都觉“惨不忍睹”，双目紧闭。直到有人告诉“成功”“睁眼”时，才慢慢将眼睛睁开。

“空中飞人”这种活动由于准备工作时间长，人员选择性强，莽人很少开展。（然而，不论是吊葫芦还是空中飞人，只要是危险活动，都不应随意模仿，因为意外难测。作者按）

不论开展什么活动，都离不开生活保障，否则，哪来的闲情逸致。和生活紧密相关的文娱游戏活动，主要表现在集体出猎、采撷取得理想收获、意外收获、重大收获时，心里高兴，集体组织开展。集体组织开展的，一般为大型活动。这些大型活动，除以上提到，还有水中狂欢，水下变形，草上滚压，火焰狂奔等。水中狂欢和草上滚压，与获取食物有关。因为水中有鱼，草下有动物。

从欢乐中获取食物，大家都喜欢，只要身体无大碍，男女老少都可以参加。

水中狂欢这项活动很简单：选定一定水域，只要适合大家，有鱼就行。选定好水域后，组织人用树枝、竹枝、棕榈枝叶等，从上游或者下游将鱼赶至一定河段，使其相对集中，再将两头河段砌墙填草堵塞，使鱼不能逃跑。在准备工作的同时，其他人有的准备烧烤的柴草、食物，有的在脚上加固或加厚棕榈垫，避免受伤。

一切觉得妥当，大家沿岸而坐，等待组织者一声令下。

“下水——”组织者声音悠长，扣人心弦。

大家争先下水。一场在水中狂奔乱踏的活动开始。

一时，河水浑浊，鱼虾难耐，纷纷跳出水面。

俗话说，浑水摸鱼，便是此项活动的实在性。人们开始抓鱼。浑水摸鱼的方式方法多种多样：用手抓，用脚踩，用身子压，用两腿夹，十八般武艺，全部派上用场。人们将鱼穿入事先预备的一头带刺的绳索上。穿鱼绳有机关：绳上的刺或竹针便是。穿时，将木刺或竹针由鱼鳃部插入从口中穿出，一拉，鱼便串到绳上。

由于人多水浑，水面、水边不时漂起死的或即将死的鱼、虾和蛙等。

情到激动时，难免有人忘乎所以，套在身上的遮羞物脱落，赤身裸体。不过，这时人们的兴致谁也不在这上面，都一心只管狂欢和抓鱼——收获多者还有奖赏：一件兽皮褂（或别的贵重物品，以及抱或背意中人）。当然，此时此刻此场合，谁也不在乎奖赏。

活动到组织者燃放三堆烟火为止。燃放烟火的时限为：水里鱼虾竞相抓完。

大约半天时光，河段上中下各燃放三堆熊熊大火：水中狂欢结束，上岸亮鱼。

人们将串到绳上的鱼按个头大小依次摆放在早已铺设好的芭蕉叶上。由组织者当场指出获奖者：一般一次活动有两人获此殊荣，即鱼个头最大者，以及数量最多者。

接下来，人们围坐一大堆柴火旁，烧烤所获以及山薯、山芋等食物，尽情享用。直到月亮升起。

关于草上滚压。此项活动随着历史的推移，变化越来越大。相传，远古的人们利用此项活动传递情爱以及男欢女爱（区别于谈情说爱，有打情骂俏、寻欢作乐、释放本能之意）。后来，也许是食物短缺等原因，增加了围猎等内容。

这活动选择草厚草宽或叶厚的平缓之地进行。人员以年轻人、青少年为主。参与人员分为两部分：一是纯活动，一是在场地四周负责将跑出的动物赶回场内。两部分人员轮换。因此，活动分为上下半场。

选择时间为中午，晴天阴天均适宜。

组织者职权：指挥人员分配，轮换；其余人员（上场以外人员）的安排和猎物的派用。

活动之前，提前半天由组织者组织人员在场地外围“打草惊蛇”，将动物逼至场地内。

活动开始。只见场地四周围了护卫和捧场的人；场地上方依序排列参加活动的人。

一切就绪。组织者举起手中的芭蕉叶面对参加者发号施令道：

“注意，行动——”

声音落地，人们立即横躺地上，迅速往下翻滚。

翻滚的人技巧不同，熟练程度不同，场地内十分有趣。有的，单人往下翻滚，有的，几人或多人翻搅在一起，纠缠不清，难分难解。这时，场内惊叫声（激动）、调情声、责骂声、嬉笑声与场外助阵声、狂笑声、喝彩声、赞美声交织欢腾。

场内，有的男女交织在一起，一直翻滚到场地最下端。有的男女多人纠扯在一块，形成“人堆”往下端翻滚。有的滚着滚着身体由横变直，十分别扭，不得不重新将身子放横继续翻滚。

第一轮只要有人翻滚至坡底（场地最下端），上方等候的参与者立即投入活动，形成连续。如此循环十轮，半场休息。

活动开始后，不断有野兔、松鼠、刺猬等跑向场外，被护卫人员逼回场内。

整场活动一般需大半天时间，结束时接近傍晚。接着，人们清理场地，将碾压伤亡或围猎的动物集中到火堆旁，接着进入夜宴烧烤角色。大家尽情尽兴尽食至次日凌晨。其中，不乏男欢女爱之事。有不少人通过此活动结下终身或者成为相好。

莽人平时休闲娱乐，大多活动都有益于人们的身心健康。也有一部分充满神秘色彩和负面影响。

“水下变形”这项活动在莽人中只有两人掌握技巧和个中秘密，因而，其神秘程度不言而喻。

其神秘怪异在于演变者让观看者见到的是已故的人。

对于已去天堂的人，人们常提及和怀念的是生前影响较大，凶死奇特令人恐怖谈虎色变者。

已故多年的黄飞英，生前以关爱、帮助、教化本分为己任，深受莽人爱戴。他在人世活了七十多岁，是莽人中长寿者。其体貌特征是头顶花白的发髻高高卷起，显得精神矍铄，仙风道骨。

已故的另一人是中年夭折的油长生。他如何遇难，在人们心目中一直是个谜。人们只知道他遇难时的惨状。生前，他离家出走多日不归，家人着急，全部落的人也十分担心，集体出动找了他半个多月，未见踪影。就在大家失望之际，有人却在鹰嘴悬崖上发现了他。随即，大家赶到发现地点。只见死者惨不忍睹：头部插入一根树枝，鼻子双眼不知去向，只见三个坑，整个尸体四肢飘荡，悬空欲坠。时年只有三十多岁。

一个下午，气温炎热、闷躁。人们聚集在飞龙潭沐浴散热。有人见到大芋头，便突发奇想对他说道：

“芋头，不如你试试‘水下变形’，让大家开开眼界。”

大芋头对提议的人摇摇头，表示不行。

此提议却招来不少人的好奇，都想亲眼见识见识。便围到大芋头身边，死磨硬缠，要他显手绝活。

大芋头无奈，只得勉强应承。

他对大家提出条件：

“只准三个人下去观看，每人只能看一眼，超过此限便不灵，到时，神灵发怒怪罪，我可帮不了忙。”

于是，大芋头进入树林念咒语，做准备。

大芋头从林子返回飞龙潭对大家约法三章道：

“我下到水中，当你们见到冒烟的时候，你们选定的三人中，年岁最大者从冒烟处下到水里，看一眼后必须立即离水上岸，不然，出现意想不到的事，我无法挽救。当第一人上岸，第二人才能顺冒烟的地方下水。第二人必须是年岁居中者。第三人，也是年岁最小者，见到第二人上岸后，才能沿冒烟的地方下水。记住了，三人下去，都只能看一眼即回，否则，后果自负！”

他交代到这里，面对众人吩嘱道：

“你们下去挑选人吧！”

平时，大家都深知大芋头的法术，不敢对他有丝毫背离。

大芋头快五十岁了。比他年岁小的人，都不知道他来自何地。和他年纪差不多或略大的人只知道他来自越南国的大山里。他二十多岁来到莽人部落。由于他手中有法术，大家都敬畏他。

他第一次在莽人部落显山露水，是在一次婚礼仪式上。在刘杉林结婚的当天，新娘入洞房的时候，尴尬的事发生了——

新娘和公公（新郎之爹）在洞房门前紧紧抱在一起，长时间纠缠不清。有人去劝阻、分离也不管用。

在莽人风俗中，不要说公公和儿媳，就是新郎之兄与弟媳也很有分寸。

公媳间出现这种伤风败俗的事，大家脸面都没有地方放。但事情已经出现了，劝不开拉不散，大家都急得像热锅上的蚂蚁，无法可想，无计可施。

有细心的人看到参加婚礼的大芋头坐在草墩上跷着二郎腿，像什么事都没有发生过。便告之主人。

当刘杉林得知此事，没有往心里去。但是，因为大芋头曾放跑他的一头猎物，两人很长时间不往来，还有矛盾加深的迹象。

“会不会是他搗什么鬼！？”刘杉林突然想到大芋头。

“人在屋檐下，不得不低头。”这话说得好。自己大喜之际出现这种事，不得不低人一等，一来化解过去的不愉快，二来也许他能解除这家中出现的丑事。刘杉林想到这里，用竹筒勾兑一筒蜂蜜水（莽人部落最好的待人饮料），双手递上客气道：

“大叔，请，过去小的我有冒犯着的地方，请饶恕，从今往后，一笔勾销！”

见状，大芋头急忙回应道：

“过去的都过去了，不去管它！”见刘杉林若有所求，便祝福道：

“百年好合，喜事临门。你去忙吧！”

刘杉林接过话题对大芋头请求道：

“大叔，我也愿意百年好合。”他说到这里停了停，用手指了指洞房门前，难为情地望着大芋头继续道：

“还请大叔不记小人过，高抬贵手让我们过了这个‘坎’吧？！”

听刘杉林道出意图，大芋头故作惊讶：

“怎么会有这等事，我去看看。”边说边手里握着什么，嘴里念着什么，边走到洞房门前，朝着纠缠的公媳手里一挥洒，一阵“香”气飘出。大芋头低头继续默念做法，“啪！”右脚向地上用劲跺了一下，右手中指弯曲，四指聚首向天贴近胸部，转身向刘杉林告诉道：

“什么事都不会有，你去看看吧！”

刘杉林身子一躬，朝大芋头作揖表示谢意，便上前观看：

父亲在一边和客人寒暄，新娘羞涩地进入洞房。如大芋头所说，什么事情都没有发生过。

在场的人都惊呆了。

有一年发生大规模山火，食物非常匮乏。

罗成正、朝金银、山雨与大芋头离开部落到很远的地方寻找吃的。中午，四人在一条小溪边休息。饥饿难熬，就喝溪水，嚼吃“九香虫”（一种生长在水边石下的小小的黑甲虫）充饥。罗成正望着大芋头闲聊道：

“芋头哥，你是我们几人中经历最丰富的，我们找了几天的食物都没有大的收获，你看接下来我们该如何办啊？”

大芋头见问到自己，对罗成正两手一摊说道：

“我也生不出吃的来，还得继续找，找个心不死！”

山雨插话道：

“芋头哥，下步如何办我不关心，我现在饿得慌，出来几天了，没有填饱过肚子。眼下求你一定想想办法，让我们兄弟几个吃饱一次。”

“对，让我们吃饱一次！”大家几乎异口同声上前拉住大芋头的手恳求道。

见到大家期盼的目光，大芋头无可奈何。

过了一会儿，大芋头离开三个兄弟（莽人的混称，其实三人都比他年纪小）去灌木中“方便”。此举，意在回避，也附带有所准备。

“方便”后回到弟兄身边，三人仍缠着他不放，说啥也要他解当即之饥危。

这强他所难，他难以推托。他只好面对大家勉强承诺：

“我的确没有办法，只有‘找找’看。但是。”

他接着对大家提出要求道：

“不能跟着我，一生就只一次！”

说着，他飞快进入密林。只见一片白烟将他淹没。白烟被风吹没，便不见大芋头的身影。

大约过了五个时辰，仍不见大芋头的踪影。三人十分着急，牢骚满腹。但还得等待，别无他法。

正在大家翘首以待，难耐之际，一道白烟又出现。白烟散尽，大芋头满头大汗出现。

他身上带着的东西格外引人注意——

他一手拎一只大公鸡，一手提两大块烟熏肉。

这些东西在部落绝对没有。都从什么地方弄来的啊！大家非常惊讶。

朝金银急忙从大芋头手中接过大公鸡，饥不择食，一口咬住鸡脖，“咕咚咕咚”将血吸完，抹抹嘴上的血擦到两边脸上，又迅速用手拔除鸡毛。

烤鸡、烤烟熏肉，大家饱餐一顿。朝金银、罗成正、山雨这时才将大芋头的“神秘”问题提出来。

大芋头立即制止道：

“不必问，永远藏在心底！”

大家的奇怪之处在于：鸡、烟熏肉只有远离莽人部落的外族人才有。部落至外族人居住的地方，最近的也要走三天时间。况且，他们此次寻食是背离外族人的方向走，毋庸置疑，他们离外族的距离更远。

永远之谜，只有永远埋藏心底！

大芋头捉弄媳妇的事，很多人都记忆犹新。

那是大芋头结婚不久。媳妇常常不是四处风野，就是很不归家。

大芋头的家建在七棵大树并排的大枝杈上。他常常在家“恭候”媳妇的到来。对媳妇不爱在家的行为，他非常不满，多次责令改正。可是媳妇置之不理，仍我行我素。无奈之下，大芋头动了脑筋。

有一天，他媳妇又偷偷外出。在离家不远的山梁上，其媳妇围绕山梁来回走个不停，从出门时的早上，一直到傍晚。

其媳妇的异常举动，见到的人出于好意，都纷纷告诉大芋头，要他去看看。他却对来人轻描淡写地说道：

“不管她，由她去！”

直到天黑，其媳妇才醒悟自己在山梁转了快一天。不知是什么原因，从此，他媳妇再也不到外面风野。夫妻生活也比过去恩爱。

事后，有人问及此事道：

“是不是你故意收拾（惩治）媳妇？”

大芋头矢口否认道：

“没有的事，是她自找苦吃！”

发大洪水的那一年，大家都铭记大芋头的义举。

当时，百年不遇的洪水冲毁了不少莽人的家园。危难之际，大芋头大显身手，救了十多个莽人的生命。特别值得称道的是水上救人。第一次见他水上救人是洪峰最高时。他看到对岸一个窝棚被洪水席卷，听到有人发出求救声。他顾不了许多，飞身过水，很快到对岸，将一个小孩从水中救出。

他过水时，两脚飞快交替。其速度之快只能看见两脚成白雾一片晃来晃去。人们只当他会水上飞。

接着，他以行走如飞的水上快速救了十多人。

据刘杉林回忆。他在黄叶岭辛辛苦苦守了一天，终于使一头白狮落入自己设下的陷阱。他用绳索将白狮五花大绑，回部落找人相助。

帮助的人中，有大芋头。

大芋头是个精明的人，更是一个熟悉阴阳的人。他一看到白狮，心生惊惧。白狮，狮中之王。王者，上天造化。不可随意伤害。否则，大难临头，不可收场！大芋头深知其中利害。好在他看到白狮尚未没有受到伤害。要不然，天就塌下来。

他将刘杉林请到身边，对他说道：

“你知道你猎获了什么吗？我告诉你，你捕猎的白狮，狮中之王。你若伤害狮中之王，不但狮群会报复你，连苍天也不会饶恕你！你把它放了罢！往后，我赔你十头大兽。”

刘杉林说啥也不同意。莽人谁捕获兽中之王，谁就是英雄好汉。这谁都知道。

见刘杉林执意不从，大芋头只好另辟蹊径。

当众人准备将白狮抬回部落时，突然雷声大作，电闪风狂，大雨滂沱。人们只得躲避。

他们将白狮抬进山洞躲避。在山洞，惊人的一幕出现了：随着一声晴天霹雳，白狮狂吼一声，身上绳索节节断裂。白狮脱身，迅速投入大芋头的怀抱，依偎不舍。随后，大芋头摸摸狮头，拍拍狮额，边推边说道：

“去吧，快快离开，走得越远越好！”

狮通人性，慢慢离开大芋头，一步一回头，泪流满面出洞。几乎同时，风停了，雨住了，雷哑了，晴天恢复了。

这一切，人们看得目瞪口呆，还能说什么呢！

继续说飞龙潭边事。

大家选出三个人，排列在潭边，等待大芋头下水。

大芋头看了按年龄排列的三个人，没有表示什么，便自个下水。

不多一会，飞龙潭里冒出一团白烟，随波卷动。

见到白烟，三人中年龄最大的三祥依约从冒烟的地方下水。三祥下到水里，不敢睁开眼睛，担心自己承受不了惊恐。但是，他最终还是鼓足勇气，睁开双眼。就在睁眼的一刹那，他却见到了不该见到的人：

头发花白，发髻高耸，仙风道骨的黄飞英龇牙咧嘴，冲他一笑。

三祥毛骨悚然，张嘴惨叫，却被水呛着。他急忙穿出水面，慌忙爬上岸。

人们见到他面红筋胀，嘴里不停喘气，上岸直奔人群中，一句话也说不出，一副非常恐怖的表情。人们问他怎么啦，他只是呆呆地，什么也不说。

三祥神情未定，水面上又冒出白烟。

见到白烟，三人中年岁居中的鱼化化见到三祥的状态，有所犹豫。在其他人的推搡下，他不得不从冒烟处进入水中。

进入水中，鱼化化想看看大芋头在干什么。可大芋头无影无踪。只见一棚水草后隐约闪现一个白骨重叠、眼鼻深凹、七窍喷血、残皮飘荡的骷髅。鱼化化来不及想象是谁，紧闭双眼飞速逃离。

逃到岸上的鱼化化，全身是汗还是水很难分得清。只见他全身颤抖不停，蜷缩在潭边，六神无主。据他事后回忆，他见到的应该是油长生。

三人当中，最后下水的是刀龙。

刀龙目睹前面两人的惨状，非常动摇。如果不考虑自己是个大男人，有约在先，说啥他也不会去冒生命危险。

刀龙进入水中，眼前什么也看不见，他压根就不敢睁眼。

“哈哈哈哈——“一串狰狞的笑声传到他耳里。

他毛发竖立，心惊胆战，猛回头想逃跑。就在这时，一只手扯住他飘在水里的头发，有声音从深邃的水里发出：

“胆小如鼠，连眼都不敢睁。”说着，声音变得震惊狂大：

“睁开眼，看看我是谁！”

刀龙豁出去了，不就是一条命吗！他自己给自己壮胆，一下将双眼睁开，却看到站在自己面前的是大芋头。

大芋头受到人们敬畏之处还在于，他知道外部的人都有自己的民族和服装。

大芋头来到莽人部落不久，就对莽人说道：

“我祖辈是中国大明的。后来，不知什么原因。”

他说到这里停了一下，似乎想起了什么，接下说道：

“后来，我想起来了，是随一个朝廷的大官人航海出行，突遇大风浪卷入海水。我的祖先被渔船救起。之后，我们就住在我来之前的那个地方。我父亲常常讲这段家史给家人听。讲完了，要我们一定不要忘根忘本，要找机会落叶归根。”

他望望东北方的天空，继续说道：

“祖上人说，大明时我们家住在一个家家户户种有牡丹、芍药的地方。是大平坝，大地方，望不到边。人们穿的是棉布、锦缎、丝绸；吃的是大米、白面、猪牛羊鸡鸭鱼肉、白菜、青菜、萝卜、豆腐、冬瓜、南瓜、丝瓜，好多好多名字都叫不上来；住的是两层以上的楼房。祖上人说，中国大得很，民族很多，有汉族、彝族、回族、蒙古族、朝鲜族、苗族、京族，太多啦，我说不上来。各民族都有自己与别的兄弟民族不一样的服饰。各式各样的衣服和打扮我更无法说清楚。”

他停了停，若有所思地又望了望东北方道：

“祖上人说，大明的船队到过天下好多好多国家。他们每到一处都受到当地人欢迎。当地人不是朝拜、送礼，就是买中国的东西、打听中国的神奇与古老。”

大芋头所讲的家史，是莽人从未听到过的地老天荒的传说，都有无限的向往。有不少人听后互相质问：

“我们莽人是哪国？”

“我们莽人是何种民族？”

“我们有朝廷吗？”

“朝廷是个什么样？国家又是什么东西？”

“为什么要有国家、朝廷、民族？”

“……”

无尽的问题，谁来回答，谁又能说得清道得明？莽人啊，莽人，就把这些问题作为千古之谜，一代一代传下去罢！

在莽人部落，有人活得丰富多彩，尽量弥补环境、人为造成的生活落差；有人掉下悬崖，索性将双眼紧闭，任其一落千丈，一命了之。后者不乏其人。

皮二一家在部落远近“闻名”。从吃的上讲，不是莽人集体劳作的所得分配，一家人早就不在人世了。一家五口，对生存不抱任何希望，有就吃，无就饿。集体分配吃完以后，全家也不自行想办法，躺在草窝挨饿。有人上门送吃的救助，他们随便打发。山芋、木薯、干肉这些食物，一家本来知道，顺手捡把柴回家烧烧，既可口，又养人。可他们偏要糟践自己，用手抹抹上面的泥土灰尘，将手上的污垢脏物往身上任何一部分一擦，便将东西塞进嘴里生吃。他们的脸、脚，没有人见他们洗过，身上更不用说，汗水出来，脸上豆粒大小的黑了吧唧的东西泥沙俱下。遇到炎热天，脸上手上苍蝇层层叠叠，飞来飞去。他们无心驱赶，任其肆虐。却有力逗苍蝇玩，不是用指甲掐苍蝇腿，就是用草尖弄苍蝇翅膀。

有人为他们好，将他们推到水里。他们不洗，从水里上岸，对推的人说道：

“洗了又脏，不洗好！”

一家人住的窝棚里，不是粪便，就是口痰堆积，那臭气不言而喻。住的窝棚，不知多少年没有翻盖过了，顶上的草变成黑土，蛆虫出没。窝棚大孔小洞，风来呼呼叫，雨来哗哗响。每遇这种情况，他们宁肯躲进草窝里挡风，用芭蕉叶遮雨，也不愿修补窝棚。日子就这样一天天过去。

莽人树居（摄影：云石）

二十七

女人的脚印，岸边松脂的灰烬，总在曹田水心中挥之不去。他决心弄个水落石出。

父亲的心事，儿子曹尔虽说无心过问，但总觉得父亲的忐忑不无道理。他想尽儿子之责，为父亲分担心里的忧愁。

父子俩自觉不自觉地开始了各自的行动。

曹田水在当地被称为“细心人”，遇事总要搞得一清二楚。他走村串寨，访一家一户，不露意图，了解近来红麻坝都发生了什么，是否有邻里不和的情况发生，有没有偷情越轨的行为。总之，一切蛛丝马迹都想掌控。通过一段时间了解分析，整个红麻坝没有发生“蹊跷”的基础和迹象。他心里越加犯嘀咕。

曹尔根据松脂灰烬进行跟踪，发现“蹊跷”人的行为是晚上出没溶洞的可能性大。他于修理渔床的第二天夜间便独自进溶洞隐蔽观察。

目标终于出现。就在刀妹重返溶洞冒险再探颤动之物的那天夜晚，她的行动被人暗中窥视。开初，曹尔看到高举松脂火把，紧握木棍，头发散乱的刀妹有些恐惧，不敢贸然接近。后来，曹尔发现，这个与自己年龄不相上下的“野人”十分俏丽。上身两片扇形羽毛紧贴高挺的胸，下身棕榈围裙紧紧护着小腹至小腿，瓜子脸被几楼散乱的青丝时掩时现，高翘的鼻梁雄居齐齿樱唇之上，外露的皮肤尽显红白相间的本色，高挑协调的身材处处彰显优美的曲线。曹尔越看越进入美幻的迷宫。

如此美丽动人的“野人”为何独闯暗河？她到底寻找何物？值得如此冒险？她是何方人氏，又将何去何从？她是少女还是少妇？她姓甚名谁属于何种民族？

带着一连串的好奇，曹尔由惊恐远离变得亲近热烈。他有些坠入爱河的感觉。他越加对她紧跟不舍。乃至从暗河到脊梁悬崖，全过程进行尾随。

出于猎人的本能，刀妹在脊梁上总觉得有什么东西在附近，可又似有若无，她没有放在心上。她在悬崖草丛中舒坦地睡着，当醒来时，她睁大双眼，望着远方，紧咬牙关，双手紧握。这是她决定做大事的举动。

经过几天的辛勤劳动，刀妹将一片方圆几十丈的森林全砍光，空出一片平地。她将有用之材裁好分类堆放备用。接着，她按照高一丈五、宽一丈的标准，每隔一丈竖起一根圆木。又按三对六根圆木为一个组合，组合与组合之间相距三丈远，整整建了九十九个组合。在每个组合的对应圆木上，以梁木结构，用木头搭成“人”字形。为了连接牢固，每组合“人”字下方都用木头横串。这些工序完工，她舒了口气，看着自己的成果出神：

目前莽人部落有七十多户人家，每户住一个组合（幢）房子，还余下二十多个组合，剩余的分给人口多的家庭用。这种组合居住，可以改变莽人祖祖辈辈分散居住、洞居、树居等原始生活状况，像汉人、城里人那样生活：居住在一起，以街设摊，要买什么就买什么；人来人往，互相帮衬；穿红挂绿，涂脂抹粉……

她怀着美好的向往，准备椽子。刀妹是一个办事利落清爽的人。她一幢幢加工椽子。这可是工作量最大的环节。她花七八天工夫，才完成十幢房子的用料。可是有一天清早，她来到建房的地方，发现一幢未备椽子的木桩下面放了一堆椽子，且大小、数量与她的要求不相上下。她怀疑是自己忘了都做了些什么。

过了一天，她又发现另一处木柱下面堆放了所需的椽木。她仍然认为自己犯糊涂，没有放在心上。

又过了两天，另外两个组合下面也堆放了椽木。这次，她不得不承认摆在面前的稀奇事。她开始心惊肉跳：这不会是鬼神佑助吧？后又想，只有心上人王大懂她的心，应该是他暗中帮助。但她又想，王大从不开这样的玩笑。她百思不得其解，眉头紧锁，双眼紧闭，决定看个究竟。

刀妹是一个有心计的人。她想，帮助自己的人所做的事情，完全是按她的要求做，这说明这人了解她，或者暗中观察而后行。如果是后者，她应该反过来观察他。

如何反观察呢？她紧锁眉头，紧闭双眼，双手不停地摩挲着。不多一会，她双眼睁开，双手叉腰，决定实施自己的行动。

根据捕狼的经验，她假装备料，尽往容易隐蔽的地方穿插。这样，能使跟踪自己的人造成错觉，她便有机会转到跟踪人后面，达到反跟踪的意图。经几次穿插迂回，果然奏效。

她发现，跟踪自己、帮助自己的人正是红麻坝的曹尔。小伙子五尺多高，壮实，方脸，两个酒窝不时衬托出甜甜的微笑。看上去，曹尔面善，不像奸诈作恶之人。她心中的王大突然发生了换位。

她转又想，自己是莽人，是外界眼中的野人。加之曹尔布料长衫打扮，过着有房子、真正人的生活，自己哪配得上人家？她自作多情想到这里，索性回到建房的地方，继续自己的事情。

没过几天，所有房架基本建成。接下来，刀妹要做的就是准备茅草、竹枝、树皮等盖房用料。她将备料全堆放在一起。按照她一人的计划，打算十天备好盖房的料。可不到五天，就基本备齐。她知道又是曹尔在帮助自己。

一天晚上，她发现曹尔悄悄运料到建房的地方，便趁曹尔放料之即，在他身后大声说道：

“喂，‘吻猫（小伙子）’！”她接着用手指指房架又指指盖房的料，右手掌紧贴胸脯，腰往前一躬，表示感谢。

曹尔很快意识到她是在感谢自己，便也学着姑娘躬身回谢。

两人就在不自觉的意想不到的情况下相互容忍对方、认识对方、直面对方。

二十八

裹着蒙蒙潮气的太阳撒在大地上，无力地闪着淡黄色的光芒。蝉拉长了声带，疲惫地“吱呀”嘶鸣。一群猿猴散乱地聚在树下的黄土上，似睡非睡，没精打采。盛夏无情地捉弄着天下的生灵。

辛辛苦苦耕种的稻谷被人盗走，王大、盘祥云他们没有就此罢休，将种粮食改为养殖。为了让引进的牛羊长得膘肥体壮，他们正在湿热沉闷的山林采集青草和木薯。

王大放下一把刚刈好的青草，对身边的人说道：

“今天的饲草够牛羊吃到明天，我们都把草料运回家。”他边说边用卷成半圆的棕榈叶刮除脸上的汗。

自从新迁凉京湾，部落的人大事小事都听从王大的安排。稻谷被盗以后，王大找部落的人商量。他摸摸鬓中疤痕，拿定主意：

稻谷种在田里不便看管，养牲口晚上收关入厩不担心被人偷。种粮养殖都是为了吃饱肚子，种粮不成就养牛养羊。

大家齐声同意：“哦——哦！”（好的意思）

于是，部落就养了一百多头牛和二百多只羊。

为了统一管理，他们建盖大木棚，晚上分别将牛羊赶到大棚里饲养。在白天放养的时候，也像夜晚一样，分人专门守护。

莽人饲养牛羊，隔三岔五宰杀，全部落聚在一块烧柴火烤炙，共同享用。吃肉时，先给年长的和年幼的，以及身体有残疾、不方便行动的，然后才轮到其他人。大凡杀吃大的动物，不知多少代以来，莽人都是实行分配和共餐制，有福同享。

对羊羔、牛犊、怀孕牛羊，像对待孩子、怀胎女人一样格外照顾。

看到刘三妹喂小羊羔有些马虎，罗升平在一旁指点道：

“木薯汁的渣要清理干净；装薯汁的竹筒口部要用沙石打磨光滑，才不会伤着小羊；嫩草要用清水淘洗干净、用刀剁碎；要常梳理小羊的毛，减少虱子、跳蚤侵扰。”他说到这里，进入羊群，搂起一只羊羔，掰开嘴观察，对刘三妹和其他饲养人员说道：

“从现在起，每天要用鸟毛刷子为羊羔和牛犊清洗口腔。另外……”

他害羞地看了看产羊羔的母羊的屁股，利索地用手摸了一下刘三妹的下身：

“这个地方要天天为它清洗，要保证下回顺利产仔。”他说完红着脸慌忙离去。

异性有别。在分工饲养牲口方面，男人负责喂养公牛公羊，女人负责喂养母牛母羊。

但天作使然，哪里有羊，哪里就有狼。对付狼，部落由男人组成护羊队，日夜保护羊的安全。护羊队由陈武负责。他把护羊队分为两支人马，轮换负责白天和夜间守护。这样做，避免精力使用失控。如果不轮换，白天狼出动较少，守护人员轻松；晚上狼出动多，守护人员任务重，长此会因为精力和体力不支影响羊只的安全。轮换守护，大家也很满意，认为较合理。

盛夏风、雨、雷、电，说来就来。傍晚还是黄云蔽月，可不到深夜天就变脸，一派杀气腾腾袭大地。这种天气突变，狡猾的狐狸也在狼的名下甘拜下风，退避三舍。而狼却欢喜若狂，蠢蠢欲动。这个时候，狼知道，羊都集中在一起，风雨依存，相依为命；而人往往麻痹大意，忽略它们的存在。

因而，一看到天气骤变，各路狼王便龇牙咧嘴"嗷嗷"嗥叫，集队出发，向附近的目标"靠近"。

"靠近"，而不是挺进、冒进、肆无忌惮、大张旗鼓地进犯，这正是狼的狡猾之处：因为往往这时，聪明的人会警惕倍增，等待敌人进入陷阱。

人，凉京湾护羊队的人正是这样"迎接"它们的。

陈武擅观天象。当发现天边一块块乌云往一处聚，入夜便带领护羊队进入"阵地"——

几乎在引进羊的同时，陈武就带领大家在羊厩四周挖一丈多深的地槽，在槽内埋下竹尖，在槽上铺上薄薄的草和泥土，乍看与周围环境大体一样。还在伪装的地方洒上洗肉的脏水。

护羊队队员隐蔽在陷阱的附近，等待着狼群的到来。

"咔嚓——嚓！"伴随一声晴天霹雳，树林里传来"沙沙"的摩擦声。

声音由远而近，由小到大。听得出，这是什么东西踏到落叶上发出的声响。渐渐地，这声音零乱杂碎与风雨的嘶吼很不和谐地各自扩散。

不多一会，从声音传出的方向闪现豆粒大小的蓝光，一粒、两粒、八粒、十粒……一串串穿梭出现。

"狼来啦！"陈武肯定，小声地对旁边的队员提示。

队员们立即精神振作，紧握手中的武器：铁钩、套绳、麻网、石锤、斧头、匕首、扁担、木棍等。

在闪电的照射下，大约六七十只狼组成的队伍由纵队变成横排，向陷阱爬行。

“啪哒！”

“啪哒！”

接连两声重物跌落的沉闷传出。陷阱已经发挥作用。

“啪哒！”紧接着又传出几声，并夹杂痛苦的哀吟。又有几只狼在竹尖上挣扎。

又是一道闪电。跌落哀号声停止。狼群停止前行，原地呆立，似乎发现了什么。

不一会，狼群掉转方向，狼头齐刷刷回顾陷阱，发出“嗷——嗷”的长长悲号，迅速离开陷阱，这应该是狼群痛失同类的哀悼，也是狼仇视人的宣告！

清理陷阱，共有十一只狼被竹尖刺死，三只狼被刺成重伤动弹不得。护羊陷阱成为狼的死亡陷阱，人们奔走相告，庆祝成功。

二十九

暗河的水仍然静静地流淌。鱼儿的跳跃不时打破暗河乃至溶洞的沉闷。曹田水发现的女人在暗河的足迹“蹊跷”事还没有弄个水落石出，儿子曹尔最近行踪神秘又在他心里增添了一桩“蹊跷”。

曹尔自小是个孝顺的孩子。对父母哥姐以及其他年长的人十分尊重。看到小姑娘会羞臊地躲开。他内向，不串门和找人闲聊。无事就在家请父母教他写字读书。远近的人送他一个芳名，叫“曹尔闺”。

近来曹尔常常外出，一出就是一天半天，有时还整夜不归。有时回到家坐不稳，吃不安，睡不眠。这一切，都在读过几年私塾的父亲的掌控之中。

开初，曹田水对儿子的突变有几分高兴。认为儿子到了谈婚论嫁的年龄，出去找找姑娘谈情说爱，说明儿子已经长大了，成熟了。

他问老伴：“曹尔会看上哪家闺女呢？”

老伴摇摇头：“不晓得。”

“村东头方家二女彩莲。”

“长田坝柳家独姑娘芝芝。”

“南庄肖铁匠的小女楠萍。”

“洞口梁家七妹。”

“……”

曹田水看着老伴掰着手指从村头到村尾逐一对与儿子年龄相当的姑娘进行盘算排列。

细心的曹田水分别到排列的可能的姑娘家查看。不见这些姑娘离家外出，也不见曹尔在这些姑娘身边出现。

作为父亲，曹田水虽支持儿子与姑娘接触，但又怕儿子有越轨行为败坏了曹家的门风，决定对儿子的行为负责，跟踪落实。

“爹，我要去西坡地看看杉树，我发现别人家不少杉树都出现黄叶。”曹尔对父亲提出要去西坡地劳动。

曹田水应允道：

“去看看，是不是今年天干日烈雨少。”

曹尔戴着斗笠，顶着中午的烈日出门。

见儿子出门，曹田水心生一计，赶到东山坳，躲藏在能查看西坡地的地方，看看儿子是不是真去杉树林。

曹田水的猜测错了。

曹尔到了西坡地，杉树病情与父亲说的完全一样。他立即挖沟从山上引水浇灌杉树。

曹田水有些不愉快地回到家。他吩咐老伴熬绿豆汤。

天快黑了，曹尔才从西坡地回家。他埋头喝着母亲递过来的绿豆汤，咕咚咚就是三大碗。

“喝慢点，小心呛着！”母亲在一旁揪心。

曹田水关心地对儿子：

“西坡地虎狼多，以后到那里一定要带上猎枪或火炮（鞭炮），一般情况，用火炮吓吓它们，不可杀生。”

“我记住了，爹。”曹尔顺从地回应父亲。

晚饭，一家人聚在一块吃饭。曹田水看着儿子曹尔吃饭入神：

浓黑的眉毛圆圆的眼，高挺的鼻架大大的嘴，硕大的耳朵高高的额，白皙的面部深深的靥，壮实的身材宽宽的背，文静的气质……

老伴拈来的一筷菜打断了曹田水对儿子的神思。他看了眼老伴盯住曹尔，试探地：

“曹尔，年纪不小了，如果有合适的姑娘，我们去提提亲看，行不？”

父亲突如其来的提亲，使曹尔猝不及防。他低头吃饭，羞臊难安。他从饭里挤出一句话回应父亲：

“以后再说。”说完继续埋头吃饭。

杨氏（曹田水老伴）嗔了曹尔一眼，对曹尔说道：

“等胡子白了再说！”她放下碗筷又对儿子说道：

“胡子白了谁家姑娘等着你！”

“凭我儿的品貌，等等看看也不愁找不着姑娘，多花点时间找个好儿媳也是我们的心愿，但不能拖得太久，看准了，有适当的，就要抓住机会。”曹田水接过老伴杨氏的话顺着儿子表明自己的态度和意见。

曹田水的进一步试探，仍未收到效果。他了解儿子近况的打算和行动没有终止。

吃完晚饭，曹尔心事重重，在自己睡觉的房间坐立不安。他打定主意，等父母睡觉以后到暗河上面的山上看看“野人”在做什么。

星星已经爬上暗河上面的天空，密密麻麻的。时而扫把星从天而降，拖着长长的尾巴。流星在星云中活跃穿行，为太空增添了活力。曹尔藏在一棵大黄角树（当地人对榕树的称谓）的树杈里，久久见不到“野人”的踪影，对广宇产生了兴趣。

一只大鸟从不远处的林中惊飞，慌忙向南飞去。吸引了曹尔的注意力，曹尔注视大鸟惊飞的地方。一会儿，当曹尔不以为然的时候，那地方腾起一股云彩一样的烟雾。曹尔有些慌张，立即从树上跳下，本想逃离回家，却鬼使神差向烟雾升腾的地方疾速靠近。

他猛击自己的脑袋一拳，让自己清醒。镇定之后，他想，既然已经接近惊鸟飞离的地方，索性看个究竟。

他将胸前的衣服解开，袒胸（当地人夜间壮胆的一种方式，据说很灵）面对前面的怪事。

他放慢脚步，蹑手蹑脚，警惕倍增，向烟雾摸近。手中的长刀木柄浸泡在他惊吓紧张的冷汗里。

烟雾，是从一个山洞喷出来的。

曹尔不敢轻举妄动。因为山里常常有瘴气出现。他停下脚步，嗅嗅气味，窥视烟雾的变化。他从逆风的方向靠近顺风的方向。烟雾里焦香和柴草的味道进入他的鼻孔。他紧张收缩的心顿时放松了许多。原来是有人在洞内烧烤食物。

曹尔断定，这应该是“野人”所为。他知道，当地人是不会在夜里到野外烧烤东西吃的。

他的判断是对的。

曹尔悄悄摸进洞，发现“野人”正在烧吃野兔和木薯。

在洞中，“野人”为了抵抗闷热，松开了兽皮、羽毛、棕榈编织的衣服，披散着长长厚密的秀发。瓜子脸上，白里透红的皮肤有薄薄的尘垢和黑炭的划痕。柳叶样的修眉舒展地横躺在两只黑亮的丹凤眼上。挺直的鼻梁像一根葱头骄傲地俯视着薄薄的微启的双唇。淡黄整齐的两排牙齿正在撕扯着烤熟的兔肉。

曹尔贪婪的目光又从“野人”的头部滑向脖子、胸部乃至以下各个部位。特别是高突的、圆圆实实的两座乳峰，紧紧吸引这个从未对女人正眼看过的情窦初开的青年。他不停地攀登、攀登，又不停地为之美妙而折服。

“多美的‘野人’姑娘啊！”他从内心深处发出长长的赞美和惊叹。这是小伙子步入人世以来第一次对女人惊赞！

女人，是一幅意境高深的艺术品。当你对她全然不知，一无所求，她充其量就是一件不屑一顾的凡物；当你对她产生情趣、梦寐以求，她就是一件美若天仙、完美无缺的绝世珍品——不论从哪个角度，她都美轮美奂，美不胜收，哪怕是她身上的癣鳞、黑痣、红豆……

曹尔想入非非，被一只蝙蝠拉下落到他手上的粪便打断了思路。

曹尔的跟踪，被父亲的监视所掌控。

曹田水紧跟儿子，暗中观察。他，作为父亲，是对儿子负责——担心儿子有违背道德伦理和父愿的行为。

看到儿子对洞中喷出的烟雾好奇，曹田水跟随到洞口不再进洞。他对暗河二面的一草一木积累了四五十年的经历，确信没有什么大碍才收住跟踪的脚步，到离洞不远的地方等候儿子出洞回家。

他变跟踪为等待。虽说儿子不会出现安全问题，但可怜天下父母心，毕竟是夜深家远，看到儿子回到家悬着的心才能放下。

直到东方发白，曹尔不知不觉中在父亲的“保护”下回到家。

没几天，曹田水到溶洞上面的林地转悠，发现有些树被人砍。他并不在意。在当时当地，原始森林遍布，砍树取材是很平常的事。再说，家家都离不开修房造屋的事。他随着砍树的轨迹，却看到女人脚印与暗河边留下的相似。他连续看了十多处脚印，越看越像。

“女人——暗河——脚印——溶洞山上砍树——脚印。”

“这女人要干什么呢？”曹田水通过联系分析后自问道。

他带着这个问题回到家，吃不香，睡不稳。

他冷静下来做出果断的决定：

“分两步走：先管好儿子曹尔的事，脚印的事以后再做打算。”

三十

九十九个组合的“人”字形房只剩一个组合没有建成。

曹尔正在检查木架的稳固。他先用木槌敲打横木与立柱的连接处，有松动的地方，就用斧子加工木尖（与斧形状相似），然后楔到横立木连接的缝隙中去。末了，用手再摇摇，直到牢实为止。

刀妹用藤条捆扎木架的转角处。她每捆扎一处都把“结”扎得很死，使其不会松动。她的腰部、腿上、嘴上，不是绕着就是衔着藤条。腰、腿上的藤条淌着她身上的汗，嘴上的藤条流着她口中的黏液。她捆扎完最后一个拐角处，转身看看曹尔，用初学到的曹尔传授的汉话说道：

“捏——辛苦捏。”（意为：你——辛苦你）

曹尔会意地朝她点点头，走到她身边，放下木槌，用绕在脖子上的汗巾为刀妹擦拭额上的汗。接着，他用手拍拍刀妹的肚子：

“饿吗？”

她本能地后退两步，发现对方没有恶意，看着对方摇摇头感激地回答道：

“补我。”（“不饿”的口误）

他俩已经相互接受对方，并相处较为融洽。

这岂止是融洽！

前几天，刀妹由于劳累过度，缺乏吃的，发高烧病倒在新盖的棚屋里。这可急坏了曹尔。他从郎中那里买来退烧药，又从家里带来药罐，在刀妹身边进行煎熬，将盛到碗里的药汤慢慢喂到她嘴里。刀妹口腔干裂，他用浸湿水的绵团放入她口里滋润。刀妹脸脏了，他用布巾细心为她擦拭。刀妹头发结了垢，他烧水为她用皂角泡洗。洗完了，还用木梳为她梳理。长长的秀发从刀妹的头上飘落到他怀里，他双手捧起，送到自己嘴边吻了又吻。他边吻边抑制不住内心的狂热，将视线从头发转移到她的面部，接而高挺的胸部，又转移到微微凸起的腹下……

在生活上尤其是饮食方面，曹尔更是关心得周到。他熬鸡、煮鱼、炖猪肉，交替给刀妹吃。还在这些食物里加入山药、豆腐、花生、大豆、莲子、肉桂、山参等，尽其所能，滋补刀妹。这一切，曹尔都不让家里人知道。

而刀妹对曹尔，却是另一番关怀。

蚊子、蚂蟥叮咬曹尔的脸、脚。刀妹看了十分心疼，急忙用巴掌“啪啪”消灭。血从咬伤的地方流出（指蚂蟥所为）。刀妹立即用金毛狗（地方草药，一般寄生于岩壁、大树上，似姜状的身上长有金黄色的毛，故名）放在嘴里嚼碎为曹尔敷到伤口上。末了，还用手指压压，使药紧贴伤口，止血效果更好。

曹尔干活十分投入，特别是为刀妹做事，几乎是全身心付出。汗从额头豆粒般地不断往下滚落。刀妹见到，立即用曹尔送给她的丝帕为曹尔擦拭。边擦边用责怪的目光向曹尔传递着心声：

“草坐，草坐！”

曹尔明白她让自己在草地上坐下休息。

每当这时，曹尔会冲对方甜甜地又不无羞涩地笑笑：

“没事。”说完，抬起鼓鼓的胳膊故意在她眼前炫耀，意思是：

“我很壮，流点汗算不了什么！”

曹尔是个很讲究的人。闲暇时，穿着整洁。

同乡的人夸他：衣服上看不到污渍和褶皱，整个人清清秀秀。

一句话，生活做事严谨认真细致是曹尔的行为准则。

这也是吸引刀妹的一个方面。在衣、食、住、行各个环节，她都暗暗学习和效仿。

刀妹自从与曹尔邂逅，穿的不再是棕榈、兽皮、羽毛，而是曹尔送给的布衣、布裤、布鞋等；吃的不再是山茅野菜、飞禽走兽，而是烹、煮、煎、炒等可口的食品；睡的不再是山洞、树杈、草窝，而是新盖房里的房间、木床、被盖、床单、棉枕之类；而今的她，走路不再是身子前倾、时刻保持警惕的目光，而是抬头挺胸、目光喜悦和顺并充满着无限希望。

三十一

在凉京湾不远的地方，海水将一块陆地切割成长长的三角形。很像一片竹叶漂浮在海上。

“竹叶”岛连接陆地的地方，长满了热带植物。这些植物将山峦包裹得严严实实，像一块绿色的布将无数个平放的“肉包包”（莽人用玉米、木薯面等做成的犹如少女乳房的食物）覆盖。白天，蓝天、碧海、翠绿三位一体，要不是太阳的点化，是分不清其中的成员的。尤其是点点扁舟，朵朵浪花，更难分辨。夜晚，海天繁星点点，渔火熠熠，何为天上，何为人间，神幻无限。

正是这种魅力，对凉京湾人勾魂摄魄。最想揭开其神秘面纱的是王大。

横七竖八的水域，是凉京湾人探秘“竹叶”岛的天然屏障。

王大摸摸鬓角中的疤痕，主意已定。他身背砍刀，独自往接近天然屏障的森林走去。

他按照自己的思路，砍倒几棵直径七八寸的饭竹（编制用竹的一种），拼装成一块竹筏。

王大将竹筏放进水里，跳上竹筏，用力跳动摇晃，试试承受能力和抗颠簸能力。他感到满意，跳下竹筏，将竹筏藏到草丛里。

不几天，王大手持木浆，驾驭竹筏，出现在通往竹叶岛的海面上。

海上气候，变化无常，时而狂风大作，时而暴雨倾盆，时而骄阳似火，时而冰雹降临。王大忍受各种艰难险阻，勇往直前。经过两天两夜的拼搏，终于接近竹叶岛。

王大接近竹叶岛选择的时间是夜间。理由很简单：先观察，不贸然。这是军队历练的结晶。也是长期与原始森林打交道的经验。

越接近竹叶岛，海上渔船越多。其中有条渔船格外引起王大的关注。渔船拱形架上盖着蓝色篷布。这是王大见到的唯一的打扮。船上有父女俩。父亲四五十岁，女儿不到二十岁。

“爹，明早收网我去卖鱼，好不好？”姑娘央求父亲，声音带着娇稚和嗔责。

“明天再说，早点睡觉！”父亲矜持又不无怜悯地回答女儿。

王大的竹筏隐蔽在离渔船不远的岸边树丛里。他竖起耳朵认真偷听父女俩的对话。

“爹，你总是再说再说，不知道要说到猴年马月，我明天就去！”姑娘央求中带着几分怨气。

父亲见拗不过女儿，有所让步地对女儿道：

“好了，好了，我的姑奶奶！明天你妈来后带你去，但就只这一次。去睡吧！”

看得出，所处的时代环境风俗，姑娘是不允许擅自外出的。

桐油灯光的照射下，姑娘抬着木盆到船头倒洗脚水。

王大借助灯光隐约看到，姑娘高挑的身材，白皙的皮肤，南瓜子样的脸形，黑黑长长的头发刚洗过披散在身后，藏青色的对襟衣服覆盖不住圆挺的胸脯，黑色的裤筒遮盖不住修长的腿。这是王大离开刀妹以来的第一次心动。

这一夜，王大满脑都是姑娘的身影。姑娘温柔的举止，特别是披散的秀发，总在他脑海缥缈游荡。

次日一清早，王大急着打听集市，匆匆赶到集市。

太阳早已从海平面升起，互市的人来来往往，越来越多。

王大徘徊在海产品交易市场，总见不到昨夜渔船上的姑娘。

“啪！”王大狠狠地击打一巴掌自己的脑袋，提醒自己来竹叶岛的主要任务。

当王大回身正想离开海产品市场，迎面挑鱼的母女俩像吸铁石一样，吸住了他的脚步。这其中的姑娘不正是船上的自己盼望的人吗！

王大灵机一动，上前问道：“挑鱼的，鱼称斤还是按条卖？”

姑娘放下挑子，往上推了推宽沿竹帽，头也不抬地回道：“你愿如何买就如何卖。”说完，她飞快地看了一眼对方。

“大鲤鱼多少钱一条？”王大蹲下乘机抬头看一眼姑娘，随意问道。

“五个铜钱（光绪通宝）一条。”姑娘指着鲤鱼报价。

王大冲姑娘摇摇头，向对方传递太贵之意，又乘机偷看了一眼姑娘，慢慢离去。

姑娘挑起装满鱼的木桶，和母亲继续往前走。

王大迂回其后，暗中观察姑娘。

“大妞，把挑子放在这里。”母亲在海产品市场向女儿指着一块拐角空地。

“好，娘，就放这里卖。”姑娘依母亲所指的地方放下挑子，温柔顺从地看着母亲。

母亲对大妞十分怜爱，凡事都依女儿的。她理解女儿。大妞长大了，知书达理，贤淑孝顺，正是谈婚论嫁的时候。她深情地望着女儿允诺道：“去吧，随便转转，快去快回，免得娘专望。”

大妞欣喜地冲着母亲："唉！"便进入人群。

"大妞，虽说是渔家女，可小时候曾和远房的叔叔生活了十多年。这个叔叔是私塾的教书先生。大妞在他那里学了不少文化知识。也学了不少为人之道。"大妞的母亲和旁边卖鱼的妇人继续闲聊道：

"后来，他叔叔因病离开了人世，大妞便回到我们身边。"

王大本想尾随大妞进入赶集的人群，不想听到大妞的身世情况，便来了兴趣，在一旁偷听。

在集市一角，一个头发花白戴着老花镜的老人正在用红纸写对联。

大妞凑到人群里观看。她看到老人工整的颜体楷书，想到快过年了家里还没有一副对联，便动开了脑筋。虽然自己也写一手漂亮的颜体楷书，但她恪守谦虚进步的为人风格，不意学习别人的长处。想来想去，她拿定了主意。

"先生，请帮我写一副对联。"大妞恭敬地求赐。

先生问大妞道："姑娘想写什么对联？"

大妞用手指向上推推宽沿竹帽，客气含羞地对先生说道：

"我说不好，请先生不要笑话。"

大妞鼓足勇气对先生说道："上联是'金辉降宅第代代金辉'，下联是'喜气临渔舟条条喜气'"。

接着，大妞看看先生，又说道："横批是'天地作合'"。

先生边听边拈须点头，连连称赞，惊喜之情难以掩饰。先生在心里评价道：

"金辉——喜气，宅第——渔舟，代代——条条，词性，平仄对仗工整；期盼美好之意上下紧扣且突出。抑扬顿挫、遣词造句充满大家之气；举止、言谈温文尔雅，羞涩腼腆。真士女也！"

大妞说完，羞愧弯腰，恭敬地对先生说道："晚辈不才，祈先生赐教。"说完后退一小步，继续作揖屈身，恭候教诲。

大妞和先生一幕，全在王大的关注之中。王大做梦也想不到大妞是个才女，恨自己攀高枝，无地自容，立即悄悄隐退。但"喜气临渔舟""天地作合"已经铭刻在他的脑海里。

王大勒住心中的野马，重苏初衷，开始对这里的情况进行了解。

这个岛上的常住人口不过两百人。常来这里做买卖交易的人远远超过本地人。因为这里与越南国毗邻，边民互市历史悠久。岛上居民大多以渔业生存繁衍，少部分靠种水稻、甘蔗、热带水果维生。

这里，两国交界的地方便是集市交易的繁华之处。交易的方式以物资互换为主。比如，越南人以黄金或矿石换取中国的布匹、香料等。两国边民互市时一般不使用钱币。原因是不便流通。

王大发现，这个岛上的人离开家外出都穿大致差不多的服装。女的头上戴一顶像铁锅一样用竹片和竹叶编制的帽子；上身穿一件齐肚脐眼的胸前有花草云图案的布褂，里面是长袖侧襟的黑色衣服；下身是一条腰围，可绕腰部围一圈半的、双裤筒可绕大小腿两圈的抄围裤；脚一般为赤脚。男的头上戴一顶椭圆或圆形的像钹一样的用竹篾子和树叶或草编织的帽子；上身穿一件紧贴屁股上部由胸前至下开口系着高密度布纽扣的“蜈蚣”服，颜色大多为青、黑色；下身穿着与女的大致一样；脚上也几乎不穿任何东西。

居民住房大多为木、竹结构，地基以上有三四尺高的用石灰和石块砌成的保护墙（应是防御海风的缘故），两层楼高，依山侧海而建。房顶用砖瓦覆盖。很显然，是为适应大海气候而建。房屋周围大多是密密麻麻、层层叠叠的树，既防风又防晒。

竹叶岛民风很独特。对内，人与人之间如同兄弟姐妹，和睦相处。偷盗、打架斗殴、钩心斗角、尔虞我诈等等有伤风化的事在这里几乎不曾听说。对外，把客人当上宾，欢迎商人。而对有损当地利益、名誉、人格者，同仇敌忾，或先礼后兵、暗中警告，制止或驱除。

岛上的人家里大多供奉佛像，信仰佛教。岛上还建有寺庙，供大家烧香拜佛。初进这个岛上的人第一印象就是青烟缭绕，香气扑鼻。故人们又把该岛称为“香岛”。

三十二

为儿子的“外遇”，曹田水虽说跟踪儿子没有发现儿子有出格的事，可心里的疑团总是驱除不掉。

“曹尔接触的那姑娘姓甚名谁？何种民族？何方人氏？家庭情况、社会地位如何？有无朝廷纠葛？……”一连串的问题像块块石头压在曹田水心上。

曹田水所在的村寨，嫁姑娘娶媳妇有不少规矩。同姓不能婚配，不准随意调侃、戏谑。生庚年月不合不能婚配，否则不吉利，后代不昌盛发达。汉族不能和少数民族通婚，用当地话说：“过不了桥（生理）”。门不当户不对不能通婚，人人看重社会地位，互相攀比。触犯朝廷、皇上者不能通婚，否则，世世代代不得安宁。辈分不同不能通婚，否则，有伤风化。有血缘关系不能通婚。

曹田水，在远近村寨是有脸面、知书达理的人，严守当地的风俗习惯。作为父亲，他要对儿子的婚事负责。

他继续走村串寨，了解都有哪家姑娘到了谈婚论嫁的年龄，察看儿子认识的那姑娘是谁家的野丫头。

“皇系老弟，你家大丫头今年多大啦？”串到皇系家的曹田水找话与皇系攀谈。

“田水大哥，实不相瞒，已快十八岁了，属蛇的。”皇系边请曹田水入座，边回答曹田水提出的问题。

他接着客气地对曹田水说道：“曹大哥，今天是哪阵子风把你吹过来，你平时是轻易不来我家的。”

曹田水违心而又圆滑地对皇系说道：“老弟，早就想登门拜望，总抽不出时间，还望海谅。”

“今天总算出得家门来看看老弟。”说到这里，曹田水话锋突然一转，盯住皇系似乎关心地问道：

“丫头和弟媳都不在家吗？”

皇系递上一杯滚烫的茶对曹田水：“请大哥喝茶。娘俩都在。”

接着，皇系向里屋喊道：

“大凤，与你妈放下手中的活，还不赶快出来看看谁来了！”

“爹，我们就来。”大凤应声回答。

皇系的老伴、大丫头大凤边用布巾擦着刚洗的手边来到中堂（最中间供有神位的房间），见到曹田水尊敬地几乎同时地招呼道：

“曹大哥稀客。”

“曹大叔，晚辈问安——”

“你们去忙，我与皇系老弟坐坐。”曹田水对母女俩应酬道。

曹田水试探地对皇系问道：“丫头越发长成大人了，又严守闺阁，不像有的女孩子出去风（这里指不安分）。这是老弟一家教女有方。”

皇系有些尴尬地应付道：“大哥过奖。还望大哥你多多包容。”

经过一段时间的摸索了解，曹田水发现，本村寨和附近他所知道的地方，没有与儿子私会的那个姑娘。他决定再次跟踪，解开这个疑团。

“爹，我今天要出去转转。”曹尔一清早起床就去父亲曹田水房间禀报。

像往常一样，曹田水随声应对道：“去吧，当心点！”

曹田水把儿子的这次外出作为又一次机遇。他随即跟踪儿子。

穿过层层密林，翻过座座山梁，曹尔迎着不断升高的太阳，来到刀妹新建的房屋前。

这时，刀妹正在架柴烤山芋。见曹尔到来，立即递上曹尔送给他的布巾，示意曹尔擦汗。

“房建得如何，还有哪些事要我做？”曹尔边擦汗边问刀妹。

“房子已经建好，今天鹅闷（我们）……”刀妹说到这里，将视线从曹尔的身上转移到不远处的山坳，用手指着说道。

曹尔不等她再往下说，拉住她的手朝她所指的方向跑去。

他们所去的地方，是在一座不足百丈高的山下。山虽小，却壁立陡峭。吊藤、兰草、青苔层层叠叠。山腰有一不很规则菱形的泉眼紧紧控制往外喷发的清流。泉水弯弯曲曲往下流淌，在斑驳的阳光照耀下，像一条彩绸缠绕山间。泉水注入山角，装满大小十多丈水面的水塘，然后分流进入暗河。山坳紧贴山南，被高高的茂密的香蒿盖得严严实实。上次他俩坐过的地方，蒿草还低着头艰难恢复。刀妹脱下外衣，抛到蒿草上，拉着曹尔准备下水塘游玩。

曹尔会意，也脱下身上的马褂，站到刀妹的身后。塘水只有三四尺深，刚好淹至他俩的脖子。曹尔沿塘水游了两圈，感到池小鱼大，便停下观看刀妹玩水。

刀妹靠近曹尔，央求地说道：

“你教我‘有有’（游水之意），快——过来。”她边说边向曹尔伸出两手。

刀妹边向曹尔伸出求助之手，边把头没入水中。长长的黑黑的头发在清如明净的水中一缕缕飘来荡去，和倒映的云彩一会儿缠绕，一会儿若即若离，一会儿轻柔交融，一会儿曲折起伏。这是一首绝妙的情歌。它在尽情倾诉人间天上的恩和谊，倾诉天人合一的丹青点墨。这是一首动人的词。它把天地日月的精华尽情展示与暴露，展示人性的真谛与大自然的深情，暴露情意的蜕变与处境的天壤之别。这不论是歌还是词，都隐含天上的不公和世间的不平。要是她出生在繁市华城，深闺秀阁，无疑是佳人玉女，貌若天仙。

一串气泡冲出水面，打断了曹尔的思绪。他急忙潜入水中，抓起刀妹，直奔岸上。他以为她遇到了危险，这是他的疏忽大意。他极度内疚。正当他对她急于施救时，刀妹一口水喷向曹尔。一场“危险”在嬉笑中化为乌有。曹尔顺势搂住刀妹。沾满水珠的衣服无法隔开两颗撞击的心。一股暖流似火山喷发迅速燃遍这对童男玉女（泛指未婚青少年）。

这一切，都在曹田水的视力范围。

三十三

久违了，莽林！

一片肃默笼罩。低垂的草木间不时升起缕缕白色的晨雾。没有了鸟鸣，没有了兽叫，没有了林涛，没有了生机的本能。

怎么啦，莽林？

刀妹回到了她久别的莽林，地状林貌虽无变化，却找不到从前林的喜庆，飞禽走兽的嬉闹，万事万物的朝气。一切都和自己十分疏远。林间的溪水静静地流淌，失去了原有的欢快，还不时溅起几朵忧郁伤心的泪花；山头上的几株灯台闷闷不乐，远不是过去的高挑和炫耀，它弯腰屈膝，苍朽不堪，万分凄凉；岩头上高挂的几处蜂房，蜂去巢空，换之以蛛网重叠，枯叶密布，苔藓环生，过去的蜂拥与喧嚣早已荡然无存；那块莽人游玩的山坳荒草丛生，人迹全无，一派萧瑟景象。

刀妹潸然泪下，连续围绕过去莽人居住的地方转了几圈。结果，大多数人家都不知搬到何处，留下稀稀落落二十多户。经打听，才知道是王大他们把愿意走的人迁移到远方。

这消息，对刀妹又喜又忧。喜的是，王大实现了他们多年的夙愿——

找块好的地方，让莽人过上舒心的日子。

忧的是，王大这长时期以来，是不是心里还装着她，是不是已经和别人结婚成家，是不是……

刀妹想不下去了，也不愿再想下去。她回到自己家——原来的山洞。还好，家里人都在，没有随王大迁出去。她庆幸之余，心里“咯噔”一下：

王大有了心上人，连我的家人也不愿迁出，这是负心……

她想到这里马上打住，把注意力转移到别的事情上。

“‘嘛’（妈妈的称谓），王大离开时来过我们家吗？”刀妹问母亲道。

“‘稳女’（姑娘或女儿的称谓），他一回来就先到我们家问你回来没有，都有什么你的消息，现在在什么地方，问你的事可多啦。还对我们家说：‘你们先不迁，以免刀妹回来找不到你们心里着急’。我们就依了他。他还说，他的家也暂不迁，等以后和刀妹一块办。”

听了母亲的解释，刀妹压在心上的大山轰然消失。

“原来是这样。”刀妹如释重负。

“他心里还装着我。”刀妹自言自语道。

入夜，刀妹一家围着火塘。母亲烤着山芋、粑粑、野鸡、野鸭；父亲“吧嗒”着王大从竹叶岛带回来送给他的旱烟。刀妹撕啃着母亲烧烤的野鸭肉，若有所思。她移到母亲身旁，把母亲手里翻弄烧烤的竹夹拿过来递到弟弟手上：

“‘样姆’（弟弟的称谓），你来烤。”接着把母亲拉到自己身边央求道：

“‘嘛’，求你再跟我讲讲王大他们这些年都在外面做了些什么？”

母亲拗不过女儿，对女儿讲了她所知道的王大他们外出这些年的情况：

“开初，王大被黑……”

刀妹的父亲接过话题：“黑旗军。”

“对对，黑旗军。被黑旗军拉去当兵，他还在军队里当了官。后来，他还将我们莽人中的罗石头、陈武一伙青年带去当兵。再后来，他们在一个叫什么湾……”

“凉京湾，有京族人居住的地方。”刀大接过母亲的话补充道。

“‘稳嗡举’（儿子的称谓），你就接着讲好啦。”母亲有些生气地对儿子说道。

“在那里建了好多好多房子，种了玉米、水稻、红薯，还养了牛马猪鸡，把我们大多数莽人迁了过去。我知道就这些。”刀大说到这里望着母亲用征询的目光请求母亲。

母亲满意地点点头。

“那……他……”刀妹语塞，本想问王大家室的事，她又把压到嘴边的话吞了回去。

回家的这段日子，刀妹对剩余的二十多户人家进行走转摸底。这些王大他们未能说服迁移出去的莽人父老兄弟姐妹，都有各自的原因。

“我们都六七十岁啦，成天躺着哪也走不了，快入土了……”

刀妹打断陈阿纳老人的话：“您老快不要这样说，你和‘培安（伯母的称谓）’要好好活下去。没有儿女，我们小辈就是你们的儿女，我们都会帮助你们。你们的身体会很快好起来的，不用每天揪着心过日子。”

她离开陈阿纳家，来到李山家。李山家有八口人，三代同堂，爷爷辈两老和父辈两老都双目失明。刀妹推门进去招呼道：

“‘门恩’（爷爷之意），我是刀妹，你们两老身体好不好？”

"是刀妹'稳女'（姑娘之意）回来呐，火边坐。"

"唉！"刀妹应道。

李山爷爷关心地问刀妹："听说你找王大不知找到没有？都去了何地？出去这久日子一定吃了不少苦吧？"

"'门恩'，我去了很多地方，天地这么大，哪里找啊？可我还得找。好在这次回来知道了他的下落。门恩，为了找心上人吃苦是我们莽人的本分。门恩，你们家其他人都进山了吗？"刀妹顺便打探道。

"两个走亲戚，两个进山。走亲戚的打王大他们来带人往新家那会起至今未回，还不知是怎么回事……"说到这里，老人有些哽咽。

刀妹立即打断道：

"'门恩'，不要想那么多，上天会保佑他们好好回来的。"

按莽人习俗，有人在外是不能迁移别的地方的，必须等归家后再做打算。刀妹心里很清楚。

得知王大他们的大体情况，刀妹内心暗暗盘算：

迁剩余的莽人去她新建的居所已不可能；我去找王大，曹尔如何是好？

王大、曹尔，两个人在刀妹心里交替出现，无法取舍。

三十四

自从担负凉京湾莽人发展养殖的任务，在具体指导养羊中出现羞愧一幕，罗升平感到像犯了弥天大罪，无颜见人，尤其是刘三妹。

刘三妹，罗升平早已情有独钟。

罗升平，二十五岁，中等身材，敦厚，不善说话。但为人诚恳，知错就改。

指导刘三妹护理羊羔时的鲁莽行为，并非有意，纯属偶然为之。虽然如此，还不知刘三妹心里怎么想。

刘三妹，比罗升平小两岁。微胖，丰满，头发自然卷曲，直人快语。这些特点，罗升平早已百转衷肠，独自品味。

莽人婚配，多为自由择对，即男欢女爱。这种方式，有其不利的一面。对于不善交往、表达者而言，要找配偶，比登天还难。有不少人就因此终身找不到对象而孤身度日。

为这事，罗升平倍感纠结，苦不堪言。还在四五年前，他在一个洞穴里拾到一块深黄色的石头，放在火里反复烧炼。不料，竟神奇地熔化成黄澄澄的液体。他如获至宝（实际是宝，是铜）。他将其磨制成梅花瓣形状，时刻佩戴在身上。他曾想，将宝物赠给一厢情愿的心上人刘三妹。可一直难于开口，也不知道怎么送。为这事，铜宝贝已经被他摩捏得油锃光亮。教刘三妹饲养羊羔时又摸错了地方，使自己大失颜面。看来，赠送礼物给刘三妹，想讨（娶之意）刘三妹都根本不可能了。

接连不断的绵绵细雨，使本来潮湿的凉京湾更加一发不可收拾。伴随持续高温，羊只等牲畜身上阴暗部位长满了红疮（湿疹）。有的高烧不退。情况有些危急。

作为主抓羊只管理的罗升平，不得不对饲养人员开展工作，教给采药熬药等方法。他忙了近两天，饲养人员除刘三妹外，都一一传授了治羊方法。

轮到刘三妹，他无颜面对。这可如何是好？

自从有愧于刘三妹的行为出现，罗升平无地自容。每次遇到刘三妹，罗升平都退避三舍，回避躲藏。为这事，他还有过离开凉京湾、离开刘三妹回莽山的想法。

想来想去，都不现实。当今之急，救治羊只是头等大事。不然凉京湾父老乡亲的生存希望就会破灭。在凉京湾乡亲们与刘三妹相比之下，前者占了上风。罗升平权衡利弊，只得硬着头皮上，直面刘三妹。

一清早，罗升平就等候在家门前，以请人转告的方式避开刘三妹。正好这时，有人路过往刘三妹住处方向走。

“刀兵，请你转告刘三妹，今早上去义明山采药为羊治病。”罗升平不无心计地求助于刀兵。

刀兵冲罗升平点点头，表示愿意。

看着刀兵过去。罗升平立即回房，一边重新洗脸洗手打扮一番，一边摸摸身上的铜宝贝和胸部。他手足无措，不知如何面对即将出现的场面。

罗升平虽不善言谈，却其他方面不比别的青年差。刚才的捎信内容足以证实。请人捎信转告，其一，避免自己直接面对刘三妹，排除尴尬；其二，刘三妹若去义明山，说明她没有往心里去；不去也无所谓，只要不面对就行。这样做，还可以给自己找台阶下，消除无地自容的局面，日后也好见人。

罗升平怀着忐忑不安的心情，踏上了去义明山的路。到了义明山，他选择了一个进山唯一的、有树木遮挡的、对方看不清楚自己的路口等待刘三妹的到来。

一进入义明山，刘三妹就直呼道：

“罗升平——”

罗升平虽有心计，刘三妹这一招却不曾想过。这突如其来的呼喊，使罗升平不假思索，也不容有思想准备，便冲口而应道：

“我，我在——”

话音未落，罗升平鬼使神差般走出自己设置的“防线”，“迎接”刘三妹的到来。他刚跨出两步，便意识到收回脚步，可自己早已暴露在刘三妹的眼前，后悔已来不及。

就在罗升平越出“防线”正想后退的一瞬间，刘三妹气喘吁吁盯住罗升平问道：

“你早来啦？”

“不早、早，也才到。”罗升平满脸羞愧，侧身回答刘三妹的问话。

“我，我们开始采药，采、采什么你、你跟着。”罗升平趁机转移话题，以采药化解难堪的处境。

其实，对于那天罗升平指点护理羊羔时的过分行为，刘三妹过后就将其抛之脑后。因为这在莽人中时有出现。何况当时罗升平是借羊羔而为之。还也许不是故意。这充分体现了刘三妹的大度与宽容。

而罗升平却耿耿于怀，总认为自己对刘三妹犯了弥天大罪，永世难赎。今天刘三妹的表现，更使他琢磨不透。他想，此事不会这么简单，刘三妹肯定不会轻易饶恕自己。那么，“她会怎么处治自己呢？”罗升平越想越像热锅上的蚂蚁。

“哎哟！”罗升平将撬药的竹签撬进自己的脚背。好在这一声惨叫没被刘三妹发觉。他迅速将随身带的“艾叶”“金毛狗”咀嚼后敷在伤口处止血。

快到中午，他们采了不少芦苇、苍术、崖粉（吸湿）等药材。足够刘三妹救治患病的羊只。

这一天，就算这样过去了！罗升平如释重负。

三十五

王大回凉京湾，竹叶岛的影子始终伴随着他。

凉京湾，莽人，不能就此自生自灭。一定要让更多的莽人兄弟走出去，与外部接触，增长见识，寻找更多的生活出路。王大倚靠在家里火塘边的木凳上，脑海里波浪起伏。

凉京湾莽人的出路，王大想得最多。但这种关系族人头等大事的问题，他必须与大伙商量后定。之前，涉及莽人出路、前景的机遇、希望，王大采取的办法是自己先了解、摸索，觉得可行再做打算。探访竹叶岛就是如此；把同胞迁徙凉京湾也是这样。后者不同的是，王大依靠莽人骨干，让大家实现自己的（与莽人息息相关的）意愿。

王大把陈武、盘祥云、罗石头等十多个骨干邀约在村西头的林中水塘边，介绍他“失踪”几天的所见所闻。

“大家关注的竹叶岛……”

“情况就是这些。”

他介绍完此行竹叶岛经历，对大家提议道：“我打算再去一次，但不是我一个人。”

王大说完，大家纷纷赞同：

“带上我！”

“我算一个。”

“我也去。”

“……”

一个月过去了，王大一行从竹叶岛满载而归。

他们将带去的兽皮、干鱼、草鞋、元麻、木凳、草药、羊毛等产品，换回棉布、丝绸、布鞋、衣服、裤子、盐、辣椒、花生、瓜子、旱烟、大米等生活用品。这种互市交易，是莽人历史上的第一次。他们大开了眼界。莽人和外界的距离一下由远古、原始变为现实、融合。

接下来，凉京湾各户莽人把主要精力投入到寻找、生产用于交易的产品。有的产品还进入到半成品加工。比如，学习外族技术，仿造以木梭为主要配件的简单纺织机，将加工的元麻制成麻布，进而缝制成衣服、裤子等。还用麻秆（剥去元麻剩下的）锤打成网状纤维，将其编织成被盖。这些变化，实际是莽人的伟大革命，是破天荒的变革。

三十六

清晨，阵阵波浪拍打着船舷，发出“砰砰”声响。大妞家渔船被晨风吹得摇摆不定，漂泊在不平静的海湾。

船舱内，大妞盖着柔软的丝绵被，在晨风的吹拂下，像躺在摇篮一样，悠来荡去，恬静安然。

父亲看了眼女儿睡得那样香甜，一举一动更加注意，让女儿好好睡觉。

昨晚，父女俩在海上下网收网，直忙到今天凌晨。作为父亲，他既要肩负母亲的职责，又要履行捕捞海产品的作业。今早，他和衣躺了一会，就起床收拾渔网，清理死鱼，为女儿准备早餐，忙个不停。他站在船头，看了眼东南方向，不见老伴的身影，回到前舱，继续腌制鱼块。末了，他把渔挑子准备好，等待老伴来一块将鱼、虾等运到集市上交易。

在离凉京湾不远的海上，王大、陈武等十多人正在捕捞鱼、虾和海带。在他们的竹筏上，已装了不少海产品。

这时，太阳当顶，强烈的阳光直射海面。王大衣服上的汗渍盐迹纵横交错，裸露的臂膀黝黑发亮。他正用双手将系上排排挂钩的缆绳抛到海底，然后划动竹筏。不一会儿，他将缆绳吃力地收回，只见挂钩上挂满了海带。他取下海带又抛下挂钩。如此循环作业。

在另外的竹筏上，陈武正在捕鱼。他使用的捕鱼工具是竹篓。这种竹篓一般一米长，呈漏斗状。在篓的圆口设一竹编机关（也是漏斗状，下沿由薄如棉布的竹片结构成须状），使鱼只进不出。只见陈武咬紧牙关从海里拖上竹篓。竹篓里十多条不知名的鱼“噼啪”挣扎。收回一篓，陈武又将放了鱼饵（蚯蚓、动物内脏、熟薯块、蜂蛹之类）的竹篓放到海里，将其固定。

这次捕捞，罗石头的收获最大。仅一个上午，他就捕捞十多篮虾子。他将竹编的圆形的放有素食（煮熟捣烂的玉米、红薯、山芋等）的篮子放入海里。大约一袋烟的工夫将其提到竹筏上。今天的作业，罗石头篮篮有收获，而且每篮都有四五斤以上。他带去的几只筐已经装不下了。

天真热，像在火炉里一样。凉京湾从事捕捞作业的人，有的干脆砍了芭蕉叶捆扎在自己的身上，防晒纳凉。时至下午，闷热天气让人喘不过气，心里直发慌。大家都觉得今天与往天不一样，有些异常。

“陈武，我的山水（淡水）早就喝光了，你的还有吗？”盘祥云将竹筏靠拢陈武问道。

陈武边用布片擦去脸上的汗边对盘祥云答道：

“早就喝光了，你看。”他边答边拿起竹筒（盛水用）倒立给盘祥云看。

说话间，天边布满了乌云；太阳失去了光泽；大海越来越灰暗；海风一反常态，狂怒暴虐。一切的一切，都来势汹汹，令人犯怵。

“靠岸回家——！”海上传出王大的收工呼喊。凉京湾的捕捞队急忙准备上岸。

“咔嚓——！”一道霹雳撕开乌云，直刺海面。

飓风狂怒，卷起一波波大浪，直逼竹筏，大有将竹筏吞噬扯碎之势。

“快，扎紧鱼筐！”

“赶忙靠岸！”

“不要绕了，胡乱将缆绳收到竹筏上就行啦！”

凉京湾竹筏上的人在紧张慌忙地撤回。

“稳住！人趴下抓死竹筏！”陈武大声责令筏上的人排除危险自救。

“我们的筏子翻啦，快救……”是王大的呼救声。话未完，王大和同筏的人便被海涛吞没。

“快救王大他们！”

陈武边喊边拼死向王大的竹筏靠拢。

其他竹筏得知王大遇险都挣扎着向王大竹筏靠拢。可都无济于事。

狂风肆虐，暴雨倾盆，雷电交加，波涛汹涌，竹筏翻卷，天地作恶，万物劫难。

天渐渐黑了，陈武等人带着绝望的心情回到凉京湾。那晚，凉京湾的莽人没有吃饭，没有睡觉，都沉浸在无限的悲痛之中。

三十七

“嘛‘(妈妈)’，明天我要去找王大。找到他以后，我们一家就可以在一处了。我走后，你要好生照顾自己，要注意身体。”刀妹有些哽咽地与母亲交谈。

“‘稳女’(女儿之意)，你这几年都在外面，走路、住夜、打野兽都要小心，不要伤了自己，‘嘛’就你一个‘稳女’。你要为‘嘛’着想。你一天不回家，‘嘛’都会在门外等候你的归来。这双眼睛快瞎了，就是等啊、盼啊落下的。要早去早回，家里有我、你‘嗡’(父亲)和你‘幺舵’(哥哥)，他们都专望你回来……”母亲看着女儿，说不下去了。

"'嗡'，明天我要出远门，去找王大，还不知走哪条路。您老要少进山，打野兽捡干果都叫'样母'（弟弟）他们多做点。你要以身体为重，快六十岁啦，处处都得小心。原谅'稳女'不能在身边照顾你。等我这次出门回来后一并报答你们……"说到这里，刀妹心里酸酸的，再也说不下去了。

刀朗接过女儿的话题说道：

"'稳女'你别难过，我相信你出去都是做正事。不是做正事，你不会这几年都在外。你们大了，这些事我管不了啦。你们（一并对子女们）爱怎样就怎样罢。但是，一定要好好回来，早早回来。你一天不回来，我和你'嘛''牙幺'（哥、弟）就一天不得放心。有时，我们从月亮出盼到月亮落，我们也活得不容易……"刀朗说到这里，眼眶湿润了，声音有些哽塞。他揉了一下双眼，换个话题对女儿说道：

"听王大他们回来搬迁时讲过，他们住的地方叫'凉京湾'，是在桂地的地盘上。据他们说，对面就是越南国。他们还说，隔我们远房亲戚姑'穷'（奶奶之意）不远。你最好先去看看姑'穷'家里都有什么人，是不是好好的，再从那里去找王大他们。听上辈人讲，去姑奶奶家的路线：顺巴变河一直往下，见到三山重叠看得见万丈飞流入潭的山坳便是。"

刀朗虽这么说，其实也很想随女儿一同去看望姑'穷'一家人。一来陪伴女儿，免得心老悬着；二来真想走走亲戚。听父亲讲过这门越南国的京族亲戚，可谁也没见过。

这时，刀大正在忙个不停。他从火塘上方崖壁上取下干熏的兔肉、山鸡肉、雄麂肉，又从竹箩里拿出核桃、熟山药粉、栗仁、干桑果，分别包裹装进獐皮囊里。接着，他从刀鞘里抽出尖刀（匕首，是黑旗军送给刀妹防身用的），在食指上轻轻抹了一下。然后找来磨石，"霍霍"磨了起来。他还细心反复检查了弓、箭、箭袋等物品。觉得准备完毕，便轻松地将双手抱于胸前，漫步在门外的树林中。

次日清晨，刀妹等待父亲为自己披挂：

刀大将准备的獐皮囊佩挂在刀妹背后的腰间：将箭袋斜挎于皮囊之上；将刀鞘拴在腰部右侧便于迅速取用的部位。

一切披挂就绪，刀郎站在女儿面前审视一遍，觉得没有疏漏后，满意地用手掌拍拍女儿的肩，从胸膛里迸出两个字：

“去吧！”

于是，家人默默地背转身去，不忍心看着刀妹离去。

三十八

夜深了，雨停了，大海恢复了平静，大自然似乎什么都没有发生过。

“大妞，带上缆绳，我们出海下网。”

“准备好啦，爹，我们走吧！”大妞将缆绳挂到船桩上，催促父亲出海。

大妞和父亲边划桨，边荡开大风肆虐后遗留下来的浮物，向着大海的纵深驶去。

越往前行，漂浮物越来越多，越来越厚，父女俩排漂越来越困难。

为了加快速度，父女俩用鱼叉排除漂浮物。这些漂浮物大多是残枝败叶、破船烂板、动物尸体、遇难者衣物之类。大妞和父亲，不，应该是海上作业者，对这些东西见多不怪，习以为常。虽然如此，他们最不愿看到的还是人的尸体。

今晚还算幸运，他们不想见的东西没有见到。便顺利越过漂浮带，进入深海下网。

大妞父女俩使用的网，是用蚕丝（成年蚕体内一根类似筋的线体加工而成）织成，网下端（接近海底处）通常用铅坠固定。这样的网一般几十丈长，叫“长网”，或“拖网”“拦网”“围网”。下网时，大妞在船上放网、理网，父亲游在水里布网。放置一幅网，整个过程大约需要五个时辰。

放置完渔网，父女俩轻快地划船返回。这时，满天星斗，海天一色。

大妞被倒映在海水里的摇曳星云拽入久久的沉思中。

竹叶岛附近的一个山庄。南面与海相望，北面依山，东西面均为丘陵地带。这是大妞一家的居住环境。

典型的中国江南沿海民居：两丈高的石灰与石头混合的围墙，宽松地护卫着木结构的两层小楼。青瓦下面是挑梁、飞檐、托檩、脊檩、排椽、立柱等主体构架。门窗上有镂空花纹。这是大妞的祖上留传下的房产。这种民居，抗风、抗震、凉爽。

大妞是这家女辈中最年长的，因而父母怜爱，让其只身一室。她的居室，书香气息浓厚。文房四宝，琴棋书画都依稀可见。这全得益于那位远房的从教私塾的叔叔。正因为大妞并非书香门第而又掌握了不少文化知识，所以三亲四戚、家里都格外看重和宠爱她。从上船下海这一点不难看出家里对她的顺从。按照南方人的传统习俗，除特殊情况外，女人是忌讳出海捕捞的。否则，冲了海神，会招致灾祸。而大妞拗着上船出海，完全是图个心旷神怡，开阔视野，有个好环境读书联想，实现自我。

大妞居室最显眼的，是墙壁上悬挂的两幅作品：《蛙戏莲荷》山水画和颜体楷书《赤壁怀古》。

中国山水画《蛙戏莲荷》，整个画法，与其说是画，还不如说是“泼”来得直接。那莲叶，那荷花，那背景，那幼蛙，简直就是将砚池往纸上“泼”“撒”“倒”。它“泼”得恰当，“撒”得精准，“倒”得关键。整个画面鲜活逼真，栩栩如生。这种“真实”，它又不同于大自然之实物，而是高于大自然之真实，是大自然的巧妙升华。调皮憨稚的幼蛙独霸莲叶，吮吸花液；微风吹褶的花瓣，似遮、似羞；涟漪的激荡，蜻蜓的俯瞰，薄云的柔和，赋予大自然灵动、奢求、煽情的人性。深邃的意境，剔透的艺趣，浓淡的搭配，疏密的布局，独特的手法，无不令人遐想，流连。

那端庄雄伟、气势浑然、结构圆满的颜体楷书，更是令人折服。“大江东去浪淘尽，千古风流人物……”是借苏轼怀古，还是借颜楷直抒胸臆，似有似无，似明似暗，似强似弱，总之，二者兼而有之。古人云，仿古者，仿其风骨，此言甚是。借古人之词，书颜体之字，二仿之有机结合，意在仿其风骨，抒其胸臆，三者合璧，情趣天成。从字里行间不难看出，她在仿颜的过程中，又不乏个人的追求与变革，于悄然中融入自己的风格。彰显出对循规蹈矩封建礼教的桀骜不驯与超然自我。

大妞的居室虽“闺阁”“巾帼”，儿女情长都欠缺，然《红楼》(《红楼梦》)、《西厢》(《西厢记》)等类充满情事的古典名著并不匮乏。也标示了她内心世界的精神丰厚与才华的富足。从她填写的唐教坊曲《玉蝴蝶》：

“常吟星月伤离，惆怅有谁知。玉蝶绕蛾眉，英合不觉悲。

“情丝多变故，挥泪任风吹。今惜几相思，戒除儿女规。”不难看出。

“进入漂浮带，大妞，注意！”

听到父亲的提醒，大妞才扭住脱缰的野马，回到现实，集中力量排漂。

“噗、噗噗——”

距渔船不远处的前方，有物体发出声响。父女俩放松的神经顿时绷紧。

“避开！”

听到父亲的指令，大妞迅速随父亲改变划向。

“噗噗、噗噗噗——”

声音又急促响起。

“父亲——”

处于好奇，大妞想提示父亲注意。

“噗噗噗、噗，噗噗噗噗噗、噗——”

声音越加紧促。

父亲盯住声音方向对大妞说道：

“会不会是白天那场暴风雨遇难的牲畜还活着，我们靠过去看看。”

处于菩萨心肠，父女俩将船靠近发出声响的物体。

“大妞，你退到后舱去！”

处于慈父对女儿生命的关爱和负责，父亲严令女儿远离危险。

“不，父亲，我要和你在一起。”

“听话，父亲看个究竟再说！”

大妞只有屈服于父亲的威严，退回后舱。

这时，父亲取出一把松脂点燃，贴近发声漂浮物。

为了防患于未然，父亲一手高举明脂，一手紧握装有铁钩的长篙，远远观察。

慢慢地（夜间海面照明视物，不是一下就看清楚，而是逐渐清晰），一张快要解体的竹筏出现在父亲的视线中。再看，一只手从水下穿出竹筏，动弹不得。

“是人！”父亲惊呼。

听到父亲惊呼，大妞顾不了许多，立即冲出后舱，紧贴父亲身后。

只见父亲徐徐将竹筏拉近渔船，又稍停拉动。很显然，是想再行确定是否遇难者。

这时，竹筏边缘露出半截血迹斑斑的脑袋，耷拉在竹筏边，发出似乎是求救的动作。

“快救人！”

父亲一边说一边将竹筏拉拢渔船。父女俩立即将人拖到渔船船头甲板上。

三十九

找不到王大，凉京湾人只好办理后事。

一部分人寻木制成王大生前的样子，装进由一根圆木做成的棺材。把王大住房的门取下，家里能拆的都拆除，打扫清理干净，把棺木停放进去。

一部分人寻找墓地，深挖墓坑，搭好墓棚。开辟送棺的道路。在道路上挥洒金黄色的树叶（象征到另一世界的死者有富裕锦绣的前程）。把路边的蛛网清除，使死者顺利到达另一世界。

一部分人负责装殓。他们把刻有王大形象的木雕，按真尸的规格，擦洗干净，在嘴里或者耳里放进死者生前喜爱的信物、宝贝，在身上搭盖死者生前盖过的草、棕垫、被子等。与此同时，还要用一根颜色鲜艳的绳或线，将死者两脚拇指拴在一起。有的还在尸体旁边摆上衣食（罐装、散放都行）。这场合，死者亲属一般不能在场。一切均由其他专门从事装殓的人操办。

送葬这一天，开棺将死者用编织好的草席、竹席、羽席包扎结实，不使松散、摇晃，放至门前。棺木放到墓地。送葬时，尸体在前，队伍在后。亲人在队伍前尸体后悲伤哭送。其他人手持柳条、桃枝，边走边驱赶（鬼魂、恶物）。到了坟地，将死者装入棺木。下葬时，死者“王大”头朝太阳升起的地方（女性相反）。棺木放入墓坑，用泥土掩埋。丧葬结束后，回到家的逝者亲人为灵魂不随逝者而剪下脑门上一缕头发放置门前椽下。第二天，逝者亲人请灵师（相当于巫师）向逝者指示路线，使其迅速到达天国。这种仪式一般在清晨举行，灵师手持茅草或桃枝、百合花，口中念念有词。

灵师指路词内容大多是围绕死者在另一世界的经历，都有亲人照料、关注；一起共事的逝者好友同事会与逝者继续同甘苦共患难。比如，逝者遇到困难、生病，亲友同事会帮助解决困难，请人医治。总之，阐述逝者放心去天国，生者时时刻刻都会给予关心和照顾之意。

除以上内容，灵师还根据王大“生前”为大家做的好事归纳成指路词。大致是：

你奔忙劳累为莽人，
寻路、择地、建房屋；
你不为自己为他人，
富裕、安康、有幸福；
你从军练武学本领，
开辟莽人发家路；
你带领兄弟闯军营，
全为出山打基础；
你带领大家奔前程，
生活一天一天更富足；
你去天国尽放心，
未竟事业有人续；
你的音容和精神，
莽人同胞永记住；
……

安葬王大后，晚辈们每天傍晚都去他墓地送灵火，寄予王大天国以厚望。

以及美好祝愿。有的后生还借此与逝者述说心愿，联络感情，达到心灵沟通的目的。

四十

凉京湾自然风光秀丽。不大不小的山峰，有如燕窝，受天庇护；有如栗壳，仰天消闲；有如佛冠（指释迦牟尼顶冠），云霞朵朵；有如彩球，静候贤达。在缭绕云雾的点缀下，一幅绝妙的水墨丹青浑然天成。

踏着如此景致，罗升平腰挎弯刀、绳索，口里衔着一支长长的削了皮的甘蔗，骑在牛背上，进入山林。

远看，俨然是牧童吹箫，美不胜收。

进入山林，罗升平将拴牛的绳子从牛脖子上解下来，随手抛到一棵树上，继而拍拍牛的头，亲切地对牛交代道：

“今天要吃好吃饱，不许跑远啦！去吧，不要总望着我！”

“哞——”黄牛冲罗升平长长地叫了一声，扬长而去。

罗升平从腰上取下弯刀，砍倒一棵小栗树，取三尺长短，将其一端削尖。开始采药。

莽人长期生活在深山野箐，远离外界，生病自救，已形成自己的独特办法。换言之，从祖上一代代将不断积累的经验往下传，久而久之，得什么病就采用什么药（或方法）医治。

相传，莽人治疗疾患得益于得天独厚的生存环境——大自然。开初，病了，只有忍着盼病自己消除。后来，他们一反惰性而寻求医治办法。这种探索的主要方面，是对大自然的观察。

在莽人中流传着一个故事。不知多少年以前，一个叫皇皇的祖先，不慎从树上跌到地上，摔脱（脱臼）了腿部关节，从此成了瘸子。他非常痛苦，常常为失去生存能力感到绝望，甚至想跳崖、投河一死了之。一天，他爬上悬崖绝壁之上，望着下面深不见底的沟谷，想着父母的养育之恩，回忆兄弟姐妹的手足之情，眷顾多年夫妻的恩恩爱爱。而今，这些都成了过去。因身残，他不能再延续这种情愫，不能报答双亲。再拖延下去，只能成了亲人的负担，给亲人带来痛苦。他想到这里，纵身往崖下一跳。

正在这时，一对搏斗的公鹿紧擦着他胸腹部飞奔而过，他不得不后退，险些跌倒。他忘了轻生的念头，转而对搏斗产生了兴趣。只见两只公鹿在离他不远的草坪上继续打斗。渐渐，一只公鹿一条后腿受伤，屈膝在地，不堪对方的角逐，只得退让逃跑。取胜公鹿穷追不舍，决意致对方于死地方能罢休。见此情景，皇皇顿生同情弱者的怜悯之心，跳前一步，顺手拾起一块石头，朝胜鹿打去。正好打中胜鹿的脊梁。胜鹿被击中，见有人追打，只得逃之夭夭。此一幕，受伤公鹿躲在一旁全看在眼里。它转而把目光投向恩人，热泪盈眶，久久不愿离去。午久，公鹿一瘸一拐，一步一回头，依依不舍离去。看到伤鹿如此艰难和痛苦，皇皇索性再送一程。他暗中相送。与败鹿一瘸一拐，一蹦一跳，一前一后，走了好长一段路。走着走着，败鹿停了下来，被眼前一株长有扇齿形叶子的树所吸引。它用鼻子嗅嗅（辨别）后，用嘴撕下几片树叶嚼烂，涂贴在受伤的关节处。接着将敷上碎叶浓汁的地方紧贴石头挤压，大略是想让碎叶浓汁更加贴紧患处，可以让碎叶浓汁浸透到伤部的深处。太阳由中天偏向西边。不知过了多长时时，败鹿离开石头，慢慢将伤腿落地，试着走动。片刻，败鹿回到那棵树下，狼吞虎咽吃起树叶来。吃够了，看看树，看看周围，徐徐离去。这时，先人皇皇发现，败鹿的伤腿能下地走路了。这无疑是奇迹。先人皇皇高兴地跳了起来。

“哇——”他忘了自己是伤残，疼痛难忍地惨叫。

惨叫声里，却包含着先人皇皇的痛快成分。他欣喜若狂，迅速跳（一只脚）到那株树下，学着败鹿的样子，摘下几片树叶放进嘴里嚼个不停。之后，将嚼烂的树叶、树汁涂抹在自己伤残的部位。又学着败鹿摘吃了几片树叶。他为了让涂抹的东西更加牢实地贴在患处，还将身上的兽皮扯了一块包裹在患处。第二天一早，他从睡的地方起来，用伤残腿走路，觉得有所好转。于是，他又赶到那株树下，照着败鹿的办法，嚼叶敷腿吃叶。这次，他还摘了一捆树叶带回家备用。他天天吃叶嚼叶敷腿。没有过几天，他的残腿逐渐好转，走路一天好似一天，最后全好。他的伤残腿全好了，能走能跑了。他把这件怪事迅速传遍亲朋好友和同族。并将这株“神树”定名为“救骨丹”（这也许是草药“接骨丹”的由来），还精心管护这株“救骨丹”树。从此以后，莽人开始追踪观察动物的生活习性，并积累所见所闻，从中吸取有用的东西。

太阳接近中天。罗升平足足采摘了一大堆山珠（山栀子）、龙胆草、芦根、天花、灵仙（威灵仙）、石石藤（石南藤）、桑叶、桐树皮等清热去湿的草药。他把这些草药分类捆扎，然后合并成一大捆，抱送到放牛绳的树下。

他放好草药，钻进树林，用弯刀挖出几个山芋，放进燃烧的柴火里，抹了把头上的汗，将棕片衣服（准确说是褂子）从身上脱下抛到一边，一屁股坐倒在柴火边的枯草上，双手护胸，双腿叉开，闭上眼睛休息。

这段时间，罗升平泯灭了燃烧的情火，不再奢望伴侣的事，全身心投入自己确定的目标上——学汉字，当“郎中”。

他随王大他们探访竹叶岛，知道那里的人们说的话是汉话，写在纸上、布（帛）上的字叫汉字——也才知道外部世界原来早就有记事、表达意思的“字”。

在竹叶岛，罗升平曾丢失过，让王大他们找了好半天。原来是在一个商号里，里面摆着的各种草（未加工的草药）紧紧吸引住他。他穿过赶集的人群，走到商号前看个真切。那些草中，有他熟悉的山珠、天花、桑枝、石石藤等很多很多。他百思不得其解。里面案桌边坐着一个须眉垂肩，白发银丝的老者，正用右手拉住一个坐在对面的精神不爽的人的手，用大指（大拇指）后面的一根手指压着她的手湾（腕部），好像发现（把脉）肉皮下面有什么怪物一样。再看，老者对面等着“压手湾”的人还排了很长的队。排队等候的人大多好像身体不爽（生病）。看到这里，罗升平似乎有所明白。但具体明白什么他自己也说不清道不透。

他越加入神地呆立在商号（看病的诊室）门前，忘记了自己来竹叶岛干什么，也忘记了都和谁来，更忘记了别人会惦记着他。

“赵郎中，我这包药每天熬水喝几次？”

一个“精神不爽的人”接过老者抓的药问道。

老者回答道："早中晚各一次，头痛好转继续来抓药。"

"郎中，我拉肚子有快十天啦，拉出的东西里面还有血。"一个"不爽"的人对老者细说病情。

"郎中。"

"老者叫'郎中'。"罗升平心里渐渐明晰。

"宋丰丰，你有什么病，哪点不好？"朗中问对面认识的"不爽"。

"赵郎中，'咳、咳'——""不爽"连咳几声接着对郎中说着病情：

"有十多天啦，一直咳不停，虚咳（干咳）无痰，有红肿。"

郎中一边听"不爽"介绍，一边在纸上画（写）着什么。罗升平不知其中的玄妙秘密。

"罗升平，你躲在这里干什么，我们找了你快半天啦！"一个声音将他带出迷藏。

自那以后，罗升平才知道"郎中"，"汉字"，尤其知道他所熟悉的几乎每天都要打交道的"草药"。从此，他每天都想自己采挖草药送到竹叶岛换东西。

"郎中，汉字……"他不敢再想下去。

"莽人，野人"这种令人脸红的状况像乌云经常缠绕罗升平的心中。

"郎中、汉字"虽然不敢想，然而，却有一种神灵总不时将它们塞进自己的脑海，怎么也驱赶不去。因此，他不知忍受过多少折磨和痛苦。

痛极之时，他索性面对大山、森林、深潭嘶吼：

"郎中、汉字——"

"我要当郎中，我要写汉字——"

吼声高亢，悲壮；吼声回荡，低怜；吼声冲破了千年的沉封，然而被大山、森林、深潭无情地吞噬。

与王大他们探访竹叶岛后，罗升平对该岛非常着迷，一个人隔三岔五去一趟。

他去竹叶岛，一头扎进药铺，看他熟悉的中草药下面都写有什么字，如何写。为了不忘记，他每次去竹叶岛都带上十多种自己采摘的中草药，和纸、炭，看郎中在药下写什么，他就在自己的药下写什么。日积月累，他模仿药铺写有药名的中草药有近百种。

开初，他无论如何也不会写，曾经后悔，不学。后来，他路过一家私塾，听到里面先生教学生的读书声。他凑过去，找个隐避地方偷偷跟着学。他一去竹叶岛，少则三五天，多达二三十天。有时为了掌握一个药名，要往返私塾和药铺四五趟。

一些难写难记的字，他想尽一切办法，一笔一画地掌握。“银杏”二字。他先拆散，后合拢：“金、艮，木、口”，“银杏”。然后在银杏草药下，用一张纸写上“银杏”二字。“杜仲”二字。他在自己肚子上大大地写了个“杜”字，由肚想到“杜”。

很多中草药的名称，莽人一种称谓，中医是一种称谓。为了纠正自己的称谓，罗升平等在药铺听郎中与药徒（分药、配药者）吆喝（郎中开好药方，照方念给药徒配药），直到听清听懂，并及时在自己准备的草药下用自己的方法注明。比如“防风”，莽人称为“地红”。他在“地红”下写明“防风”，并尽可能记住。

四十一

经过长途跋涉，刀妹来到巴变河边。据说这河是从中国青海流往越南国，又从越南国流入大海。

刀妹这次远行，是按照父亲介绍的路线行进的。父亲没有走过这条路线。刀妹走了不少重复路。她不责怪父亲。毕竟父亲不会在女儿面前说假。她从家出发到巴变河，走了多少天早已记不清。她只知道哥哥装进行囊的物吃光以后，天天猎杀动物吃。莽人长途在外，每杀吃一只猎物，都要把猎物的一只眼珠摘下存放在身上，以便回家后自己吃了多少猎物好对家人讲，家人以此可以大概计算出在外的天数。

一般以每人计算为：一只兔、一条蛇可吃一天；一只獾、一只刺猬可以吃两天；一头鹿、一头麂可以吃四至五天。这种计算是莽人以食肉为主食进行的。

刀妹从身上小棕袋里倒出动物眼球，数数共有三个手掌的指头多（即十五根）。这就是说，刀妹离家至今已有二十天以上。

她在巴变河边，找一处净水的地方，看看自己都什么模样。一看水中的她：散乱的头发上沾了不少蜘网、山草、树叶、虫子；整个面部已经由白红变为黄黝色，不少地方结下垢，两只眼角挂着老鼠屎样的颗粒，鼻孔只见黑黑的两个洞；两只耳朵像动物肝脏，里面不仅变为黑色，还铺了一层油亮亮的东西。身上的麂皮褂已撕开了好几道口子，两只挺拔的胸早已不堪压迫地从口子处跃跃欲试；遮盖两臂的棕片棕丝几乎全被抓落，只剩棕板，上面还有横七竖八的划痕。腰部以下的棕叶编织的筒裙（因形状像一截楠竹而得名）染上厚厚的泥土和动物血迹，有的地方泥土和血迹像豆粒一样还在往下掉落。她身上凡裸露的地方很少有见不到伤痕的，有的伤口不是流血就是流脓水。

刀妹照完自己，心里苦涩难忍，她迅速抹去控制不住的眼泪，跑到一株皂角树下，摘了一把皂角，又回到水边。她脱下胸褂，没入水中，用皂角清洗全身。

“多痛快啊！”刀妹边说边感叹不已。

刀妹在水中，对周围的山势地貌产生兴趣。

这里，三面环山，巴变河由西北至东南直穿出去。这时，太阳刚从东方露脸。太阳出来的地方是一道长长的山梁。山梁的北面和西面，峰峦起伏，连绵不断。只有南方一望无边。天山连接处，薄云升腾。有的云霞，像无数马儿在奔跑，看谁跑得最快，时而有些在前，时而有些在后；又像奔腾的江水，追波逐浪，时而波卷浪，时而浪没波。有的云霞，像朵朵白莲，随风开放，那花瓣，大的越加大，小的越加小，有的大了又分成小，小了无了又不知从什么地方长出逐渐变大，或者与其他同类抓扯在一起，似乎在争夺什么宝贝东西。不少莽人说过，早上山边的云霞变化越快，当天可能会变天；如果变化不大，十分平稳，当天天气会稳定不变。

刀妹看云霞的目光投向山中的房屋和沿河很少的人居。她被一处与众不同的房屋所吸引。那房屋高高地建立在东北两山接连的险峻处。她用手指计算，房子楼层有一只手的指头加上另一只手的一根指头那么多。楼层由上往下，一层比一层大。整个房是黄色。房的前面两边是低矮的石墙。石墙中间应该是有个生火的地方正在冒烟。房前面的前面再前面都是很开阔的地方……

“哐，哐，哐——”几声好像是从那房传出的震耳的声音打断了刀妹的观望。

她上岸摸摸皮囊，从里拿出一个干芭蕉叶包裹的包，层层打开。是曹尔送给她的衣服。

她离开曹尔后，舍不得穿用曹尔赠送她的衣服。原因是：回到莽山家乡，穿这种大家没有见过的“怪物”会被大家看不起；平时，在山林出没时，曹尔送的衣服没有必要穿，容易被抓破，尤其在山林行走，还是穿树皮树叶兽皮更方便，坏了就换，省事。与曹尔相处的日子，她都穿曹尔送给的衣服，一来曹尔喜欢（当然也怕曹尔看不起自己不穿衣服），二来自己也喜欢。曹尔不在身边，她都将衣服收叠保管好，总怕弄坏弄脏。

她把身上穿的全脱下，换上从包里取出的衣服和白底黑帮的布鞋，站立水边照照，看看是不是穿得合适。觉得穿好了，又拢拢用手指梳理过的黑黝黝的头发。这时的头发，已经是曹尔教给的装饰——向后披散，后颈处用丝巾打了结。她看着水中的自己，感到满意非常，又羞涩脸红。

“那房是哪样的人住的？”她来到一处民居，对门前的老人用手指着那高高的房问道。

白发苍苍的老奶奶用抹布抹了抹门前院坝的木凳对刀妹客气地道：

“姑娘，你坐。”

刀妹右手掌贴胸（曹尔教的）身子微微前倾，对老人表示感激地坐到凳子上望着老人。

老奶奶指着那层层叠叠的房子对刀妹回答道：

“那是烧香拜佛的寺庙，叫‘飞天寺’。”

“姑娘，你从哪里来，要去哪里？”

刀妹指指远来的地方，又转身指指将远去的地方。

刀妹指着那“烧香拜佛”的房子问老人：

“老奶奶（曹尔教化），那‘寺、寺’我能去吗？”

“能去，能去，谁都能去！飞天寺可显灵啦，求平安的，求化凶化灾的，求功名宝贵的，有求必应。”

“喝，姑娘！”

老奶奶进屋端出杯子请刀妹喝茶，继续说道：

“这寺名气越来越大，我们越南国内的，中国的，印度的，缅甸的，暹罗（泰国）的，马来西亚的、澜沧国（老挝）的、高棉国（柬埔寨）的，都远远跑来叩拜，香火旺得很！”

刀妹喝了口老奶奶递来的茶（黄黄的颜色，曹尔泡给她喝过）对老奶奶所说这些摸头不知脑。她还是耐心地听老奶奶讲下去：

“我家儿子媳妇结婚几年了不见有生养，我们全家都很急。前年，我就带着家人三天两头去烧香求菩萨保佑，让我阮家能沿袭香火。这可灵啦，去年，我儿媳生了个大胖孙子，眼睛耳朵都大大的，下巴和顶门（额头部）也很宽大。正好这几天我儿子他们带着我那宝贝孙子去他婆婆（外婆）家。不然，我一定让你看看，也让你高兴高兴。”

老奶奶说到这里，刀妹冲老人家高兴地笑了笑，继续听老人家滔滔不绝地讲下去：

“寺庙里供奉了上百尊佛像。现在正在增加。听说还要建侧殿。这是天大的好事，该建，该建！”

“老奶奶，这条河一直往下都通哪些地方？”刀妹打断老人家的话指着门前的河问道。

“这个，我可不太清楚。我大儿子顺着这条河的下游走通过。他说往下走经过河川、清川、三叉、荣合，可到莱州府。从莱州府再往前我不记得呐。”

老人想了想，摸摸额头若有所悟道：

“还可以到大海的很多地方。”

基本弄清这条河与父亲讲的大致相同后，刀妹将话题又转到寺庙上，对老人试探道：

“老奶奶，你今天去不去寺庙‘烧、烧向’（香之误）？”

老人打断刀妹的话接上说道：

“今天我不去烧香拜佛呐，过几天我儿他们回来再去。姑娘，你想去就别改变主意，想去就去佛就高兴。有什么愿都去许许，可灵啦！不过，你一定要心诚，对佛说心里话。”

临走，刀妹又手心护胸身子前倾对老人表示感谢。

飞天寺，香客熙来攘往，香烟袅袅升腾。在各佛殿，佛像前跪满了拜佛的人。他们，双手合于胸前，跪在蒲团上，三叩首，然后停止不动，双目微闭，双唇似启似合，心中念念有词，各自表达心愿。站着的，手拿香、蜡、纸、供品，等候敬拜。长长的香台插了重重叠叠的香蜡。烛光、香火交相辉映，紫气环绕。和尚、尼姑一手持佛珠，一手轮胸（以五指大前小后伸直排列侧立胸前），颔首念经，聚精会神。

刀妹来到飞天寺，在大门外找了个隐蔽又能看到殿内的地方。寺庙正殿有石条铺设的台阶下，摆放着铜质香炉，里面化钱的纸燃得正旺，火焰升出炉沿，化灭又伸出。炉周围，香客将纸钱不断投进炉内烧化。他们边投边念着什么。

寺庙上空，几只苍鹰盘旋在绝壁之间，鸟瞰寺庙盛况，久久不愿离去。

看着，看着，刀妹不由自主地进到庙内，睁大眼睛看个不停。

正殿，即大雄宝殿，威严高大的佛祖像高高矗立，俯视下面，洞察天地万物，接纳香客叩拜。

观音殿，仁慈清秀的观音像，手持装有仙草的宝瓶，端坐在莲花宝塔上。观音下面，跪拜，等候跪拜的女人居多的香客拥挤不堪。

各殿内，在主要佛像的两侧，都供奉排排佛像，形态各一，持物不同。

看到这些，刀妹百思不解，也大多看不懂。只是有所悟：好人求好事。

带着这种似明似暗、似有似无、似虚似实的感悟，刀妹退出寺庙。还回头对参天古柏、杉松，苍老的银桂、银杏，挺拔的棕榈、苦楝，庞大的榕树、香樟流连忘返。

四十二

“杨洁，抬水来，清洗伤口！”

“哎！”杨洁边回答父亲边进船舱抬清水。

杨洁，大妞的姓名。

在甲板上，大妞杨洁用布片为遇难者清洗伤口。

“爹，伤口太多了。”说到这里，她看看奄奄一息，紧闭双眼的遇难者，接着对父亲，也是对自己说：

“怕不行哪。”

“先救人！救人是我们的本分，救人一命，如造七级浮屠。”杨洁的父亲责教女儿道。

杨洁的父亲杨成志说完，进后舱找出自己穿的一套衣服放在前仓，接着将火盆点着，走到甲板对女儿说道：

“我们把他抬进仓里，让他烤烤火暖和暖和。”

父女俩一个抬腿，一个抬上身，将遇难者抬到前舱盆火边垫着草席的木板上。他们看到遇难者仍处于沉沉的昏迷中，心里十分惊惧。杨成志用手示意女儿离开前舱。

他将遇难者身上穿的全部脱下，用热水擦干净遇难者的身体，换上自己的衣服。又为遇难者盖上棉被，拉下舱内的帘子。

“杨洁，抱柴来加火。”

杨洁应声从外面抱了一捆木柴放到盆火旁，向盆里添了几根木柴。

盆火“噼噼啪啪”燃得很欢。

杨洁准备熬姜汤。

杨成志准备救人的中草药。

这不难看出，父女俩救治已不是第一次。

一切准备就绪，他们进到前舱，焦急地盼着遇难者从昏迷中醒来。

在桐油灯的照射下，杨洁发现，躺在木板上生命垂危的遇难者，五尺多长的个子，结实的体质，蛋黄粗糙的皮肤，略带方形的脸，宽宽的额，浓浓的剑眉，长长的眼，高高的鼻梁，紧闭的“一”字嘴唇，开阔的下巴，还有满头黑亮的头发（和鬓毛中藏着疤痕）。从整个体貌判断，此人应是二十多岁的英俊青年。

杨洁看着看着，想入非非，不觉心羞面赧，把目光从遇难者身上移开。

杨洁，十八岁的大姑娘。对书中儿女情长知道不少，可是对自己的婚事从未涉及过。媒妁之言，父母之命，自己的事由不得自己，都是父母说了算。所以轮不到自己关心自己。其实，在那样的年代，闺中的姑娘与世隔绝，毫无自己张罗婚配的条件。

天快亮了，太阳升起的地方泛出银白色。

杨洁看看天气，又回到前仓的盆火边，异样的情况出现了——

盖在遇难者身上的被子一角移到火盆边上，眼看就要烧着。

她急忙上前将被角提起掖到被子下面。

“嗯……”正在这时，痛苦微弱的呻吟提醒杨洁。

“爹，他醒过来啦！”她立即摇醒正在酣睡的父亲。

女儿的声音里似有几分惊喜，这种微妙的觉察在杨成志脑海有一丝波动。

父女俩来到前舱。遇难者已经睁开双眼，疑惑不停地看着周围的一切：

“我这是怎么啦？遇邪（死而复生）啦？”他心里不停嘀咕。

看到父女俩出现在自己眼前，他想回避（因为羞愧），可来不及，因为他们的目光已交错在一起。他明白了什么，有些感激地对父女俩：

“你们——救了我？”

父女俩趋前，用手阻止他从木板上坐起，示意他继续躺着休息。

遇难者想从木板“床”上坐起，可费尽吃奶的力气也无济于事。他只得顺从地依了父女俩，又将略微动弹的身子贴紧被子继续休息。

杨成志立即端来熬好的药，用汤匙一勺勺喂到遇难者的嘴里。

杨洁端来热乎乎的姜汤，像父亲一样喂遇难者。

药喂完了，父女俩立即将早已准备好的鱼汤端来，一口口喂遇难者。

天亮了，遇难者也从噩梦中醒来。他借助晨光发现：救自己的姑娘似曾相识。但又不敢确定。

遇难者想起来了，对杨洁：

“你，竹叶岛集市，‘喜气临渔舟……’”

杨洁顿悟，也想起了什么。

寻思片刻，她似信非信地对遇难者道：

“‘大鲤鱼’，‘你愿如何买就如何卖’”。

“对！对对！”遇难者，杨洁异口同声对对方肯定地确定道。

“后来，你怎么知道我请先生写对联？”杨洁进一步地问遇难者。

遇难者顿时感到什么，语塞地对杨洁支吾道：

“……我，我……怎么就……”遇难者羞愧难言，无地自容。

聪明、机敏的杨洁看到对方如此难堪，急忙绕开话题，不无关心地对遇难者说道：

“你好好休息，不要多说话，等爹回来，我们就回去泊船。”说完，姑娘脸上也有几分羞涩，似乎觉察到对方的难言之隐与自己有关。

这时，由杨成志驾驶的渔船已靠近停泊的地方，也就是遇难者与船主遥相奇遇的地方。

抛锚结束，杨成志进入前舱，对女儿吩嘱道：

“杨洁，今天我们收网布网一齐进行。”他说到这里看看遇难者问道：

“你，尊姓大名是？”

遇难者急忙坐起，右手抚胸，身子趋前答道：

“你老别客气！我叫王大。”

“你在船上休息，不要离开船，我们去去就回。”杨成志说完用手推推王大想坐起的身子继续说道：

“什么都不用说，什么都不用做，你就好生休息，顺便为我们看住船。”说完，跳入水中，向一条船游去。

很快，父女俩划着借用的船向着深海驶去。

四十三

一只蜜蜂，贪婪地吮吸一朵牡丹花的花露，腿上，却还没有丁点花粉。

“这只蜜蜂真怪，不做正事，尽把力往斜上使！”刘三妹对蜜蜂多管闲事发牢骚，抓起一把泥沙朝蜜蜂扔去。

“嗡嗡，嗡嗡！”气愤的蜜蜂冲刘三妹头上绕了几圈，无奈，只得飞离。

在凉京湾莽人区刘三妹家房后，杂树、杂草紧紧包围刘三妹。她手拿活计，双手压平一片杂草，重重地坐了下去。

她将兔皮用刀划成方块，拼叠成皮囊袋，用穿上马尾的竹针缝合。

“滚！”她被竹针扎进拇指，气恼地将竹针扔得远远的。

今天，不知怎么搞的，一包竹针快被她扔完了，兔包还没有缝好。她心烦意乱，做事不顺心，看什么都躁得慌。

她站起身来，一片树叶遮住她眼睛，她把整条树枝折断砸到地上。一块石头险些将她绊倒，她凶巴巴地，飞起一脚将石头踢出，“哎哟、哎哟！”疼得自己直叫。一根蛛丝飞到她嘴上，她脱下棕榈褂，像对付一大片蛛网一样，“唰唰”直扑打。难怪她对那只蜜蜂那么凶！

这不奇怪，十九岁的大姑娘了，还没适合自己的对象，你说她能不烦吗！

“养羊羔被罗升平……”刘三妹想到这里十分羞臊，无颜再想下去。

在她看来，罗升平应是无意。要不然，那天上山采药，罗升平应该漏出点头尾。可他跟平时没有两样。

再说，罗升平的担心、羞愧是有道理的。一个大姑娘，被人触碰隐私能不愤恨吗！

当时，刘三妹真是气愤到了极点，恨不得将他推下万丈深箐被毒蛇咬吃。可时间会化解人的棱角。慢慢地，她的愤恨越来越减少。转而脑海里还时时浮现这个“坏人！”。

罗升平，比刘三妹早出生。个子敦厚。少言寡语。做事实在卖力而且认真。大家都觉得他对人厚道，无虚假。“除了那‘事’，挖空心思也找不出坏的地方。”刘三妹这样想。

换个方位，刘三妹对罗升平的印象“好”的比“恶”的“坏”（“那事”）的渐渐多起来。

将一件刻骨铭心的事弄个水落石出，这是莽人的格言。刘三妹决心对“那事”做个了断。

她打定主意，又回到原地坐到她压平的草上，拿出兔包继续缝制。

兔包成型，她从胸前抽出几根事先准备好的山鸡冠毛，用马尾扎成“姊妖花”（玫瑰花）样，又将其缝到包的中心部位。最后，她在兔包两侧系上一根棕须织成的绳带，挂到胸前试了试长短，觉得很满意。这时，她脸上才云开雾散。

莽人姑娘制作这种包，绝不是为自己。不然，她不会躲藏在树丛草丛别人见不到的地方缝制。再者，大凡准备这种包的姑娘，都有了意中人。即使没有心上人，也是很成熟得非常想嫁人的。这是隐秘，只有姑娘本人知道。

在莽人中，像刘三妹这样年龄的大姑娘至今未出嫁者不多见。原因是她的性格。她有啥说啥，想做什么就做什么。她看不惯别人做自己不顺眼的事。在莽山时，李四四将野兔内脏抛到路边树上，臭气熏天，苍蝇嗡嗡。刘三妹见了，就硬逼着李四四将挂在树上的脏物清除干净。就这事，不少莽人说她太凶，说“不是姑娘应该做的”，不少小伙子对她产生不好的看法。

还有一次，邻居的小孩掏燕子窝里的蛋。刘三妹当众指责孩子的父亲道：

“你会养不会教，这种事也做得出！”

按说，这事刘三妹管得不错。

莽人大多以飞鸟为崇拜对象。将其奉为神灵、上苍、先祖，倍加敬重。因而，有损鸟的事在莽人中一般不见发生。即使偶有出现，也视其无意，不会大动肝火。

刘三妹干预小孩掏鸟蛋之事，也招致不少非议，使自己颜面大伤。

如此种种，与刘三妹至今未有心上人不无关系。

对于刘三妹的境遇，罗升平的评价是与众不同的。他经常在心里自问：

“乱扔内脏，我也感到气愤。刘三妹有何错？”

“掏鸟蛋，有损莽人先祖，是大罪。事在不知事的孩子，可孩子毕竟是父母所养，父母不能没有责任。刘三妹管这事，有错吗？”

刘三妹如果有错，错在什么地方，罗升平是弄不懂的。但他始终认为刘三妹是心直口快，办了实事说了真话。

当然，罗升平的心里所想，刘三妹是不知道的。

对于刘三妹，她把莽人对她的态度抛之身后。实际，她早已把它们忘得一干二净。她做了事从不后悔，从不计较——做了就做了！

四十四

“曹尔，暗河上那排‘人’字形房子你知道吗？”曹田水在家里的中堂（最中间供有神位的厅堂，通常用于接待，一家人共用休闲、叩拜等）一侧的火炉边喝着茶对儿子问道。

曹尔一边站起从火炉上提起开水壶为父亲往陶瓷杯里添水，一边诚实地答道：

“爹，那是别人建的。”

“建房的人你认识吗？”

“姓刀，名妹。”

“是哪里人？男的还是女的？”

曹尔对父亲很孝顺。在父亲的眼里，他是一块明镜。既然父亲问起这事，想来父亲有所了解和觉察。曹尔想到这里继续回答父亲的问话：

“莽山，是女的。”

“姑娘水灵不？清秀不？”听说是女的，在一旁木凳上坐着的母亲杨氏立即感了兴趣插进来问儿子。

“娘……”曹尔含糊地叫了声母亲，想以含混的回答阻止母亲参与，又不便如实回答。

“这姑娘为何建这么多房？”曹田水继续问儿子。

“爹，她想把家乡的人迁来这里住。她说她们家乡环境太差了，实难生存下去。”

“环境差就跑来我们这里建房子，合适吗？”曹田水自言自语，又像是征询别人的意见。说后自个喝茶。

曹尔和杨氏都不便作答。

气氛僵持了片刻，曹田水往旁边桌上放下茶杯看着炉火上直冒热气的开水说道：

“建房的地块是我们大家的，是地方政府的。”

他停了停又自我补充道：

“虽说长期没有主，但谁也不会去占用。在暗河之上，险恶，常常有可能被洪水冲毁。”

曹尔对父亲的话不无揣测：

父亲的话是地无主的理由？还是同情建房者没有选好地方？还是另有意图？

“帮助帮助没有什么，一定要有分寸。”不等曹尔把问题弄清，曹田水又对曹尔有所试探地进一步说道。

看儿子不言，也不便说什么，曹田水若有所思地往下说道：

“一个大姑娘跑出家门，还建房子——为家乡人……”他说着站起来双手背在身后，在堂中不停地踱步。

“令人迷惑不解……”曹田水的思虑越发深化。

其实，曹尔对刀妹的举动早有自己的看法。他觉得：

一个大姑娘只身在外，这无疑不雅，有伤风化，不守妇道。这是“逆”。

她建房不是为个人，是为乡亲，此举连一般男人都做不到。她建房的最终目的是让她们这个民族永远摆脱恶劣环境和封闭状况。这是“义”。

她曾许下誓言，不为乡亲找到好的居住地就不回家。她兑现了承诺。这是“信”。

她为了实现誓言，为了父老乡亲，不畏强暴，不怕艰辛，不顾个人安危，锲而不舍。其间，还有退有进，有取有舍，有比较有选择。这是“勇”“谋”“诚”“执”“孝”的体现。

如此集“逆”“义”“信”“勇”“谋”“诚”“挚”“孝”于一身的姑娘，

天下难找，世上难觅。这是曹尔对刀妹青睐的真谛。

曹尔越想越觉得刀妹可爱，可钦，可敬。甚至还觉得自己稍逊一筹，有些不配。

想到这里，曹尔心想应该将自己的看法、观点在双亲面前表明，至少，不让刀妹的英名在父母心中扭曲。但他怎么向父母说呢？想来想去，他先试探地对回到火炉边同母亲坐在一处的父亲说道：

“刀妹是个好姑娘！”

曹田水、杨氏：“……”看着曹尔，不知说什么好。

四十五

一股山芋的焦香味，把罗升平带入梦境，他贪婪地嚼着烤山鸡、野兔；喝着竹笋汤、甘蔗汁；唱着心中的歌——

清晨，我顶着金晖，进入熟悉的山林；
正阳（正午），我带着金光（汗水），啃着香脆的兔颈；
入夜，我看着堂火，回忆一天的艰辛；
进草（睡觉），我搂着兽皮，过上男女的人生；
狩猎，我绷紧弓弦，紧盯野兽的离群；
休息，我喜欢鸟儿，飞翔高高的天庭；
下雨，我聆听雨滴，享受美妙的天音；
雷电，我惊魂慑魄，躲避上天的愤怒；
降雾，我紧锁双眉，难理烦躁的心情；
太阳，我全身舒展，释放激动的心灵；
伺爷，我娇生惯养，献上把玩的奇珍；
伺奶，我调皮捣弹，敬奉稚嫩的歌声；
伺爹，我削箭磨刀，尾随深深的莽林；
伺妈，我跟前尾后，倾诉怜子的关心；

伴哥，我舒心畅意，抛弃烦人的忧恨；
伴姐，我感受幸福，体验关怀的温馨；
伴弟，我肩负重任，继承长辈的至尊；
伴妹，我关爱细微，投入无限的真诚；
……

这也是莽人常常唱的歌。

“哎呀！”一块柴火爆裂，飞到罗升平脸上，把他从梦中烫醒。

他用木棍扒出火中的山芋，用手掌拍拍上面的灰烬和泥土，囫囵吞咽——回到现实。

他望着牛正在贪婪地啃吃青草，又看看太阳还在头顶，信手摘下一片薄而嫩的树叶，放到唇边吹起了心中的歌。

歌声如泣如诉，如伤如怨。歌声穿过森林，穿过深涧，穿过河流，直上云霄。牛儿停止了咀嚼，森林停止了风动，深涧停止了欢歌，河流停止了波涌，云霞停止了飘荡。

“刺——”他吹破一片树叶，又换另一片树叶。换了几片树叶之后，觉得烦闷的心情不能尽放，干脆扔掉树叶，张开大嘴，放开歌喉，近乎嘶吼般唱了起来：

孤独的鸟儿立河岸，
鱼儿落脚无心顾念，
蝶儿戏头任凭绕乱；
受伤的鹿儿藏洞边，
蛇儿张牙伸出红信，
蝇儿临伤疯吸狂舔；
离母的羊儿真可怜，
黄天儿抱云忙忙回避，
雷儿夹电凶凶追赶；
摇晃的苗儿全身颤，
风儿无情一阵一阵，
土儿有意一翻再翻；

吹落的花儿随土烂，
石头块块层层挤压，
叶儿张张片片绞绊；
弯曲的枝儿任摧残，
柴儿掉落横七竖八，
尘儿覆盖蔽日遮天；
十八的伙儿形影单，
棕儿团团搂抱胸怀，
伴儿次次紧拥相伴。

听得出，罗升平的歌里对美好幸福追求的执着，对孤独、弱小同情怜悯的泣诉，对自由、平等争取希望的憧憬。

“哞——”一声牛的呼叫，打断了罗升平的歌声。他镇惊转身抱住牛的脖子，用脸紧紧贴住牛的脸，拥牛移到挂绳放药的地方，收拾完毕，与牛相依回家。

四十六

刀妹离开飞天寺，按心中的行动路线图，沿东南方朝有海的地方走去。

越往前走地势越低，热带气候十分明显。阔叶树比初进入巴变河时多了许多。芭蕉、香蕉、榆树、铁树、榕树、木瓜树随处可见。稻田、红薯地、玉米地一片连一片。高山逐渐稀少，取而代之的是丘陵：矮山、小山、平坝。山上都是森林，郁郁葱葱，层层叠叠。山间平坝是庄稼地。庄稼绿油油一块接一块，近看，随风摇摆，一浪追逐一浪，有的泛白，有的泛蓝，美不胜收；远看，一块块绿色地毯在蓝天的映衬下，亮丽，飘柔，斑驳灿烂。在田地与山的接合部，房屋依稀可见。袅袅的炊烟随风飘扬，隐没消失在空中、树林。田边地头，大路小路，有的宽敞，有的狭窄。路上不时有人、畜行走。

因为不时要遇到当地人，像莽林和她走过的原始森林荒无人烟的环境进入越南国几乎没有，她不得不入乡随俗，以免引起好奇给自己难堪，她打定主意，必须换装：将兽皮、棕榈、羽毛、树皮衣服，换成像曹尔送她的那样——当地人穿的与曹尔送的相差不大——曹尔送的丝织品多，当地人穿的麻织品多。

怎么才能换呢？拿什么换呢？她集中精力想了很久。

“咯儿——咯儿——”一只长尾锦鸡从刀妹头顶飞过。打断了她的思路。

她看着远去的锦鸡，挠挠头皮，进入森林。

第二天，刀妹带着锦鸡、斑鸠、兔子、蘑菇、木耳、竹笋等进入附近的村庄。她寻找布庄，寻问在何处可以换到衣服。

“你去前方挂着衣服的地方问问。”布庄掌柜客气地指着前方回答刀妹。

来到衣服行，刀妹指着自己带的山货问店员：

“我用它们换衣服，能不能？”

店员看了看山货又看了看刀妹犹豫了许久勉强对刀妹说道：

“姑娘，你是从中国来的吧，看你穿的丝绸就知道，只有中国才有丝绸。你为何有丝绸不穿，穿我们棉麻做的衣服？”

刀妹似懂非懂，对店员点点头以示回答。

店员以为她同意换棉麻衣服，就指着店内架上挂着的两排衣服（一排男式的，一排女式的）对刀妹说道：

“你进来自己拣吧！”

刀妹会意，放下山货，进店选了一件衣服和一条裤子。

看到刀妹挑选衣裤，店员关切地提醒刀妹道：

“你是为小伙子选的吧？”

这一说，刀妹才发现自己选错了衣裤。她急忙将衣裤放回原处，在女式架上随手取下一套服装。

见到刀妹羞得面红耳赤，店员觉得对不起客人，便对刀妹自我圆场地道：

“这没有什么，女的为男的买衣服是常事，你就自便吧！”

刀妹摇摇头，低头观看挑选的衣裤。心里觉得满意。她抬头看了看店员，指着山货说：

“你收下吧！”说后带着衣裤离开。

店员看着这么多山货，急忙追上两步对刀妹说道：

“喂，姑娘，要不了这么多。”

刀妹知道店员的意思，指着山货对店员说道：

“你全都拿去吧，我用不着。”

看到刀妹执意这样，店员觉得不应亏待从中国远道而来的客人，急忙又从店里取下两件女式衣服塞给刀妹说道：

“加两件才公平。”

刀妹见拗不过，只得收下。刀妹看店员如此诚实，又实现了自己的意愿，对店员身子前倾，右手护胸，表示十分感谢。

刀妹找了个僻静地方，将身上曹尔送的衣服换下来，穿上方才用山货交换的衣裤，十分满意地笑了笑。接着，她把换下来的衣服放进附近河里漂洗干净找地方晒干收拾好放进皮囊。

穿上当地人服装，刀妹觉得自己很像当地人。她就放心轻松地逛集市。

沿途集市，只要顺路，她都要逛上一圈。因为她不再怕见莽人之外的人，甚至还忘记自己来自何方，是何种人。

越南集市上交易，仍以物物交换为主，也有人使用纸币。

在沿途集市，品种繁多。有布匹、衣服、鞋袜、帽子、包巾，有鸡、鱼、鸭、猪、牛、羊、兔、蛇，有白菜、青菜、萝卜、辣椒、茄子、豌豆、红薯，有稻米、黄豆、玉米，有洗脸用的，洗衣服用的，女人用的，男人抽（烟）的，有读书用的、写字用的、画图用的，有厨房用的、客房用的、睡房用的，有床上用的、桌上用的。太多太多。这些东西除很少或个别外，都是刀妹从娘肚皮生下来后就没有见到过的。她看得上劲，看得入迷，看得忘了赶路。

四十七

在渔船的前舱，王大倚靠在火盆边的木板上，艰难地支撑住身子。

他对这次奇遇又惊喜，又愧怕。惊喜的是遇到了想见而不敢见的人；愧怕的是自己与这个姑娘相比，一个在天上，一个在地下。后者，他不想则已，一想愧得慌。才女在汉人中讲究的是与才子相配，门当户对。他王大，凭什么奢望人家。凭文化？在黑旗军中学过几个常用的字；凭家庭？野人，居无定所，食无常谷；凭地位……

他无法再想下去。虽说方才斗胆与姑娘相认，只是凭在军队练就的一时胆识和勇莽。刚相认完自己就低下羞愧的头。至今难堪未消。

他悔恨，悔恨自己出生在野人堆里；

他悔恨，悔恨自己没有文化，是下等人；

他悔恨，悔恨自己空有其表，一介丘八；

他悔恨，悔恨自己不应该离开莽山；

他悔恨，悔恨海上捕捞苍天把他从地狱拯救到这里；

他悔恨，悔恨没有早一天与刀妹结婚生子；

他悔恨，悔恨居住的莽山、莽林、莽地；

他悔恨，悔恨迁居凉京湾发现竹叶岛；

“啪！啪！”他想到这里，两手左右开弓，各打了自己两个耳巴（耳光），沉浸在极度痛苦之中。

“扑通！”船外传来抛锚的声音。

是父女俩回来了。王大准确地判断。他刚想从木板床上坐起，被杨洁上前制止道：

“你还不能起来，全身都是伤，好好躺下休息！”

无奈，王大只得羞愧地躺下。

“杨洁，把那只大龟炖到火上，给王大补补身子。”杨成志催促地对女儿安排道。

“好的，爹，你去赔船吧。这里有我。”杨洁欣然答应。

杨成志回到自家船上，杨洁已将龟炖熟。他刚踏上甲板，第一件事便问女儿：

“炖好了吗？”

杨洁递上洗脸帕，对爹答道：

“刚好，还在火上。赶忙擦擦身上的水。”

杨成志边擦身上的海水，边从碗架上取下一个大碗和一把陶瓷汤勺。他放下洗脸帕，盛了满满一碗龟肉汤，端到王大身旁的小木桌上。对王大关心地问道：

“你现在好些了吗？”他问到这里，靠近王大制止他坐起：

“不能动，不能动，你躺好！”

王大看着杨成志就像对待自己的孩子那样，万般感激地对杨成志道：

“大伯，打搅你们！我对不起你们。”

“快别这样说，哪个都有三长两短不顺利的时候。”

王大咽着杨洁喂到嘴里的龟肉汤，潸然泪下。

三天过去了。王大的伤有所好转。但还不能走动。

王大这次伤得不轻、不少。重伤主要有三处：腰椎被撞伤，整个腰部红肿；左大腿不能活动，患处呈紫色；心肺受到挤压，累、咳是主要症状。轻伤不计其数，全身红一块、紫一块随处可见，有不少伤口化脓。

为了治愈王大的伤，父女俩可忙坏啦。杨洁不是煎药、备药，就是清洗包布、医治用具；杨成志不是为王大服药、上药，就是为王大清洗伤口、活动关节、翻动身子。为了让王大早日脱离生命危险，父女俩停止捕捞，全力投入抢救。王大发高烧，父女俩及时找药退烧。王大全身常常虚汗淋漓，父女俩一个忙着擦汗、换衣，一个忙着洗衣、洗帕。王大昏迷，父女俩担心他睡去不醒，不停说话，掐住人中（鼻与唇结合处）。王大大小便失禁，父女俩不怕脏和累，随拉随倒，还不断换洗床垫、衣物。他们把王大当成自己的亲人，精心照料。

王大时昏时醒。昏时噩梦不断，惊魂不舍常纠缠，总把厄运降伶孤；醒时热泪盈眶，男儿有泪不轻弹，只是未到伤心处。他平生没有经历过如此丢魂慑魄而又悲痛欲绝的噩梦，没有经历过如此无颜失面而又感激涕零的伤心。

王大虽在环境恶劣的莽山长大，但由于他禀性善良、耿直、聪慧和功力过人，深受莽人看重和尊敬。在情感方面他从不像在竹叶岛首遇大妞时那样轻率莽撞，从未接受过除父母之外的类似杨洁与其父亲那样的无微不至而又刻骨铭心的关爱。王大把这次遇险遇救与之前至出生的历史加以比较，足见孰重孰轻，心情非常沉重。

看到王大脸上乌云不散，杨洁手拿洗脸帕，来到木板床前，俯身边为王大擦去泪痕，边关切劝慰地：

“王大，不要总想烦恼痛苦的事，要看重身体，今后的好日子还长着呢！”

有人为自己擦眼泪，王大以为是杨成志大伯，听说话才知道是杨洁。他受宠若惊，想坐起来推辞又不能动，想侧身回避又根本不可能。这时的他，难堪、狼狈、羞愧集一身，真不敢直面她，而她却又在眼前。

四十八

连续几天下暴雨，刘三妹的羊圈被山洪冲垮。由于提前有所准备和防范，将羊转移，没有羊伤亡。

这几天，罗升平特别忙。不是挖排水沟，不让雨水淹着羊，就是清洗羊圈，投放石灰消毒。为了凉京湾莽人羊只的事情，除了放牧，他都得亲自去管。

听说刘三妹的羊圈被洪水冲垮，罗升平心急如焚，立即赶到刘三妹养羊的地方，观看险情。

“三、三妹，羊羊、圈建的不、不是地方，地势太、太低，要重新找、找地方建。”罗升平指着被冲垮的羊圈，对刘三妹很吃力地指出羊圈被水冲垮的原因。这次见着刘三妹，他不知道怎么搞的，说话特别结巴、费力。心里也感到慌乱和激动。

罗升平此时的异样，刘三妹也有所察觉，但她没有往心里去。她们一同四处察看，选址建圈。

在一个地势隆起的地方，罗升平对刘三妹提出征求的意见：

“三妹，你、你看这地方如、如何？”他这次说话稍微顺一点。

“这地方高出周围的地方，水来淹不着，地方稳固也不容易垮塌。”刘三妹说到这里转身对罗升平不无客气地说道：

“你说建哪里就建哪里吧！”

罗升平不敢看刘三妹，看着其他地方点点头。

说干就干。刘三妹立即从家里拿来铁铲、箩筐等建圈用工具。

刘三妹用铁铲平整地基。

罗升平用箩筐搬运石头。

“罗升平，你去忙别的事吧，这里，我一个人能行！”

刘三妹有些难为情地对罗升平说道。

“帮、帮你，也是帮、我自己，我们一、一起干，很快羊圈就、就会完工。”他说完后继续搬运石头。

他俩花了三天时间，羊圈地基、石头、木料等原材料都已备齐。

他俩马不停蹄，迅速投入施工。罗升平操锤砌墙；刘三妹持铲和泥。

罗升平边砌墙，边不时把眼光睨向刘三妹。

“哎呀！”罗升平心猿意马，敲石头的锤子敲到自己手指上，痛得大叫一声。

刘三妹急忙放下铁铲跑向罗升平，拉住他流血的手催促道：

“快，到水沟边洗洗！”

沟边，刘三妹一手抓住罗升平受伤的手，一手用树叶舀水为他清洗伤口和周围的泥浆。洗净后，刘三妹用嘴为罗升平吸伤口的血，以免伤口化脓。

见到刘三妹如此关心自己，罗升平这时才敢正面看刘三妹，但不知如何感谢才好。

接着，刘三妹找来一块树皮，用石块刮薄备用。她不容罗升平分辩，找来蜘蛛网（可以止血消毒），敷在罗升平的伤口上，又用薄树皮包扎。

这时的罗升平，完全是根干木头，任凭刘三妹摆弄。

其实，遇到这种情况，他能做什么呢？又能说什么呢？能做什么说什么又能管什么用呢？

这一场景，把罗升平迅速拉入联想的深渊。

首先，培训羊羔管理时的意外“接触”，不由自主地跳入脑海。

接着，刘三妹每次见到自己时对那“事”的不以为然，好像什么事都没有发生过的“常态”在脑海浮现。继而呈现出一连串的问题：

敏感部位对女人最敏感，难道她例外？

成熟的青年对异性的所为容易看得真实、深刻，难道她不成熟？

她朝三暮四，水性杨花，不在乎别人对自己怎样？

她敢于冲破封建的清规戒律，做一个不守妇道的违背伦理纲常的叛逆？

即便不为自己名誉、自尊着想，也不为家庭的声名考虑吗？

她不会不知道，而是故作大度、甘愿忍辱求存？

是“阴阳”（不公不母、不雌不雄）、无性者？

刚才这一幕，是真心、假意，还是真戏假做、假戏真做？

刘三妹啊，刘三妹，你怎么会这样令人费解！

“我已经看到山后无山了！”罗升平精神崩溃、生不如死一般胡思乱想。

罗升平想着想着，干脆离开刘三妹，找处隐蔽的地方，痛苦地、重重地将自己砸在蒿草上，双眼紧闭，仰面朝天，六根清净——什么也不想！

很快，石泥墙砌成：四周高五尺、东西长一丈五、南北长一丈。

石泥墙完工，罗升平、刘三妹转入木架竖立。在东西墙的正中各竖三根中间高两侧略短的圆木，将梁木固定在两根高圆木上。沿梁木南北方各固定十根支架木。这样，羊圈基本构架成型。接下来便是用木材加密加固。

“罗升平，羊圈盖茅草还是盖竹叶？”刘三妹指着羊圈的框架问道。

“盖茅草热，不、不易透、透气。盖竹叶凉，透、透气。”罗升平回答到这里，转身征求对方的意见。实际是把问题推回给对方：

“你说怎、怎么盖就怎、怎么盖！”

“不，就要你说……”刘三妹说到这里，若有所思，话题急转，身子忸怩地侧转，接下去说道：

“……今后，我都听你的……”话未说完，刘三妹两颊绯红跑进树林。

这一突如其来的举动，罗升平并不在意，也没有什么新“发现”。他这时只有一个想法：

为刘三妹尽快盖好羊圈。

刘三妹离开罗升平大略有吃两顿饭的时间。原以为罗升平会追上来，没有想到他无动于衷。刘三妹以为罗升平没有把自己的话听到心里去。

刘三妹做事讲究干脆、利落，不留尾巴，不后悔。她想，既然已经把话说到这个份上，不如再进一步，看他有何表现。

她找来一根枯树，把枝叶去掉，把皮剥尽，用刀裁成与自己一般高。然后赶回羊圈。

“罗升平，我找来一根木头，给你。”刘三妹说完将枯木塞到罗升平手里。

罗升平放下手中的活计，接过木头，边说：

“好，我、我会用！”边将木头放一边，继续操起活计埋头忙碌。

这下刘三妹可急啦。她一反常态，不打招呼，有些生气地离开罗升平回家。

罗升平取下口里衔着的最后一根篾条，往最后一根架上扎牢，伸伸腰，随意地：

“三妹，全扎完啦，你看还有哪里没有扎好？”

好久没有回声，罗升平转身一看，身边没有刘三妹，眼光却撞到那根枯木上。

罗升平把枯木握到手里，口里念道：

“人呢，到什么地方去啦……”他念到这里似乎发现什么，突然打住，重新直盯枯木：

“一根枯木，建羊圈用到什么地方呢？”他很费思量，把羊圈上下左右前后搜查一遍。

“没有哪个地方用得上你！”他看了枯木一眼，说完将枯木随手丢一边。

当晚，罗升平怎么也睡不着，盖在自己身上的棕榈被不知从地上捡起来盖到身上多少回，他没有计较。

鸡叫三遍，天快亮了，他终于入睡。

“不，就要你说……”

“……今后，我都听你的……”

“罗升平，我找来一根木头，给你！”

“枯木！”

刘三妹的话，两次莫名其妙的离开，枯木，三位一体，总在罗升平脑海出现，而且交替出现，缠来绕去，反反复复。

莽人坑居（摄影：张焱）

四十九

经过二十多天的艰难曲折，刀妹来到越南国的合江处。

按照父亲的介绍和交代，进入越南国后，继续沿巴变河下游前行，直到两江平行的地方往太阳出来的方向走。走到三山重合的地方便可打听姑奶刀承祖的家人住所。

见到两江并行，刀妹控制不住内心的激动，坐到两江之间的一道小山梁上，面对两江想大声呼喊："哎哎——"

可她还是理性占了上方，没有喊出。她毕竟是走南闯北见过世面的人。

她发现，两江（其中一条是巴变河进入越南的延伸）并行不长，被两座不高的山夹断而望不到头。她想，那夹断两江之头的山后，应该看到重合的三山。

她向两山夹两江的地方走去。走着走着，她发现两江逐步拉开距离，分道扬镳，各自朝相反的方向绕到山后消失。

这可难住刀妹：怎么走啊！

她观察了很长时间，都解不开如何前行的难题。

远处，正面，一片苍茫，山外有山，云外有云，云山幻化，很难分辨哪是尽头。至于那重叠三山，更是渺茫，连踪迹都没有丁点显露。

往两江方向不太可能。因为两江顺两山各自左右杈开，两边一目了然，没有三山重叠。唯一的走向，只有从两山夹角重叠处穿出去，是否有一线希望。刀妹这样分析，也付诸行动。

两山夹角重叠处一直往正前方，两山对峙，悬崖绝壁攀比，形成"一线天"。

"一线天"下，人迹罕至，荆棘重生，宽的地方不过一丈；窄的地方人侧着身子也难通过。有不少地方必须从岩洞中爬行才能穿过。

为了不让衣服被抓破，刀妹早已换上原来的"衣服"。她一手持棍（主要是对付蛇、狼、虎、狮、熊等动物），一手握刀，披荆斩棘，一步步往前挪动。

"啪！"随着一声响动，有什么软绵绵冰凉凉的东西劈头盖脸从"一线天"

上直落到刀妹身上。

“蛇！”她凭莽人经验，还来不及用眼睛看就分辨出来者何物，发出惊厥的叫声。

她没有迟疑，刀斩棍击，只听被割断的来物“沙、沙”一截截从她身上掉落地上。她这才全身麻木地往地上一看：“哇！”好大一条五步蛇！

这时，不祥的信号使她神经紧缩，她感到脖子有伤口隐隐作痛。她发出绝望的呼叫：

“不好，是蛇咬的！”

在这进退两难的鬼地方，找蛇药是不可能的。她断然决定：动刀！

她扔掉木棍，飞速将伤口处连皮带肉扯成长长的漏斗状，右手刀起，“咔嚓！”割下，远远抛去。

紧接着，她从身上行囊里取出一包止血药粉，抹到伤口上。

为了慎重起见，她从岩壁间拔下一株“金毛狗”（蕨菜之肉身），放进嘴里咀嚼吞下，又敷到咬伤处进行拔毒。

她包扎好伤口，继续赶路。这时，从“一线天”插进的阳光像针一样刺射她。

几个时辰过去了，刀妹终于走出“一线天”。庆幸的是：蛇伤不曾发作，剔肉拔毒发挥了作用。

她往前看，十分开阔，山山清晰，层层分明，哪有什么三山重叠。

她彻底绝望。

再往前走，徒劳无益，远远超出了父亲指示的区域；往后退，莽人没有这个半途而废的习惯。

她以正前方为标准，探视两侧，不用说三山重叠，连迹象都不见丝毫。

她找块石板，放下身上所带，闭目朝天，听天由命。

“姑娘，你这是要到何处去？”一个声音不知从何处来。这声音浑厚，老沉，饱经沧桑，令人神往而寒冽。

声音过后，一个满头银须，眉毛挂耳，胡须盖腹，眉纹道道，握着金龙缠绕拐杖，腰部后弓，笑容可掬的老人忽上忽下，忽左忽右，忽前忽后，出现在自己的周围。他形不定，影不住，可形影不离刀妹。

“姑，娘娘娘娘——你要到到，到何处去去，去去？”震荡山谷的充满回声的问话不等刀妹回答又出现。

刀妹有些恐怖，毛发竖立，但又不敢拒绝“好心”的问话。她先镇静、从容，而后冲动、激愤自我壮胆地高声狂答：

“我要到三山重叠看得见万丈飞流入潭的山坳找我姑奶奶——”

“奶奶，奶奶，奶奶奶奶奶——”她的声音也在山间回荡。

声音震得地动山摇。刀妹身下的石板剧烈倾斜，翻转。

她猛然跌落。好不容易着地，却又被不知什么东西反弹至空中，重重地摔到地上。

“啊——”一声惨叫，刀妹从梦中惊醒。

刀妹醒来，左找右找，周围都找了个遍。

“奇怪，我明明睡在一块石板上。石板呢？”她自言自语发出惊问。

找不到石板，她又看看四周。四周的环境也发生变化：自己睡时选择的地方是石板，周围没有遮拦，而且开阔。目的是为了防止野兽伤害。而醒来，自己却被装在方圆十多丈的地坑里，周围杂树、枯藤缠绕。她摸摸脑门，疑惑地问自己：

“我怎么啦？”

她本人很正常：环境确实发生改变。

她慌忙爬出地坑。一看，十分惊讶，几百丈远的前方正是三山重叠处。再看，最前面的稍矮的三角形山矗立在后两座山的中间，后两座山交替排列。

“哦呵，哦呵——”刀妹惊喜若狂，伸展双臂，奔三山重叠处跑去。

她直奔三山最高峰。可快到了，天却黑下来。为了保住生命，她不得不停住脚步，寻找栖身之地。

她在一棵人手样的树杈上准备好住处后，在地上生火做饭。这时，她才感到饥肠辘辘。她把身上所有的食物取下，摆在阔叶上。然后，把兔干肉、麂干肉、干鱼、山芋穿到木棍上，架到火上熏烤。接着，她用竹筒取水装入干桑叶，放在火旁煨煮。这一顿，她胃口大开，一口肉，一口汤，一口山芋，吃个不停。

次日，刀妹被穿透枝叶的阳光刺醒。她朝着昨天的路线继续往峰顶攀爬。

到了峰顶，登高远看，果然，她盼星星盼月亮，朝思暮想的景象出现了——在太阳升起的对面，两山壁立，高耸入云。从云里，一条白绫一样的水带飞流而下，将两山错落的地方装点得天衣无缝。水带注入的地方卷起大团白云，把植入地下的深潭打扮成美妙的花瓶。

“姑奶奶真会选地方！”刀妹看着看着，不无感慨。

五十

王大被大海吞噬之后，凉京湾的一草一木都发生了变化。

树木低垂，停止了摇动；青草枯黄，没有了春的气息；鸟儿沉默，封闭了歌喉；野兽回避，锁住了进攻的路线；莽人痛哭，陷入了无限的哀思。

几天的煎熬，人们慢慢从伤痛中解脱。

“陈武，我们去各处转转。”盘祥云邀约道。

“先看看庄稼。”陈武从木凳上站起，赞同盘祥云的想法。

春夏之交。玉米开始挂出红缨，叶片上长满了虫，叶梢发黑。

“该喷石灰水和排涝呐！”盘祥云掂着一匹玉米叶对陈武说道。

“明天叫上几个人先喷石灰水。我领头办！”陈武主动承担任务，还有些沉重地对盘祥云表态。

“我明天组织大家挖沟排涝。”盘祥云接着陈武的话题自我安排道。

他俩继续走转。

“养牛、养羊、养猪，罗升平抓得很好。牲畜吃得饱。圈舍干净，干燥。损坏、冲没的圈舍都修好恢复了，牲畜没有发生疾病。”在一个被洪水冲毁后重建的厩里，陈武对盘祥云讲了看完牲畜后的情况。

来到水田，他俩都卷起裤子下到田里。水稻（第一次种植的稻谷被人偷割以后，不两年，莽人没有被吓倒，又开始种植水稻）已长到半人高，叶片稀疏发黄。

“排涝结束后，转入为水稻施肥和锄草。”盘祥云说明自己的打算。

陈武接过盘祥云话题说道：

“庄稼除了水稻外，玉米、红薯、山药、高粱、大豆等粮食作物都应施肥锄草，已经到了节骨眼上。”说完，他用征询的目光看着盘祥云。

盘祥云望着陈武，表示赞同地点点头。

看了庄稼、牲畜，他俩还到皮张加工、海带晾晒、元麻抽丝、药材分类等场地走转。虽说大家情绪低落，可都没耽误副业。

凉京湾莽人定居以后，在王大、陈武、盘祥云、罗石头、罗升平等人的推动、努力、帮助和关怀下，莽人的种植、养殖、副业从起步到发展，都有了长足的进步。大家统一意见，认为，外界之所以说莽人是“野人”，其主要原因就是：靠狩猎维生，不和外界交往。这是其一。其二，通过种庄稼、养殖牲畜和使用工具，提供基本生活保障，从根本上改变狩猎的原始状况。其三，搞副业，其根本目的是通过副业产品与外界交往，实现融合，把“野人”拉入“现人”“今人”中，从而提升其“人”的质量、尊严、品质、人格，最终树立自信、自尊、自强、自立、自悟的“真人”观念。

精神境界的提升，必然导致物质境界的进步。自开展以物换物的交往后，莽人开始脱下身上兽装、羽装、草装、石饰、木饰，用互易换来的服饰取而代之。随着两种境界进化而来的，是风俗、习惯、文化的浸透。这种浸透，直接将莽人提升到与“今人”共“融”的高度，实现“原始”社会向“人类”社会的过度。

这个过渡并不轻而易举，而是经过剧烈“阵痛”才换来“收获”。

凉京湾莽人通过“互市”“融合”后，出现了不少“强户”“富户”。他们中，有的成为“人上人”。

刀席一家十口，除两个老人，全都是强壮劳动力。八个劳力齐心协力，全身心投入副业交易，一家人日子过得十分红火。外部人类社会的家具如柜、椅、箱、盒、凳、床，日用品如锅、盆、银筷、铜碗、铜壶，装饰品如银镯、玉佩、耳环、壁画等等，应有尽有。这样的家庭，倍受别人青睐。有的人主动到刀家做活获取馈赠物或生活用品。这就产生了巧取豪夺、出卖廉价劳动力、兜售人格尊严的社会“附痈”。

李区一家在凉京湾莽人中实属非常贫困的家庭。一家八口人，三老三幼一残，只有一个姑娘尚属劳力。一家主要靠捕猎（主要工具是在枷上暗设机关易于捕获猎物）山鼠等生活。日子过得很凄苦。要与外界交往互易，没劳力没山货，即使有，也不能家里无劳力照顾。这就注定唯一的劳力只能就地取材，设法照顾家里，维持生活。

当太阳当头的时候，李区在女儿李叶的搀扶下，来到刀席家，跪拜道：

“刀席大哥，看在我们贫穷没有办法的份上，就让女儿在你家做做杂事混口饭吃混身衣穿吧？”说完，李区抬头眼巴巴望着高坐中堂案桌后的刀席。

刀席故作傲慢地对跪在中堂的父女说道：

“李区，就看在我们从小交往的份上，收下你女儿。起来吧！”

在刀席家，先安排李叶帮刀席老伴打杂，即叫干什么就干什么。具体活计有扫地、抹拭、洗刷、运送物件等。换言之，刀席老伴承担的绝大多数事务都由李叶做。做好了，不在话下；干不好，被打、罚跪是常事。

后来，李叶被安排伺候刀席。她成天候在刀席身边，洗脚、洗脸、洗衣、端茶、送烟等等涉及衣食住行起居的方方面面的事都要做。不仅这样，做事时还要有礼节仪式相配套。比如端茶，两手捧着茶杯高过头，跪着递上。主人喝完了茶，跪着等候主人将茶杯放进高过头顶的双手，才能退着离开。洗脸时，先将盆里布巾叠放方正双手呈上，主人洗完跪着将布巾放入盆内离开，还要将布巾清洗干净晾晒才算完事。据说，这些繁文缛节都是从竹叶岛居民那里学来的。

李叶辛劳所得，粮食、布料、盐、衣服不定，主人高兴给什么就拿什么。日积月累，李叶苦了个人，却基本能维系一家人的吃饭穿衣。

不仅如此，一夫多妻，一妻多夫，甚至换妻换夫等腐朽陋习也从竹叶岛传入凉京湾。

“富户”“强户”“人上人”的出现，滋生了主仆关系。对这种不合理的现象，王大、盘祥云等有所觉察，但不知如何铲除这个“附痈”。

五十一

在竹叶岛泊湾，停泊的渔船有二十多条。泊湾天然形成。两座舒展的山脉延伸至大海，刚好形成打开的剪刀状。既停泊，又避风，还是渔民休闲的好地方。正因为如此，不少渔民停泊休息不上岸回家而让家人上船在船上共度天伦之乐。渔船停泊成三排。为了互不影响，船与船之间至少有五丈的空间。这并非互不往来，而是有事用灯光联络。

与往常一样，凌晨四点，杨成志就开着渔船出海作业。这段时间，为了照顾王大，收网布网一并下。以往是傍晚下网，凌晨收网。这种变化，杨成志父女俩是不会告诉王大的。

王大躺在前舱养伤，身在曹营心在汉，总惦记着凉京湾。惦记着莽山。春夏之交，庄稼需施肥锄草，牛羊需喂药防潮，积存的山货需翻晒透气，粮食需放花椒、酸枣防虫，李叶家的困难不知谁去关心，莽山人们的生活怎样，身体怎样，雨季是否受灾……

凉京湾的事事都得管。是他提议选址将莽人迁到凉京湾的。莽人能接受他的意见千里迢迢离乡背井，这说明是对他莫大的信任和拥戴。他必须事事想着他们，处处关心他们。有了他们，才有他王大。有了他们，他王大活着才有意义。他多想现在就在凉京湾。可伤未愈，动弹不得，无奈啊，无奈！

莽山是他的故乡，是他的根，剩余的莽人都寄希望于他，拯救他们出水深火热，将他们带入美好未来。可他至今夙愿未尽，对不起亲人，对不起生养他的故乡，他无颜对家乡父老。

现在，渔船正往回行驶。船上的渔网早已下海，鱼舱已装满鱼虾。每当这时，杨成志划船，杨洁借助桐油灯光不停地看书。

厚厚的书，飘柔（古书本身纸薄质软，加之海风不停地吹）的页，王大何曾不想读书识字啊！

在黑旗军，王大晋升后逼上梁山，学写过有关部队常识的汉字。久而久之，他想学习更多的文化。可在莽人区向谁学去！

经过父女俩的细心医治和调养，王大的伤恢复很快。他能在木板上坐直，双手能活动。

杨洁看书时，常常发现王大盯着书发呆，怜悯之心油然而生。

杨洁略施小计，提壶加水，路过王大身边，顺便与之闲聊：

“王大，今天感觉如何？”

王大倔强地从木板床上坐起，用感激的泪光望着杨洁回答道：

“好多了！没有你们父女救治，我早已成为大山鱼（大鲨鱼）的肚中食啦！”

见王大如此激动，杨洁用右手示意王大躺下休息，对王大制止道：

“快别这样说。人，哪能见死不救！”她说到这里，话锋转到正题：

“你识汉字吗？”

王大听杨洁这样说，不无惊喜地回答道：

“在黑旗军时学过几个字，可现在全都忘呐。”

杨洁进一步地对王大说道：

“认识字好啊！”说到这里，杨洁又把话题转到其他方面：

“你家都有哪些人，要不要通知他们？”

王大对杨洁的问话没有多加思索，更没有去想它的潜在意思，认真回答道：

“家有双老，两个弟弟两个妹妹。他们都在莽山。只有我一个人在凉京湾。从这里到莽山，少说也要两个月的时间，就只好作罢。”

“你为何孤身一人在外？”

“我们凉京湾的莽人不少，我离不开他们，他们也离不开我。”

“你好好养伤，恢复身体，别的事不必多想。如果要读书认字，我可以帮助。”

“我、我实在不便让你们再操心，就这样我都愧得慌。”

“不必客气！”说完，杨洁回到后舱。

“大——海——”杨洁在一张纸上边写边念。

“大海！”王大诵读。

“渔——船——”

“渔船！”

“山——水——”

“山水！”

……

杨洁先从日常用语教王大认、读、写，然后教给他一些必要的词语。

王大很用功，惧怕教过的认不得。他在复习时为了增强记忆，尽可能找一些参照的东西。比如，他在纸上各画一大拇指和小拇指，写上“大”“小”两字；在纸上画两根一样长短的竹筷，写上“双”字；在木棹上贴写有“棹”字的纸条。

为了使王大真正能认、能读、能写，杨洁每教新内容前都要教王大巩固学过的知识。如此坚持不懈，王大进步很快。

五十二

“呵，我是‘木头’——”罗升平从梦中跳起来。

他跑着跳着直奔盖羊圈的地方，拾起那根“枯木”，抱在怀里，如获至宝。

他在“枯木”上插上一根红色的羽毛。将“枯木”靠在羊圈门边。他按习俗，慎重起见，确定他判断的正误。

第二天同样时辰，他来到羊圈。那根“枯木”变成活木（从树上裁下不久之木）。活木上插有两匹鸳鸯尾毛。意思是可以配对（也含有性关系之意）。

事不宜迟。他带着活木，来到他和刘三妹采药的地方。摘下一片棕榈叶，编织成桃形，将一根鸳鸯毛插在上面，挂到他俩说过话的地方的一根树杈上。

过了一天，他来到挂有棕榈桃形物的树下。抬头一看，桃形物发生变化——桃形物与更大的桃形物贴到一块。羽毛由一根变成两根。

他非常兴奋。

他扯断一根藤截成两截，把它并列固定在一块树皮上。然后，向着太阳升起的地方，按一丈摆放一个事先准备好的草圈，在摆放完十个草圈的地方，用十块石子拼成一个圆（象征太阳、苍天），把放有藤条的树皮埋入“圆”下的土旦。一切就绪，罗升平原路返回，边回边一个程序一个程序地检查。

这一环节，十分关键。罗升平回到家里无时无刻不在考虑、回忆，总担心哪个细节出问题。直到第二天中午他来到埋树皮的地方为止。

他看到，石子圆圈似乎没有动。他感到一阵訇然震颤，头脑发凉——事情砸了！

尽管这样，他还是弯下腰，一个石子一个石子地捡开，用双手交替刨开泥土。快刨到树皮，他停了停，双手抚胸，面对苍天，心里念念有词：

“苍天，看在我一片真诚的份上，请可怜可怜我，帮助帮助我，让我了结人生的情缘……”

他无法控制抖颤的双手，左手刨土时，抖动的手背击打在坑沿上；右手刨土时，手上的泥土飞溅到自己脸上。他越刨速度越慢。真不愿看到结果。

“我是男人，应该敢于面对一切！”他在心里为自己打气，鼓励，镇定自己。又继续刨土。

终于刨到树皮。它原封不动地躺在那里。他停止了行动，没有勇气将它拿起——

一切希望都归无！

一切幻想都破灭！

一切美好都无缘！

一切苦恼都降临！

一切孤独都聚拢！

一切悲伤都涌来！

他彻底失望，将双手复回泥土。就在这时，一只蜜蜂飞到他手上。他不得不停止复土。

“蜂儿啊，蜂儿，你该不会是来嘲弄我的软弱吧？”他对蜜蜂说道。

他的话音刚落，蜜蜂“嗡嗡”从他手上飞到他眼前摇晃不停，似乎向他表达什么。他心灵一激灵，双手抓起埋在土里的树皮。一看，他傻眼了。他飞快地用双手揉揉眼睛，怀疑地看那树皮：

两根并列平行的藤条缠绕在一起，很像麻绳。

“啊，这是真的吗？”他不相信地问自己，又好像问苍天，问大地。

他问完，用嘴狠狠地咬了一下自己的右手拇指，他疼得“哇”地大叫一声。当自己证明自己不是做梦，又重新盯住树皮上的“麻绳”，看个仔细、真切。

“是‘麻绳’，是‘麻绳’！”他抱着树皮一边跑一边喊。

“是‘麻绳’，是‘麻绳’——”回声响彻山谷、森林。

接下来，该是刘三妹在情河荡起双桨的时候。

刘三妹把“话”甩出，把“木头”扔出，连续几天都臊得慌。而且睡不好吃不香。有时还有所后悔。这不符合她的性格。一言既出，驷马难追，已经开了头的事，就必须弄个水落石出。

她发现羊圈门边的插着红色羽毛的“枯木”，眼睛一亮，放下了心里的重负；当在“枯木”变成的“活木”上插上鸳鸯毛，她失望的心情立即充满希望；当她在“桃”形物上加上更大的“桃”形物，像吃了秤砣铁了心；当她边走边数着草圈到达“圆”地，在树皮上细心地将两根藤编织在一起时，觉得一生有了依靠和宽慰。

罗升平取走缠绕藤条的树皮后，刘三妹将罗升平铺下的草圈一个一个沿埋树皮的地方往前摆了十丈远，这里刚好有一棵没有花果的树（若无就移植一棵）。她把兔包挂到树上，将树叶聚拢，遮住兔包。

一天之后，刘三妹来到树下，包已被人取走，聚拢的树叶丝毫没有变动。她心里“噗噗”直跳。这岂止是取走包，直接是将她整个人都取走！

她在那棵被取走兔包的树的周围转了很长时间，终于发现了一个空巢鸟窝（莽人对鸟图腾崇拜），她立即跪拜祷告。叩拜完毕。她捡起一匹茅草，爬到树上量了一下鸟窝的尺寸，砍来一根竹子，“砰、砰”几刀，分成几片，劈成篾，编成鸟罩。然后，找来一棵独支的花，种植在鸟窝里，用篾罩罩住。这个环节，是对以上各个步骤的检验，目的是避免有误。

两天以后的一个早晨，太阳刚出山，刘三妹就来到鸟窝下面。她爬上树，急于观察鸟窝有无变化。她看到，篾罩有人用十字将其捆扎固定。见此，她细心地，担心动着鸟窝似的，将罩着篾罩的鸟窝整个取下，带回家，在没有别人的情况下，关上门，将透风有孔的地堵严实，点上松脂，把篾罩轻轻取下。这时，只见一只蜜蜂正栖息在花蕊上（虫类见到光大多不会动）。这下，刘三妹可高兴啦，她将鸟窝仍然罩上，搬到房后，取下篾罩，放蜂自由，让花在土里生长。

她马不停蹄，进山，砍下一片棕榈叶，来到取走鸟窝的地方，用棕叶编成勺状以做记号，面对太阳升起的地方，每五棵树拴上一个记号，到五十棵树为止。她在第五十棵树的下面，找了一块长形的地，把上面的草全拔除，用差不多一样长的枝条沿边插上，中间用石子砌成火塘，旁边用石子砌成框（意睡觉的地方），最后，用树枝将整个长形地全盖上。她这才离开回家。

五十三

刀妹登上三重山最高峰，看到远处飞瀑直下，注入方圆几十丈的深潭，激动万分。她急急忙忙奔向深潭。打听要寻找的人。

围绕深潭走了一圈，不见有人居住。她觉得奇怪。这么好的地方竟然无人居住！

她扩大寻找范围，在离深潭将近一百丈的地方，终于发现居住在岩洞的一家人。

一个蓬头垢面的老妪坐在洞口。她的头发长的盖过大腿，短的覆盖脖颈。她手拄拐杖，气喘吁吁，不停咳嗽。

“‘琼’（老奶奶），‘王文之乌朱西’（大意是：这里有姓刀的吗）？”

老人歪着头，似乎没有听见，还是没听懂。

刀妹重新对老人大声问了一遍。

老人用手指指前方槐树下面说道：

“‘朱文之乌朱西’（那家姓刀）。”

槐树下，窝棚依岩而搭。

“窝伙——（大意是有人来啦）。”刀妹试探地打招呼。

“嘎吱——”柴门打开。一个看上去四五十岁的人走出门：

“‘稳女’（姑娘），‘去路都呢’（你有事就说）。”

“你家姓刀吗？”

那人点点头，表示是。

“我只知道我姑奶叫刀承祖，她老人家肯定不在人世啦，不知她家都有什么人？”刀妹继续打听。

那人接过刀妹的话题说道：

“姑娘，刀承祖是我奶奶，二十多年前就不在人世了。”他说到这里望着刀妹问道：

“你怎么认识我奶奶？”

刀妹回答道：

“听我爹讲，姑奶奶年轻时出走，想找个好的地方居住，说是找好地方后就把莽人搬出去。可她一离开莽山就杳无音信。后来听人讲她应该在这一带落脚。”

那人打断刀妹的话说道：

“你姑奶身上有没有多长什么东西？”

刀妹想了想回忆道：

“听奶奶讲过，说姑奶双脚拇指上都长有一颗黑痣。”

“你爷爷叫什么名字？”那人若有所思地问刀妹。

刀妹回答道：

“我爷爷叫刀平……”

不等刀妹往下说，那人上前拉住刀妹的手亲切地招呼道：

“姑娘，你叫我表哥吧，快进家里坐！”他一边拉刀妹进家，一边吆喝家里人：

“有亲戚来啦，快进窝（窝棚）！”

一家人从棚内迎到门边。

刀妹的表哥刀志迫不及待地问刀妹：

“表妹家里现在都有什么人？”

“有爹、有妈、有哥、有弟。”

刀志向刀妹介绍道：

“奶奶从莽山到这里，本想回去把大家带过来住。可当地人说这是越南国，不可说来就来。当时兵荒马乱，奶奶回不了莽山，就只好在这里找了个京族小伙结婚成家。这个京族青年就是我爷爷。后来，就有了我们一家人。”他说到这里，用手指了指一家老少，并一一做了介绍。刀志向刀妹介绍完家人对刀妹聊道：

“奶奶活着时，经常念着你们。一家都想着能和你们见面。可奶奶去（死）后，我们不知道如何找你们。只有白天看着太阳想你们，晚上看着月亮等你们。”

“再说。”刀志接着往下说，

“地方官说越南国的人要去其他国家，要办很多手续，实际上是不可能出国，卡得很死。真实情况是地方官心里有鬼。听说要出国，有个地方官无事找事，故意刁难，还对奶奶动手动脚。我爷爷火冒三丈，差点杀了这个地方官。以后……”他没有再说下去。

刀妹看表哥难说下去，察觉这其中肯定有难言之隐，没有追问下去。

刀妹向表哥一家介绍莽人的情况：

“我们莽人还住在原来姑奶奶离开的地方，过着打猎、住洞穴窝棚、穿树皮、羽毛、兽皮的日子。现在，一些人迁到桂地一个叫凉京湾的地方。听说那里与莽山不一样。主要生活靠种粮食、养牛羊猪、打鱼虾捞海带。那里的莽人还挖药材、找山货到一个叫竹叶岛的地方交换需要的东西。他们穿的是麻布、绸缎，睡的是床，盖的是棉被。这几年，我也出去寻找可以过好日子的地方。虽然找了，也盖了房子，可还没有迁莽人到那里。我回家听说凉京湾的事后，我觉得凉京湾是适合莽人居住的地方。我建房时没有像凉京湾的人那样想得很远，仅仅是换个地方居住。维持原始生活。这次出门，找到表哥一家后，我还要到桂地看看凉京湾的真实情况。”

刀妹介绍到这里，话锋转向刀志：

“表哥，我们不能再过这种不是人的日子。要闯出去，和外面真正的人靠近，看他们都如何过日子，过的什么日子。”她说到这里，取出皮囊里的衣服，抖开给大家看，穿给大家看。

刀志一家惊呆了，方才知道这就是衣服，是外界人穿到身上的东西。一家人上来争着看个仔细，摸个实在。

刀妹看到一家人如此惊喜，接下说道：

“我找到凉京湾后，如果那里情况好，适合我们生活，我就来把你们接过去，去过真正人的日子。”

“……”刀志和家人看着刀妹，不知说什么好。

五十四

一层层黑云重重地压在莽山头上，一只只秃鹫盘旋在黑云与莽林之间。

夏秋之交，一场瘟疫降临莽山。

这段时间，是吃桃、李、杏的大好时节。莽人喜欢吃成熟落地的果子。有桃子、李子、杏子的树下，就有莽人捡果实吃。无独有偶，苍蝇、猴子等也来寻找果实。它们一边吃，一边传播疾病。莽人吃了它们吃过的果实，痢疾迅速传播。不少人不仅拉肚子，便中带血，而且头晕目眩，陷入昏迷状态。

得了传染病，莽人就地采药救治，效果不明显，还死了几人。

人死了，莽人因几乎都得了痢疾无力埋葬。尸体发臭流出黄水，引来不少飞禽走兽。有不少人奄奄一息，等待死神的发落。莽山，十户九病人悲戚，鬼哭狼嚎霾遮天。惨不忍睹！

中午，黄山山躺在草床上，绝望地望着门外。他已经拉肚子六七天了，病情一天胜过一天。他现在唯一等待的，就是死神把自己带走。他听到旁边病倒的女儿、儿子、儿媳、孙子的惨叫声，不忍再听，拉过草垫堵住双耳。不久，他昏然睡去。

绝壁上一棵黄连树被风狂吹，树叶立即被吹落掉地。不一会儿，叶子变成白色小鸟，一只只飞回去，黄连树变成白鸟树。黄山山立即匍匐在地，顶礼膜拜。

这棵黄连树，黄山山总想不起在什么地方见过。他刚叩拜完，大风又起，白鸟纷纷落地。他又急忙叩拜。如此循环反复多次，树叶一下掉落，白鸟一下回到树上；白鸟一下掉地，树叶一下回到树上。

他从昏迷中醒来，变幻莫测的怪梦时刻缠绕着他。忽然，他双眼睁开，目光格外明亮——想起来了，在者山的岩壁上。

者山峭壁上，他曾去过两次。两次都是去那里捕山鼠。其中一次，他带着一只家养的松鼠到那里。松鼠拉肚子已有几天，病情严重，放到地上一动不动。他攀岩上去，看看洞里山鼠“入套”（用绳结成连环套，放在山鼠洞口，山鼠入洞便被套住）没有。他抓住山鼠，拴在自己身上。攀岩返还时，一枝黄连被折断掉落地上，盖到松鼠身上。他下到地上，松鼠正在啃吃黄连。回家后大约半天时间，松鼠从昏迷中清醒，四处找食物吃。过了一天，松鼠的病全好了。

想到这里，邻居长松打门前过。黄山山叫住他，有气无力地向他哀求道：

“你到者山的石壁上帮我砍几枝黄连来。我身子虚，爬不起来……”说完，他又昏睡过去。

长松找来黄连，放在黄山山草被上。

黄山山闻到黄连清香，醒来就大嚼黄连，一口一口吃个不停。第二天，他觉得精神多了，肚子拉出的粪便由清汤带血变成黏稠板结。他继续吃黄连。不两天，肚子不拉了，身体也大有好转。他用此法救治家人。一家病人陆续脱离危险，身体好转。

黄山山一家病好了没有忘记乡亲，立即出去采集黄连，用石窝煎煮，将药汤一家家分给病人吃。就这样，治好了乡亲们的痢疾，挽救了大家的生命。

俗话说，祸不单行。

没有多久，一场雷电引起的山火，将莽山烧个精光。几个莽人兄弟在这次大火中丧生。

毋庸说，莽人居住的“窝棚”“洞屋”“树房”难逃一劫。

这时，有人主张搬迁，远离这个鬼地方。好地方谁不愿意住啊！可谁都知道，莽人为什么住不上好地方，为什么一代一代被排挤到这鬼地方。他们打消了迁移的念头，恢复家园，重建住居。

被野火烧过的土地，很快长满了树木花草。随之而来的，是毒蛇毒虫也相邀而至。几个月时间，被毒蛇毒虫毒伤三十多人，毒死十多人。一场排毒驱毒的“战争”开始了！他们驱毒排毒最好的办法就是用“火”攻。他们纵横设立“火墙”（捆扎干枝干草，投放鸟毛、活鼠、鱼虾、香虫、蚊蝇等诱蛇诱虫物），共同突击驱赶毒蛇毒虫入火墙。同时，挖好隔离沟，防止大火烧到住居和森林。等到无风天气，他们便点燃火墙，烧死毒蛇毒虫。火攻法的效果不仅仅在于烧死毒蛇毒虫，连那些想进入莽人区的毒蛇毒虫接触到火墙（已烧过，有大量的同类尸骨、气味）都退避三舍，逃之夭夭。

然而，这种火墙随着时间的延长效用会减少，直到完全失效。这难不倒莽人，过段时间又来一次火攻即成。

莽人的命苦啊，胜过黄连！

可莽人天生并不是就只过这种苦日子。

相传，莽人最先叫百濮（濮夷、百濮、卜人等），居住的地方是在水乡泽国的鱼米之乡。他们靠水“吃”水，靠山“吃”山，过着富足的生活。吃的是鱼虾大米白面、鸡鸭牛羊肉；穿的是棉布、绫罗绸缎；动辄车马驳船，坐则兔毛虎皮。过着上等人的生活。

可是后来，温顺仁慈的莽人不堪刁蛮大族的排挤，逐步从富饶的勐朗、龙昌、大邑（南诏、彝州一带）、西岳坝（应是滇中、川藏间的肥沃之地）、禾内、来州、巴登等地迁徙到大华（中国）金平、红河一带。最后居住于莽山，故“莽人”一名由此而来。

居河内之前的远古，此系人种有史料记载。他们远在中国的春秋时期就居住在西南夷，属百濮部落。随后，由百濮分支，有数支散邦。百濮择富而居，衍徙河内、琼海。部分可能融入高眠、京族之中。

这些变化，在中国《华阳国志》《史记》《左传释例》以及国外相关史籍中都有记载。换言之，他们，早已荣登中华大雅之林。

他们之所以节节败退，退至深山老林，归根结底，是民族歧视压迫的产物。

翻开中外历史，人类社会充满剥削压迫。远不涉欧美，只涉中国几个朝代便可窥一斑。

秦始皇实现一统，功不可没。可在秦军铁蹄下，多少弱小民族，多少弱小国家（指华夏列国），惨遭屠戮；多少家庭家破人亡；多少人居部落毁于战火。

元、明、清三朝，北方、西域强族霸主中原，民族血腥镇压从此一发不可收拾。据有关史料收录，中华内地居民为避免杀身灭族之祸，举家、举亲、举乡迁疆。而今多少边民谈及原籍均属中原，如：江西填湖广之类，从一旁证实了民族相残、弱肉强食的悲惨史实。

从这个角度，不难看出，“百濮”沦为莽人，无疑是历史悲剧的一折。

莽人一代又一代最大的梦想和追求，就是改变“野人”状况，过正常人的生活。

这个意愿并不过分，是生活在地球上作为人的基本权力。他们为这个权力而苦苦追求一代又一代却仍然摆脱不了“野人”的羁绊，这是人类社会的悲哀。

不知从何时开始，他们就一代接一代为实现理想而不懈奋斗、拼搏。这其中，不少人抛头颅、洒热血，一去不复返；有的远走他乡，寄人篱下，衣食不定；有的为避驱赶，东躲西藏，不见天日。

他们，曾寄希望于政府、衙门、“父母官”，并为国家做出贡献与牺牲，可是换来的却是不了了之。

一气之下，他们只好自寻出路，在远离人烟的地方开辟天地。可是开一处被强人毁坏一处。开拓者不是被驱逐，就是遭受摧残，甚至付出生命代价。

他们曾经试图反抗，以武力争取。可人单力薄，吃亏惨败的还是他们。

常言道：惹不起躲得起。他们以退让躲避为权宜之计。如果这种“躲”不是以“退”为进，那么，最后的结局就只有自生自灭。所以，他们从来都没有想过，也不愿意想、不敢想，被人类和自然淘汰。正因为这样，他们不得不采取积极、进取的态度。可千百年的实践证明，都没有成功。但他们没有因失败而气馁、自甘沦落，仍坚持寻求实现理想的途径。

在漫漫追求路上，他们的“接力棒”由先人传给今人，由爷爷传给儿子，由儿子传给孙子，由孙子不停往下传。

两千多年前，百濮杨氏家族在一个叫“洱海”的地方开辟新天地。族人迁徙还没有到新天地就被当地头人带领人马驱散，新天地被占领。这次，不仅迁移不成，还死了几十个族人。接下来，这个家族代代为之努力，可是都未果。

一千多年前，同族李氏家族举家寻找生活出路。在滇池附近辟地生产，种植水稻、玉米、高粱、红薯，饲养马、牛、羊、鸡、鸭。正当日子过得舒心，筹措把族人移过来时，滇地地方势力放水冲毁他们的庄稼、牲畜。地方武装还手持器械追杀他们。他们不得已，只好逃跑退避。之后，李氏不灰心，在中缅边界的“腾越”（今腾冲一带）之地寻求出路，被当地土司勾结外国势力施以烧、杀、掠等暴行。李氏圆梦之路又被毁于一旦。

路漫漫兮，莽人求索虽惨烈，但仍不停息。

五十五

时空，上溯到王大的上二十代。

地点，中老缅边境一带。

四面一片洪荒。山外有山，重峦叠嶂；江外有江，水系复杂。山水之间，一块块平坝山重水复，断断续续，遥相呼应。

平坝古树参天，枯藤缠绕，腐土肥厚。沟箐谷壑，败叶朽木，堆积如山。

如若是雾障天气，一片片平坝紫气腾腾，直上九重，与天融接，合为一体。这时的平坝，云气皑皑，浩浩瀚瀚。依稀刺破云天的骄枝枯树，把整个氛围勾绘成一幅绝妙的水墨画，甲天甲地，独秀一空。

这时，即使有几缕炊烟滥竽充数，孑然一身，也落得冰消玉没，孤影惨淡。

云开雾散，平坝偶尔出现几户人家栖居岩穴的尊容。

然而，平坝却有几十户百濮部落人家。

百濮人习居洞穴，其悠久历史不究，只说它的独到功用。首先，洞穴方便适用。有洞有水，为上洞；有洞无水且宽敞，为中洞；其余，只要能栖身者，为下洞。洞穴为居，不需建盖即可入住，省事。一般洞穴除入口外，均为封闭，牢固、避雨、遮风、保暖、防动物伤害。

大凡居住洞穴的人家，都在入口装上门。装门的材料主要有竹、木、石板、藤蔓。依洞口形状而编织或剪裁。

王组一家是部落的大户。他家选住的是青苔岩洞。此洞上是悬崖绝壁，洞深约三十丈，洞宽约十丈，洞空方圆不下五丈。洞内有一条二丈左右宽的水流顺洞而出。洞周青苔叠翠。在洞内平坦宽阔的地方，有十处地铺。各在松软的沙子上铺上厚厚的片状山草。山草上有的放置经过加工处理的兽皮，有的放置串缀成块的羽毛，有的盖上由棕叶、棕片，或者苇花、狗尾巴（类似苇花的一种植物）构成的"被盖"，有的除了草还是草。看得出，这是一家人睡觉的地方。

洞内，除了"床"，还有石窝、石碗、石斧、石"炉"（石头拼凑的火塘）、石墩、木墩、草墩、弓箭、木棍、木尖（一头磨尖之木棒）、木枷、套绳、棕"衣"、皮"衣"、羽"褂"、草"裙"、干兽肉、干果、木薯、木耳、香菇、甜叶（一种野菜干货）、蜂蜜、蛇蛋、肥虫（生长在树洞、腐土中的白色或黄色虫子，可食）、香蔗（类似甘蔗，甘甜水足）等。充满生活气息。

王组一家有十九口人。家庭成员有爷爷奶奶、父亲母亲、叔叔伯伯、四儿四媳、孙子孙女五人。

一清早，王组安排四个儿子道：

"蟒儿（大儿）、雷儿（二儿）、王因因、王鱼水（小儿），你们今天去荫沉河抓鱼，晚上一家人吃烤鱼。"

四个儿子服从父亲的分派，来到荫沉河。

荫沉河，树草密布，青苔丛生，水流湍急。

"王雷，你们三兄弟码（砌之意）围水墙，我缠（编之意）竹篓"。王蟒对三兄弟和自己进行分工。

王蟒用石斧砍倒竹子，将木棍弄成"十"字卡入竹中剖片，用手将竹片分解成篾，接而编筐。很快，一个高四尺、圆两个大人双手合围，口小肚大的圆木形竹篓筐做成。

几乎在王蟒编制箩筐的同时，三兄弟赤身下水，投入围水墙的劳作。他们选择水面狭窄的河段，顺河边由宽到窄垒砌两道石墙。然后在两道石墙最窄处，即出水口，垫上几块石板，既连接两边石墙又抬高水位。围水墙完工，河水由宽而窄流经出水口。出水口水位突然抬升，形成长方形飞瀑。

于是，四兄弟将竹筐安放在出水口。为了不让鱼儿跳出竹箩逃跑，他们还找来树枝插满竹箩沿口。

赶鱼开始。四弟兄手持厚密的树枝，成一字排开，顺上游几丈远的河段在水里往下游舞动。密密匝匝的树枝像卷席一样自上而下驱赶，鱼儿越不过树枝障碍，只得顺水而下——这正好落入四弟兄的圈套，进入竹箩筐。

每赶一次，几十条鱼进筐。大半天时间，兄弟四人整整收获一箩筐大大小小的鱼，满载而归。

夜幕降临，王组家洞穴香气四溢，其乐融融。

面对快乐的一家人，王组似乎想起了什么。他从火塘的木架上拿出两条烤得冒油"刺刺"作响的鱼分给两个弟弟王五、王六，坐回到草墩上，望着他俩明知故问道：

"我们（包括部落）住进这个地方应该有十年了。刚来时，三孙子才降生，现在已经十岁了。看来，这个地方有山有水，吃的用的住的都有，大家住熟了。"

"哥，我明白你说的意思，从实说。"王五接过话，话锋一转说道：

"大家都不是木头，这里再好，也赶不上'十九峰'下天大的水塘周围……"

"不说了，五哥，好的地方都不是我们百濮的。"王六把鱼刺连同竹针扔进火里打断王五的话。

大家陷入沉思。本来很好的气氛一下变得凝重。

王六提到的"十九峰"下天大水塘，是南诏国的富庶之地苍山下的洱海。

在离洱海很远的地方。一座座连绵起伏的大山下面，住着王组他们部落。

部落所住的地方，是一望无际的平整的莽莽森林。一条涓涓河流从森林中间由小到大向着洱海奔腾不息。部落成员把这条河作为通向洱海的便道，顺着小河常常去洱海游玩和捕捞。

部落依山傍水，不仅物产丰富，而且自然灾害很少——是部落追求的好地方。

百濮人常常到洱海附近，看看那里的人都穿什么吃什么住什么怎么过日子。对他们影响最大的，是洱海周边村庄当地人住的房屋。那画着黑色图纹的高高的白墙，那雕刻花鸟虫鱼山水林田的门窗，那直插云天的挑梁翘椽，那有石狮守护的宽敞的院坝，尤其令部落人垂涎三尺。每当这时，他们多想离开树杈、石洞、草棚、柴窝住进那样的房屋里啊！

百濮人想到做到，砍倒一大片森林，拔除地上的灌木杂草，平整土地，模仿洱海边的人建房：

用石头砌墙，在墙上抹上泥土；用木头搭房架，在房架上铺上密密的木条；门窗雕花，没有工具、技术，就以竹子编成框格代之；房上没有瓦，就盖上草或棕叶。百濮人开天辟地第一幢“房子”就算落成。低矮、简陋、看似非似，可毕竟是房子。部落成员奔走相告，手舞足蹈，在房周燃起堆堆柴火，在铺到地上的阔叶上放满山珍野味，围着房子，边跳边发出“喔喔”声，以此庆祝这一惊天的创举。接着，花了半年时间，部落每家每户都住进了“房”子。

乐极生悲。百濮人大规模砍伐树木建“房”，很快就被洱海周围的大族发现。

之前，百濮人栖憩之地，当地大族有所了解。但见于其生活方式、生活习惯等与野人一般无二，也就没有引起关注。总之，对当地大族没有根本利益冲突和损害，当地没有在意。

可砍树毁林建房，变栖憩为长久定居，规模从小变大，这损害当地根本利益的行为必然引起当地大族的警觉。

百濮人口有二百多人。大族认为这发展下去必然会和他们抢地盘，危及他们的子孙后代。不能让事态发展到不可收拾的地步。

一场驱逐百濮部落的活动在大族中悄然展开。

一个赤日炎炎的中午，百濮部落来了三个人：男人，中年，一胖一瘦一瘸。

三人一到百濮新居集中的地方，各自开始营生。

胖子将背箩放到地上，从背箩里拿出一块布铺到地上，接着将背箩里的腌柿子摆到布上，用双手掌拢住嘴高声喊道：

“甘甜的柿花，又绵又香又甜，快来换，什么都可以换——山鸡、野兔、干鱼、木耳、香菇、核桃、梨子、麂子，拿来就换喽——”

瘦子将带来的服装一一摆到铺有阔叶的地上，也像胖子样大声吆喝——

“……什么都能换，多好的衣服，又好又贴身又暖和——”

瘸子将写有“神算子”招幌，用竹制支架插到地上。插好，拍拍手上的灰尘，面对有人的地方大声炫耀道：

“今天能知明天的事，今年能知明年的事；摸摸手，看看相，能把一生吉凶说周详；笑一笑，哭一哭，便知哪天是死路……”

虽说三人说的百濮人大多听不懂弄不明，但百濮人对其中玄妙略知一二。加之三人见人献殷勤，不是送柿花，试衣服，就是拉手看相奉承，处于好奇，凑热闹，百濮人越来越明白三人都是干什么的。

三人见有门道，隔不多久又来一趟百濮部落，重操旧业。

如此一来，部落也慢慢欢迎三人的到来，不断迎合三人的营生。

两个月过去了，三人有十多天不到部落，部落人员有所盼。

盼了几天，盼来了三人。大家非常高兴。把柿花、衣服换光，都争着找“神算子”看吉凶。

过了几天，三人又来到部落。可这次来，三人却与以往不同：他们带来的都是柿花饼、糖葫芦、芝麻糖之类好吃的。他们一到，显得很大方，见人就分发，很快就将所带的食物分发光。

这时，瘸子拉住一个部落老人死死盯住看个不停，边看边摇头，不便说什么。

老人看到“神算子”对自己这样，感悟到自己一定有祸凶缠绕。便把“神算子”拉到无人处，弄个明白。

“神算子”故作无奈，便对老人道出了“天机”道：

“不久，你们部落会有大难降临……”说到这里，“神算子”说啥也不往下说。

三人走了，天黑了，老人将“神算子”的话向围上来的部落成员重说一遍。很快，部落大多人丁都知道“神算子”的“神算”。

三人匆匆离开部落。走在回家的路上，胖子问另外两人道：

“那药都放足了吗？”

“不放足没有作用。”两人中的一个回答道。

三人离开的第二天晚上，一股瘴气突袭部落。随之而来的，便是越来越多的人神志疯狂，见人就打，见人就笑，见人就哭，见房就烧，见吃的就扔，悲喜交加，疯狂无束，部落天昏地暗。疯狂症在部落横行七天七夜，到第八天，人们才逐渐消停下来。

事后半年，三人才出现在部落。

三人出现，“神算子”倍受大家欢迎，大家都缠住他算“命”。

上次那个老人挤进人群拉住“神算子”的手跪下不无惶恐地说道：

“你上次的话可灵啦，全部落大多数成员接连发疯六七天，翻天覆地，险些毁了部落。你这次来，求你一定要为部落看看，都还有什么灾难临头，我们好有准备。”

听到老人这么说，部落人们都跪到地上，乞求“神算子”算算吉凶，指条出路。

“神算子”假作应承，对跪求的人说道：

“你们起来，起来！让我仔细看看你们居住的四周再说。”说后，便跋山涉水四处“查看”。

转了半天工夫，“神算子”回到部落对大家惊恐沉重地说道：

“我查看了周围的山水，山有晦气，水有毒气，林有瘴气，地有杀气，人有凶气，五气临头，厄运不出一月，部落有凶灾大难，你们快逃吧！只有逃的命，一走了之，也许还有命可保！快走吧，离开这个鬼地方！”说完，“神算子”和另外两人慌慌张张跑出部落。

此情此景，部落一下就炸开了锅，乱成一团。

慌乱之中，王组非常冷静，横眉冷对，双手叉腰，站在人群中，胸口一挺，高声提醒大家道：

“啊依门（大家、全部、整体之意），就是有天大的灾难，也不是现在就降临，‘神算子’说的是‘不出一月’，离灾难还有时间。我们应该冷静下来好好考虑如何对付，躲过这场灾难，啊依门沙啦？”

“沙啦、沙啦、沙啦（对、好之意）——”大家赞同王组的意见。

王组虽冷静，可心里也着急。“神算子”上次说部落有大难，不出两天部落大多成员莫名疯狂，不可收拾。这次“神算子”又如此说，而情势比上次严重，比上次危急，连他们（瘸子、胖子、瘦子）都慌慌张张逃离部落。这说明，灾难很快就要降临。事不宜迟，应该组织大家赶紧离开这个鬼地方。

想到这些，王组立即召集大家商量避难。最后，大家决定先逃离这个地方，越远越好。

很快，百濮部落整体逃亡，向着太阳落山的地方，直到五天五夜，才在一处两山毗连的地方落脚。

一年以后，百濮部落不堪环境的恶劣，经过派人回故乡打探确定没有任何灾难发生，又全部回到那条通往洱海的小河周围集居。

俗话说，没有不透风的墙。百濮人的回归，必然引起当地大族的关注。

大族头人们商议：一年前骗走百濮人的伎俩不能重演，必须以势压人，以武力公开驱赶百濮人，为子孙后代谋利益。

第一次，大族组织一百多人，到百濮人居住地驱逐百濮人。

面对来势汹汹的不速之客，王组眉头紧锁，双手叉腰，质问领头的：

“你们凭什么撵我们走？”

大族头领回答道：

“这地盘是我们的！你们快快离开！”

王组有些气愤地与对方争辩道：

“你说地盘是你们的，我们也可以说你们住的地盘是我们的，你们不要来打扰我们！”

“你知道这是什么地方吗？这是南诏国的领地，我们是南诏国的臣民！”头领态度升级地提出理由。

“不管你们是什么国，我们住的地盘就是我们的。再说，我们住在这个地方没有危害你们，没有抢你们吃的穿的，你们不可太过分！”王组毫不退让，和对方争辩。

大族头领蛮横地发出最后警告道：

“限你们一个月迁离这个地方！否则，别怪我们不客气！”说后转身面对队伍颐指气使地右手一挥命令道：

“走，我们回去！”

大族人走后，王组召集部落成员商议对策。

经过大家商议，决定有所准备，防止大族人动武。

百濮人所谓准备，不过就是增添木棒、木槌、石斧之类，和提醒大家注意大族的动向。

一个月后，大族人三百多人的队伍手持大刀、长标，浩浩荡荡，进入百濮人集居地，吼声震天：

“野人滚开——！”

“野人滚开——”

不绝于耳。

这时，百濮人也不示弱。大家集中在一起，手里也拿着器械。

情势危急，大有一触即发之势。

百濮大小人丁不足三百人。王组和王五、王六弟兄三人，以及部落其他强人，面对危局，骑虎难下。抵抗罢，不是对手；忍让罢，部落成员肯定不答应。他们筹划分离人群：

王五带老弱病残幼逃离危险之地；

王组带领留下的百濮人相机行事。

看到一部分人离开，大族队伍更加猖狂：

“烧了他们的窝！”

“动手罢，还等什么！”

喊杀声过后，有人动手点火，有人打砸百濮人家里用具，有人推搡阻拦的人，有人挖坟。事情已经发展到白热化。

王组忍无可忍，手握木棒，挺身而出，厉声呵斥道：

“住手，不可欺人太甚！”

王组转身面对众兄弟高声喊道：

“兄弟们，操家伙，走，我们也去捣他们的家去！”

于是，百濮兄弟急匆匆沿小河冲洱海大族村庄而去。

大族队伍见势不妙，停止打砸烧，尾随百濮“队伍”而去。

敌我相接，十万火急！

到了海西村大族人之地，百濮人动手实施报复。他们刚动手，大族队伍赶来阻止。两“军”正式交手。

就在厮杀混战难分难解时，海西大族人也手持刀斧棍棒支援自己的队伍，保护家园。

王组见情势危急，带领弟兄们且战且退。最后退出南诏地域，来到中老缅边境居住。

住进三国边境，虽说吃的能满足，可天灾不断，百濮人丁不断减员。大家忧心忡忡。

夜幕降临，远方的天际几抹乌云引起王五的关注。在洞门前山坳闲散游逛的王五看着乌云出神。正当他盯住乌云发呆之时，一群小鸟从视线内的森林“唧唧喳喳”飞出，继而飞向远方。

傍晚，所有鸟都必须归巢，可那群鸟却离巢不知飞向何处。这逃不过王五的眼睛。王五认为，这一定有怪事发生。

不多久，王五数着星星往洞宅回归。就在这时，一股红光从森林冉冉升向天空。继而，一缕、三缕、七八缕从群鸟飞离的地方升腾而起。王五感到惊恐，急忙跑回洞中，把洞门紧闭。那晚，他说啥也睡不着。

第二天，部落有十多人去红光出现的森林打猎采撷。闻到一股呛鼻的气味。片刻，气喘，呼吸急促。接下来，有人咳嗽不停，氮中带血。不久，咳嗽的人气急堵塞，脸部红肿胀痛剧烈，鼻孔、耳朵出血，直到停止心跳。就这样，十多人不明不白冤赴黄泉。

这是百濮人住进这个地方第一次发现“红瘴”。

另一种威胁生命的灾难是“白雨”。

在弥漫着雾气的森林地带，“白雨”会不时光临。下“白雨”是有条件的，必须是狂风过后。往往是狂风不断，热浪滚滚，突然风停林静，“白雨”滴沥沥开始下落，不知从天上下来，或是从树林下来。“白雨”酷似树枝流出的白色汁液，黏稠，一般有豌豆大小，有一种酸甜味。“白雨”降落，人们最好的方法就是飞快躲避。躲避不及的，闻到“白雨”气味或“白雨”落到身上，一定是大难临头，非死即伤。“白雨的”滴之处，皮肤溃烂，烂到见骨头。继而蔓延全身，高烧不退，双眼充血、喷血。此症状不减者，从淋到“白雨”到生命结束不足半月。此难存活者十之三四，均为面瘫、眼瞎、头歪。部落有二十人死于“白雨”，有八人因“白雨”而残。

还有一种蛇毒也常常使部落人提心吊胆。这种蛇毒并非一般蛇所为，而是一种赤蛇所致。当人采撷赤蛇光顾过的森林食物，误食后其毒素进入人体，连续发烧后轻者活命，重者一命呜呼。

赤蛇之外，花泉、毒菇、黑水、蓝雾、淫雨（红色）、刀蛛等等，都是百濮人的致命杀手。

各种灾难，百濮人苦不堪言，不得不因生存而另寻出路。

为此，王蟒是王组四个儿子中最不“本分”的一个。

他在父亲的允许下，结伴去过老挝、缅甸、越南，和大邑、蛮域、凉山、彝州等地，寻求适合部落居住的地方。但是，都因有人占山为王，找不到百濮人的栖身之地。

这事，王蟒经常唉声叹气。

王组看在眼里，疼在心里，安慰儿子道：

“蟒儿，不急，总会有办法的。”

王氏父子如此，其他百濮人也如此，都为此心急如焚，吃不好，睡不稳。他们，吃了上顿，不知道下顿吃什么，能吃上吗？过了今天，不知道能否过到明天，有明天吗？

悲苦啊，百濮人的日子！

百濮人的沧桑经历，就是莽人历史的缩影。祖辈的历史，是从无限的烟波浩渺的苦海中漂荡过来的，王大，莽人都十分清楚！

因而，王大和其他莽人一刻也没有忘记先辈的期盼和重托。他们把先辈的遗愿作为自己一生奋斗的目标，赴汤蹈火，在所不惜，不达目的，誓不罢休！

五十六

“夏、商、周、秦、汉、三国、西晋、东晋、十六国、南北朝、隋、唐、五代十国、宋、辽、西夏、金、元、明、清。”王大默默回忆杨洁教导的文化知识。

朝代在王大脑海里浮现后，历史上思想文化名人又进入他的思维：“孔子、孟子、庄子、荀子、韩非子、屈原、宋玉、李斯、贾谊、枚乘、司马迁、班固、曹操、曹丕、曹植、王粲、陈琳、嵇康、阮籍、陆机、陶渊明、谢灵运、郦道元、刘义庆。”

想到这里，他十分感慨：要是杨洁这位尊师教导自己一年，不知能学到多少知识啊！

“莽林”“封闭”“变迁”“生活”王大坐在木板床上，一笔一画练习新学的词语。边写边念，精力集中。

“王大，太阳已经升到中天，休息一下，准备吃中饭。”杨洁关心地边清理碗筷，边对王大说道。

“哎！”王大顺从地答应道。

杨洁熟练地拉开折叠桌，摆好三把凳子，从案桌上抬出青椒肉丝、茭白红葱片、蒜泥酱爆茄各一盘成三角摆上桌，又抬出一小盆葱白清煮乌头鱼放置三角正中。她摆放碗筷有意空出船首方向，充分利用光线。对杨洁的一举一动，王大都看个仔细，学个真切。他觉得，汉人，尤其是杨洁这样知书达理的汉人，身上的东西几乎都值得学习。而且这些值得学习的地方莽人几乎从未见过。就说汉人不值一提的筷子。莽人生活在竹林，就没想过竹子能加工成筷子，在吃饭时使用。再说杨洁摆放筷子时有讲究：两支筷子整齐并拢，筷尖对菜，平放在饭碗的右侧。在黑旗军时，王大使用过筷子，也吃过煎、炒、煮、炸等人类（他把自己列入“野人”，即非人类范围）的菜，但无心去留意。自从杨洁教他学文化以后，他对汉人的方方面面产生浓厚的兴趣。之前学习汉人生活、生产，只是一种本能的迫不得已的模仿。

王大看着杨洁摆放桌凳、饭菜、碗筷，以及一举手足一投足，一表一情都聚精会神关注，忘记了现在要做什么。

杨洁请父亲坐下后，提醒发呆的王大道：

“王大，吃饭。”说完将王大面前桌上的筷子用手轻轻捡起筷头对着客人双手递给王大。

说实话，王大此时的胃口全在杨洁，不，准确地讲，应该是汉人的一举一动，以及一举一动所产生的效果上。

他看着桌上菜的搭配，盛菜盛饭的器具（主要是陶具），闻到饭菜的香味，和父女文雅的举止，气氛的适宜，真是一饱眼福。

“王大，吃啊，怎么不吃？”杨成志看到王大无心吃饭关心地提醒道。

“好，我吃，我吃。”王大这才觉得失态，急忙动筷吃饭拈菜。

“爹，要不，你和王大喝喝酒吧？”杨洁因是午饭没有上酒，这时才看着杨成志征询道。

杨成志对杨洁表示赞同地应道：

“还用说，去拿酒！”

杨洁立即拿出两个青花磁小酒杯在两人面前桌上各摆放一个，随后抱出一坛陈酒为王大和杨成志各斟满一杯。

杨成志右手用食指拇指将酒杯提起对王大道：

“来，王大，我俩喝一杯！”说完一饮而尽。

王大急忙举杯，也一干为敬。

“王大，喝点酒对伤恢复有好处。”杨成志边举杯边对王大讲酒的作用。

王大响应似的喝了一口。

几口酒下肚，王大话匣子慢慢启动：

当年，我爷爷带着我父亲外出打猎，迷路，进入一个村寨。那里的人穿长衫、马褂，头上缠着布带（应是包头帕）。一见到我爷爷他们，就说是“野人来啦！”他们都很惊奇地看着我爷爷和父亲。虽然如此，这些长衫、马褂的汉人还是以同情的态度对待我爷爷父亲。在一家饭庄，我爷爷用一只兔子和一张獾皮换了一顿饭吃。吃饭时，看到旁边的人在喝什么，父亲和爷爷都好奇，盯住看个不停。父亲对爷爷恳求道：

“爹，我想喝！”

这时，店小二发现走上前，递上两个杯子，从坛里将水样的东西倒进杯子。我爹心急，抬杯就往嘴里灌。可刚到舌头，我爹辣得“呸呸”吐掉。我爷爷是个细心的人，他抬起杯子，先闻闻，觉得怪怪的，有香甜辣味。再看，旁边的人越喝越来劲，一杯接一杯，店小二也过去凑热闹，抬起杯子喝。我爷爷便喝了一口。刚一进口，嘴唇、舌头辣辣的。慢慢地，有舒心的回味，我爷爷试着喝了一小口往肚里吞。吞到喉头，刮辣。要吐已来不及了，只得硬着头皮吞下去——别人喝得，我也喝得。一口下肚，一股热流涌向全身，对于劳累了一天的爷爷觉得舒服轻松极了。他又喝了一口，感觉又进了一步。接下来，我爷爷一口一口又一口，将两杯酒（也听别人说这是酒）喝下去。我爷爷连连说：

“好喝，好喝！”

他俩离开饭庄进入山林。爷爷走起路来晃晃悠悠的。父亲扶着爷爷，以为酒是毒，立即找了几种解毒的草药给爷爷吃。不久，爷爷“呼呼”大睡。大约过了半天，爷爷醒了。父亲悬着的心才放了下来。

醒来后，爷爷念叨的第一句话便是：

“好酒，好酒！”

第二句话是：

“我们就在这一带找地方居住，把其他莽人也搬过来，以便随时有酒吃！”

我爹那时还只有十多岁，只得听爷爷的。父子俩便在离村寨很远的山坳选了一处有山有水的平地搭盖窝棚。可哪行啊！不几天，来了几个人，硬是把他们建的窝棚烧了。说这是他们的土地。还用刀逼着我爷爷他们离开，不然，就杀了他们。我爷爷寡不敌众，带着家人只得逃离回家。

王大说到这里，看了一眼桌上，才醒悟现在是在吃饭，立即学着杨成志，用拇指食指提起酒杯对杨成志感激地道：

"大伯，你们救了我，我这一辈子就做你们的牛马回报你们！"说完，一口喝了一杯。

"快别这样说，这是应该的！"杨成志父女俩几乎异口同声急忙阻止王大说下去。

五十七

过了两天，刘三妹来到自己留有记号的第五十棵树下，揭去树枝。看到用枝条围插的长形框内，火塘边石框里，安放着棕片制成的"头垫"（枕头）一对；框内垫了一层绒绒的干草（垫褥）；干草上有两根鸳鸯的尾毛（雌雄各一根，有明显不同）交替在一起；火塘内，铺了一层柴灰；灰上有几根干柴和引火的干草；火塘上方，放了一个石窝和石架（用于烧烤）；火塘边上还放了几个石碗、骨碗、木碗等。

刘三妹见到这些变化，心中对未来寄予了美好的希望。她仰望苍天，似乎有无数的话要说，有无数的心意要表达。

她带着轻松而又沉重的心情，翻过不知多少座山，过了不知多少条河，到了望空崖。她抬头往上，只看缭绕白云与绝壁悬崖连接，却不知崖顶有多高。崖壁上依稀长有几株贵重的兰槐（应是一种罕见的兰草），叶片成线状，葱绿，一年开一次花，花是紫中带黄斑。但有几根手指肚样的根漏出泥土。悬崖峭壁是它生存的好地方。大概是因为稀少贵重让人不易采摘的缘故。这时，有几只山鸟飞到它旁边看了看又飞走。刘三妹计上心来。

她一直在望空崖旁边东寻西找，直到发现一丛草棚中有一个雀窝为止。她在那里隐蔽起来，接近天黑，一只大鸟衔食回巢喂崽。她为了不惊扰鸟儿一家的团聚，不使等候一天的幼鸟失望，匍匐在地，向鸟祷告，乞求原谅。等到天快亮，她悄悄靠拢鸟窝，屏声静气，突然出击一手抓去，抓住了那只大鸟。她用事先准备好的长绳拴住鸟脚，和鸟来到崖下。天亮了，看得清崖壁上的兰槐。她几次将鸟举过头顶，一是膜拜，二是乞求救助。鸟儿知道她没有恶意，也渐渐平静、顺从。她拉住绳子的一头，放飞大鸟。刚好，绳子被鸟儿拉走恰至最近的一株兰槐，可没有碰到兰槐。她把鸟儿拉回来。她凭经验，这样做，鸟儿在这种地方只能往上飞才能有生存的可能。她的首试基本成功。她加长了一截绳索，估计够了，又放飞大鸟。绳尽，大鸟急于脱险，立即找附着之处，正巧脚爪抓住一匹兰叶。可兰叶承受不住，折断掉落崖下。刘三妹成功了。她收回鸟，轻轻解开拴在脚上的绳子，吻了一下鸟嘴，将鸟举过头顶，连叩三首，平稳地将鸟放归自由。于是，她拾起那片兰叶，立即赶到有记号的第五十棵树下，把兰叶摆放在干草上，又盖上树枝。

这时，太阳已经直射到森林，饥肠辘辘的刘三妹取下身上携带的烤肉，摘一片大叶，在泉水边大嚼痛饮，非常惬意。

罗升平来到第五十棵树下，揭去树枝，在火塘、长框内放好那些东西后，心里很不踏实，总是在脑海里忧虑，都有哪些细节做得不周到。经过反复思量，觉得较为完善才把悬着的心放下来。

他掐算着日子，又来到第五十棵树下，揭开树枝一看，自己摆放的东西丝毫未动，只是上面多了一片兰槐。兰槐已枯萎。他急忙捧起枯萎的兰叶，不知如何是好。他知道，救活无根的兰叶万万不能。但必须救，让其恢复葱绿。怎么办？这可急得他团团转。这时，他突然想到了“接骨丹”。便立即跑去摘了几枝，连同枯萎的兰叶一同带到望空崖。他知道只有望空崖才有兰槐。他找来藤条，结成很长很长的藤绳，绕道到望空崖上面，固定好藤绳一端，抛下藤绳。他沿藤绳往崖壁下滑，找到了那株被折叶片的兰槐。他在崖空慨叹：

“三妹，三妹，真有你的！”

下得崖来，他立即一边用嘴咀嚼接骨丹根叶，一边将折落的兰叶用一种黏液拼回折断处，使之恢复到原位。然后，又在兰叶“伤口”连接处敷上一层厚厚的接骨丹汁。接着，砍来一截楠竹，装进泥土，把那株受“伤”的兰槐移植进去。第一阶段结束。第二阶段，他带着移植的受“伤”兰槐来到第五十棵树下，把它安放在那片枯萎兰叶原来的位置。然后盖上树枝。

为使兰槐移植成活，为使兰叶“伤口”愈合，他每天坚持往树枝上洒两次水，往兰叶“伤口”上涂两次药汁。经过几天的精心侍候，移植的兰槐成活，兰叶“伤口”治愈，枯萎的兰叶也转青，接近折断前的葱绿色。

然后，他又观察了几天，兰槐长势较好，“伤口”治愈较好。他这才把覆盖的旧树枝换成新树枝。放上一个用棕叶编制的勺状记号。

十五天过去了。第十六天，是个吉祥的日子。风和日暖，鸟语花香。刘三妹迎着朝霞来到第五十棵树下。首先映入她眼帘的，是那个棕叶勺状记号静静地躺在覆盖用的树枝上。揭开树枝，紧接着映入眼帘的，也是使她惊喜的，是那株鲜活水灵的兰槐。她立即俯身将移植在楠竹的兰槐紧紧抱在怀里，又亲切抚摸兰叶愈合的“伤口”，心里像注入蜂蜜，甜丝丝的。

五十八

进入冬月，海边的气候酷似内陆的秋天，天高气爽，惬意悠然。

凉京湾人种植的元麻在海风的吹拂下，绿浪翻滚，浪花片片；深绿色的麻秆犹如修长的翠竹，婀娜多姿，亭亭玉立；碧甲斑驳的龙须虫在麻叶上嬉戏追逐，飞波踏浪；滞留叶片上的露珠，晶莹剔透，圆滑柔韧；六尺高矮的元麻，顶上密不透风，叶下疏密有致。

收获的季节，人们正在忙碌。凉京湾人仿照外人的样子，将左手扶住麻秆根部，右手五指配合，夹住麻秆，用力扭曲，使皮和茎分离。然后，拇指插入分离处，四指扣住麻秆，用力向叶顶方向拉动剥离，使皮和茎彻底分离。这道工序称为“剥麻”。麻皮剥下，一条条头放一处整齐地挽搭在左手虎口处，直到虎口容纳不下，才另找地方摆放。

加工麻的另一道工序，是用刮片（铁、竹制作，打磨成半月状，内锋外钝），从里从头部（接近根部处）往下刮，皮落余麻（淡黄色纤维片）。最后将麻晾晒干。

接着是麻布编织。将麻片用指甲分解成比牛毛稍粗的麻丝，用指头将麻丝一丝丝搓捻成长长的麻线，将其绕成杏仁形的线团。

从引种元麻到将麻加工成麻线，这是莽人学习外人的一种先进技术。为了从根本上脱下兽皮、草叶等遮体物，穿上真正用于人的“衣服”，他们还从竹叶岛买来制布机。所谓制布机，其实是用木、竹加工成的编织架。

编织麻布时，莽人像外人一样，将装有麻线的梭子，经过分隔片，往来于事先排好的约三尺宽的竖线（即经线）间。麻线在架上经过巧妙的经纬交替，三尺宽（长无限）的麻布便制成。

由于上架的经纬线均刷有面浆（增加硬度，便于编织时不断裂、不粘连），麻布下架后必须用石碾反复碾压，放入清水漂洗退浆。晾晒干后，这种布质地柔韧，附体，暖和，舒适。

种麻，制布，是莽人历史上一次伟大的革命。

从古至今，生活在高山丛林原始社会的人们，身上穿的不外乎皮毛、树皮、棕片、草叶之类。这种保护身体的附着物，在特定的人群和环境，已经习以为常，安于现状。这种原始环境的人群，生活在方圆几百丈的天下，困囿于古“井”（指井蛙之典）之下，不知外部还有天，也不知道山外还有山。被人封闭，自我封闭。

当与外界接触，猛然惊醒，方知外部早已进入“天堂”，而自己却被远远抛入“地狱”。警觉，进取，说明莽人是一个不甘落伍的民族。解决穿衣问题便可以证明。

织布，不仅仅是解决穿衣问题，它把莽人带入全新的天翻地覆的外部世界——冲出原始藩篱，去感受、感知、效仿先进文明——至少一部分人，一部分行动——也至少是一种火花，点亮部分人的视野。从此，死水泛起涟漪，古“井”之水漫出边缘，深山不断漂移，习俗开始裂变，“火山”酝酿喷发。

有了麻布，凉京湾人仿外人制衣制裤制鞋制巾，以及各种装饰品。人们月上麻布制品，互相攀比、媲美、炫耀，形成互动——追求完美，缩短与外部（即“天堂”与“地狱”）的距离。布制品的互动，与其他事物一样，不是孤立无援的，它不断辐射，发散，波及，尽其可能可需可望可欲收入“囊”中。

五十九

离开亲戚家，刀妹恢复“野人”原装，前往桂地寻找王大。她顺利从越南国进入中国境内——对于自己包括莽人属于哪个国家直接没有思维范畴，也没有这个概念。

刀妹是从越南国的河江与镐平之间进入桂地的。在两国边界，特别是越南国一边，与她同类，有些语言相似相近的“人”。这是她此次顺利的主要因素。她从他们那里，打听到中国桂地的许多情况。因而，一进入桂地她便直接询问凉京湾这个地方。但是，桂地的人都不知道有这个地方。她只好根据家人知道的王大他们介绍的情况摸索寻找。

在她心目中，王大这几年有很大的变化：长壮了，长高了，长得比以前更英俊了。或者是，瘦了，黑了，比过去更精神了。又或是，胖了，老了，比过去更“傻”了。

自从一起外出，他失踪，自己身陷野箐，至今彼此不曾相见。这些年，刀妹时常想起他，想起和他在一起的时时刻刻。想起他的笑容；想起他宽宽的脊梁；想起他壮实的胸部。整个王大经常高大地占据刀妹的心海。使她心潮澎湃，心事重重。王大就是莽林，莽林就是王大！

即使是在与曹尔相处的时候，王大也始终在她心中占据着重要位置。甚至会震颤、愧疚。想到这里，刀妹不想再想下去了，这毕竟是过去的事啦！

她顺着海边一直往东南方向寻找。她已经找了不知多少天了，已不想去记住。找啊，找！何时是个头啊？她对自己产生怀疑：这么大的天下，哪是凉京湾？哪里有王大？如果找不到他……她猛然打了一下自己的头顶，强迫自己停止一切胡思乱想。

进入中国境内以后，刀妹换上“人类”服装。当进入一个丘陵村庄时，心里盘算：这里的人知道凉京湾，我就在此休息两天，了解了解情况；不知道，我就继续沿东南寻找。

她被张挂“万家饭庄”的招幌所吸引，更被里面饭菜的香味牵制。便走了进去。她掏出在越南用山货换来的钱币给店小二看。店小二明白她的意思，抬出一碗饭、一碗炖猪肉、一盘卤牛肉，摆到刀妹坐的饭桌上。刀妹狼吞虎咽，很快就吃个精光。她借喝茶的机会，向店小二打听道：

“你知道有个叫凉京湾的地方吗？”

店小二摸摸脑袋，若有所思地答道：

“江南湾、避风湾、松林湾、獐子湾，就是没有听说凉京湾。”

“小妹妹，你到那里走亲戚，还是做买卖？”店小二看客人比自己年纪小，客气礼貌地问道。

刀妹见对方这样，也学着回答店小二道：

“走亲戚。听说就在离这里的不远处。”

店小二热情地面对店里的客人吆喝道：

“各路弟兄，你们知道有个地方叫凉京湾的吗？请帮帮这位小妹妹的忙！”说后介绍性地指了指刀妹。

顾客甲：“我是从西部来的，从这里往西百十里内我都很熟，没有‘凉京湾’这个地方。”

顾客乙：“我在北部做盐巴、茶叶生意，方圆几十里旮旯角角我没有不知道的，没有听说什么‘凉京湾’。”

顾客丙：“我是贩卖鱼的，没有听说海上有‘凉京湾’这个地方。”

顾客丁：“西部、北部、海上都没有这个地方，就只有看看东南部有没有。”

这一番你一言我一语的“帮忙”，对于刀妹确实帮了大忙。她充分相信各顾客的真诚与热情。她根据各顾客的情况，确定自己奔东南方向寻找凉京湾决心不变——其他方向不用再考虑。

从“万家饭庄”出发，继续沿东南方向寻找已经快十天了，再往前就不是桂地而是百越地盘。她开始犯糊涂：王大把地点记错了！她不想再继续找下去。就在动摇之即，她无意中发现一个山坳好像有窝棚。她为了弄清情况，爬到山坳看个究竟。一看，真是一处窝棚。她肯定自己的想法是对的：进入桂地，百姓住的房屋几乎都是围墙、木结构房。“窝棚”实属稀奇。她相信自己的眼睛和判断四处寻找“窝棚”——既然王大他们迁移莽人过来住，就不可能只建一个“窝棚”。但的确没有再发现。她发现不远处像村庄一样的地方，房子虽是“人字形”，但都是木结构，房外都有围墙。她又回到“窝棚”看个仔细。“窝棚”周围是稻田。“不会是看守稻田的房子吧？”她自己问自己。

这种房除莽山人有外，她所到之处都没有看到过。

“唐氓？！”正当她迷茫时，一个熟悉的身影向“窝棚”走去。

她立即追赶上去，抄到那人前面，看个真切。真是他！

“唐氓，是你？”她不敢相信地冲那人叫了一声。

“你是？”那人停步抬头看着站在面前的人。

“刀妹！”

“唐氓！”

两人几乎同时惊喜地喊出了对方的名字。

六十

客观公正地讲，莽人随中国民族而起始，只不过它是被忽略的一部分。

早在公元前不知多少年，莽人就和其他民族一样，活动于建宁、兴古、永昌一带，游猎于广大的山水之间。他们中，较为有影响的，是被史书称为“西南夷”的“百濮”即濮夷部落。

濮夷部落以刀姓为主，游猎而生，适可而居，活动范围非常广阔。

相传，濮夷部落之刀姓源于神秘与崇拜。

先前，濮夷生活在云雾山中。此山东临“阔水”（应是大海或近似海的水域），余皆绝崖空壁。独特的地理环境非常适合本来封闭的濮夷部落成员，他们以此为社会，以此为唯一的天下，自认为天就这么大，地就这么广。在这样的封闭“世界”，他们无所谓姓，也没有姓。

这种状况被一场洪水冲破。

一年，暴雨连续下了三个月，“阔水”连连上涨，淹没了濮夷“世界”不少森林。在淹没地带的狩猎中，有人意外发现，一根从外部漂来的有人工雕刻痕迹的木柱上，一把铁制的半月形状的刀插在上面。发现的人立即将其捞出水面。

“刀”，对于濮夷人来说，有所耳闻，十分神秘——

“刀”，无所不能，能杀死动物（狭义），能杀死人，能刺破万事万物；能壮胆、驱神鬼，有了它，什么都不怕！

这对于使用原始工具捕猎，从未见过且梦寐以求的濮夷人而言，神秘之物突然降临，能不惊喜吗！

这岂止是惊喜，简直就是惊天动地！

发现的人不敢用手动刀（含木柄），见刀立即跪到地上，先拜天地，口中念个不停。接着将插有刀的木柱举过头顶，对刀祭拜。祭拜内容应该是感天谢地，乞求对冒犯的宽恕，“请”刀之后的宏大抱负，等等。

发现的人将刀敬献给部落。部落成员山呼海啸，举行了七天七夜的山火、跳神庆祝活动。庆祝期间，人们将刀佩挂在发现人的身上，“刀刀刀——”的狂欢之声不绝于耳。从此，发现刀的人们就以刀称谓，这就是刀妹及其刀姓远祖的姓氏起源。

那个发现刀的人就是濮夷中的刀圆圆。

有了刀，部落人丁形影不离刀，当然也不离刀圆圆。

有了刀，人们将刀进行改装：将刀镶嵌在长长的木棒一头，便于和猎物拉开距离，既防身，又威严。

说也奇怪，狩猎中，动物见到刀，都惊慌失措，远远躲避。

当然，有了刀，猎获的动物比以往使用原始工具明显增加，也减少了劳力的付出。

随后，人们以刀为样，仿制了石刀、木刀、骨刀、竹刀。这些仿制刀，增添了家庭气氛，增加了狩猎武器。

刀的出现，使濮夷成员精神意识出现了质的飞跃——寻求更多的刀，或者制作刀的原材料——必然要走出封闭，进入有刀有铁的世界。

刀圆圆最先打破思想禁锢。他发现刀后，心潮起伏。他想得最多的是外部世界的神秘。他认为，外部世界既然有刀，必然有更多濮夷人不知道的好东西。这就萌生了一个念头：探秘外部世界。

接下来，便是他的独立行动。

一个满天星星的夜晚，他进入部落西面崖空地段，放下事先准备好的竹藤编织绳索。他从崖沿一直往下放绳，花了很多时间，直到将堆得像小山样的绳索放完为止。放完绳索，他试了试拴扎在大树上的绳索，觉得牢实才放手。于是，他抓住绳索开始小心往下移动。这时，他看了看天，月儿正当顶。他变移动为滑动，加快了速度。累了，他将身下的绳索缠绕在身上稍加休息。当月儿从中天往西偏移一丈多远的时候，他开始神志不清，头昏沉沉的。突然四肢无力，顺着绳子从高空往下跌落。万分危急之时，他只有一个念想：死吧，人迟早都要走这条路！他紧闭双眼，任随死神的安排。

“叭”一声巨响，把他惊醒，他已经被砸落水中，激起一丈多高的水柱。幸亏绳子还在自己手中。出于逃生的本能，他拼命往上拉绳，将自己拉出水面。这时，月儿已经不知躲到什么地方，什么也看不见。他摸索着找了个藏身的地方，昏然睡去。

当他醒来的时候，已是第二天中午。他不顾疲劳和饥饿，挣扎起受伤的身子，急于观察外部“世界”。

可他看到的外部“世界”，除了森林和水，还是森林和水。他感到失望。

他继续前进，皮囊里动物的眼珠已经装满了葫芦，可还没有走出森林。

森林不会比天大罢？他自问道。

濮夷人决定做的事情不后悔。他继续向着太阳落山的地方前行。

他走着走着，发现森林的树木越来越矮小，前方的视野越来越开阔。他明白了：已经走出大森林，进入一个全新的世界。

这世界远远望去仍是绿色无边，只是树越来越稀少。有的地方还闪现一排排黑白相间的方块。方块上面像有烟雾飘出。他向方块靠近，看到方块下面有人进出。哦，原来方块是传说中的人的住房，那冒出的一缕缕青烟，一定是人在烧烤。

他想到烧烤，口水不停往肚里咽。他早已饥肠辘辘。

虽然肚子饿，烧烤比不上房屋的诱惑。他被房屋紧紧吸引：

那房屋，应该有十多根大蛇长，四五个大人高。房上盖着一块块石片（瓦）。房的两头是高高的白底黑边墙。墙不知道是什么做的，不像竹子和木头。房子中间瓦下面是有人进出的洞（门），洞的两侧是一些方格（窗）。洞的两边是两面石墙从上往下斜插的比洞宽大得多的平坝（院子）。他再看，石片与洞之间应该还有不少方格，方格里面应该是住人、放东西的地方。

正当他看着房屋入神的时候，院坝出入的人调整了他的视角，他对人产生好奇：

人的脸、行动和他们濮夷人没有多大差别；穿在身上从脖子直接盖到小腿的黑蓝黑蓝的应该是传说中的衣服，穿这种衣服的应该是男人，因为胸部没有东西，男人的头发向上梳在头顶挽成像梨一样的髻，并在髻下用布带系着；头上盖着花布，上身穿着蓝底白花半筒装，从一边系扣，胸部那东西将布顶得高高的，肚脐眼露在外面，下身两条腿直接从灰黑色布管里穿出，布管上面一块布将屁股周围包裹，这应该是女人。

看完人们的穿着，他又对院子感兴趣。院子里，有的有鸡、狗跑动，有的有牛、猫闲逛，有的有小孩玩耍，有的还摆放着他叫不上名的东西。

刀圆圆越看兴头越足，他多想面对面对人对房子看个仔仔细细！

刀圆圆看到的，是一个外族人的名叫杏黄的村庄。村庄四周一望无际的绿油油的像草样的东西应该是传说中的水稻——外族人的口粮。

肚子又开始反抗，发出叽里呱啦的声响。刀圆圆再也忍受不住饥饿的煎熬。

他躲进远离人烟的偏僻的树林，钻木取火，就地取材，烧烤食物充饥。这时，他才如梦方醒，想起自己到外部世界来的使命。

继续对就近的村庄进行密探、观察。他决定进入村庄、房里看个真实。可明目张胆，直接进村肯定不行——自己是野人！晚上，当地人睡了以后，偷偷进村，可黑灯瞎火，什么也看不见，不可取。只有打白天的主意。

他决定白天进村入户观察。这是由濮夷人机灵智慧的特性所决定的。刀圆圆机警地摸索着靠近村庄，在一处僻静地方，他藏进杂木丛观察动静。时值中午，他发现一户人家没有人的动静，估计家里没有人。他迂回至房下，趁人不注意，从一道敞开的窗户翻进屋，迅速躲进一个角落。转过身，他眼睛一亮，对面墙壁上挂着几把刀：有像桃叶样的短刀、柳叶样的长刀、雷楔（一种天然形成的似玉的石块）样的云刀（斧子），还有像月初弯月样的月刀。刀圆圆欣喜若狂，急忙从墙壁上取下刀，用绳子捆绑在身上，飞快跳窗而逃。

刀圆圆窃得刀后，没有立即返回，而是将刀收藏好又继续“走村串户”。

他此行收获很大：

一、知道天外有天，人外有人。

二、获得几十把各种形状的刀。

三、发现外族人生产、生活的基本情况。诸如穿什么、吃什么、种什么、养什么。

四、明确濮夷部落所处的位置和环境。

五、清楚地认识到外面人和自己这个“野人”的差距。

刀圆圆回到部落，将刀分发给部落成员，将自己密探杏黄村的情况如数家珍一样介绍给大家。他接着对大家说出了自己的打算。他对大家说道：

“濮夷父老兄弟姐妹们，这次我去杏黄村，看看沿途的山形地貌，我们住的地方，是被四周孤立的没有出路的灾难不断的鬼地盘。离开这个鬼地方，往外走，越走越开阔，越走越平坦，越走土地越黑油，越走日子越好过。就说杏黄村，那里不仅种有望不到边的粮食，家家户户养了不少牛羊猪鸡鹅鸭，而且住的房子我们从来没有见过。那里的人没有什么灾难，日子过得跟神仙一样，无忧无虑，快快乐乐。

“我们所居住的巴掌大的地方，年年瘴气不断，虎狼狮蛇，蛛蝎蚣蜂，毒水毒叶毒草每年都要夺走我们濮夷人不少生命。我们，白天怕被毒死，晚上担心猛兽毒蛇毒虫夺命，这不是人过的日子，不是人生存的地方。

“我们，要离开这个鬼地方，寻找适合我们生存的富地过日子。”

“刀圆圆，我们听你的，快快带我们躲开这个恶魔之地，找块富地安生！”人群里，有人赞同刀圆圆的意见，激昂地附和道。

“咿哦——！咿哦——”人们同声拥护，激动万分。

“你快说，刀圆圆，要带我们去什么地方！是你去过的杏黄村，还是其他好地方？”有人向刀圆圆直接询问去向。

刀圆圆回答道：

“去什么地方我心里也没有数，反正，先离开这个鬼蜮，边找边决定我们安身的地方。我不相信，天下就没有我们濮夷人的安身之地！”

“说走就走，不能再东想西想！”有人催促刀圆圆道。

“我想，我们应该顺着杏黄村方向一直往前走，直到找到我们满意的地方为止。”刀圆圆说到这里，有人插话道：

“刀圆圆，不要想啦，现在就带我们走吧！”

“那我就听大家的，就带大家走！不过，”刀圆圆转换话题道：

“我们有两件事必须做：一是准备天梯，从崖顶一直架到崖底有水的地方。二是祭拜，这是濮夷人的规矩，凡遇大事必须如此！”

“咿哦——！咿哦——！”大家齐声拥护同意，发出惊天动地的呼喊。

当晚，濮夷部落一片沸腾，憧憬着美好的未来。

过了两天的一个清晨，当太阳升起的时候，濮夷人踏上了寻求富地之路。

天苍苍兮，路漫漫！一百多人的濮夷人队伍越过杏黄村，继续前行。

从穿的、表情、体貌等特性看，濮夷人自愧不如外界的人。为了不被外人看不起，他们选择夜间顺大路边缘行走，避免与外人接触。

刀圆圆和佩挂刀的濮夷人除一部分在队伍后面护卫外，都走在队伍前面，负责开路和择路。

行进中，将近一百五十人的食物不是小事情。要是在大森林，吃的轻而易举，不用费多大力。可是越往前走越远离森林，食物就成了头等重要的问题。为了解决这一难题，刀圆圆和几个受拥戴的人商定：一方面，行进中，发现猎物不放过，发现可吃的其他东西也不放过，尽量收集带走，以备后用。另一方面，由佩刀人和强壮的人就近寻找食物。所寻找的食物除猎获采撷外，田地里的粮食也是获取的食物。再就是每遇到有水的地方和森林，专门停下集体捕猎，补充食物。

关于粮食，得从认识开始。濮夷人不知道什么是粮食。沿途大片大片的玉米、水稻、红薯、高粱等，他们先从面积、人工耕种上判断是粮食，再亲自尝试。带壳的粮食使他们十分头疼，不知道怎么食用。比如稻谷，用手用口把几颗的壳剥离并非难事，但吃饱一次要多少颗啊！用手、口剥壳显然无济于事，他们无论如何也想不出大量除壳的办法。外族人真他娘的刁钻古怪，竟吃这东西！他们十分恼怒。

这些粮食要装进肚子，对于濮夷人而言，小事一桩，大多烧烤烧烤便可解决。当然，生吃也是一种好的选择。粮食生吃比猎物生吃生吞好吃多了。

有时无法找到吃的，饥饿难耐，他们就以树汁、树皮、苇根、磁泥、草芯填充肚子，甚至，蚯蚓、甲虫、蜜蜂、蟾蜍、田蛙等等都用以果腹。

行进中十分棘手的事是对老、弱、病、残、幼的伺候。对这些人，除小孩轮换背着走外，都安排人扶、抬、架、扛，同大家前行。生活上，吃的先满足这些人；住的先照顾这些人。有人因病或意外死了，依濮夷习俗，剜木为棺，按男头向东，女头向西，依山脚而葬。有人生孩子，大家高兴，欢天喜地，同庆部落又添丁。大家有的找山洞，有的拾干草，有的寻羽毛，有的取棕片，一切都围绕孩子备用而奔忙。生孩子时，女人围着孕妇助生，男人围在女人之外，共同保护胎儿平安降生。

在行进中，濮夷人有严格的规定和暗示。遇到人和有人烟的地方，提前放轻脚步和控制声响。行进间隔不能太大，以防走失走散。如果后面的跟不上，必须放慢脚步或停下等候。每次出发和休息，即夜行日歇，都有专人清点人数。宿营时不许离开住的地方。停止前进时，一声“布谷——”（仿鸟的叫声），队伍立即停止前行。遇到外人时，从发现人的濮夷人那里迅速往队伍两头传递石头，接到石头的人立即就地躲藏，当外人远去后再重新行进。当发现大型动物对大家生命安全有威胁时，发现的人立即用竹枝、树枝戳前后的同伴，受戳的人上行下效，并埋伏躲避。如有人发生疾病和意外，队伍里会发出几声狼嚎。听到狼嚎，大家会停止前行，原地等候。疾病和意外者，有专人处理。沿途，为了避免麻烦，不允许拿外人的东西（粮食等食物的取得，一般是在万般无奈的情况下有专人而为之）。

如此规模的行动，沿途障碍频频，麻烦不少。这些不利方面主要有：地方关卡、（渡河渡江）摆渡、军事防区等。

当濮夷人行进到一个叫“海屯”的地方休整时，就遇到了意外麻烦。对这个地方，刀圆圆等人反复查看，确定方圆上千丈无人烟，且森林覆盖，才决定大家在此休整（行进一段时间，五天、十天、半月必须找地方处理积压事务，恢复大家的体力）。休整时间一般为半月，有时也长达一月。休整时，除刀圆圆等人负责处理积压事务外，大家有病的治病，有伤的疗伤，青壮人员打猎、采撷为大家改善生活，滋补身体，储备食物。大多时间为娱乐、休息。

休整进入第十天，一伙外人手持大刀，骑着高马，气势汹汹，来到濮夷人宿营的地方。看到濮夷人穿的是兽皮树皮棕衣，行动疲惫，便狂妄地吼道：

“野人，谁让你们来这个地方的，马上滚蛋！”说完，耀武扬威，高举大刀，行将砍杀。

刀圆圆见势不妙，出面争辩道：

“这个地方是不是你们的地盘？”

领头的外人手摸胡须，歪着头，不屑一顾地答道：

“这还用说吗，谁敢占用我们土王爷的地盘，是活够了，快滚，少废话！”

刀圆圆见来头如此傲慢骄横，以试探的口气乞求道：

“求你转告你们土王爷，让我们在这里再住几天。”

不准刀圆圆说完，来头手举大刀，用刀尖指着刀圆圆呵斥道：

“你休想，现在就滚！”

“快滚，快滚！”一伙人也高举大刀高声威逼濮夷人。

情势对濮夷人万分危急。紧要关头，佩刀的濮夷人挺身而出，站到刀圆圆前面，大不了一拼了之。

凭一伙人的实力，不是濮夷人的对手。但刀圆圆此时想到的是“强龙压不过地头蛇”，还尚不知除这伙之外的当地势力有多大，显然不能贸然行动。想到这里，他走到佩刀兄弟们的前面，果断决定道：

“我们走！”

“翙翙——翙翙——”一群西迁的鸟儿从头顶飞过。它们，红红的头，白白的脖颈，蓝蓝的双翅，黄黄的尾巴，短短的脚。那领头的，不时将头斜向身后的队伍，左顾右盼；那紧随头儿身后的同胞，依附着头儿的路线，同心协力，风雨无阻。

刀圆圆看得出神，身后的濮夷人也被异类吸引。

这时，刀山身背云刀，跨前几步，靠拢刀圆圆想说什么，欲言又止。

刀圆圆心里明镜似的，望着刀山，也望着身后的同胞倒出一肚子苦水：

“这一路，大家闷得慌，埋头走路。我知道，大家心里都想什么。”他话锋一转，接下说道：

“海屯受侮，我心里也难过。我们都是人，为什么那帮家伙就如此对我们，欺压在我们头上？为什么我们只有忍气吞声任人宰割？这很简单：我们弱小，我们不如人！”他说到这里，用手抹了下湿润的眼睛，有些哽咽地说道：

“当骑马人要动手的时候，我们的刀队齐刷刷挡在我的前面。那一刻，我感动，我激愤，真想高喊一声，和兄弟们一起把那帮狗仗人势的家伙杀个人仰马翻。可我们不能啊，只能让怒火在心头速速熄灭！大家可能会说：‘你刀圆圆㞞，被吓得尿水直流。’可大家想过吗？他们来的人不多，但是他们后面谁知道还有多少人？双方真打起来，他们杀红了眼，真正吃亏的是我们的老弱病残幼，是我们的同胞。”他说到这里声音更加激愤、感慨：

“我们不能再死人啦！各种灾难夺去了我们濮夷人多少生命，我们再死人，连根都保不住！再死人，我们就会有灭顶灭族之灾！”

“咿哦！咿哦——”大家解开了心里的结，高声释放着内心的沉重负担，共同表达对刀圆圆的支持与拥护。

“刀大哥，前面都是重重叠叠的山，不知怎么走。”这时有探路的人来报。

刀圆圆随来人前往观看。前面，一山连着一山，云中有山，山中有云，没有尽头，没有前进的方向。他和几个佩刀人商议：

队伍找地方休整，探明方向再行动。

一边，队伍休整；一边，几个佩刀人翻山越岭寻找前进的方向。

根据探视，他们决定向着山势缓慢低垂走势的方向前行。

休整后的濮夷人队伍经过十天的跋山涉水，历尽千难万险，终于走出重重叠叠的山，看到了新的希望。

“刀大哥，前面一片白茫茫，弄不清是海还是天。”又有探路佩刀人来报。

刀圆圆立即跟随佩刀人前往查看。只见：远方灰白迷蒙，分不清是云是雾是水还是天，近处有不少低矮的山，由近而远，逐渐隐没在似云似雾似水似天的烟波浩渺中。

“告诉大家，队伍原地歇歇，不能埋头前进。还是老办法，大多数人休息，少数人前往看路！”刀圆圆对佩刀人嘱咐道。

经过探视，那茫茫无边无际的地方，是一片很大很大的水域，水上有人划船捕捞。近水的地方有不少人烟。应该是鱼米之乡的富地。

不几天，云开雾散，那片烟波浩渺的神秘地方展现在濮夷人眼前：

面对太阳，正前方，波光粼粼的水域与天连接，太阳从水平面冉冉升起，金光灿灿；左面，水域边缘，时隐时现，似树，似房，似烟，似绿草如茵的块块翠玉，与水衔接，天然秀美；水域右岸，先壁立后舒缓被水逐步淹没的山丘云遮雾掩，戏水游天，实为天下奇绝！

啊，真是人间仙境！

濮夷人观后非常感叹。感叹之后，便是对这里的期望和憧憬。他们无不奢念：要是能在这个地方有一席之地，也不枉来人间走这一遭！

大家虽然都认为不可能在这个地方居住，但还是抱着一种侥幸的心理，看看再说。刀圆圆也何曾不是这样想？他带了几个人对水域周边进行观察。他们发现，离水域越近的地方，人烟越稠密，种的庄稼越多，养的牲畜也越多。这个无情的事实告诉他们：这里已有主。再从生产生活看，生产成规模，品种多种多样；牲畜饲养成群集队，四处可见；住房陈旧，说明住的时间已久远；房屋迮房屋，村落鳞次栉比，说明人多势大。方方面面都告诉濮夷人：希望成灰！

后来，他们才知道，这片水域名谓"瑞池"（瑞者祥也，古祥云置所的属地。祥云置所乃南诏国所设。如此推断，瑞池应是现在的滇池）。

无奈，濮夷人望池兴叹，只得敬而远之。

他们沿瑞池东北方向前往，寻找无人居住、适合自己生存发展又离瑞池不是很远的地方居住。经过五天的艰苦跋涉，他们来到被称为磕徒的地方。这里，像大族人使用的浴盆。方圆是不高的山，山下是平地，平地中间有一条清澈的河流。整个"盆"地，若人从中直行，要走两天，沿"盆"绕行，至少十天才能走完。由于没有人居住，山和坝都被树林覆盖，包括河流。这里，气候适合，因为苔藓不厚和泥土干燥，应是四季分明之地。不仅如此，森林物产丰富，得天独厚。

刀圆圆带大家看了这个地方后，大家一致赞同是可以长久居住的地方。于是，便住了下来。

六十一

对父母的关怀与担心，曹尔从心里思考过与刀妹的问题。他想得最多的是刀妹云里来雾里去。

她来自"莽山"。"莽山"属于哪个省、哪个州县乡村，她全然不知。她真不知还是这其中有解不开的"谜"？曹尔疑虑频生。

作为情窦初开的青年，遇到美色盲目冲动一见钟情，这并非奇事。事情出现了，有的甚至做出出格的举动或者"生米做成熟饭"，再来考虑之前应该弄清楚的诸如生辰八字、姓甚名谁、何方人氏、是否婚配、家庭背景人员结构、社会地位、人品素养等等必须了解的情况，也不乏其人。

作为对父母以孝为上的曹尔，婚姻大事必须以媒妁之言，父母之命为准则。曹尔认为，这种规矩古往今来虽然致使多少情侣被拆散、扼杀，但父母的出发点总是为儿女好，并非歹意。在和刀妹这件事上，他已经觉得有愧对父母的地方，而父母没有过多怪罪，这是父母的海量大度。由此，他不应该再做对不住父母的事。必须尊重、顺从父母。

曹尔虽这样想，但内心不无矛盾。如果这事父母阻拦，他顺从父母，这就是说曹尔必须和刀妹一刀两断，在婚姻上各走各的路，从此“井水不犯河水”。换个角度而言，曹尔必须成为背负刀妹的罪人，被世人唾骂为负心汉。这样，他名誉扫地。如果他执意娶刀妹，也会招来世人的非议：门不当，户不对；不知何方的贱货；来路不正；名声不好，如此种种。这样，曹家门风败坏，父母没有脸面见人。

至于终身与何种人为伴，是否情意相投，品貌如何等等涉及一生幸福与否的切身利益，他曹尔很难想象。

如果站在父母的位置，姑且让曹尔自己处理自己的婚姻大事，他曹尔怎么处理呢？在他心目中，除了刀妹，他没有别的人选，也不可能有别的人——父母、世俗不允许自己去选。现在由自己选了，又选谁呢？他心里空荡荡的。

说真的，在那个年代，男女是没有多少机会谈情说爱的。即使有，为数也极少极少，而且要具备特殊环境，特殊对象。就像刀妹，和刀妹所处的环境。

退一步说，让自己找，谈何容易！不论男女，你到何处去找？男女都被家庭与社会死死封闭，几乎杜绝情事接触。你自己去找对象吧，不要说找不到，就是能找到，找的人别人怎么看呢？

伤风败俗，没有教养，辱没门庭；

子不教，父之过；女不教，妈之惰；

世风日下，不可救药；

男不尊，女不卑，天下不太平；

偷鸡摸狗，男盗女娼；

各种人为制造的“炮弹”说炸就炸，炸得人体无完肤，心无斗志！

各种流言蜚语，街谈巷议，是是非非，使人无颜面对，寸步难行！

有人说，情事封锁有双重保障——社会、家庭。这种对情事的概括，不无精确。家庭是第一道保障。从生下子女开始，其灌输的就是：男人女人不能在一起，不能言轻言重（不能没有分寸），不能眉来眼去，不能没老没少（不分老少），不能违背道德，不能违背父母尊长之命和教诲，不能……总而言之，就是听父母之话，做父母允许的事。

再看社会这道保障。教育——封建奴化；思想——封建理念；言行——封建约束；社会——封建制式；家庭——封建承袭；交往——封建伦理。

两道保障，两道屏障，将人，将社会牢牢地封闭在铁笼里。人，行动若跬，磕磕绊绊；言谈若俗，唯唯诺诺。

在曹尔身上，封建陈俗渗透，举步维艰。他，开始动摇。

他自较：

论长相，方圆（周围，指所在的区域）无二，无可挑剔；

论人品，斯斯文文，正正派派；

论学识，知书达礼，村邻恭维；

论孝顺，守道不逆，尊长不移；

论前程，锦绣不说，乡人仰首；

论声誉，家人满意，四方夸赞。

而刀妹，曹尔所知，不过长相、勤奋、刚勇、吃苦耐劳而已。凭此与其终身相守，实为盲动，幼稚之举。

相形之下，曹尔言塞，没有充分理由说服父母同意他的冲动主意。当父母再提此事时，他只有无力顺从地对父母说道：

“爹，娘，你们怎么说我就怎么办吧。”

曹田水和杨氏在正堂茶桌旁看着边说边上茶的儿子，听到儿子知错就改，将择偶权交回老人（双亲），他俩还能说什么呢！

六十二

探情的重要阶段大功告成。刘三妹将移植的兰槐紧紧搂抱胸前，不停地亲吻着“伤口”治好的兰叶，情不自禁地憧憬着美好的未来：

一栋石围墙，两层木架结构，盖有青瓦的房子坐落在两山之间。一条涓涓清流从房前蜿蜒而过。一缕炊烟从屋顶袅袅升起，直上云天。这时，房门洞开，刘三妹手握扫帚，从屋里出来，准备打扫原本就很干净的院坝。她改变主意，放下扫帚，拐进院侧。一群小鸡在母亲的呵护下，从院坝一侧的窝里鱼贯而出。她又到院坝另一侧，一群鸭子“嘎嘎”争先出墙，跃入门前的溪流。放完鸡鸭，刘三妹又提起扫帚准备扫除，一只花猫带着三只小猫，“喵喵”冲主人直叫，像是寻找食物。刘三妹弯下身子抚摸其中一只，像对待婴儿一样对小猫说道：

“乖，饿了一晚上，我就给你们弄吃的。”

这时，一只黄狗也不知从何处跑出，来到刘三妹身边，东闻闻，西嗅嗅。

夜幕降临，刘三妹在火塘上架好桌子，摆上烤鸡、烤鸭、烤牛肉、山芋、海带汤，和两个盛满饭的碗、两双筷子。等待罗升平回家。

不久，罗升平背着装有鱼、虾、海带的箩筐回到家。刘三妹笑容满面地迎上去，双手接住他身上的箩筐放到地上。顺便从肩上拉下洗脸帕，为他擦拭脸上的汗，心疼地望着他的眼睛说道：

“一身的汗。以后累了就歇歇，不要太劳累，身体要紧（重要之意）。”说着，不等罗升平回答，拉他坐到饭桌边，递上碗筷催促道：

“早该吃饭了，快吃！”边说边将桌上的好菜拈到罗升平碗里。有些痴痴地望着罗升平大口大口地吃。自己却忘记了吃饭。

罗升平见状，明知故问道：

“你为何不吃？快吃啊！”

从火塘再往里，是两人睡觉的地方。一张木架床。床上铺了元麻织成的被盖、床单，摆了一个长长的元麻枕头。罗升平见刘三妹正在收拾木床，有些迫不及待地搂住刘三妹，往床上压倒。见到罗升平火急火燎（控制不住）的样子，刘三妹用手指了指床柜上的桐油灯。罗升平急忙抱住刘三妹，起身一口将灯吹灭，重重地将刘三妹压到床上……

……他俩紧紧搂抱在一起，不停地往下坠落，坠落，落到一块岩石上——

“哎呀！”刘三妹勒住神驰的野马，羞臊地低下头。

她将兰槐放回原处，盖好树枝，从腰间取下弯刀，砍下一节与自己高矮的金竹（金黄色的竹子），藏入盖兰槐的树枝里。

这是她探情以来第一次，也是平生首次邀约男人。一节竹子表示一天。她抑制不住内心的激动，等待着约定时间的到来。

罗升平手捧刘三妹藏进树枝里的那节金竹，心情同样激动异常。探情以来，他们将第一次见面。这是平生最重要的，也是唯一的一次约会（莽人定终身一般一人一生一次）。

为了这次约会，罗升平经历了漫长的磨砺、坎坷、思想蹉跎和焦急等待。这次约会，意味着家庭、人生的归宿、幸福的走向，以及情态的总趋势。

他手里抱着金竹，心里抱着等待的人。这个等待的人，将和自己朝夕相处，生活一生；这个等待的人，将为自己生儿育女，繁衍后代；这个等待的人，将与自己甜甜蜜蜜，风风雨雨，同甘共苦；这个等待的人，将同自己赡养上辈，关怀平辈；这个等待的人，将和自己与莽人和睦相处，互相帮助。

他想到这里，隐没在杂树后面，等待刘三妹。

刘三妹来到放金竹的地方，看到金竹被人取走，她的心“嘣嘣”往外跳，不知如何是好。

当和“他”建立情事之前，与其他人一般无二。

当和“他”建立情事这段时间，有时暗羞，有时想见面，有时忍耐。

然而，当“他”就在身边，马上要见面的时候，却又羞于见面，不敢见面。

她想着，想着，干脆靠在一棵使自己半遮半掩的树下，拉下一根长有茂密树叶的树枝完全将自己封藏住，任凭发落，任凭……

她不想了，不敢想了，闭上双眼——

“让一切都来吧！”

罗升平在杂树后对刘三妹的一举一动有所发现。虽然如此，但如何解开这个“结”他心里没有谱。他，对于这种事毕竟也是第一次。等了很久，不见动静。罗升平不知她怎么啦！

按这方面的习俗，当女方发现金竹信物被人取走，应该立即在附近周围十丈以内寻找——对方就在这个范围内藏匿。

她是不是后悔？

如果后悔，她应该将金竹劈成两半放置树枝内。

他只好静观其变。

又等了很长时间，罗升平像热锅上的蚂蚁，急不可耐，“一个男人，就这点能耐？！”他狠狠地朝头上砸了一拳。

他豁出去了，从树后起身，直奔刘三妹可能遮藏的地方。

这时，刘三妹也觉得老躲下去不是办法，也起身离开遮躲的地方，寻找罗升平。

因为树草多、杂乱，互相间都摸索着前寻（因为这时刘三妹改变了位置开始寻找对方，故罗升平也只能变等待为寻找）。

他俩找啊，找！就像捉迷藏，越找越没有希望。找得精疲力竭，各自只好坐下休息。

之后，他们又继续寻找对方。由于胆怯，羞臊，双方在寻觅时都谨慎，小心，无声无息。

逐渐地，两位终于靠近，可谁也没发现谁。隔着一匹垂吊的芭蕉叶，双方猛然面对面撞到一起。一股暖流透过芭蕉叶，迅速传遍两人的全身。这时，男人毕竟是男人，罗升平顾不了许多，一手将刘三妹拉到自己的怀里，紧紧搂住不放……

莽人崖居（摄影：张焱）

六十三

王大的伤渐渐好了，杨洁心里却很不是滋味，真不想离别就在眼前。

在那个时代，除夫妻手足以外，青年男女在一起几乎是没有机会的。这次意外，使杨洁平生第一次感受到与男人在一起的微妙。

在救治王大的日日夜夜，杨洁从“救人一命，如造七级佛屠”的角度，诚心诚意，无私无畏，尽力而为。除了救治，不可能想其他。在恢复期，在教文化的相处中，杨洁的心里，偶尔象流光一样，闪现过王大的身影。可那是一种原始、本能、无意识的反映，不掺任何私心杂念。但是，越接近后期，王大伤愈即将离去的日子，杨洁总不时会出现淡淡的失意。这应是人之常情。

在特定的时代，特定的环境，特定的情况下相处这样长时间，人非草木，孰能无情！

平心而论，王大唯一的缺憾是文化。其余无可挑剔。而那个时代，懂文化知识的人微乎其微，书生与文盲匹配比比皆是。杨洁公正地想过王大。

她甚至认为，将来自己的那一“半”未必比王大强。凡事都有各种可能性。最理想的莫过于真心貌美的才子。但是在哪里去寻这样的人啊？父母会如此吗？

“屈就，是结局。”她想到这里为自己的婚姻归宿锁定了悲剧的结尾。

古往今来，有几人能达到追求的境地？

《西厢记》中的主人公崔莺莺与书生张珙虽说有一段刻骨铭心的恋情。但是，却受门第势利阻拦，始乱终弃。

《霍小玉传》的霍小玉是一个见多识广、思想活跃的时代女性。如此女性，最终遭遇负心郎的侮辱、迫害、离弃，成为门第陈规、家世利益的牺牲品。

《红楼梦》中“才女”“佳人”林黛玉的悲剧说明，在那个时代——封建社会，冷酷无情的统治阶级为了维护自身的地位和利益，对家境败落落泊至贾府的林黛玉和家境身世截然不同的薛宝钗，显然前者是统治者代言人的贾府遗弃的对象。

这些不论是现实社会中，或是文艺作品中显赫的人物，其婚姻结局尚是如此，我一个平民底层的小女子杨洁又能如何呢？！她想到这里义愤填膺，慨叹不已。

与其这样，还不如面对现实，“屈就”终身（婚姻）。杨洁心里有自己的打算：放弃门第、知识、高攀的观念，随遇而安。

这种思想转折，完全是遇到王大以后的启示。

杨洁的恻隐之心实际是对父母之命，媒妁之言的宽容。相反，是对自己一生追求的残酷放弃。

经过思想波折，她萌生了一种极现实的想法：如果王大或类似王大的人对她有所求（求婚），她未必不同意。

从遇救、相处，到学文化、享受照顾、接受医治调养，王大更加感到自己与杨洁的格格不入，更加感到“野人”（莽人）与外界“人”的天壤之别。受这种自卑支配，他觉得杨洁在天堂，自己在地狱，连正眼看她的勇气都丧失殆尽。更不敢有非分之想！

相反，他对杨洁倍加敬畏，比对长辈有过之而无不及。对于杨洁对自己的救治，他把它看成是天下最大的善事；对于杨洁对自己的文化教育，他把它看成是父母对孩子的养育；对于杨洁对他的微笑，他把它看成是上辈对下辈的关爱；对于杨洁对他的一举手，一投足，他把它看成是一种垂顾。

王大这种感受并非不正常。在王大看来，和外界的人相比，莽人住的、用的是人类早在原始社会末期就淘汰的穴居、树屋，穿的是兽皮、草叶；吃的是猎物、草根等人类早已抛弃的生存方式；说的是仅限于莽人间的行为、称谓表达人类所不能理解的话。等等这些，足以说明“野人”之称谓恰如其分。这也是王大及其同伴，如刀妹、陈武、盘祥云、罗石头等为之奋斗的根源。

王大的身世、处境、经历、胸怀、自卑、自尊、自立，经过这段时间的相处与了解，杨洁给予同情和理解，并处处事事尊重王大，丝毫没有看不起王大的地方。

杨洁越是这样，王大越觉得愧得慌。他每每见到杨洁，真想地动山摇将自己埋进去。

冷静下来，他越加觉得改变莽人现状的担子沉重，而且刻不容缓。

六十四

淡淡的云，依稀飘浮在天上，久久不愿离去；蓝蓝的天，不时露出块块奇形怪状的脸，羞羞答答，腼腼腆腆；轻轻的风，微微摇动柔弱的花叶，想提醒什么，然而欲言又止；叽叽的鸟，一对一双交颈枝头树梢，对眼前的一切视而不见。

在王大“墓地”，刀妹声声抽泣，悲痛欲绝。

在陡壁的山坡上，是你编织草垫，我坐在你宽大的胸前，你在后面用双手护卫着我，我们一同滑下山坡。

在独峰崖抓松鼠，我的手被红红的毒蛇死死缠住，眼看就要连人带蛇滚下悬崖，是你急中出招，用嘴咬住蛇的脖子，把我从魔界救回来。

在狼鹰潭，一只花熊突然从树丛窜出，将我推入深潭。是你用削得锋利的木剑从后面猛刺熊的后背，止住了准备下水撕吃我的熊。接着，是你抛下藤条，将我从潭中救出。

在蕨窝塘，一群马蜂包围我，是你用芭蕉叶把我全身包住，我脱离了危险，你却多处被蜂叮咬，三十多天后才挺过来。从此，你的手臂留下了一辈子的疤痕。

十三岁的时候，我们去桐坝采摘桐果。我不小心染上了漆毒，身上多处出现红斑、红疹。你跑了很多地方找来解毒的药，用嘴嚼药为我敷在身上的红斑、红疹上，还用嘴吸去毒汁。后来，我的病好了，你的口却被毒汁毒害，黄黄的毒水流了很长时间。你吃不下东西，人瘦了，身上发烧了，我急得直哭。

我九岁时，我们去刺竹坪刨山芋，你把弯弯的刺竹尖交给我。我拉住树尖往上爬，当爬上两人多高时，我在竹上荡来荡去，正高兴时，狂风吹来，把我从竹上刮下。下面是望不到底的深沟。我闭上双眼，等待死亡。可却在这一瞬间你从树上跳下把我横空抱住。我俩被一枝大大的树杈救了命。

我五岁时，我和你在家附近玩。玩着玩着我们就玩到森林深处，迷路了，电闪雷鸣，不知如何回家，四处乱窜。你觉得这样不是办法，就找个山洞躲了进去。可雷电就在山洞前纠缠不停。你担心我被雷电伤害，把我拉到你身后，用身体保护我。当时，我不停颤抖，蜷缩一团。可是有你的保护，我心里慢慢踏实，觉得什么都不怕。

在当山打猎中，天气变化快，我全身发烧，嘴皮破裂，昏迷不醒，你为了救我，跑了不少地方找药，身上不是被野刺刺伤，就是跌伤撞伤，有些地方还流血不止。你没有顾自己，急急忙忙喂我药，擦我身上的汗。见我高烧不退，你用棕叶扇为我扇风退热。看我口干唇破，你用芋叶装水一滴滴滴进我口里，滋润我的嘴唇。昏迷中，你担心我不会醒，不是常对我说话，就是不停地摇动我。在你细心周到的照料下，我不几天就退了烧。

在白岩坳打猎，遭到一群猴子的围攻。我胸前的兽皮被撕扯掉，你立即脱下身上的“填前”（上衣）为我穿上。你却光着上身，继续追赶猴子。

长风洞里的火光，你记得吗？白天，我们挖了一整天的山薯，非常累。在洞里，你烤山薯、黑兔、竹虫，我铺干草，我们呵欠不断。可是不能不吃，吃也重要啊！我记得，我们躺在草上边吃边睡。不知什么时候，火光通明，柴烟满洞。被熏醒。一看，糟了，我们睡的干草都着火了。那次，你睡得很死（沉之意），我把你推醒。你一睁眼，见到睡觉的草燃烧，别的不顾，抱着我就往洞外跑。我记得在洞外，我们的身上还在燃烧。

有一年天气不好，光出太阳不下雨。山薯、山芋、山药、树瓜（木瓜）、救济果（救饥粮）各种吃的很少。虽说猎物不缺，但我们不能光吃地上跑的爬的（动物），还必须吃树上草上长的根上结的（植物）。在黄石山刨山芋，我俩刨了一天没有刨到几个，连当天吃的都不够。你指着火里烧着的仅有的山芋对我说：

“刀妹，山芋熟了你吃，不要等我，我去那边另外烧吃。”

说后，你就离开我。

第二天我才发现，你在那边就没有烧火。我当时只想到你可能有男人的“事”要背着我做，就没有想到你是为了把山芋让给我一个人吃才有意离开我。那晚，你饿了一晚上，不知如何熬过来的？

阴雨连绵的那一年，我们去打落朵采菌子（野生菌）。那天，我们运气不好，找了大半天还没有采到几朵。快回家了，你趁我不注意的时候将你采到的装进我的箩筐里。为了不让我发现，你的箩筐里塞满了树瓜叶（与菌子混装保持菌子新鲜）。回到家，我还对家里人说没有采到多少。可从箩筐里倒出一看，我才发现我何时采了这么多啊！这事虽小，我却一辈子记在心里，从没忘记过。

"……'幺舵'，我走后，你要处处照顾好自己——"

天冷了，要多加穿的、盖的；

天热了，要多凉快，少去打吃的（指狩猎、采挖）；

遇到大风，要注意有什么东西掉到头上；

遇到打雷，躲进山洞、窝棚里，一定不可在外硬顶着；

下雨了，衣服湿了，要换干的，不要生病；

要经常找药在家放好，病了就吃就用。

打猎时，多个心眼，毒蛇多，黄蜂多，蝎子多，毒蛛多，蜈蚣多，恶狼多，猛虎多，烈狮多，饿熊多，猛禽多，毒草多，毒水多，红雾（毒雾）多，洪水多，落石多，要保护好自己的生命；

到外面，要能忍就忍。不要发火，不可吵架打架，遇事要说给别人听听，多从好处想想。不要走夜路，要晚出早归。要吃好歇好，不要饿着累着；

想我了，多想想我俩在一起的时候；

烦我了，用手蒙住双眼，好好睡一回；

气我了，往树上打两拳，出出气；

恨我了，双手压住胸部，就当我不存在。

"我走了，有自己满意的，找一个，为你生儿长女，敬老孝老；为你洗身做吃，知冷知热；为你早晚相处共同一生。"

"我走了……"刀妹泣不成声，哭诉不下去了。

六十五

从莽山迁入后，莽人居住的凉京湾接连发生几件令人意外的事。

莽人入住凉京湾，不仅建了不少房子，还发展了农牧副业。农业方面，以种植玉米、高粱、稻谷、红薯、大豆为主；畜牧方面，有猪、牛、羊等；副业方面，以狩猎、采集、捕捞为主。

农牧副业发展，使莽人生活发生了根本性的变化。吃的不再以猎物、树根为主，而是以粮食、肉食、蔬菜为主；穿的变化最大，他们几乎全部脱下原始的兽皮、草叶服装；穿上棉麻布衣服、裤子、鞋子、裹脚等；家里用的有桌、椅、凳、碗、勺、锅、盆、被褥、枕头等等，彻底改变了过去一贫如洗的原始状况。

这些变化，花费了王大、盘祥云、陈武、罗石头等人的不少心血。

第一次种植的水稻神秘被盗以后，莽人中不少被吓破了胆，认为是上天降临的灾难，如果不收手再种水稻，还不知会有什么灭顶之灾。有的人死守陈规，纯粹回归原始生活，认为自生自灭，听天由命，靠山林、湖泊维生是莽人的基本命运，谁也不能违背，不然要遭天谴，遭报应。在这些认识的影响下，以水稻为主的种植由此灰飞烟灭，无人问津。王大、盘祥云等违抗“天意”的中坚力量坚持自己的主见。认为，以种植改变原始生活，是“野人”变成“世人”最起码的一步。这一步不走，“野人”永远是“野人”，猿人终归变不成今人。吃的根本问题解决以后，其他问题迎刃而解不在话下。有了吃的，被饿死的紧迫感消失，人们就会百尺竿头，向更高的生活标准看齐。生活上的高标准，是在人与人之间互相攀比中提升的。生活水平的提升，必须有物质为基础。只有物质基础不断巩固发展，生活水平才能提升。否则，无本之木，无源之水，一事无成。王大他们站在一定高度，看出了“吃”和农业生产的关系，这在莽人中不能不说是石破天惊的大事。这种思想启蒙，与王大他们从军有直接的关系。因此，他们坚持发展生产。水稻被盗后相当一段时期，大多数莽人回归原始，远离刚刚起步的生产。王大、盘祥云、罗石头、陈武、罗升平几个人吃了秤砣铁了心，种了水稻、玉米等庄稼。庄稼快收成时，他们日夜守候在田边地角，以防止偷盗和鼠吃鸟吃。同时，他们没有停止畜牧和捕捞等副业发展。看到黄澄澄的稻谷，白晃晃的玉米，胖乎乎的牛羊，不少莽人动心了，又从原始生活进入到王大他们的行列。对于那些坚持过原始生活的人，王大他们没有强求他们生存的自由，有困难还尽量帮助他们解决。原始生存，谈何容易。找不到猎物和其他吃的，生病、受灾是常有的事。王大他们坚持关心、照顾这些人。日子久了，老让别人关照，内心愧得慌。尤其是看到王大他们吃不愁、穿不愁，病了有人寻医问药，既羡慕又悔恨。坚持原始生存的人，都一一回到王大他们的队伍，从事农、牧、副业生产。

外界对凉京湾的情况并非熟视无睹。先入为主，占山为王，这是古训。对于后来的莽人占据凉京湾，附近的大户、村寨、地方政府都陆续知晓，并有所行动。

大户中，黄炳成势力最大。土地有几千亩，人丁近千人，与周围大户、村落关系密切，当地政府官绅都敬畏他三分。凉京湾水稻被盗就是他所为。

“大包，不能再让那些‘野人’胡作非为下去，再去教训教训他们！注意，看他们怪可怜的，不可伤了人的性命。”黄炳成躺在太师椅里，对坐在一侧小凳上的家丁大包吩咐道。

“大当家的老爷，我这就去办！”大包从小凳上跳起，跪到黄炳成面前诚惶诚恐地应道。

上一次，大包受黄炳成指使，带领一帮家丁，将凉京湾第一次种的水稻“收”得干干净净。

黄炳成指使大包去收凉京湾水稻，是为了让那里的人明白：在这个地盘上，不是想做什么就做什么的。

之前，他派人打探凉京湾的不速之客。知道来人的穿着，一举一动。他对家丁们说道：

“这是一群从深山里来的‘野人’，给点‘颜色’（教训教训）再看以后的动静。”

黄炳成身为大户，在他身上，还留有‘宽仁’的陈迹。他曾经信佛。当了大户以后，为了行为方便，逐步疏远佛教。但他信奉“人不犯我，我不犯人”的原则。凉京湾这块地盘，本来属于桂粤互不管的偏僻地带。只因它接近黄炳成所辖地盘，周围小户人家为了讨好黄炳成，都说是黄炳成的辖区。时间长了，黄炳成便默认。因此，对这块地盘他曾经处于两难的境地。管吧，多一事不如少一事；不管吧，“大当家老爷”的脸面找不到地方搁。

一个风大雨大的夜晚，大包带着二十多个家丁悄无声息进入凉京湾。他们分头统一行动，将大多数莽人的门窗推倒砸坏。

这一突如其来的“灾祸”，沉睡的莽人大多误以为是大风所为。

第二天，莽人不得已把门窗修好。可是有人发现了人为破坏的痕迹：人影，脚印，门窗破坏的撞击声。

莽人，是一个能忍则忍的民族。他们虽知道人为破坏，但没有追究。对这事，陈武心里很不舒服，总觉得窝着一股气。

重重山，距黄炳成所在的米村地界很近。因为山山连叠，看不出。莽人随时到这里挖山药、蕨根，摘竹笋、核桃、栗子等。

在重重山的山洼里，陆妮正在挖草药。她用手指抹掉脸上的汗珠，看看偏西的太阳，坐到树荫下的茅草上，闭目歇歇。

陆妮，在莽人中长相中上，三十多岁，中等身材。已生有两儿两女，还丰韵犹存。

“沙、沙沙”半睡半醒中，似乎有什么响动，陆妮没有在意，继续休息。

声音过后不久，一条麻袋突然套到陆妮头上。随之而来的，是两双手死死箍住陆妮，进而滑向她的胸部、胯部。

陆妮感到情况不妙，突然发力，反手抓住其中一个人的阴部，又猛然用力，只听那人“呵”一声惨叫趴到地上。陆妮不容迟疑，右脚往上猛踢，刚好踢中另一个人的眼睛。她乘势脱下头上的麻袋，挣脱两双魔爪，拼命逃离。

陆妮逃回凉京湾。半晌后，凉京湾莽人身强力壮的都手持木棒、刀、铳、扁担等，火速赶到重重山。可那两人早已无影无踪，留下了麻袋。

见到麻袋，莽人断定是外人所为。

“‘啪！啪’——妈的巴子，叫你们干这点小事也干不成，滚！”大包气急败坏，朝那两个爪牙就是一顿耳光。

“大、大、老大，那女野、野人力、力大无、无比，我们不、不是她的、的对手。”其中一个爪牙对主子大包辩解道。

陆妮被欺辱不久，凉京湾又出事。

十多户莽人喂养的牛在一天清早口吐白沫，倒地四脚朝天挣扎，不到两顿饭工夫，都一命呜呼。

大家不知所措，理不出头绪。

如果是吃饲料，家家喂的饲料都不一样，有喂青草的，有喂红薯的，有喂山薯的，有喂木瓜的，不可能这些饲料都有毒。而且这些饲料是一直用来喂牛的，为什么早不被毒，晚不被毒，偏偏这时都被毒？

他们怀疑有人放毒，进行查看。发现有几处牛厩有马靴印。很显然，凉京湾莽人没有人穿马靴，肯定是外人所为。

莽人啊，莽人，任人欺凌到何时！陈武尤其愤慨。

六十六

凉京湾水稻被盗，门窗被毁，养牛被毒，女人被欺侮，一连串的外部侵犯，提醒莽人：要立足凉京湾，必须要有自己的武装力量。

这个问题，陈武考虑得最多，也做了一些准备。

在黑旗军，陈武知道“不入虎穴，焉得虎子”的道理。他与罗石头装扮成外地商人，进入黄炳成的地盘。

他俩身背绸缎等商品走村串寨，名为交易，实为打探情况。

“丝绸，锦缎——，上好的丝绸，上好的锦缎——”每到一家门前或村寨，他俩都放开嗓门吆喝。

“丝绸多少钱一尺？”

“三十个铜钱五尺，便宜卖。”陈武对路人还价。

“大哥，讨碗水喝。”陈武在路边停下，望着一家门前坐着的中年男人说道。

中年男人起身客气地对客人道：

“请坐，我这就去端茶。”中年男人边请陈武、罗石头坐到门前院坝的竹椅上，边进房端茶水。

“我买一丈丝绸，你们要多少钱？”中年男人一边递茶给陈武、罗石头，一边谈生意。

罗石头听了中年男人的问价回答道：“我们的丝绸卖六十个铜钱一丈。看你大哥是个大好人，快人快语，我们就收你五十五个铜钱一丈。”

中年男人点点头。

罗石头取出箩筐里的丝绸用尺子量了一丈用剪刀剪下，递给顾客，收下五十五个铜钱。

陈武借机对中年男人打探道：“大哥，这一带哪里的人买丝绸多？”

中年男人回答道：“往太阳的左前方（面对朝阳的北方），那里人多，又是黄炳成大户居住的地方。”

这话正合陈武他们的意。陈武进一步地说道：“大哥，你们这一带大户多吗？他们欺负你们吗？我们怕他们欺负不敢去。”

中年男人回答道：“我们这一带大户有几户，最大的是黄炳成。这些大户，你敬他、捧他、顺他、远离他，没事！”

罗石头在一旁插话道：“大哥，太阳的右面一直往前都可以到什么地方？不知道那里做生意行不？”

中年男人手摸着丝绸随意答道：“一直往前原来没有人烟，后来，听说来了一群‘野人’在凉京湾居住。从凉京湾再往右，应该是粤地。‘野人’不会买你们的货物，他们穿的是兽皮、草叶，哪穿得起丝绸。粤地生意如何，我不清楚。”

陈武抓住机会追问道：“大哥，凉京湾的‘野人’是什么样子？和我们有什么区别？”

中年男人回答道：“我没有去过那里，也不敢去那里，听说‘野人’长有獠牙，会杀人吃人。他们穿的是兽皮、棕榈、茅草，住的是山洞、窝棚，男女在一起吃住，生下的孩子不知父亲是谁。”

中年男人话匣子打开，滔滔不绝地说下去：

“听黄炳成的家丁大包说：‘野人’占了黄老爷的地盘，黄老爷不会轻饶他们。已经给了他们颜色，收了他们的稻子，砸了他们的门窗，毒死了他们养的牛，还派人强奸他们的女人。惹着黄老爷，这些是轻的，下一步，还不知道使出什么招！‘野人’，以后会越来越惨。”说到这里，中年男人关上了话匣子。

陈武、罗石头继续往前做生意。

“大伯，前边有村庄吗？”陈武向从自己身边走过的行路人问路。

路人客气地对陈武他俩：“往前走，不远就是黄庄。黄庄是我们这一带最大的村庄。”

陈武继续向路人打听道：“黄庄那里好不好做生意？我们想去那里卖绸缎。”

路人答道：“绸缎生意我不懂。我只知道那里赶集的时候很热闹，人来人往，沿路都是车马。”

到了黄庄，陈武，罗石头正赶上赶集。的确像路人所说，十分热闹、拥挤。他俩忘记了做生意，进入人群东看看西瞧瞧。

这时，迎面来了一乘轿子，由前后各三个大汉抬着，晃晃悠悠地。轿上坐着个五十来岁的胖男人，手里握着水烟锅，不时吸一口。吸完烟，胖男人不时摸摸滚圆的大肚子，又不时拈拈‘山羊’胡须，一幅悠然自得的样子。

轿子前面有几个人不断吆喝：

“让开，让开，黄老爷的轿子来啦！”

“妈的，还不快滚开！”轿前吆喝的一个男人看到街边卖菜的小贩磨磨蹭蹭，仗势欺人地开口大骂。

“原来这就是黄炳成！”陈武对罗石头说道。

他俩见轿子到来，急忙远远让开。看到轿子远去了，找了一家饭店坐下。

跑堂的过来向他俩打招呼：

“两位客官辛苦！想吃点什么？我们店卤的蒸的炸的炖的煨的煎的炒的凉的热的样样都有。”说完望着陈武、罗石头，等待回答。

罗石头对跑堂的答道：“一盘卤牛肉、一盘青辣椒炒猪肉、一盘炸鱼、一碗青菜加蒜苗、两大碗米饭。”

在他们邻桌，四个男人边吃饭边发牢骚道：

“妈的，今天的鸡蛋不好卖，刚遇到个好地方下好筐子，就遇上黄老爷的轿子，让轿子把我的摊位也让没了，真他妈的倒霉，一个鸡蛋都没卖着！”

另一个急忙阻止道："声音小点，让人听见传到黄炳成那里有你好看！"

第一个食客不服气地对劝阻的人声音略小地骂道：

"管他妈的！"

"不管不行啊，人家（指黄炳成）势大人多，得罪了他，吃亏的是你啊！"又一个食客劝阻骂黄炳成的人。又接下去进一步说道：

"听说黄老爷光打手都有几十人，还不算看家的几十个兵丁。左村右寨谁敢惹他。能躲的都躲得远远的。"

陈武、罗石头沿着一条宽阔的街道往前游逛，看到临街一幢楼房十分特别。

三层楼的房屋，青瓦红柱，黄墙花窗，飞檐跷椽，长廊宽阶，和门前一对张牙戏珠的石狮。石阶两侧站立的四个手持长柄梭镖的家丁，那气派，那威严，无不使人毛骨悚然，敬畏惊恐。这不是一方大户，也是一方霸主。

经打听，这就是地方大户黄炳成的居所。

陈武、罗石头只能远远观看黄炳成的豪宅，近了，会被驱逐。他俩都在盘算，怎么才能进到里面看个究竟。

"罗石头，我们就进去卖我们的东西。走，试试！"陈武对罗石头说完，走在前面往黄宅门前走去。

"喂，你们干什么的，快快走开，不要来这里！你们不知道这是黄老爷的家吗？"站在黄宅门口的一个家丁高声向离黄宅还有几丈远的陈武、罗石头呵斥道。

"我们是卖绸缎的，有上好的绸缎，特意送货上门的。"陈武冲家丁高声回答，话里留有余地。

家丁不高兴地高喊道："走开，走开！谁叫你们来的！"

他的话背后的意思是：谁也没有叫你们来。

可不曾想这样说会被来人误解。

听家丁这么说，罗石头不假思索地大声回答家丁道："是太太——"

听说是太太，家丁急忙问道："是哪个太太？"

罗石头不知道黄炳成有多少太太，想想既然已经说出口了，不妨再试试。便对家丁说谎道：

“是大太太——”

“过来吧，快过来！”家丁听说是大太太，不敢怠慢，立即叫陈武、罗石头过去。

陈武这才醒悟，阻止罗石头道：

“罗石头，这会露马脚的，我们还是不去吧！”

“陈武，话已说出，现在撤回，他们会更加怀疑的。管不了许多，我们进去看看再说！”罗石头觉得事已至此，无可挽回，固执地对陈武说明自己的想法。

“过来，把东西放下来！”家丁见陈武、罗石头来到门口台阶下，厉声责令道。

有些畏缩的陈武、罗石头立即将装有绸缎的箩筐放到台阶下的院坝地上。

四个家丁上来看看箩筐，又瞅瞅陈武、罗石头。一个家丁似乎发现了什么，上前审视罗石头道：

“你们从哪来这里做生意？”陈武见势不妙，担心罗石头说漏嘴，急忙对上前盘问的家丁客气地答道：

“我们从白司来这里做生意。我们带来的货一般人买不起。听说只有你们老爷家里的人喜欢上好绸缎，我们才特意上门孝敬你们的。”说完从衣袖里摸出铜钱，一个家丁送上一把。

家丁见钱，得意忘形，也忘记自己都是干什么的，便叫里面的女佣人道：

“彩云，请上房的太太看看上好的绸缎中不中意——”

“哎，知道了——”台阶上面的大堂里传出一个女人的应诺声。声音落地，一个穿着花枝招展的二十多岁的女人从大堂里出现，直冲家丁吩咐道：

“叫人把绸缎送上来！”

“送上去！”呼叫彩云的家丁冲陈武、罗石头指使道。

跟随彩云，陈武、罗石头来到大堂。这大堂很宽大，方圆至少有四五丈。正中靠里的木板壁上，供奉神位。神位后方木壁上，张贴有“天地君亲师位”的大字。大字两边写有对联。上联是：“先帝立中原”；下联是：“后裔雄四海”。

字里行间，主人将自己纳入黄帝族系。

神位上，香烛闪亮，辉耀一排神像。

整个大堂，金碧辉煌，香烟缭绕。

神位下方，安放着长长的贡案。贡案上摆放水果、猪头、海鱼、糕点等贡品。贡案前面是八仙桌、龙椅、狮凳、蒲团。这个地方，应是威严的训教之处。

陈武、罗石头听命于彩云，在大堂等候。他们看到，大堂两侧，各有通道进入里面。里面有什么不得而知。

不多一会，彩云引一位头戴凤钗，耳挂金环，身穿旗袍，脚踏丝履，皮肤白皙，眉细眼大，唇红齿白，身材窈窕，手拿丝帕的中年女人出现在他俩面前。彩云擦拭狮凳，面对女人，作揖弯腰，毕恭毕敬地道：

“请大太太入座。”

大太太落座，用拿丝帕的手指指彩云道：

“丝绸送上来我看看！”

大太太接过丝绸，看到是黄色的，不高兴地问道：“其他还有什么颜色？”

罗石头忙答道：“有绿的、粉红的、白的、黑的、蓝色几种。”

“蓝的送过来！”大太太没耐心地喝道。

她用右手拇指、食指捏了一下丝绸，又用手背挨了一下，随意地道：

“买几丈摆着吧！”

彩云立即应道：“噢！”

大太太吩咐后，在彩云的服侍下离座回房。

“谁让他们进来的？”大太太刚离开，就从大门进来几个人，其中走在前面的有人伺候两侧的身穿马夹、手掌搓玩两个石蛋的壮汉望着彩云问道。

“告大包爷，大太太买丝绸。”彩云听到大包的声音，立即停止接绸，迎着大包上前一步弯腰作答。

大包欲进侧门又止，望了望陈武，又看看罗石头，上前逼视他俩，忽然停住石蛋，一手将陈武上衣扯开，狡猾地问道：

“你不像做生意的，来这里干什么？”

突如其来的变故，使陈武猝不及防。他控制激动，耐住性子，镇静自己，反问道：

“你凭什么说我不是做生意的？做生意的都像什么东西？”

大包原想随便问问作罢，没想到会如此结局，气急骂道：

“妈的，敢顶撞我，你活够啦？！”他说完，用手挠后肩，对一打手示意。

“啪！”一打手上前，向陈武胸部就是一拳。

陈武刚要还击，被罗石头上前阻拦。罗石头担心把事情闹大不好收场，立即上前对打手作揖道：

“这位爷，有话好说，我们做生意十多年了，走南转北，混口饭吃，就请高抬贵手，饶了我们吧！”他说完，接连作揖。

“滚！下次再见到你们打断你们的腿！”大包见他求情也就饶了陈武他们。

离开黄府，返回的路上，陈武高兴地夸奖道：

“石头，你今天的表现很是好。刚才，要不是你上前拦阻，我真要动手还击了。那打手那一拳我感到，凭我的功力，他不是我的对手。不过，我刚要出手时也后悔冲动，正想不知如何收回拳头。关键时刻，你给我找台阶下，你做得对，‘好汉不吃眼前亏’。再说，我们不是来惹事的，还有更多更重要的事情等着我们去做！”

罗石头接过话题有些气愤地道：

“我们莽人的日子过得苦啊，什么‘野人’‘莽人’！我看我们得真正做人。”走在前头的他说到这里转身对陈武道：

“陈武，回去商量商量，我们不能再这样任人欺侮下去啦，一定要把‘野人’‘莽人’的这个外加的名字除掉！”

“石头，如何不是呢？这个事我想了很久。通过这次行动，更加证明，在今天这个天下，你弱小，你落后，别人就欺你，看不起你。就只有忍气吞声躲进远离人群的地方熬日子。我们莽人就这样一代一代、一年一年熬到现在……”说到这里，陈武声音哽咽，说不下去了。

六十七

王大养好伤，死里逃生，回到凉京湾，是深夜，星星满天。

看到自己组织大家建立的莽人村庄，他感慨万千。

凉京湾，我回来了！

莽人父老乡亲，我回来了！

沧海不留我，我就留在凉京湾！

神灵不收我，莽人会留我！

这时，地抖动，星晃动，万物在颤动。流星不时拖着长长的尾巴，流着长长的泪从天上滑落。几声蛙鸣凄凄凉凉，为长夜增添悲切和哀婉。露珠慢慢爬出泥土，滋润久旱的枝叶，凭吊被夺去生命的精灵。萤火虫散射出惨淡的光，将万物嬗变为魑魅魍魉。

王大回到自己的住处。房内空空，四处透风。他不知出了什么事。为不影响他人休息，他不去找人，而是点上自己在途中准备的松脂，和衣睡到原来生火的地方。

“有鬼！”罗升平看到王大房里的灯光，慌忙停止撒尿，提起裤子往屋里跑，钻进被窝，蜷缩成团，瑟瑟发抖。

“益林，开门！”李横横起夜（进茅房）也发现王大房里的灯光，急忙敲隔壁邻舍的门。

“起来，益林！”

“深更半夜的，有什么事吗？”益林被惊醒，很不情愿地问道。

“吱——”门刚开一半，李横横便推门进去，又慌忙把门“砰”的一声关上，对益林急促地说道：

“王大房里有亮。”

两人面面相觑，一时不知如何办才好。

益林先想出办法，对李横横提议道：

“我们去看看，会是什么！”

他俩出门，还不到王大房前，就看见有几人从王大房前慌慌忙忙跑开，好像发现了什么。

李横横见此对益林猜测道：“灯光亮着，看的人跑掉，一定是看到了鬼，不然，不会跑。”

听他这么说，益林更加毛骨悚然，退缩一步对李横横说道：“我们还是回家吧，等明天再说！”

“有鬼，有鬼！”就在李横横、益林谈话间，旁边走过几人，小声地对他俩说完就慌慌张张离去。

知道有鬼的人不少，但都不敢进王大的门看个清清楚楚，都被吓破了胆，各自逃离。

“咯咯、咯——”一声鸡叫，半夜过去。

王大灭了松脂，酣然入睡。

天亮了，人们陆陆续续聚到王大房子周围，从缝隙偷看，议论纷纷。

有人说：“王大没有死，活着回来啦！”

有人说：“王大早就腐烂生虫了，是鬼魂回来，一开门可能就什么也看不见。”

有人说：“他（王大）回来，一定是有要紧的事没有办完。”

盘祥云说：“出事那天，我看到竹筏被大风大浪翻落海底，以后连人带筏再也看不到。接连几天我们去那里打捞，都不见踪影，他（指王大）怎么还会活着回来呢！”

有人接着盘祥云的话说道：

“那天死的人一个都没有活着回来，王大怎么就回来呢！这里面肯定有鬼！”说着指了指房里。

有的人从家里拿出纸钱、香烛，在王大房旁焚化，叩拜：

“王大神仙，你已经去到那里（鬼的世界），就不要回来了，你就让我们好好过日子，我们会常常想念你，为你送钱送好吃的，会请求老天看顾你，让你过上好的日子，过上真正人的生活；让你当大官，吃不完穿不尽，有人使唤，为莽人争气；让你为莽人做大事，把我们救出深山莽林。”

有的人从家里取来煮猪头、烤羊肉、干兔，祭奠王大道：

“王大，你一路走好，我们会记挂你的好处一辈子！

你把我们迁移到这里，过上人的日子，我们不会忘记；

你为我们建房屋，使我们离开窝棚、山洞、树杈、石板，我们不会忘记；

你教我们种庄稼，养猪鸡牛羊，捕捞鱼虾、海带，让我们吃的像人的样子，我们不会忘记；

你引种元麻，教我们织出布，我们从此脱下身上的树皮、兽皮、棕片、羽毛、草、绳，穿上人的衣服，我们不会忘记；

你见到谁有困难，就去帮助，去关照，去解决，我们不会忘记；

你为莽人摆脱贫穷、落后，不被人看不起，为莽人真正成为人，你东奔西走，东漂西泊，受苦受难，一直没有时间娶妻生子，我们不会忘记。”

有人从家里拿来纸、布，剪成美若天仙的姑娘，穿上仙女般的衣服，边烧化边吊唁道：

“你们快快成双成对，结发交颈，子孙满屋，世代延续。”

有人用纸、帛、树皮、兽皮、羽毛等，做成车、船、桌、椅、房屋、牛羊马等，一边燃化，一边念叨：

“我们祈请上苍，好人有好报，要什么给你什么，从此不再做莽人、做野人。

“我们祈请上苍，不仅让你做人，还要做人上人！做正直、善良的人，做勇猛、智慧的人，灭掉歹人、恶人，和欺侮莽人的人。

“我们祈请上苍，你在那里不老、不死，永远年轻，永远有用不完的力，永远保佑我们过好日子，让我们快快活活地活，高高兴兴无忧无虑地生存。

“我们祈请上苍，让你在那里不忘带领我们奔向美好的日子。”

“吱呀——”正当人们祭奠、凭吊、驱魔正烈的时候，王大的门突然开了。

人们吓得魂飞魄散，四处逃离。

王大见状，明白是怎么一回事，立即高声制止道：

“不要怕，不要跑，立即回来，我是王大！”

见大家不理睬他，继续大声解释道：

“莽人亲人们——！我是王大——！我没有死——！我活着回来啦——！”

奔跑的人们停住脚步，听王大恳求；

人们转过身，开始面向王大；

人们惊魂难定，惶恐不安的表情，疑惑地远远望着王大；

人们谁也不敢挪动脚步，谁也控制不住抖颤的身子；

人们你望我，我望你，都拿不定主意，气氛异常凝重。

人堆里有一个身子在移动。这个身子是陈武。陈武想道：

“当兵人出身，这种时候不站出来为大家豁一命更待何时！”他毅然离开人群，向王大走去。

“一个大男人，要虚荣，更要有胆识、勇猛，不能在众人面前丢脸，不能丧失男人的尊严。”他不无矛盾地鼓励自己，为自己壮胆，边走向前，边埋头对王大喊道：

“王大兄弟，我是陈武，我俩从小一块长大，一块当兵杀敌人；我俩有福同享，有难同当，你不会忘了我们的这份情谊。你不能做对不起陈武，对不起莽人的事！”

人堆里又有一个身子在移动。这个身子是罗石头。罗石头想道：

“我也是男人，怎么就这样㞞呢？陈武敢上，我也不甘落后。”

他想着想着，也像陈武那样，埋头向王大一步一步走去。

他边走边喊道：

“王大，我是罗石头。我们一块打猎，一块捕捞，一块在战场上出生入死，你不会忘记。我们大家都没有忘记你，没有忘记你为我们做了那么多好事。”

人堆里再一个身子在移动，这个身子……

人堆里……

陈武继续埋头往前走去，他不知道后面都发生了什么。走着走着，正前方出现了一个身影，挡住了自己前进的路，他以为是路人抢道，往右侧移动身子让路。就在他让路的刹那，那个身影突然移向左侧，一下抱住他道：

“我是王大，你抬起头好好看看，我是你的好兄弟——”

陈武慌也来不及，退也来不及，让更来不及，一股男人的强刚之气直冲脑际，突然抬头望着王大。只见王大——

头发往上用一根布带盘结，身上穿一件对襟装饰纽扣的布衣，下身穿一条双管阔大的布裤，脚上套一双布鞋。面部、穿着和出事那天有明显变化：面部变得红白，鬓中疤痕仍在，衣服由右侧肩夹处往下开衩，脚上由草鞋变成白底黑帮鞋，穿的都是新的，不像出事那天破烂。表情：沉稳、忧郁、惊疑。

陈武呆看了半天，目光慢慢移向王大的双眼，嘴唇慢慢张开，似真似假 似信似疑地对王大探试道：

"你——真是王大！？"

王大沉稳地对陈武点点头。

他不容迟疑，不再犹豫，抱住王大，用劲咬了一口王大的肩。

只听王大"哎呀！"一声惨叫

在惨叫声中，陈武猛然转身，惊喜地对大家喊道：

"是王大！是王大回来啦！他没有死——"

"死、死、死——"声音在四周回响。

跟在陈武后面的人跑向王大，观望怀疑的人群涌向王大。

"王大回来啦——""王大没有死——"一时间，人们的喊声突然迸发，冲向王大，冲破凉京湾，冲向山谷——

"王大回来啦啦啦——"

"王大没有死死死——"

惊喜过后，人们拿出最好的食物，燃起长长的火墙，庆祝，祷告。

在火墙里，木架上烤着海鱼、山猫、獐子、獾、蛇、虾、蚌、竹虫、蜂蛹、芋、薯、海带、海苔、木耳、香菇等上百种海味山珍。

每烤熟一样，人们就将其摆到芭蕉叶上。芭蕉宴整整摆了二十丈远。

然后，人们跪到芭蕉宴前叩拜天地神灵——

大恩大德的天，大恩大德的地，大恩大德的神，

你们明察人间，垂顾莽人，主持公正；

送回无辜，送回顶梁，送回期盼，送回主心。

你们知道，王大是我们莽人的恩人。

他对我们无私、无畏，一片真诚。

他为我们操劳、奔忙，误了自身。

他为我们，敢闯刀山、火海、虎穴、狼窝、魔林。

他为我们，吃尽千般苦，却落得苦海余生。

……

人们围坐芭蕉宴，先将最居中的座位安排给王大，将好吃的给王大吃。王大手捧吃的，向莽人讲述遇难获救的经过。

听到王大的历险奇遇，大家惊叹不已。

六十八

罗升平、刘三妹来到望空崖，用藤条从崖顶放下。罗升平背上挂着那株恢复的兰槐，顺藤滑向悬崖中部。在刘三妹的指点下，他将兰槐复位回到原来的“家”，回到崖下。

回家的路上，他俩触景生情，进行情定的最后探索。

天空厚云下，飞过一只大雁，凄凉地叫着朝西方飞去。

刘三妹灵机一动，指着大雁，问罗升平：

“你喜欢大雁吗？”

罗升平不假思索地答道：

“不喜欢，悲悲哀哀，凄凄惨惨！”

刘三妹选择大雁考问罗升平，是因为从婚配的角度出发，可以检验对方对未来的态度。

罗升平对大雁的看法是，大雁总是在萧瑟凄凉的秋天出现、奔忙，给人一种一生坎坷、哀哀怨怨、凶多吉少的感觉。如果这一生像大雁那样，罗升平肯定不喜欢。

路边一朵牵牛花被几只蜜蜂采来采去。刘三妹停住脚步，新奇地叫住罗升平道：

“你快来看，这些蜜蜂怎么啦？”

罗升平凑拢刘三妹，一起观看。他边看边回答刘三妹的问话：

“蜜蜂不采花，就没有蜂蜜吃，飞虫中最辛苦的是它们。”

“你就当一只蜜蜂吧？”刘三妹进一步地、旁敲侧击地追问道。

罗升平注视着只只飞来飞去采那朵牵牛花的蜜蜂，计上心来，用手拉过刘三妹，声音轻柔地说道：

“三妹，我不做蜜蜂，我只要你！”

刘三妹出于同情与忌恨，对刚才的情景十分关注。她眼前看到的是鲜活的“人”——女人和男人——一个女人被多少个男人踩踏。显然，她要以此考察对方对此的态度。

罗升平从蜜蜂、牵牛花此举上直观地觉得，付出与辛劳等于一样。他这时不想付出和辛劳，也不想考虑这个问题。他现急于需求的，只有一样——刘三妹！

在一个水塘边，他们蹲下玩水。刘三妹看着他们的双影被波纹弄碎、变形，由忧郁变为冷静，邀罗升平道：

“升平，快看，多好看！”

“这有什么好看的，我喜欢平静。”罗升平实话实说，道出了自己的喜好。

水中弄影，自己不是自己，人不人，鬼不鬼，零不零，整不整，生活东扯西拉，居无定所，食无固物，妻无专人，夫不守一。她刘三妹怎能忍受！

罗升平被杂乱的景象搅得头晕目眩，本来好的心情一扫而光。在水中，双方躲躲藏藏，遮遮掩掩，支离破碎，变来变去，稀奇古怪，这违背了他现在的情趣。

三件事情，三种答案，虽说刘三妹此时不知对方是否真正理解，也不知对方真实想法，但也未发觉自己非常不满意的回答。

三件事情，触动了罗升平的情感神经，他顿然醒悟：刘三妹在考验自己！

既然这样，来而不往也显得我罗升平愚钝。其实，在罗升平心中，早已吃了秤砣铁了心，非刘三妹不娶。但是，这种事情光一厢情愿往往是很难有好结局的。

在他们不远处，两只公鹿为了赢得母鹿的欢心，角逐扭打，难分胜负。这时，又来一只公鹿，趁两只鹿厮打正烈时，将母鹿拐走。在当地兽类，大多都同性相争而最终以胜者赢得异性，这也是异性的选择。而今天却例外，不劳而获者却轻而易举获得异性，异性也有悖信义，中途变卦，弃旧图新，水性杨花。

罗升平见到这种异变，不可思议。他问刘三妹道：

“三妹，你喜欢那只母鹿吗？”

这场突变，刘三妹也看在心里。听罗升平问自己，她反问罗升平道：

“如果这只后来的公鹿与母鹿比角斗那两只感情更深厚，你又如何看母鹿？”

罗升平没有想到刘三妹会如此反问，支吾道：

“这，我，我没有想过。”他接着问对方道：

“如果三只公鹿与母鹿过去都不认识，当然也不存在感情，那只母鹿应该选择谁与它配对？”

“谁强胜选谁。”刘三妹直截了当，不遮不掩地回答。

这种回答，罗升平也没有什么好说的。

他俩来到一棵树下。这棵树地面上长成鸳鸯杈，没有细枝密叶，只有两枝光秃秃的树干。

见到这样孤独无靠的树，罗升平心生怜悯，感慨不已。他对刘三妹试探道：

“三妹，像这棵树，不如自我毁灭。或者，分开走，各谋生路。”

刘三妹对这株奇特的树也不无同情。对罗升平的见解，她本可以不做回答。但既然他问自己，就谈谈自己的看法：

“有无（富贵）在天，子女在命，认命。”

“是啊，命里注定莫强求。”罗升平的附和掩盖了自己对刘三妹的试探。

罗升平和刘三妹经过怪石滩，有一对相距几十丈的石柱被波浪冲刷，瘦骨嶙峋。仔细看，两根石柱像两个人：一个胸脯挺直，发髻盘绕；一个佝偻难耐，发无须乱。如果没有水，没有地壳变化，这无疑是伴侣。他俩都有同感。

作为男人，罗升平对男性石柱有自己的看法。石柱前倾的身体，两手对对方的召唤、挽救，说明在分离的那一瞬间的努力与绝望。而女性石柱，则无所表现，若无其事或不屑一顾，令罗升平有一丝淡淡的悲凉、反感。他淡漠地、不无所失地对刘三妹表明自己的看法：

“可怜的男性石柱，没有必要屈气哀求。因为，在事变的那一瞬间，‘他’已经仁至义尽。这是情的最高表现。”

说到这里，他飞快地看了一眼刘三妹，看看对方是何表情。

罗升平说到这里，刘三妹接着也议论开了：

“从两根石柱看出，有两个伤心可怜的地方：一是地面发生变化将双方突然拆离；一是女性石柱对被拆离没有往心里去。说明可能女性石柱不喜欢男性石柱，或者感情发生变化。但是，对于发生意外的那一眨眼工夫，女性石柱至少对男性石柱的舍身搭救应报以真心实意。如果我是男性石柱，早知道这样，不如另选中意的。”

看得出，刘三妹在罗升平的点化下知识大有长进。

刘三妹的看法使罗升平费思量：她是同情我呢，还是试探我？对于男性石柱她是真同情还是另有“隐情”？罗升平不愿再绕来绕去，单刀直入地说道：

“我是雷公，再来一次地动，把两者恢复。”

刘三妹立即反对，指着两根石柱对罗升平说道：

“把现在的两根石柱生拉活扯弄在一处，多不是滋味啊！”

罗升平附和道：“强扭的瓜不甜。”

离开怪石滩，罗升平与刘三妹在回家的路上对未来的很多事情，诸如老人、孩子、生产、猎物、居住、采药制药等等进行商量。其中，谈得最多的是今后两人在一起，想不到一起、谈不到一起怎么处理，谁先死了剩下的怎么办。接着，他们着手婚前的最后一件事情。

“三妹，‘合欢草’你找还是我找？”罗升平征求对方的意见。

“合欢草”是一种草药，服用后使人兴奋、精力充沛、记忆力增强、提神补气。生长在湿度比较大的地方。这种草一株两茎，一茎为雄，不会开花；一茎为雌，开豆粒大小红花，结芝麻大小果实。两茎、叶片缠绕交替生长，因此而得名。莽人成亲用“合欢草”，能增添结婚时的热闹喜庆，能使新人婚后吉祥如意，恩爱如胶，幸福美满，儿孙像合欢子一样多。

刘三妹知道，答应找“合欢草”意味着什么。她胸口像被追逐的兔子，怦怦直跳；脸烧得火辣辣的，羞得无处躲藏。听到罗升平突然问自己这个问题，她从身边拉过一枝树，半遮住自己的脸，背着身子忸怩推辞道：

“这，这事我……”

罗升平见她为难，上前一步，搂住她的肩，温柔地对她表示道：

“好，好，我办，我办！”说着，将她身子扳过来，紧紧抱住，将她徐徐压倒在一丛茅草上……

一对喜鹊在枝头停止了交颈；天上游动的云停止了波动；只有微风不停地吹拂枝叶，覆盖着这对颠鸯倒凤的生灵。

六十九

她食无味，动无心，成天神思恍惚，完全变了个人。

见到刀妹这样，一家人都非常心疼她。给她做好吃的，说好听的，可都没有用。

父亲刀朗外出打猎带着女儿，目的是让她换个地方有个好心情，可效果不大。

刀朗打了麂子让女儿剥皮去肚杂风干。刀妹剥皮时，将皮和肉切在一块；去肚杂时，粪便弄到肉上也不知道；风干时，却把肉放入泥土里。父亲看在眼里，痛在心里。

刀大外出采集食物带着妹妹刀妹，目的是让她分心，以免成天就陷入王大的沉思圈里，可也不见什么效果。

在山里采挖山芋、竹笋，刀大让妹妹准备午饭。刀妹本应找干柴生火，却不由自主尽找来生木湿柴，烧得满山遍野烟雾乱窜，不见火苗；烧木薯、烤蛇肉，全都烤成木炭。

母亲经常将刀妹带出去散心，给她讲小时候的事，想把她带入童年时代，以此取代她烦乱痛苦的心情。也无济于事。

在河里洗竹叶菜（一种叶片与竹叶相似的草，莽人喜欢吃的一种菜）、山萝卜。竹叶菜和山萝卜付之东流，刀妹却呆呆望着河水全然不知；回家时，母亲让刀妹走在前面，她却要么走到离家越来越远的地方，要么走到别人的洞穴里。母亲含着眼泪，为女儿揪心。

晚上，刀妹常常背着家人去野外看星星、月亮。一家人都在后面远远跟着她。只有这时，她看似恢复了原样。她觉得与“幺舵”王大在一起——虽然他在星月中。有时，她盯住一颗星星要听鸡鸣鸟叫；有时，她边走边看变幻莫测的云，常常碰到树上、石上，很投入。她觉得这是“幺舵”在云里雾里与儿时一样故意躲着她。她也在树里草里藏来躲去，故意让“幺舵”找不着。

白天，莽人见着刀妹，她不理人家，她的精力都放在“幺舵”那里。有人路过身边和她打招呼道：

“刀妹，你要去哪里？”

刀妹却回答道：

“你和我不是早就说好去三河抓鱼吗？”她完全把和她打招呼的人当成“幺舵”王大。

郁闷的刀妹慢慢面黄肌瘦，弱不禁风。全家人为之担心，莽山的莽人为之担心。家里的人不必说，其他莽人从生活上、医治上想尽办法，有的送好吃的，有的送好药。结果，都没有收到丝毫的效果。

时间，一天天过去；刀妹病况，一天比一天严重。

一天晚上，刀妹翻来覆去，怎么也睡不着。接近天明，她终于进入梦乡。

王大从翻滚的云雾中降落人间，降到刀妹的身边。他口衔仙草，手抱宝瓶，急匆匆地对刀妹说道：

“我是来为你治病的！”说着，从宝瓶中倒出几粒白色的药丸，放在手掌里，将仙草与药丸放到嘴里嚼碎。然后，搂过刀妹，把嘴里的药吐到刀妹嘴里。刀妹吞下药，张着嘴望着王大还想要药。这时，王大搂紧刀妹，将嘴紧紧地贴到刀妹的嘴上……

正在这时，一个声音从天而降：

"'稳女'（姑娘或心中的人），不要忘了，你盖了许多房屋还空着！"

刀妹醒来，被从天而降的声音所震惊。她如梦方醒，想起建盖在暗河上面的间间房屋，精神为之振奋。

这声音，使她每天警醒。

这声音，使她饮食一天比一天好。

这声音，使她精神一天比一天振作。

这声音，使她筹划剩余莽人的迁移。

刀妹恢复理智和身体以后，就集中精力说服莽人离开灾害多发的莽山。

莽山现有人口，分为两部分，一是从凉京湾返回的，一是没迁出去的。

从凉京湾返回的，觉得那里的生活习惯、环境不适合自己。生活习惯是按竹叶岛人的实行，总的来说，吃的主要靠生产供给；用的大部分靠去竹叶岛交换而来；说的也不断仿效汉民族。凉京湾的环境丘陵居多，水源居多。居住那里的人，只有在耕种上、捕捞上做文章，靠山吃山，靠水吃水，才能生存和发展。迁到凉京湾的莽人，要一时改变打猎、采集、随遇而居，有就吃、用，无就饿、不用地过一日算一日的原始落后习惯，难于上青天。在王大等人的努力下，大部分人留了下来。其余的陆陆续续返回莽山。

返回莽山的那些人，在惯的山坡不嫌陡，想说服他们再迁徙出去，万万不能。刀妹做了这些工作，没有人愿意。刀妹只有在从没有迁移过的莽人中争取。

这部分人要说服也并非易事。如果容易，早就被王大他们迁入凉京湾了。刀妹没有被困难吓倒，想尽办法说服莽人。

凉京湾、暗河之上的选址，不要说比莽山，就是和居住山区的外部民族居住地相比，也不算太差。但是，好的环境，好的条件，怎比得上世代、远古以来形成的偏见、习俗。

有不少人对刀妹谢绝道：

"刀妹，你是为我们好，这我们知道，从内心尊敬你，有机会一定会报你的恩。不过，我们这一辈子就不出去了，看下辈子再说！"

遇到这种人，刀妹还能说什么呢！

有的人提出刀妹很难回答的实际问题：

“刀妹，我们莽人人少，软弱可欺，这你是知道的，要不然，早就不在这鬼地方住了！我们莽人搬出去年年都有，可是结果怎样呢？不是被人赶回来，就是被人欺侮回来；不是被人困死、折磨死，就是带着伤残回来；不是被人抓丁（兵），就是被人当牲口使。就连王大他们在凉京湾，不是种的庄稼被人强收，就是房屋被人砸坏；不是牲畜被人毒害，就是女人被人糟践。我们，苍天注定命苦，就只有认命，听天由命。外面的人，我们惹不起！”

他们说的，事事是真，句句不错，刀妹还能怎么说。总不能把有的说成无，把无的说成有。更不能把白的说成黑，黑的说成白。莽人最忌恨的就是对他们说谎，欺骗他们。

对莽人提出的实际问题，刀妹都考虑过。对于如何面对、解决这些问题，刀妹却一筹莫展。然而，在刀妹看来，并不能因此而放弃争取和努力。人就是活个精神！

她没有灰心，泄气。

一开始，家里人也和大多数莽人一样，说啥也不迁到别的地方去。不仅如此，还要刀妹从此不离开莽山，找个人家嫁了了事。后来，刀妹没有正面做迁居的工作，也不提迁居的事，而是亲近家人，讲这些年自己在外面见到的莽人从未见到过的事。当她讲起上次离家去越南看望亲戚途中的亲身经历时，家人都很感兴趣。既然喜欢这些，她就把类似的所看到的和所经历的尽数讲给家里人听。还讲了些她听说的外界的新奇事。

这下，家里人可喜欢了，主动提出搬出莽山，到暗河上面去居住。

做通家人的工作，刀妹知道方法的重要，对其他人也采取类似的办法。但其他人毕竟不是自家人，工作做下来收获很不理想，没有几户人想迁出去。

工作有所进展，这时刀妹为迁出去后大家的安全、人身自由、人的尊严、人的基本权利等等必须涉及的事情担忧。这些方面，她本人无能为力。怎么办呢？决不能放弃迁移。她想到了曹尔。

对，曹尔！

把这些烦人的事交由曹尔去办。想到这里，她眼前一亮，像是找到了希望和救星。

七十

王大回凉京湾，人心振作，人心思定，人心思变。

陈武、罗石头对王大的回来充满信心。

他们将暗访黄府的情况向王大做了介绍。并说出了他们的想法。

为了莽人移居后能有个安定的环境，王大也曾萌生过一些念头。陈武他们为莽人安定着想，想到了他的心坎上。他打心里敬佩、感谢他们。他和陈武、罗石头商议道：

“只有防范力量，才能保证我们莽人安定。现实的情况就是，哪个地方平平安安，哪个地方就有防范力量，或者地方势力在后面支撑。相反，没有防范力量、地方势力做后盾的，几乎都不太平。一个国家也是如此。”

“安定保障可以建立正式的防范队伍，可以建立非正式的防范队伍。正式防范队伍的建立，离不开从莽人中选人组成防范力量，主要从事护卫；非正式的，人选确定以后，这种力量担任双重任务：平时参加生产劳动，遇到有情况就服从调动全力应付。”

“要说服参加防范的人员，我们所担任的重担，都是为自己为莽人服务，换种说法，为自己也是为莽人，为莽人也是为自己。道理很简单，没有莽人就没有我们自己，没有我们自己也就没有莽人。个人的安危、莽人的安定都是捆在一起的。只有莽人安定了才有个人安定，只有莽人中的一个个人安定了也才有莽人的整体安定。不说明这些问题，大家的力量就聚不到一处。”

王大摸摸鬓中疤痕，看着陈武、罗石头问道：

“你们看，以正式防范或是非正式防范为好？先组织多少人为好？”

陈武胸有成竹地说出自己的打算：

“根据我们的情况，建非正式防范，先挑选二十人，这些人必须身强力壮，聪明机灵，不仅吃苦耐劳，而且要有不怕死的勇气。”

“还要服从，叫干什么就干什么！”罗石头补充道。

王大赞同他俩的办法和主意，附和道：

“就先确定二十人。组织形式以兼职为好，就是兼职防范。这比较符合我们现在的实际情况。如果情况发生变化，需扩大就扩大，需减少就减少。”

“谁来一一操办呢？”陈武看着王大问道。

王大早有打算，不加掩饰地对陈武说道：

“这还用说吗！你就比较合适。”

“对，陈武最合适操办这事。”罗石头赞同王大的意见。

陈武急忙站起来阻止道：

“这是大事，由王大办为好，办起来以后我接手稳妥些。”

罗石头也站起来支持陈武道：

“对，对对，王大办，王大办合适！”

陈武、罗石头说完都用征询的眼光看着王大。

王大知道推辞不掉，只好应承道：

“先就这样定：我来操办，搭‘架子’，石头配合陈武选人、练武。”

七十一

就在王大他们商议如何建立防范力量的时候，黄炳成却在策划如何再对凉亰湾施压。

黄炳成坐在龙椅上，摇着一把蒲扇，拈拈“山羊”胡须，对正襟危坐在蒲团上的大包问道：

“大包，最近凉京湾那边有什么动静？”

大包立即站起来，弯腰作揖道：

“禀报老爷，凉京湾近期没有什么动静，听说又搬走了几家。”

黄炳成躺在龙椅上，摸了摸滚圆的肚子，脱了鞋的脚在大包面前不停摇晃。他听大包说完，从肚子上拿起蒲扇指着大包道：

“不要让他们有喘气的机会，直到把他们全赶走为止！下步有什么打算？”

大包见机行事，迎合道：

“这几天，我就想带丁卒去海上会会他们。还不知老爷你恩不恩准？”

听到这里，黄炳成停住摇晃的脚，一边向大包挥动蒲扇，一边对大包随意地说道：

“你去看着办吧，我还有其他事！”说完用蒲扇驱赶大包，

“去吧，去吧！”

大包见老爷有些不耐烦，边后退，边唯唯诺诺：

“老爷，我这就走，这就走！”边说边退出大堂。

大包退出大堂，后悔自己不应对黄老爷撒谎。一旦老爷觉察，那可了不得。轻则丢掉丁长（家丁头）的差事，重则性命难保，或者一家人不得安宁。

大包想到这里，认为没有退路，只得想办法把这次对应过去。上次欺辱莽人妇女，要是跑得慢，弄不好会丢了性命。他总预感到对莽人长此下去，会凶多吉少。但这次提着脑袋也要做点事给老爷看，才能蒙混过关。

端午节这天，各地喜气洋洋，吃粽子，赛龙舟，踏青，采药，游玩。连树上的小鸟也少了许多，纷纷观看节日活动去了。

莽人不知道过这个节日。他们照往常一样，该干什么干什么。凉京湾的莽人一部分，在盘祥云带领下，下海捕捞。他们共有十张筏子。每张筏子上配有竹篱网筐，排叉（类似钉耙，耙尖锋利，使用时先突然插入水中，接着横或竖拖动）。每张筏上一般三人，两人掌舵，一人捕捞。

这天运气走红，太阳还未当顶，各筏上的箩筐里，快装满了鱼虾、海带等海产品。这可能是当天过节捕捞人少的原因，各筏开进泊湾提前就筏吃饭休息。休息时，都用衣服盖上头部消除疲劳。

就在大家休息的时候，大包带着丁卒，驾着几条船突然靠近莽人的筏子。

“撞！”大包一声令下，各船一起撞向筏子。

来不及躲藏的筏子被一时撞散，东漂西零。

各船继续碰撞逃亡的筏子，直到撞沉砸坏为止。

凉京湾十张筏子全被弄坏。好在没有人员遇难，都紧紧抓住筏子散落部件保住了生命。

这突如其来的人祸，无不使莽人震惊和愤慨。他们捕捞，碍谁惹谁了吗？没有！没有，为什么黄炳成要如此欺负他们？这正如王大他们所总结的：

弱小可欺，大鱼吃小鱼，小鱼吃虾！

逼上梁山，建立自己的护卫防范力量势在必行，而且刻不容缓！

七十二

不出半月，凉京湾迎海的横竖八九丈宽、十丈多长的一块平地，铺上了平整的石板，四周用木头围得严严实实，只留一道供人进出的门。场地上，安放了双耳石碾、石球、木架、木梯、吊墩、吊绳、跳槽、木制山墙等。场地一角，站立着二十个壮实的莽人青年。他们手特自制的酷似古刀币的长柄大刀，聆听王大训教：

“今天，把你们请来，做什么呢？操练！大家都知道，我们凉京湾的莽人接连被欺负，庄稼遭盗，牲口遭毒，房屋遭砸，女人遭侮，这是因为什么呢？因为我们弱小，没有强有力的实力，没有武装。凉京湾莽人是这样，我们祖祖辈辈也是这样，一直被外人欺辱，一直被排挤，被排挤到远离人群（这时他们还没有把自己当人看待）的偏僻边远的深山野箐。今天，把大家找来，我们就是要成立自己的武装，以武力对付武力，保护我们的家园，保护我们的劳动果实，保护我们的妻儿老小不被欺负。现在，请大家放下手里的刀，散开自由走动。然后，再列队。”

过了不多久，莽人都来到操练场看热闹。

王大站到木架上，面对人群，声音洪亮地说道：“莽人兄弟们，自愿加入莽人武装防卫的，现在请捡起刚才放地上的长刀，列队集合！”二十个莽人青年没有不愿意的，立即跑上前，操起放到地上的刀，按原队形排列。

“我再问大家一次，不愿意参加的，现在离开！”王大又提醒二十个青年道。

没有人出列，没有人离开。

王大接着高声宣布道："没有人离开，大家都愿意。那么，我们的武装防卫现在正式成立！从今以后，大家要听话，叫干什么就干什么，我们叫大家做的，都是对莽人有利的，都是为莽人好！大家说好不好？"

二十个青年同声回答：

"好！"

话音刚落，王大手拿一柄大刀大声喊道：

"陈武！"

"在！"陈武从人群急忙走出，声音有力地答应道。

"过来！"王大责令道

陈武来到王大面前接受任务。

"嗖！"王大把大刀突然投掷给陈武。陈武熟练地接过大刀。

"现在，我把莽人武装防卫交给你，限你三个月内把他们操练成精卒强将，随时为莽人出力！"王大指着二十个青年排成的队列，向陈武安排任务。

陈武听到王大的指令，将刀往腰部一靠，声音响亮地服从道：

"是，为莽人出力！"

"罗石头，过来！"王大接着向人群高声喊道。

罗石头急忙挤出人群，跑向王大道：

"我是罗石头！"

等罗石头站稳说完，王大对他交代事情：

"从今天起，你配合陈武操练武装防卫，他一个人忙不过来！"

"我听陈武的，你放心！"罗石头十分乐意地接受王大的分派。

这时，人群中爆发出一种声音：

"火（表庆贺）火——火火！火火——火火！火火——火火！……"声音从莽人胸中迸发，冲破了千万年来的尘封，喊出了祖祖辈辈的心声，撕裂了山谷，直刺蓝天。

当天夜晚，人们燃起堆堆山火，欢庆莽人武装防卫的建立，直到夜很深，很深。

莽人洞居（摄影：张焱）

七十三

在去暗河的路上，阴沉的天气令万物憋闷。黄蜂绕树飞来飞去，不知什么地方是自己要去的目的地。几只小鸟忧郁地栖在一棵树上，见着虫子也没有食欲。小草里虫子的叫声没有以往响亮，而且显得有气无力，似叫非叫。团团云彩上下起伏，好像风总是上下吹动一样。

曹田水身背鱼篮，满脑子想的是儿子曹尔的婚姻大事。他相信儿子，但也放心不下。作为父亲，必须承担做父亲的责任，全权操办儿子的婚事。

“刀妹？”第一个人影变成现实出现在他眼前，但他如何去了解这个人？“莽山”在什么地方？此人是否女儿身？等等问题使他不得不摇头。

“赵平山的幺女——赵艳华。”第二个人影变成现实出现在他眼前。这姑娘，论家庭、论长相、论人品、论乡里乡邻的评价，都没有什么可说的，在十里八乡（指周围几十里或者上百里）姑娘中排在前面。这姑娘，还读过书，文静，是礼教中人，若曹尔相中，他本人幸，我们做父母的也幸（包含意外、欣喜、幸福、满意等意思）。

“汪志梅。”第三个人影变成现实出现在他眼前。曹田水的老伴杨氏曾提起过。说这姑娘温柔、孝顺、勤劳。他曹田水虽说没对老伴表示同意或反对，但也不是没有往心里去。他去打听过，除了老伴说的，这姑娘长相中上，家庭祖辈都是种田耪地的，姑娘喜欢打扮。通过掌握情况，他们仍持不舍不弃，不提不放的态度。

“……”许多人出现在他眼前。

为儿子的婚姻大事，他曹田水正式操起心来，对他所知道的与儿子相匹配的姑娘进行排队，进行心里过目。对别人介绍的亲自去打听、看个究竟。同时，也打听是否有更加合适的。

连续几个晚上，他为这事辗转反侧，理不出头绪。

“噢，你这些天总睡不安稳，身子骨不舒服吗？”晚上，躺在床上的杨氏用手推了一下老伴，心疼地问道。

“还不是为曹尔的事。”曹田水答道。

杨氏听老伴谈起儿子的事，来了兴致，问道：

“他爹，这事咋办？”

杨氏的单刀直入，曹田水不便回避，便对老伴说道：

“十里八乡的姑娘我都访过，向谁提亲，我还拿不定主意。”

“郑媒婆今天来提谈房老三大姑娘房俊俊的事。说这姑娘长得水灵，对老人知冷知热的，对别人客客气气的。说这姑娘本分、老实、忠厚，从不串门，可守妇道啦！”

“嗯。”谈到这里，老伴曹田水顺应杨氏应了一声。接下来吩嘱杨氏道：

“媒人的话，你去看看这姑娘再说。”

“我也这么想。我明天就上她家打听打听。”杨氏顺从地同意老伴的安排。

天还不亮，曹田水来到儿子曹尔房前敲门道：

“曹尔，我俩去暗河取鱼。去晚了，鱼就死啦。”

“爹，我这就起床。”传来曹尔的声音。

曹尔高举燃放的松脂，照着走在前面的父亲，父子俩向暗河走去。

“曹尔，那个叫刀妹的姑娘回来了吗？”

“没见她回来。爹。”

“她说没说何时回来？”

“走时没说何时回来。”

“爹，你还提她干什么，事情都过去了！”曹尔不关心地对父亲表明了自己的态度。

松脂“嚓嚓”爆响，打破了一时的寂静。曹尔本已冷却的心灵，被父亲的提醒又开始升温。刀妹的身影又浮现在他脑海。

虽说对刀妹一知半解，或知之甚少，但她毕竟是他心中第一人。就是这第一人，点燃了他平生第一把情爱之火。就是这第一人，使他淋漓尽致全方位展现自己。就是这第一人，使他冲破了世俗婚姻由父母定的殿堂。就是这第一人，使他品尝了情爱的滋味。他怎么能说忘就忘呢！

曹田水看了眼远方天际的流星，对儿子说出了自己的想法：

“刀妹除了没文化、野俗，情况不明外，其余看不出有什么不好。”

他不等儿子说什么又接着自己的话道：

“要知道她的情况，这个不难，到她家乡走一趟什么都清楚了。”

曹尔听父亲这样说，急忙阻止道：

“据刀妹讲，从这里到她住的莽山，要走半月一月的，去她家我看就不必了。”

曹田水沉默不语。他心里想，自己年岁不饶人，经不起折腾。原本打算自己亲自去莽山走一趟，为了儿子，不去不行，要为儿子的婚姻负责。现在儿子是这种态度，他做父亲的也想省省这份心，减少皮肉之苦。再说，讨个一字不识、半礼不懂的儿媳进屋，曹田水的脸面找不到地方搁。儿子的意思，做父亲的干脆顺了吧。想到这些，他一言不发，再观后况。

父子俩进入暗河，取了满满一筐鱼回到家，天才大亮。

“曹宇，你和曹尔今天去暗河上跟大家一起挖排水沟，雨季快到了。”曹田水一进屋就对大儿子曹宇、二儿子曹尔安排当天的差事。

暗河之上整片森林、绿地属于地方共管。过几年必须防洪排水，不然，洪水冲垮暗河上面的地壳，造成暗河堵塞，整个红麻坝顷刻变成水乡泽国。不知从什么时候开始，治理暗河都是由红麻坝各户抽出劳力统一行动，挖沟疏渠，为雨季到来做好引水排水准备。

曹田水安排家人当天必须做的事后，进入茶室会友聊天，

“曹大哥，这边请！”他刚进入茶室，好友龙大元发现他便热情地请他入座。

茶小二立即跟上问道：

“龙先生，加一杯何种茶？”边问边将青花茶杯放到曹田水面前桌上。

“曹大哥，来一杯今年才上市的新毛尖你看如何？”

龙大元刚问完，曹田水急忙站起客气地答道：

“老弟，有劳你的驾，不必麻烦，随便就行！”

“来一杯新毛尖，今年才上市的新毛尖，来呐！”茶小二边上茶边吆喝，接

着将锡壶里冒着热气的滚烫的水冲到茶杯里。

“曹大哥，这段时间都在打点什么？很不见你出来。”另一茶友郑习云对曹田水问道。

“郑老弟，还不是家常事，总脱不开身。”

茶友孙飞义接过话题对曹田水尊敬地说道：

“他曹伯（代下辈），不瞒你说，这家事，你要理，天天都理不完；要不理，何事也没有。”

曹田水马上接下孙飞义的话说道：

“是是是，他孙叔（代晚辈）说得极是。以后多来和大家喝喝茶。”

不多一会，他们这一桌已坐了六个茶友。大家天南地北，聊得可开心啦。

“龙先生，你听说了吗？近半年，直隶、金陵不少地方的洋教堂都被当地人烧了，说是教堂的人勾结本国军方欺压我们的朝廷。”郑习云对龙大元传递他所获得的最新趣闻。他接下去说道：

“据做生意的人回来讲，这些年，朝廷不太平，我们不是割地就是赔款，将来还不知道会怎样收场！”

孙飞义也从旁附和郑习云道：

“朝廷如何收场？自讨苦吃。今年，又在江南选了一百多个良家美女进宫。有人说，当今朝廷，不光皇帝选妃，大臣也四处选美，糟践百姓。现在百姓的日子苦啊！”他越说越感慨。

“嘘——”龙大云细心，指着墙壁上“休谈国是”的大字提醒大家注意。接着，他转移话题到曹田水身上：

“曹大哥，二公子的婚事应该提到曹家大事项上，不知有何打算？”

听到龙大云把话题转向自己，而且是关心儿子的大事，他也想请大家出出主意。他先对龙大云继而对大家说道：

“前两天有媒人提说过房老三大女儿，我们没有答复。还望各位亲朋好友为儿子的事多多费心。”他说着起立抱拳致谢。

于是，大家盘点红麻坝与曹二公子匹配的姑娘。经大家一凑合，曹田水心里明镜似的，整个红麻坝的姑娘都鲜活地展现在他的脑际。

曹田水这时闪现一个念头：儿子婚事就地取材，赶走刀妹才能如愿。

七十四

罗升平家。火堂火焰熊熊。一家人围坐在火塘边，正吃晚饭。

罗柱柱看着埋头吃饭的儿子罗升平，心事重重，没有食欲。他见罗升平抬头拈菜，提醒道：

“平儿，年纪不小了，找个媒人，哪家姑娘你看中，就去哪家提亲。”

罗升平听父亲说提亲的事，脸红心跳，一时不知说什么好。

母亲在一旁帮衬着：

“你父亲早就想说这事，一直到今天才说。到找媳妇的时候了。”她说到这里，将目光由罗柱柱那里移向儿子继续说道：

“你相好谁，我们这就托媒提亲。”

“你们先找好媒人，到时再告诉你们！”罗升平见拗不过双老，只得委婉地应承。

在罗升平心里，早就盘算这码事，只是觉得不到时候，才没有向家里人，特别是二老说明自己的亲事。现在既然二老提出来，就同意定下来，早晚都得办。有能力，自己找对象，父母操办，祖辈陈规；没有能力，父母帮找对象又操办，也是莽人世代习俗。这是很平常的事。他想到这里，八岁的弟弟罗正平跑过来阻拦他吃饭，调皮地搂住他的脖子急切地望着他要求道：

“三哥，三哥，你快说，我三嫂是谁，你不说，我不让你吃饭，也不放手。”

“还没有找好。找好了告诉你！”罗升平只得应付弟弟。

罗正平不依不饶缠住道：

“不行，不行，你骗人，你骗人！你不说我就要‘骑马’（骑到脖子上）。”

罗升平由着弟弟道：

“骑马就骑马！”他放碗筷，把弟弟举到脖子上，让弟弟骑着自己，离开火塘，走出门去。

三天过去，媒人花草来到罗升平家。脖上常挂“葫芦串”的花草，快到五十岁了。人虽接近老年，却风韵犹存。大大的双乳把胸前的衣服挺得直直的，老惹男人眼馋；厚厚的上翘的臀部走起路来一颠一颠，有平辈男人常寻机靠近她摸一把。她身体微胖，个子偏高，是莽人中的上品。她满口油滑，能说会道，能把天上的星星骗下来，有不少男人乐意她的甜言蜜语，进了她的“窝”。在莽人中，她的情侣最多，有十一人。众多男人为了取悦她，曾发生过不少风流韵事（容后再表）。花草在门前接受主人罗升平的母亲递来的水盆，洗净手跨入门道：

“恭喜，恭喜！罗家兴旺！”

“快请里面坐！”罗升平的母亲边请媒人进屋边对屋里的人张罗道：

“花草大媒人到，快烧茶！”

“她罗母，老三（罗升平）都相中了哪家美人，快跟我说说。”花草屁股还没有落座便急忙问道。她接下来在罗升平母亲面前对罗升平好一番夸赞：

“她罗母，你养了个好儿子，人标致，很勤奋，十里八村不数一都要排二，哪家姑娘看了都眼馋。谁家找了你罗升平做女婿，是八辈子修来的福。你家罗升平，你看，天庭（额部以上）饱满，地角（嘴唇以下）方圆，胸宽、背阔、膀大、腰粗，一副贵人相，今后，福分不浅，罗家锦绣前程就在眼前。”

罗升平被花草媒人夸得脸红。罗母也把头低了下去。

罗升平向花媒人递上茶水道：

“花媒人辛苦，快喝茶歇歇。”罗升平如此说，一语双关：客气，堵嘴。这招还管用，花媒人停止唠叨，屋内气氛有所平静。但好景不长，喝完茶，花媒人又想说什么。罗升平为了回避，躲开这烦人尴尬的场面，从花媒人手中接过茶碗，看着花草说道：

“花大媒人，我相中的对象是邻湾刘真华家三姑娘刘三妹，你看中不？”说完，不等花媒人张口回答便出门而去。

看着儿子出去，罗柱柱和媒人商议今后的事：

“花媒人，刘三妹那边的事就劳烦你去说合。你这边下一步要配多少人，是两个或是三个（副媒）你定就是。”

花媒人急忙接过话题说道：

“到时，我带两个人跟着我就是。刘三妹和她家人的撮合包在我身上。”

“那就好！”罗柱柱很感谢。

罗柱柱从木凳上站起，向外安排道：

“四儿，你进来，有事！”

罗正平听父亲叫自己，立即应声进屋听候安排。

罗柱柱对罗正平安排道：

“抓只又大又肥的鸡宰好，今晚招待花媒人。”

“爹，我就去办！”罗正平边说边去抓鸡。

莽人托媒人，与其他民族不同之处就是男方女方都请媒人，人员对等。男方家请几个媒人，女方家也要请几个媒人。

花媒人这次被请到罗家，是商定这次媒妁的具体事宜。

第二天，刘三妹家房前一棵高大的橘树上，一对喜鹊叽叽喳喳叫个不停。一家人见喜鹊在树上绕来绕去叫得十分热闹，都喜上眉梢——喜鹊闹，喜事到。

果然不出所料，一大早，花草媒人就带着两个陪同登门。她们脚还未踏门槛，花草媒人的声音就飞进刘家：

“刘大哥（指刘真林）在家吗？喜事盈门，赶忙迎接！”

刘真林听到花大媒人的乐滋滋的声音，知道真有喜事登门，兴冲冲出门迎接张罗：

“我说嘛，一大早喜鹊叫，必有喜事到。原来是花大媒人你们到。”他说到这里将身子转向屋里高声喊道：

“二毛，叫你妈抬盆清水来，快！”

“‘嗡’，我知道啦！”刘真林的二儿子应声答道。接着从屋里传出他传达母亲的声音：

“‘嘛’，‘嗡’（父亲的称谓）要你赶紧抬盆清水去门外，说有人来！”

屋里传出应答声：

“这就来！”刘真林老伴急匆匆答道。接着，抬着满满一盆清水到门外 看到花媒人一行，乐不可支道：

“哟，是花大媒人你们，是哪阵风把你们吹过来的？”

“是罗柱柱家的风把我们吹过来的。他（指刘真林）大嫂（这里有男尊女卑之意）！”花媒人兴高采烈地答道。

花草三人洗完手进屋，一个陪同（也是媒人之一）将罗家送的彩礼——猪肉、松鼠肉和一包碎银（罗升平用山货交易所得）一一摆放火塘边的木桌上。三个媒人（代罗升平）跪在刘真林二老面前，请求他们接受彩礼。

如果女方老人同意接受彩礼，说明这桩婚姻有希望。反之，则提媒不成，婚姻无望。

三个媒人跪了许久，刘三妹父母才将彩礼一一收下。

见到二老收了彩礼，三个媒人脸上的阴云才散去。她们趁热打铁，接二连三赞美罗升平和家人。

花草对二老说道：

“你俩有福气，找了这么个好女婿。罗升平人长得好，品性好，诚实，有头脑，会找草药赚钱，还会用草药医病，方圆少见这样的青年。”

另媒甲接着夸道：

“罗升平还有文化，会写字。他采集的中草药都写有名称。他运草药到竹叶岛药铺交易，药铺掌柜很高兴，对罗升平说：‘山里人送来的药，只有你不仅将药理得整整齐齐，而且分得清清楚楚都标了名称。’他的药，掌柜会格外多给钱，多换给他其他物品。”

另媒乙也接上对罗升平美言一番：

“对老人，罗升平很孝顺。有好吃的先给老人，有好穿的先给老人；对弟弟妹妹也很好，经常帮弟弟妹妹做这做那。对外人和气、尊敬，喜欢帮别人做事情。人们都夸他是个很好的人。”

刘真林和老伴听着媒人的夸赞，觉得媒人对罗升平讲这些，他们早已听说。但是，作为媒人，她们靠嘴上的功夫过日子。不管怎么说，她们也是为我们好。想到这里，刘真林对几个媒人说道：

“你们有什么，就尽管安排，我们会告诉刘三妹的。”

花草她们三个媒人走后，刘真林和老伴商量请媒人的事。

刘真林对老伴提出：

“我们就请朱云彩做媒人。”

“好。”他老伴应和道。

之后，两老对刘三妹讲了提亲聘媒人的事。刘三妹当然高兴，对二老点头表示愿意。

双方请好媒人，媒人们在刘三妹家商订彩礼事宜。经过商议，双方媒人按部就班往来于罗升平和刘三妹家。媒人每到一家，主人都要杀鸡宰猪热情招待。主人对亲家的礼尚往来都通过媒人去实现。所送礼物主要是吃的，如鸡、猪、松鼠、牛羊等肉食。有钱的也送钱。

从礼仪上讲，双方媒人要做的事主要有如下步骤：

第一次：提亲。由双方媒人提出联姻。一般情况是男方媒人先到女方家传递男方家提亲的事。

第二次，探试，看是否有诚意。如果不提这门亲事，作罢。若愿意，或者同意这门亲事，便继续按程序进行。

第三次，送礼。男方根据家庭情况，请媒人到女方家送彩礼。一般彩礼有猪、鸡、银、布匹等。送彩礼时，媒人要代男方跪拜姑娘父母以及其他高堂。

第四次，通媒。双方媒人聚集女方家，商讨这门亲事的具体事宜。比如，婚后，是男上门，还是女上门；礼金数额、礼物种类等；结婚时日及结婚时如何操办，等等。

第五、六次及结婚前，联姻——不停往来。这段时间，双方媒人都要到对方家拜访，表达心意。相互间要礼尚往来，姻缘不断。

最后一次。送期。男方媒人到女方家告诉举办婚礼的日子。一般提前一月、一季，甚至一年以上告诉对方，以便筹办，以示尊重。

罗升平家，在凉京湾莽人中，生活属中上水平。据此，罗升平不用到女方家做上门女婿。换言之，刘三妹嫁到罗升平家。这事，罗升平与刘三妹也早有打算。

做不做上门女婿，主要看家庭情况。一方面是贫穷还是富裕，另一方面是家人多寡。男方家人多、贫穷，女方家人少、贫穷，男方就要到女方家上门。反之，女方嫁到男方家。

罗升平、刘三妹的婚礼，定在八月九日，还有整整一个月时间。

如果是在莽山老家，他们的婚事就要陈旧落后些。总的比较，基本步骤不变。变就变在礼物礼金上。在莽山，因为纯粹且与世隔绝，只有彩礼，而无礼金。彩礼中，只有山货，而无布匹之类。取布匹而代之的，是羽毛编织的、棕榈缝制的、兽皮拼凑的新婚服装。请媒和媒人数量两地没有变化。但是，媒人的素质凉京湾的明显高于莽山的，原因很简单，搬迁至凉京湾的莽人和外界接触交易，人的素质普遍提升。这就拉大了与莽山人的距离。凉京湾人素质提升，看得见的变化主要在生活改善、思想变化后语言交谈及对问题的看法分析处理，还有生产技能采用提高等方面。变化中还有一项值得注意，就是少数人注意对文化的学习与掌握。这部分人在莽人中自觉和不自觉地起到先导、榜样的作用。

八月九日这一天到了，刘、罗两家的婚礼正式拉开序幕。

两家都宰猪杀鸡，把上好的食物拿出来煮好、炖好、烤好，迎接参加婚礼的客人。

两家都把房屋打扫得干干净净，收拾得整整齐齐。房前屋后也焕然一新。家人都穿上漂亮的衣服，佩戴石子、羽毛、骨头、干果和银、铁、铜制作的首饰。

两家都在赶制火炮送亲迎亲。莽人迁到凉京湾后，从竹叶岛学到制作火炮的技术：将含有粪便（包括尿液）的土用水浸泡，过滤，熬制，提取硝（白色晶亮）；用硬木、麻秆等料烧炙成炭后磨成面；将硝、炭面、硫黄搅拌混合在一起成为火药。用绵纸将火药包裹成引线。最后，将葫芦先装入石沙至半，压紧，再装入火药、引线，压紧不至松动，火炮制成。火炮制造多的富裕的，婚礼这天全天燃放；少的就只在新娘出门、新郎迎亲的时候放。

两家男主人都用锅烟灰将媒人的面部抹黑，为了婚后子多福多吉祥如意。

新娘刘三妹家格外繁忙。刘三妹的母亲为女儿出嫁，一清早起床，就安排女儿洗净身子，换上一套崭新的新娘装——胸部至肚子挂一片绣有一对桃子的兜肚（类似小儿吃饭时挂在胸前的围裙），胯部裹块绣花丝布，上身穿一件绿色对襟衣，下身着一条黑色棉裤，脚上套一双红底白花鞋，头上发髻高卷，周围用五倍子连串紧扣，胸前挂一只用羽毛编织的蝴蝶，双颊扑上淡淡的浆果红色，双眉抹了一层锅灰，额头毛发用细绳绞除，乳房各罩上一片锅盖样的干柚皮（使之更丰满）。

媒人在收拾嫁妆、礼物，安排送亲人应做的事。

男主人有的将熟肉切块分片，准备送亲途中的午饭；有的准备抬礼物的木架；有的准备香、蜡（仿竹叶岛人），姑娘出嫁时祭祖、神灵。

太阳从远方的山边露脸，贺喜的乡亲陆续涌到刘三妹家。他们各带一只鸡及其他礼物，摆到中堂案桌上。一时，新娘家热闹非凡，喧嚣不止。

太阳从山边升至一根竹竿高，火炮齐鸣，送亲仪式开始。

新娘在家人的陪同下从后门出现，头上的红丝巾（莽山新娘用芭蕉叶盖头）在微风的吹拂下不停晃动。一炷香由男主人燃插在门前一侧，蜡烛也随之点燃插上。燃香烛的人口中念道：

“禀报先人，你们的后人刘三妹已到了出嫁的年龄，现成婚出嫁。祈求你们降喜给她，一生多子多乐。祈求你们降福给她，享不尽荣华富贵。

“上苍神灵，今天是刘三妹出嫁的日子，求你们保佑她一生平安，事事顺心，处处遂意。求你们保佑她夫妻恩爱，一家和睦，吉祥长命。”

新娘后面依次是：哥（或弟）、姐（或妹）、嫂、姐夫（或妹夫）、舅、舅母、表姐表妹、表哥表弟。媒人在新娘前面。

新娘从后门走出后，由母亲、父亲护送至前门，烧一炷香，点一对蜡，望天默默祷告道：

“上苍，神灵，我出嫁以后，祈求你们保佑我的父母和家人平平安安，顺顺利利……”她想到就要离开家人去和别人生活一辈子，心里酸酸的，眼泪汪汪的，她再也无法继续祷告。

“咯咯咯——”正在这时，她听到鸡的挣扎声，这应该是鸡被宰了。她知道，这是出嫁上路前的最后一道礼节——滴血见红。刚想到这里，由媒人提着一只被宰了头的鲜血长流的鸡向她走来，在她发髻上滴鸡血。鸡血淌过头发，流到她的脸上。

新郎罗升平家也十分热闹。罗升平作为新郎，忙得不知头绪。他一会儿用水抹洗身上，一会儿去查看彩礼，一会儿又去清点火炮，不知哪是自己要做的，哪是自己可以不做的。

罗柱柱看到儿子这样，有些着急地提醒道：

“你应该去换换衣服，把新郎服装穿上，然后再去看看新房里面都收拾好了没有。”

“噢，爹，我知道了！”罗升平醒悟，立即去穿上新郎装。

他上身穿一件黑色开衩的系带（代纽扣）衣服，下身穿一条裤管肥大的蓝色裤子，脚上穿一双布鞋，头发向上梳后挽髻扎带（红色）。

媒人们与家人、乡亲，一边准备迎亲途中的午饭，一边准备彩礼，以便分发给送亲的人。还杀猪宰鸡、串松鼠，蒸饭做菜，为婚宴做准备。

“轰、轰——”几声火炮响，迎亲队伍列队出发。

迎亲队伍的组成顺序大致是：

媒人在前。紧随其后的是由前门出来的新郎。他腰上系一条红布带，从父亲祷告（内容形式与新娘家近似）的前门由母亲送出。

新郎以后，依次是叔、兄（或弟）、姐（或妹）、莽老（主持婚礼者，也是德高望重之人）、抬礼物午饭者。

送亲、迎亲队伍各走到一半的路程，在指定地点停留。这期间，有专人就地将饭菜摆放在事先铺好的树叶上，请大家吃饭。饭后，新郎家将准备好的彩礼猪、鸡、串松鼠、布匹等交给送亲的人带回；新娘家将新娘的随身携带物交由媒人带往新郎家。当听到三声炮响，迎送亲队伍对接时间到，这时，双方媒人排列在前，新郎由莽老牵引，走到新娘面前，将腰间的红带解开，手持一头，将另一头递给新娘，新娘被新郎牵着。新娘之后是迎亲队伍原班人马，顺序不变。

这时，送亲队伍除媒人、新娘外，都依序向新娘家返回。

迎亲队伍到新郎家大门前停下的同时，一连串火炮齐鸣，还有人吹奏莽人竹管（类似箫、笛）乐器。莽老这时走向前，接过新郎父亲（或其他长辈也可）递过的香、蜡，分别点燃分插在大门两旁，向天念念有词进行祷告，内容是祈求保佑、降福之类。

莽老仪式完，新郎引新娘至后门交给母亲（无母的交由女性长辈）转回前门。几乎同时，新郎在父亲的指引下，新娘在婆婆的指引下，双双进入新房（洞房）。

接下来，便是参加婚礼客人的活动。大致有：男女青年入林对歌、闲游、爬树比赛、抓蛇比赛等。其他客人自由活动。

到太阳从远方的山边落下，婚宴开始。

婚宴设在长达几十丈（由参加婚礼客人多少而定）远的芭蕉叶上。食品有猪肉、牛肉、鸡肉、麂肉、蛇肉、米饭、山芋、黄豆、豇豆、黄瓜、茄子等几十种，这时，酒已由竹叶岛传入，作为一道菜进入婚宴。

客人们沿着芭蕉叶而坐随意品尝宴席美味。婚宴上的酒，因为是初步饮用，主人不斟不劝，任其自愿。

夜幕降临，在婚宴场地，撤除芭蕉叶，清理场地，原地摆放堆堆柴火，只等莽老一声令下，火堆晚会开始。

火堆晚会与新郎新娘入洞房同时进行。一边是，双方媒人将新郎新娘拥入洞房，任平辈人用锅烟灰去抹新郎新娘的脸。抹烟灰是为了新人婚后多子多福。烟灰抹得越多越厚，抹的人越多，主人、新人越高兴。

一边是，火堆晚会开始。只见莽老手持花枝，在装有香花、崖土（崖上发白的粉尘，视为圣土、灵灰）调制的神水碗里蘸了一下，缓缓向天、徐徐向地洒了洒，大声喊道：

“点火！”

堆堆柴火顿时燃烧，声声火炮响彻四周。

人们，能歌的展啭歌喉；能舞的翩翩起舞；不能歌不能舞的从旁助威。整个活动直到次日天边发亮。

七十五

有曹尔这根精神支柱，刀妹领着七户莽人往暗河方向迁移。

迁移队伍，几十人，所带“财产”，每户不超过五十斤。有的人家一个竹筐便装下全部家当。这是莽人这个本身属于游移群落的特性所定。因而，一路走来，不显艰辛。

到了暗河之上，刀妹将莽人安排住进新居。进而，对大家吃的、喝的，该注意的生活事项一一做了安置和交涉。

大家住进新居，开始了新的生活。

“打猎，不要超过周围千丈之处，太阳出来的地方以山为界；太阳落山的地方以河为界；其余两边以林为界。超过这些界限外部落（民族）就会欺负我们，因为是他们的地盘。这是一处处走过来发现的。大家一定要记住！”刀妹对莽人格外提醒道。

她接着对大家提出了其他注意事项：

“采摘山货也在这个界限之内，不可超越；暗河很危险，单独行动不可去；红麻坝不可去，那里的人会把我们当野人对待；周边的其他人群也不要接触，以免引起不利；见着当地人，远远躲开，不可接近，各人过各人的生活，水火不相容。打猎，找干果蘑菇等吃的，先各家自便，自己找生活出路。下一步，根据情况再做安排。”她说到这里，没有继续往下说。

原因很简单。她不知将大家迁来这个地方是凶还是福，是暂时还是长久。她本想，把迁来的莽人组织起来过集体生活。打猎、采摘集体行动，收获按人头分配；玉米、高粱、红薯、瓜果蔬菜集体耕种，统一分配；穿的方面，先种麻后织布解决。想到这些，她不可再想下去，也不可对大家说，说出口的话，将来不能实现，无颜对莽人。这时，曹尔的身影又在她脑海出现。

想到曹尔，她不知如何去见他。以往相见，都是曹尔来找她。她不可能也不能去找他——按他们汉人风俗习惯会败坏门风——一个“野人”上门。她现在想见曹尔，并不是情感上的事，而是为迁来的同胞着想。怎么见他呢？只有等他！

她自己做出决定。

为了等曹尔，她去以前曹尔常常游玩、约会的地方，在这种地方，她有时一等就是半天。她等得如此真诚，如此专注，如此痴迷。以致麻蛇爬到自己脚上还以为是枝条摇晃。这种等待，她明知是徒劳，却专心为之。

莽人的迁至，引起了不小的风波。

俗话说，没有不透风的墙。迁大小几十口人到暗河之上，很快就被红麻坝人发现。

首先发现的是曹尔。在估计刀妹返回的日子里，他每每往暗河做事，都有意无意把眼光投向暗河之上。毕竟，那里有他情窦初开的珍贵印迹。一天，他去暗河取鱼回家途中，看时间尚早，就爬到暗河之上，想看看刀妹是否返回。不料，有炊烟出现。他的心怦怦直跳——她果然回来了！他继续往前探试，看到刀妹建房的地方多处房上冒出炊烟。他感到奇怪：刀妹一个人燃这么多炊烟干什么？看着看着，又陆续有人从房中出入，一人、二人、五人、七八人。啊，他明白了，是刀妹真把莽人迁来了！他停止了脚步，带着一团心事回家。

常言道，扯掉鸡毛鸡骨疼。他毕竟与刀妹有过情感上的热烈。她这样大动干戈，必然会引起红麻坝人注意。红麻坝人发现了她们，对她们势必有害无利，这怎么办呢？他顿生同情怜悯之心。

设法与刀妹联系，要她赶快带莽人离开。这不可能。凭刀妹的一生奋斗目标和为之树立的愿望，凭刀妹的固执，凭她长时间的辛勤努力，她不会轻易这样做！

和她一块商议对策，化解红麻坝人排挤的矛盾。红麻坝人多势大，刀妹他们有如鸡蛋碰石头。化解，谈何容易！

说服大家，睁只眼闭只眼，得饶人处且饶人。这样，工作量大，涉及百户千家，如何着手，十分棘手！

曹尔煞费苦心，不知如何是好。他原本想可以不管，任其发展。但总有一种莫名的“东西”驱使自己，即使不明管，也应暗使力。他决心采纳最后的办法，说服大家放他们一马！

他先接近知道刀妹她们迁居的人。

昨晚，一场大雨过后，从暗河之上流入红麻坝的洪水，一路席卷庄稼、房屋、人畜。红麻坝人苦不堪言，恨老天无情，恨衙门（地方政府）无德降水患，不治理。人们一代代盼啊盼！盼能整治红麻坝水患，根除红麻坝人世代纠结的心头大患。

查看处理洪水事宜后，曹尔顺路溜达。

“房俊平，你今年布匹生意做得红火，不如把我也捎上，顺便找几文。”曹尔来到“房记”布庄，对正在整理布匹的老友寒暄道。

房俊平见是曹尔，热情地应酬道：

“尔兄弟，我这苦经营，你哪看得上眼。再说，我们红麻坝，三步一庄，五步一店，绸布满街，能赚几个钱！我还想抽空找兄弟你出出主意，看做点别的什么生计好。”

“别客套，你做生意是行家老手，我相信你定会‘柳暗花明’的。”说到这里，曹尔话锋一转，言归正传道：

“听说暗河上的事了吗？”

“迁来一帮‘野人’。”房俊平漫不经心地应道。

“你是我们红麻坝年轻人的一面‘镜子’，你如何看这件事？”曹尔高抬对方，单刀直入地问道。

房俊平谦让地对曹尔说道：“尔兄弟，快别寒碜我。我听说后暗暗观察过，那些人怪可怜的。都什么年代了，还有‘野人’，真是的！由‘衙门’的人去管。他们不管，我们老百姓也不必自寻烦恼。”

“对，何必无事找事，由他们去！”曹尔顺势附和道。

曹尔找房俊平自有他的道理。房俊平人缘好，不仅同龄人尊敬、看重他，老辈也认为他是个有头脑、有能力、有魄力的青年。谁有解不开的疑团都来找他排解，乡里邻里有大事、重要事都请他拿主意。涉及莽人迁来的事，如果要采取什么行动，这事关整个红麻坝，人们肯定会找他磋商。只要他说睁只眼闭只眼，这事八九分就摆平了。

讨了房俊平的口风（即意思），曹尔为了慎重起见，回家坐不住，又去拜望红麻坝德高望重的老人汪浩云。一见到老人，曹尔非常敬重、谦恭地问候道：

“汪爷爷，小辈有些时日没有见你，您老身体好吗？还天天去插河边遛画眉吗？”

汪浩云听见有人呼喊自己，摘下老花镜，与书一同放到桌上，抬眼看到是曹尔，回答道：

“你汪爷爷近来身体无恙，还过得去。画眉每天都去遛。”

曹尔把随身带的纸包双手捧送到汪浩云面前道：

“汪爷爷，我前几天在山上找到一朵灵芝，您老拿去泡酒喝吧！”

“别客气，曹尔！常来家坐坐就行了，何必带这么贵重的礼物。”汪浩云边说边接过曹尔送上的纸包，放到桌上，然后寒暄道：

“最近都听说红麻坝有什么新鲜事没有？自从方元家长女被选入宫以后，我们这里还不曾听说什么稀奇事。”

既然汪爷爷把话提到这个份上，曹尔也不顾及什么，直截了当将莽人和事和盘托出：

“暗河上迁来一帮莽人，怪可怜的，山里人。”他边说边注意对方的表情。没有发现异样和可利用的地方。他继续进一步地说道：

“听说有人想去驱赶、使坏。这大可不必。山里人，大多是因为日子过不下去，才换个地方。要不然，在惯的山坡不嫌陡，谁愿离开。”

听曹尔说到这里，汪浩云摸摸花白的胡须插话道：

“按说，我们这里也算地广人稀，迁点人来增加点人气也未尝不可。只是要看看，来的这些人都是什么人，从哪里来，为什么来？如果是来路不明，又横蛮刁怪，对我们不利，当然不能坐视不管。”

曹尔听出汪爷爷的意思，站在莽人的角度说道：

“听说这些莽人在他们家乡被政府忘记，被其他民族遗忘，都不知道有他们存在。他们，祖祖辈辈远离人群，躲避到边远深山，过非人的生活，被人看作是野人。实际上，他们不仅被遗忘，而且被欺辱、排挤，才落到今天这个地步。”

“听你这么一说，你对莽人很了解嘛！”汪浩云打断曹尔的话说道。

“汪爷爷，很了解说不上，都是听人说。”曹尔接着说道：

“不过，我观察过，这些人很朴实，说话、做事，都不像歹人。相反，他们一见外人，躲得远远的。是一个弱小可怜值得同情的民族。”

说到这里，汪浩云接过话题，有些果断地表明态度道：

“如果真如你说的那样，我们可以不必担心，也不必管他，看看再说。”

汪浩云的表态，正合曹尔的意。只要汪老先生有如此之意，莽人就有不被驱赶的可能。一般情况，红麻坝人有什么大的动作，都要请汪老先生拿捏和把关。汪老先生也愿为这些事操心——关乎红麻坝百户千家的切身利益。

两道难关已过，曹尔松了口气：莽人有救啦！

与其说救莽人，还不如说是救刀妹。但从某种意义上讲，救刀妹也是救莽人，救莽人也是救刀妹。展开讲，刀妹一生心中装着莽人同胞，她不实现自己的愿望不会罢休；莽人把自己的生存、命运寄托于刀妹，指望刀妹为他们谋求优越的生活环境和幸福之路。

曹尔为莽人做了莽人不知道的事。他也不愿让莽人知道，包括曾经使自己神魂颠倒而至今难以割舍的人——刀妹。

莽人住进暗河之上，风平浪静，他们越来越适应新的环境。越是这样，刀妹心里越觉得不自在。红麻坝人不可能不知道莽人迁来。那么，当地人是接纳他们了吗？还是不到对莽人采取行动的时候？曹尔不可能不知道莽人迁居的事，更不可能不知道她刀妹。难道有什么变故？他是不是心里另有人了？想到这些，刀妹没有睡过一天安稳觉。

曹尔不来找自己，我能不能去找他呢？刀妹犹豫不决。以往，都是曹尔来找她，来帮她。曹尔从未提出过要自己去找他。她没有考虑过这个问题。但她感到这其中定有什么缘故。作为莽人——外界认为的野人，我怎能到他家里去找他呢！去了，他脸面往哪里放！去了，他家人会把自己像狗一样逐出家门！去了，那里的街坊邻里会来看稀奇，看野人，更会说三道四，搬弄是非！这些，曹尔不说，她刀妹心里像明镜似的。不去找曹尔，他又不露面，几十口莽人悬在刀尖上，这日子怎么过啊？

“暗河！”刀妹突然想到。对，去暗河遇他。

取鱼，是曹尔每天都要做的事。这事，经常是他一人做，和父亲一同去暗河的时候很少。

刀妹拿定主意，去暗河会他。

说也奇怪，接连几天，刀妹发现去暗河取鱼的都是曹田水，而不是她要找的人。曹尔怎么啦？都去什么地方啦？或者有什么事不能来暗河？刀妹只能放弃暗河相遇的念头，停止去暗河。

她想不出其他办法。任命运摆布吧！

过了一段时间，曹尔的身影又总是在她脑海缠绕。不想是不可能的！

她眉头一皱，计上心来：不能上门明找，难道还不能偷偷观看吗！活人不能被尿憋死。

晚上，她偷偷潜入曹尔家附近，看看他是在家还是不在家，若在家都在做什么。

她听曹尔说过，他们家在村头一棵大榆树下，门前有一对石狮子。

她看到石狮子，找到榆树，心里有些紧张。她重操熟练的技巧，爬到榆树上隐蔽起来，偷偷观察。这一招发挥作用——她发现了曹尔。他在家，和平常没有异样。

他为什么不去暗河取鱼？他的哥、弟为什么也不去取鱼？不会是老头子（曹田水）有什么发现吧？

不论怎样，曹尔在家，又不去找她。这说明曹尔有意躲她，不喜欢她。这是她发现曹尔的第一种感觉。既然这样，我一个“野人”还有什么奢求呢！趁早死了这份心吧！

回到暗河之上的家，她立即组织莽人挖陷阱、设套、布枷（一种抓捕大型动物的器具）、藏夹。预防外人侵犯。这一切布置好后，她转入正常莽人生活。

七十六

在凉京湾木头围墙内，陈武、罗石头在一旁观看莽人青年练功。

练双耳石碾的，抱石球的，爬木架的，翻木梯的，举吊墩的，舞梭镖的，个个认真，人人尽力。

“停！”罗石头一声令下，二十个青年放下手中的器械，望着他们的教官。

罗石头接着下令道：

“集合！”队伍齐刷刷站到罗石头面前。

“从今天起，我们的练习换成新的。”他说到这里，话锋陡转：

“前段时间，我们的训练主要是打基础。练任何功夫，都离不开体力这个基础。有了体力，就有了基本功。通过训练，大家体质都上来了。”他说到这里，上前捏了捏几个青年的臂膀，说道：

“大家臂膀鼓起的肌肉越来越多，越来越大，越来越结实，肚子上、脊背上也是一样。大家体质的上升，达到了我们的目标。现在，我们要检查每个人都有多大的进步。”说着，他走向龙虎，厉声喝道：

“出列！举石碾！”

龙虎出列，走到石碾，双手将重达八十斤的石碾提至胸前又放下，又提起又放下，循环反复五十次。

望着龙虎练完，罗石头立即肯定道：

“你练之前能提十五下。现在不比过去，你大有长进。”

“郑大雷出列！举石球！”罗石头点另一个青年的名。

郑大雷举起一百斤重的石球。连续举了二十次。比训练前多举了十五次。

青年们都接受教官的检验，体质都大大提升。

罗石头面对陈武，示意进行新项目操练。陈武点头表示同意。罗石头转身面对站立整齐的队伍说道：

“下面，请陈教头讲话！”话音刚落，掌声热烈。

陈武迈着沉稳的步伐，走到队伍面前，满意地说道：

“刚才，我看了大家的检验，都达到了我们的预期目的。这说明，我们莽人不是稗种，个个都是好种，都是好样的！”

“啪啪啪啪！”场地上响起了热烈的掌声。

陈武等掌声停，激昂地提高声音道：

“莽人弟兄们，外人说我们是‘野人’。我们就要野出个样子给他们看，为莽人争气！大家说，是不是？”

“是！是！要‘野’出个样子，为莽人争气！”队伍立即爆发出雄壮响亮激愤的声音。

“莽人弟兄们，接下来，我们要学习的项目是：模仿功。模仿动物的动作。我们都知道，许多动物的动作对于我们有很大的启发作用。如猴的伶俐，蛇的准确，虎的勇猛，狮的震慑，豺狗的纠缠，狼的凶残，狐狸的狡猾，公牛的力气，秃鹫的迅疾，熊的神掌，蚂蚁的团结，蜜蜂的合力，鳄鱼的等待。这些，对我们今后的实际运用都有不可估量的作用。”

说到这里，陈武从罗石头手中拿过一块成人拳头厚的木板，右掌发力，猛然一击，将其击成两段。他解释说：

“这就是熊的神掌功。所以，大家以后要好好训练，不可小视和懈怠。”

“注意眼睛！”陈武向队伍提醒道。同时，他右手食指、中指微屈、拇指暗暗运力，突然伸手像蛇样“咬”了一“口”郑大雷的右眉。

郑大雷猝不及防，感到右眉生疼。

陈武指着郑大雷的右眉对大家说道：

“如果是对敌人，我的手指无疑是伤及眼睛。这是蛇道的厉害。它厉害就厉害在使对方防不胜防。”他接下去讲道：

“只要大家细心观察、回忆，大多动物都有自己防身和攻击的绝招。你们别小看小小的蚂蚁，有些令人不可思议的食物，比如一只螳螂，一只蚂蚁十只蚂蚁都扛不动。但蚂蚁齐心协力，共同搬运，终将庞然大物移进蚁巢。而蜜蜂对付大型敌人，往往采取万众一心团结一致忘我牺牲的办法，以死相拼。鳄鱼为了获取食物，不惜等待十天半月，当食物来临，它不慌不忙，沉着冷静，出奇制胜，一下扼住猎物。狼之所以凶残，是因为它捕猎时，抓住时机，猛然袭击，咬住对方要害，令其窒息而取胜。豺狗的战术在于死磨耐缠，耗其对方体力，让对方失去忍耐力和失去战斗意志。这时，它们对其攻之。这种绝活，往往奏效。我们将动物的绝技整理出来，供大家训练时采用。大家要用心、用功，不要怕麻烦。下面，我将动物绝技归纳给大家。”

于是，陈武在罗石头的配合下，将蛇功、虎道等动物技能一一展示给大家。

末了，陈武对大家道：

“从今以后，大家就好好训练动物绝技。再以后，泅水、抛火球、抛铁钩，持械训练，一项一项接着往下练。”

七十七

王大回到凉京湾，遇救的情景总在脑海浮现。这是莽人有恩必报的传统美德沉淀的结果。

如何报答？王大十分纠结。物质回报，从杨洁父女俩平时的一言一行，未必接受。除此，又怎么感恩呢？

杨成志、杨洁，曾在闲聊中流露出对回报的淡漠。在他们看来，救人、助人、关心人等等这些，都是人所应有的品质。俗话说，有求索报非君子。人的一生，谁没有个难处。相互帮衬照料这是群居生活的一大优势。正因为有了这种优势，人才越加群居化，越加觉得安全可靠。父女俩是这么想的。

可王大却怎么也放不下报恩二字。他心意已定，有恩必报。

王大开始尝试报答。

一清早，王大就带着十多个莽人兄弟，赶到杨洁父女俩常常下网的附近。

经历大包一伙人的威逼破坏之后，凉京湾莽人的捕捞工具有所改进。他们将竹筏改为木船。莽人认为，竹叶岛人的渔船之所以易翻，是因为底部太窄。他们制造船时，很注重船舱窄，船底宽。为使木船经久耐用不进水，他们从竹叶岛学习技术，用桐仁炼油，抹刷在船身上。又用瓦末拌桐油堵塞缝隙。他们在木船上配有渔网、抓子（实为一种叉）、苍蒲卷（漂浮用）等。

离杨成志父女常下网的一百多丈远的地方，王大一行下网捕鱼。一整天，他们收获了大小一百多条鱼。他们将鱼放进挂在船舷的竹篓里让海水养着。夜深了，月儿靠近西边海面。王大他们也将木船往前移动。

在前方海面上，出现了摇曳的灯光。这应该是杨成志父女船上的灯光。为了看个真切，王大将木船靠近后泅水接近。对方渔船上，杨成志身影出现。王大感到惊喜。随后，渔船上灯光下，杨洁的身影也出现。父女俩准备下网。

王大没入水里，嘴里衔着竹管（用于呼吸，其水上一端固定在苍蒲卷上），进一步接近渔船，观察父女俩下网之处。

大约两顿饭工夫，父女俩下完网返回。

王大他们立即带鱼下海，将一百多条鱼挂到杨家渔网上。挂完了，王大不放心，提醒大家道：

“一条条检查一遍，摸摸鱼翅都是不是牢牢挂在网眼上。”

大家都检查完了，才放心离开。

“妞，今天的网怎么这样沉啊！”杨成志下海拉网，发现异常，对站立船头接网的女儿说道。

杨洁对爹随意判断道：

“该不会是捕着大鱼了吧？”

“爹，今天的鱼真多啊，鱼舱快装满了。”杨洁边从网上取鱼装进鱼仓边对父亲高兴地说道。

杨成志也不无惊喜地对女儿说道：

“是啊，通常，我们每次收鱼都只是半舱。今天，我们走运了吧！”

丰收的景象接连几天都出现在杨成志的渔船上。

本能的感觉，使杨成志父女有一种莫名的意识：有什么神力在暗中默默襄助。

从那以后，王大他们的报恩定在每月末报一次。

挂鱼报恩的办法虽行，但王大还是感到不满足。他左思右想，想不出其他办法。他只好在空闲的时候常到父女俩周围窥视，想从中寻找回报的机会。如此持续了半年，没有丝毫发现。他仰天长叹：

“我投报无门！”

正当王大想从父女俩渔船停泊不远的地方失望而归的时候，一艘官船驶进泊湾，紧靠杨成志的船停泊。官船停稳，两个官兵模样的人一前一后跨上杨成志的渔船。上船后，后面的官兵看到船主杨成志，急忙走到另一个官兵的前面，粗鲁自大地对杨成志说道：

“我们是收厘金的。”他说到这里，用手指了指后面同伙对杨成志挺胸说道：

“这是我们这一带的课长（税收头目）。从现在开始，你们要上缴渔业税。每年每条渔船上缴白银五两。以市场使用的铜、银钱计换也行。迟迟不缴的，停止渔业，或者没收渔船和家产。”

听后，杨成志下意识摸了摸上衣口袋，发现没钱，慌了手脚对官兵乞求道：

“二位官人，容我几天筹措筹措上缴行不？”

身材瘦小，三十多岁的课长发话对杨成志说道：

“要你马上拿钱，你也拿不出。渔民出海谁也不会带多少钱，这是实情。就宽限你们几天。”说后右手向上一挥，示意杨成志让开，便从船头步入后舱，边走边看，不知找什么。进入后舱，看到青春焕发的少女杨洁聚精会神看书，意外惊喜地脱口而出道：

“哟，船上还金屋藏娇！”

杨成志急忙上前解释道：

“课长，这是我闺女。”

看到杨洁躲避离开，课长盯住她的背影心痒痒地无话找话说道：

“闺女多大啦？还会看书，是个才女。”他说到这里觉得没门，便自找台阶地对身后的随从说道：

“走，我们过几天再来。”课长说后转身对杨成志威胁道：

“别忘了，我们过几天还会来的。到时若缴不上厘金，别怪我不客气！”说着，两官兵下船离去。

杨成志看到官兵走后，松了口气，牢骚地对女儿说道：

“才听说要收什么厘金，就有人上船催命！”

“爹，要缴就缴，好汉不吃眼前亏。”杨洁安慰父亲道。

“厘金”是清咸丰时推行的税制。厘金税的实行，其目的是为安内筹措军饷，以镇压震惊朝野的太平天国运动。厘金是一种商业税，名目多如牛毛。税率以当时的首税地米市课百分之一的缴纳。当时以百分之一为一厘。厘金由此而得名。虽朝廷有定制，然各地收多少各行其是。税收人员也不统一，有的官兵出面收取，有的地方官员或指定人员亲自督办。厘金，一方面，朝廷募捐，镇压反朝廷的势力；一方面，巧取豪夺，欺压百姓，中饱私囊。

这一幕，被王大暗中看得清清楚楚，听得明明白白。

厘金官兵的轻佻举动，引起了王大的特别关注。他断定：那个课长不会放过杨洁。

几天以后，王大和陈武、罗石头等人乘夜潜入竹叶岛泊湾，观察厘金官兵的动静。

杨成志的渔船，仍然停在泊湾。父女俩仍然傍晚以后出海撒网，凌晨收网。一切看上去都没有不寻常。

在新设立的厘金所里，课长黄彼生坐在躺椅里，悠然自得，慢慢品着茶，瘦小的身子显得竹椅十分宽阔。

这时，从里屋公干的地方走出那天陪黄彼生下海收厘金的随从。这个随从名字叫长二。长二见到课长的模样，猜测取笑道：

“课长在想什么，一定是那天船上的才女吧？”

黄彼生不屑一顾地说道：

“光想有什么用！”

长二心领神会地献计道：

“不如想想办法，调虎离山。”

黄彼生这下来了劲，从竹椅上弹起来，急不可待地问道：

“怎么个调虎离山，你倒说个明白。”

长二凑近黄彼生的耳朵，窃窃私语了许久。

“啪！”黄彼生听完了长二的计谋，激动不已，狠狠击了一下自己的大腿，指着长二嘻嘻奸笑道：

“你个龟儿子！”

傍晚，长二划船到泊湾，以厘金所的名誉通知杨成志到厘金所缴厘金。

看到杨成志被长二叫走，躲藏在附近渔船上的黄彼生立即划船靠拢杨成志的渔船。

杨洁在灯下看书。

一个黑影鬼鬼祟祟向她靠近。

几乎同时，黑影身后有两个黑影尾随其后。

突然，黄彼生一双黑手猛然从杨洁身后包抄过去，紧紧勒住杨洁的胸部，并将其压倒在后舱床上。

“快来人！救命——”杨洁在惊恐中发出呼救声。

杨洁呼救声刚起，尾随其后的两个身影一个箭步跨上，双手扼住黄彼生的咽喉；另一个飞起一脚直踢黄彼生腰部。

紧接着，两个黑影将黄彼生拖到船头，重重砸到船板上。

“哎呀！”黄彼生发出一声惨叫，并跪在船板上连连告饶道：

“饶命，饶命，我再也不敢啦！”

两个黑影王大和陈武很利索地将黄彼生五花大绑，吊到桅杆上。然后来到后舱。

王大上前关切地问杨洁道：

“恩师，伤着没有？”

杨洁听到声音有些熟悉，抬起羞愧的头一看，原来是王大。她羞愧难言又惊讶失魄地望着王大。片刻，才问道：

“是你救了我？”

王大点点头，指了指身后的陈武道：

“陈武，我的好兄弟。我们俩把那个奸贼吊在船头，请恩师发落。”

杨洁随王大、陈武来到船头，一看吊到桅杆上的厘金课长黄彼生，气急败坏，接过王大手中的刀，一刀将吊绳削断。只见五花大绑的黄彼生“噗通”掉入水中。

王大指着水中立即提醒杨洁道：

“他死了，人命关天！”

杨洁猛然醒悟，望着王大有些焦急地问道：

“如何是好？”

王大立即向陈武示意。陈武会意，跳入水中，将黄彼生抓起，砸到船板上。

只见黄彼生已昏死过去。

陈武急忙抱起黄彼生。双手用力挤压胸部。不多一会，黄彼生“哇”的一声，接连吐了几口海水，起死回生。

杨洁见状，松了口气，对王大道：

“放他走吧！”说后回到后舱。

王大愤慨地呵斥黄彼生道：

“滚，快滚，下次别让我再见到你！”

放走了黄彼生，王大陈武没有忙着离开。王大担心杨洁惊魂未定再生出什么事来；又看到杨洁父亲不在身边，没有人照应，担心杨洁孤独惧怕。

在等待杨成志回船的空隙中，王大把自己发现收厘金，课长使坏的前后经过一一向杨洁讲述。杨洁非常感动。

七十八

莽山，总有厚厚的块块残云遮天。那残云，不是从东方、南方来，就是从西方、北方至。即使四方不来，也会从地下、谷底、林中窜出。或者，从炊烟、野火、人气中升腾。

这些残云，有时聚到一处，威逼整个莽山；有时分散游移，循环往复，阴魂不散；有时躲藏在山涧、绵峰、草丛、林中、墓地、洞口，使人防不胜防，避不易避。它们，在生存线上挣扎，拼死挣扎！

朱冻冻拖着一只残腿，望着头顶一块垂死飘浮的云悲叹不已。他是莽山负担最重，老伴最多的苦难者。六十五岁的他，十七岁娶了第二个妻子，生了一女。随后二十年，他讨了四个妻子，生了八个娃。有了六个妻子九个娃的他，本应知足了，可是，一场噩梦复苏了他死去的心。

在顺子场，他领着两个儿子围猎一头狮子。三个男人对付一头狮子，这在莽人中是家常便饭，没有什么大不了的。可是，事情偏不是这样。那天。朱冻冻总觉得要发生什么，心里碍这怕那的。他们父子仨进入顺子场，一场暴雨劈头盖脸把他们浇得像落汤鸡样。他们只得在就近岩洞避避。不料，刚一进洞，一头狮子被惊吓冲出洞外。狮子和人，狭路相逢，避让不得，形成对峙。情急之下，人总是比狮子聪明。他们立即取下身上的家伙，准备与狮子决一死战。人在移动、错位；狮在注视、后退。人形成三足鼎立，对狮实施包围；狮孤立无援，寻找突破口。人紧张；狮胆寒。突然，朱冻冻手中的木刀（一头削尖）掉落地上，发出“砰砰”声，激怒了狮子。狮子以为对方开始进攻，慌忙扑向朱冻冻。朱冻冻手无寸铁，只得躲让。这时，两个儿子被逼到洞顶死角，无法施展拳脚。朱冻冻见猛狮扑来，吓得往后退，脚绊了一跤，仰面倒地。狮子见有机可乘，立即上前，咬住朱冻冻一条腿，用力撕扯。两个儿子急忙赶上，共同用木槌击打狮子的脊背。狮子承受不住重击，放开朱冻冻逃出洞外。从此，朱冻冻一条腿变为残废。

养伤这段时间，朱冻冻常常做同样的梦：

一轮火球（太阳）从自己心中升起，升得老高老高，升到了天上。火球变成手握马尾的神仙。神仙的须眉与马尾一样长。马尾、须眉缭绕着朱冻冻的脸。朱冻冻什么也看不清。马尾、须眉由朱冻冻而远又至天空。由近而远传来毛骨悚然的声音：

“哈哈哈哈哈哈哈哈——你必须再讨几门妻室，我们才会放过你！哈哈哈哈哈哈哈哈——”

后来，朱冻冻又娶了三门妻室，生了五个儿女。

拥有九个妻子十四个子女的朱冻冻，最棘手的事情是住房。原本住在岩洞的他，面对一家人拥挤在一处，心急如焚。好在后来女儿都嫁出去，长大的儿子被赶出去另外找地方住，家里才透风通气。虽如此，家里还显拥挤。但总不能将老伴们都赶出去吧！

为这事，老伴们满腹牢骚。

头妻气愤地对朱冻冻说：

“娶妻有本事，娶多少都不嫌厌，就是连房子都盖不起！”

二妻躺在床上将朱冻冻从身旁推开，厌恶地说道：

“你去找你的小婆娘吧，她们能喘过气来！”说后翻身背对朱冻冻。

夜深了，睡在一个草窝里的朱冻冻和老伴们谁都没有睡意。

四妻、九妻从左右两侧拉朱冻冻想亲热。九妻力大年轻，朱冻冻示意四妻“等等”后，从其他妻子身上翻到九妻身上。

九妻紧紧搂住丈夫，怕他被其他妻子抢去。两人赤裸裸在草里颠鸾倒凤。草的“沙沙”声和着两人的哼哼声，使其余八个妻子恨得直咬牙。

九妻和丈夫在这样的环境里，只能有动作交换而不允许有任何语言交流。大约几顿饭工夫，两人都大汗淋漓，却落得空费劲。九妻极度失望和痛苦，无奈之下，狠狠咬了一口躺在自己身上的行尸走肉。朱冻冻费尽移山心力，何曾不想春潮涌动呢！可妻多“粥”竭，怪他也无用。可谓贪多不过几春宵，望洋兴叹空悲切！

不过，朱冻冻也有过如狼似虎，雄风猎猎的年华。

朱冻冻他身高五尺，膀大腰圆敦实，人模人样，在莽人男子中靠前排列。在娶第五妻之前，雄风不败，四个妻子个个如愿。娶第二个妻子时，气壮如牛的他，把妻子折腾得神思恍惚，面黄肌瘦。和第二个妻子洞房花烛夜，他从入洞房到次日天亮，一直和妻子云里雾里折腾，弄得妻子身上该疼的不该疼的全都疼痛难忍。妻子几次睡去，他仍你睡你的，我玩我的，没完没了，不依不饶。据他和别人炫耀流露，那晚，他和新婚妻子整整弄了二十一次。而且次次成效，越弄越疯狂。直到妻子阴液耗尽，力不可支，全身瘫软才罢休。那晚以后，二妻足足睡了两天两夜的觉，还没恢复元气。

前四个妻子，他平分秋色，每晚都不让一个闲着。可见，他身体之壮，欲火之旺！

但是，好景不长，雄风不久，讨最后一个妻子时，雄风日下。以至一夜留下九伤痕：

一夜，九个妻子一丝不挂躺在草窝里，春心复发，都想和他亲热。不料，她们共有的丈夫空有一腔躯壳，心有余力不足，加之残腿伤发，只好眼巴巴看着九个饱含欲望的玉体春水荡漾，心潮澎湃。后来，百无聊赖，忍无可忍，怒发冲冠的妻子们一同扑向她们的丈夫，张开血盆大口，有的咬嘴，有的咬脸，有的咬乳头，有的咬胸，有的咬肚脐，有的咬臂膀，有的咬手，有的咬脚，有的连她们最需要的“东西”也不放过，实实在在咬住不放。

朱冻冻所讨九房妻室，除大房外，其余八房都有其特殊性。有两房，是在猎物途中所获。

那是在他不到三十岁的时候。他捕猎误入邻国境内，走到一条河边，传来“扑通”溺水声。一看，是两个小姑娘遇到危险。他眼疾手快，立即找来长长的藤条抛入水中，将她们救上岸。救了人，他想好事做到底，问小姑娘道：

“你们家住在什么地方？我送你们回去。”

两个小姑娘一个劲摇头。他确定是找不到家。他又问道：

“你们有没有亲人来……”他未说完，大一点的小姑娘扯住他的手不停地摇头，说什么听不懂。

朱冻冻本来想问她们的亲人会不会来接她们，没想到话没说完就被打断。使他误认为是没有亲人。

莽人最讲良心，乐于救助。既然两个小姑娘这样，他不能不管。将两个小姑娘带回家。

到了莽山，两个小姑娘看到“恩人”住的是岩洞，盖的是草，吃的是野人才吃的食物，哭着往山外指，那意思分明是要回家。要回家，这好办，朱冻冻找了两个伙伴，领着小姑娘往她们指的方向出发。一路上，朱冻冻他们烤好吃的给小姑娘吃，找好玩的给她们玩。慢慢地，小姑娘对他们有好感。按照小姑娘指的方向，走了两天，越走越林深涧密，根本不是有人的去处。小姑娘这时已没了主意，不知哪是她们的家。又找了两天两夜，仍找不到她们要回家的路。

由于一直被外界人类看不起，莽人自惭形秽，对外人避而远之。因而，也不愿再为小姑娘找回家的路——若真找着了，他们的亲人误认为他们对小姑娘如何如何，他们有口难言，跳进深潭也洗不清。在这种想法的作用下，加之小姑娘也愿意同他们回莽山，他们带着小姑娘返回。

回到莽山，他把小姑娘安排在家里住吃，像对待自己的小妹妹一样。

日月如梭，光阴似箭。小姑娘几年后变成了大姑娘，长得水灵绝美。她俩也非常喜欢朱冻冻。同住屋檐下，哪有不生情。朱冻冻就这样先后讨了两个小姑娘为妻。

有一房，是从狼嘴里救出的。说也奇怪，他第一次单独进狼山打猎，才接近狼山，就有一群狼向他追来。他慌不择路，能逃就逃。正逃中，迎面突然一只狼嘴里咬住一个人的脚往林里拖。他见是人，忘记了自己是逃命的，从身上取下自制的石斧，当头给狼一击。狼疼痛难忍，放下猎物各自逃命去了。朱冻冻看了看扔下的猎物，人还活着，是个女的。于是，他把这个女的扛回家，精心医治调养。后来，这个外来的狼口猎物便成了他的妻子。

朱冻冻讨的另外几个妻子，据说都有外族血缘关系。至于有何血缘关系，什么原因产生的血缘关系，他朱冻冻不想知道这么多，只想日后能攀上外族这根高枝也就心满意足了。

七十九

海水，在离凉京湾不远的地方形成虎口洄沱（水循环往复之处）。洄沱连接大陆的地方，热带雨林茂密，遮天蔽日。

凉京湾海上捕捞选在这个地方，一是熟悉，这是海上劳作极重要的因素；二是海产丰富，可谓捕之不完，取之不尽；三是距凉京湾莽人居住地近。这是好的方面。不足的也是不利的，陆地面积大，特别是雨林面积大，会有很多意想不到的情况发生，甚至防不胜防。之前的捕捞竹筏被砸，大包的几条船就是先隐蔽在雨林中的水里，继而突然驶向竹筏进行袭击的。

被袭以后，凉京湾人有所防范，设了暗岗。

凉京湾捕捞竹筏改为木船以后，引起了黄炳成的关注。

在中堂，黄炳成躺在龙椅上，不是用手摸滚圆的肚子，就是用手指扯拈“山羊”胡子。他斜睨了一下坐在蒲团一边木凳上的大包，心不在焉地说道：

“说罢，有什么新情况？”

大包身子前倾，低下头，近乎匍匐的样子说道：

“禀报老爷，上次砸了‘野人’的筏子后，以为他们会无立足之地逃之夭夭。没想到，这些‘野人’反而变本加厉，将筏子改制成木船，继续在海上，不，是老爷你的地盘上捕捞。”

听到这里，黄炳成感到情况不妙，坐在龙椅上，有些惊奇地说道：

“是吗？有这等事。有多少船，多少人？你说详细一点！”

大包立即回答道：

“是，老爷！据我们密查看到，有十条木船，是小船。每条船上多的时候有四人，少时也有二人。这些‘野人’在海上范围没有扩大，地点还是在老地方——老洄沱。”

黄炳成恼怒地吩咐大包道：

“打掉它，弄沉它！”说后用手一挥，示意大包离开。

大包起身边退边连连说道：

“是，是，老爷！我一定照办！”

在老洄沱，凉京湾人在王大、陈武等人的带领下，像平常一样进行海上劳作。这一天，他们共有十条小木船、三十八人在海上捕捞。他们的劳作，除了船以外，还增添了不少工具。主要有拉网、诱斗（竹编诱鱼虾等）、腌制缸。还有防身用的，如长短刀、土炮、火铳、梭镖、铁钩、铁叉、铁链、撬钩、石锤等。

中午时分，有眼线（密探）来报，称大包等人在林中出现，行动诡秘。陈武、罗石头立即前往核实情况。发现大包带着几个随从鬼鬼祟祟，在老洄沱周边东瞧西瞅，窥视凉京湾人海上情况。

王大得知这一情况后，对陈武、罗石头布置道：

“近几天他们会有行动，今天不可能。他们对我们的威胁主要是船。我们要重点保护。要在他们有可能出现的地方暗藏挂钩、绊绳，以防不测。这几天，要正常捕捞。所有练武人员——防卫力量，全上船，把其他人换下来。”

为了行动不被大包他们发现，当晚，王大、陈武、罗石头等人就在老洄沱莽人劳作区域的周边布下挂钩、绊绳等暗器。

第三天中午，大包带着几十个家丁驾着五条船向老洄沱全速驶来。

陈武立即下令：

“所有防卫人员集中在我、罗石头、王大的三条船上，三条船连接一处，听我号令行事。”

防卫人员立即行动，分布在三条船上，并将三条船靠在一处，并拢劳作。

“罗石头！”陈武叫过罗石头，在他耳边悄悄布置任务。

随后，罗石头带着几个青年潜入海水不知去向。

黄炳成的船队越来越靠近凉京湾的捕捞船。王大沉着冷静，提醒大家：

“正常捕捞，保持镇定，听我号令！”王大说完转向盘祥云道：

“你稳住你的几条船，到时我会给你信号。”

盘祥云点点头。他面对其余七条船，将桨靠近身子那一端重重地往胸部击了三下。各船舵手立即回应，用桨末端重击船板三下，表示知道，一定听候指挥。

说话间，黄炳成船队逐水的波浪已波及凉京湾的捕捞船。

王大站立在并拢的三条船中间船头，静观事态发展。

黄炳成的船队气势汹汹冲到莽人捕捞船前面。排列五船中间的那条船上，站立着身挂火铳、随从侍立的大包。他耀武扬威，不可一世，大声吼道：

“谁是你们的头，叫他出来，本大爷要会会他！”

王大不慌不忙对应道：

“我们这里没有头，你要说什么就说，我们这里听着！”

“你知道这是谁的船吗？”

王大没正面回答，绕着弯冲着问话的人戏弄道：

“难道你站在船上还不是你的船吗？”

大包猝不及防，没想到对方会如此刁蛮，一时想不出对应的话，过了一会，他由于激动紧张，结结巴巴地开口道：

“你你，不知知道，这是我们黄炳炳成，老老爷的船！想想，来你也不会会，知知道！”

不等他说下去，王大火上加油地对大包说道：

“知道不知道谁的船会如何样？”

“知知道，不不知道，少废废话，你们赶赶紧滚开！滚滚得越远越越好，别再在在这块黄黄老爷的地盘盘上出现现！”

王大毫不让步地对付道：

“船不是你的，地盘不是你的，你又不是你们黄老爷的儿子，你狗咬耗子多管闲事！叫你们老爷来，我们当面说个清楚！”说完，他转身对各捕捞船大声号召道：

“各船该干什么干什么，各自捕捞去！”

他的话音刚落，大包被激怒，发出怒吼：

“不识识抬抬举，敢敢顶撞我我，开、开过去，撞撞！”

王大见要动真，将压在鬓中疤痕的右手指回归，连同其余四指徐徐握成拳头，向盘祥云挥了挥。

“砰！”只听盘祥云船上一声炮响，埋伏水下的挂钩、绊绳一齐行动。只见，黄炳成的船刚冲击凉京湾的船就摇晃不止。

王大见时机已到，用手压住鬓中疤痕，命令并船上带的家伙（指武器）出击。

黄炳成的船冲过来的同时，盘祥云的七条船也靠拢王大的三条船，迅速组装连接在一起，为护卫人员行动提供平台。

凉京湾护卫人员借助连接在一起酷似巨船的平台，飞速向对方船只抛去挂钩、套绳。

顷刻间，黄船腹背受敌，水上挂钩、套绳拉扯，水下不知什么魔力作祟，剧烈颠簸，倾斜。

正在黄船不知所措之时，从盘祥云船上抛出团团桐油火球，从天而降。黄船浓烟四起，乱作一团，慌忙逃窜。

王大用手指戳了一下鬓中疤痕，见好就收，发出命令：

“停！”

盘祥云等人呆呆望着王大，心里直问：

“为什么不弄翻它（船）、淹死他（黄船上的人）？！”

王大用手摸摸鬓中疤痕，又用手往下按了按，示意大家保持冷静。

看到黄船已经远远逃去，王大对大家解释道：

“亡寇莫追。我们要做到仁至义尽。刚才一战，不仅说明我们莽人是不好欺负的，也说明我们莽人忍无可忍不得已而为之。一会黄炳成来了，我们也有理可说，有力可用。一句话，刚才所为，为我们留条后路。”

这一次以守为攻的战略，给黄炳成以重创：五船损失，多数丁卒受伤，丢了“大户”的脸面；为莽人长了志气：这是莽人有史以来敢于与外部面对面较量的成功之战，让外人特别是蔑视莽人的人看看什么是“野人”，是扭转一忍再忍、任人欺侮、自生自灭、自甘落后愚昧局面的尝试。

这次战斗，凉京湾的捕捞船也遭到撞击，都有不同程度的破损。不过，这算不了什么。

战斗结束了，大家十分高兴，扬眉吐气。唯独王大愁眉不展。压住鬓中疤痕的手迟迟没有离开。他找到陈武说出了自己的担忧：

“黄炳成吃了败仗，丢了平生最大的脸。而且是被莽人打败，在‘野人’面前丢脸。这传言出去，他的脸无处搁，他的名声扫地。他肯定不会善罢甘休。黄炳成是只老狐狸，报复行动我们无法预料。要防止他一不做，二不休，一举灭了我们。”

陈武赞同王大的分析判断。提出了自己的见解：

“根据我们掌握的情况，黄炳成就现有实力，想完全灭掉我们不那么容易。我担心的是他串联大户一起对付我们。如真这样，我们将面临灭顶之灾。我的意见，是否可以求和——主动上门赔礼道歉以期和解。”

王大听陈武如此计谋，心里很不踏实，问道：

“如果求和不成又将如何？”

陈武接着话题道：

“这也是我所担心的。真是这样，我们就只有‘三十六计走为上’”。

“这是下策哟！”王大六神无主，对陈武关心地说道：

“回去休息吧，我们都好好想想如何办好！”

莽人崖居（摄影：张焱）

八十

一大清早，刀妹就组织有劳动力的人到东山谷打猎。

以前，不论是在莽山，还是在新迁地，刀妹都不曾组织大家进行打猎的活动。之所以这次到东山谷如此看重，是因为东山谷地势特别，人员走散，便会进入当地人的土地圈内，引起不必要的麻烦。

东山谷，这个地名是曹尔告诉刀妹的。它正面迎着莽人新区，连同左右两面，都由一道长长的山梁连接。山梁后面，便是红麻坝私人的山地。迁居来后，刀妹担心当地人找碴的事一直像大山一样压住自己。

整个东山谷，原始森林莽莽苍苍，岩石、沟谷纵横交错，洞穴、枯木、朽骨你中有我，我中有你。特别是沉积不知有多厚的枯枝腐叶，处处暗藏杀机。人，一脚踩下去，是蜈蚣缠绕，还是长蛇恭候，都有可能。进入东山谷，如同进入远古洪荒，无不毛发竖立，必存戒备。莽人——和原始环境最亲密的动物都如此，可想而知，东山谷之危机四伏。

刀妹他们行进的路十分艰难。每走一步，必须用树枝排除蛛网，用弯刀斩断枝叶，割去藤条、荒草。一边开路，一边提心吊胆。

“哎呀！”前面，不知谁发出一声惨叫。

“有人被一群黄蜂叮咬了！”前面传出出了什么事。

“啊——”又是一声惊叫，“有蚂蟥钻进屁股了！”

蜂、蚂蟥、蜈蚣、蝎子、毒蛇、秃鹫，土里藏的，地上行的，天上飞的，枝上挂的，草中躲的，水里游的，什么时候从什么地方出没，说来就来，说去就去，无从知晓，无从防范。这些毒虫猛禽，大的，从未见过，有鸡蛋大小的蜂；长的，除蛇以外，有三尺多的蜈蚣，一尺多的蝎子；老的，有全身很少有毛的秃鹫，身上鳞片像苍朽树皮一样的蜘蛛。

进入狩猎区，刀妹用手中的树枝向大家挥了挥。大家会意，屏声埋伏，等候大型动物（莽人群猎的对象）的出现。

东山谷虽险象频生，但是猎物不少。一会儿，山猫、鹿、马、麂出现，一会儿，猪（马牛猪羊等家养的动物原本就出自大自然）、獾、穿山甲隐退，一会儿，猩猩、兔、锦鸡登场。令人眼花缭乱，目不暇接。

一只大虫（虎）从草丛后面慢慢现身。

刀妹顺手从地上拾起一块石头，悄无声息地传递给所有围猎的人，要大家做好准备，一齐出击。

他们今天狩猎的主要对象就是虎、狮、牛。大型动物是他们的主要食物之一。

石头传递到最后一个人，这个人将石头放到头顶。

见此信号，大家身着枝叶覆盖的“衣服”，手持木棒、石锤、大刀等武器，开始逐步缩小包围圈。

同时，有人秘密布置绊绳、铁夹。

“喔嚯！”刀妹发出进攻的信号，大家一齐向前，对付大虫。

只见：一堆堆“枝叶”突然冲向大虫，大虫开始警觉，慌忙逃窜。有人先接近大虫，一棒直击虎头，大虫慌不择路，被绊绳绊倒。众猎手飞速向前，发挥手中武器的作用，猛虎狂啸，突然跃起，扑向人群，一手持石锤的猎手眼明手快，举起石锤砸向大虫，直中腰部。大虫遭此重击，跌落地上，木棒、大刀、石锤、榔头各种武器像雨点般直落大虫身上。第一只猎物捕获。

这天，他们猎获一只大虫，一头公牛。

莽人部落有大物分配制度。这种制度一般以十天、半月、一月为期限，以大型猎物为内容，以部落成员为对象，以每人平均为原则。这种分配制度没有明文规定，但约定俗成，共同维护，代代沿袭。它最大的优越性在于，确保部落成员的基本“口粮”。进一步讲，根据每组织一次狩猎所获得的猎物的多少，分配给部落成员；根据分配的多少确定下一次狩猎的时间。部落成员有了基本“口粮”，不至于饿死——特别是老弱病残幼。有了基本“口粮”，和集体的其他劳动合作所获，再加上各家各户平时的“副业”：小型猎物（单家独户或个人能捕猎的）、植物食物，生活就能满足。

为了不受自然条件（如冬天、灾难等）限制，莽人常常提前准备食物，有的提前长达一年之久，甚至更长。做到：手里有“粮”，心里不慌。

这次狩猎，刀妹他们计划用五天左右时间为莽人准备半月的基本“口粮”。

对于部落成员的基本“口粮”，除以猎获大型动物为主，刀妹还计划辅以种植、养殖获取食物。如种玉米、水稻、红薯、山芋、高粱、小米等，养猪、牛、羊、狗、鸡、鸭等。这种计划是受曹尔影响萌生的。

在与曹尔相处的日子里，曹尔不仅从体力上帮助刀妹，而且从思想、精神上诱导刀妹。使刀妹实现从“野人”到“真人”的跨越。

这种跨越，使迁入暗河之上的莽人与人之间的关系由原始的本能的帮衬向意识支配的先进的关爱逐步转变。搬迁时，刀妹就对各家各户的基本情况进行了解和分类。分类大致为：生活上好、中、差，劳力上强、中、弱。鼓励好的、强的帮助差的、弱的，中的向好的、强的努力，差的、弱的向中间看齐，共同提高生活水平。

围绕莽人生活水平的提高，刀妹组织一切积极力量，一是发展生产，改进狩猎技术。在发展生产方面，先试种粮食、蔬菜作物，逐步推开；集中采摘山芋、木薯、蕨菜、葛根、蘑菇、木耳、石耳、香树皮、香草、香花以及干果等山货。在狩猎技术方面，淘汰落后的如弓箭、石器等，添制火铳、铁刀、梭镖等。

二是进行强帮弱，好帮差活动。这方面主要体现在分配和互助上。分配上差的弱的，与好的强的一样。换言之，付出少的、差的与付出好的、多进行平均分配。好的，强的，见到差的、弱的有什么困难就帮助解决什么困难。

三是组织大家开展娱乐活动。如火堆舞、爬树、攀壁、抵头、抛包等比赛。这种娱乐活动，不仅增添喜庆气氛，改变沉闷精神状态，而且增强集体感和凝聚力。

四是同乐同喜同悲同愁。婚丧嫁娶，是常有的涉及每户每家的事。莽人将这种各家各人行为变为集体、大家的行为。就是哪家有这类事，大家齐上门共同操办，都把别人的事当成自己的事。

这种跨越，是环境的逼迫，更是外界的影响使然。人居环境，人与人相处，本应如此，或向更高的水准进步。

实际上，莽人之间的互相帮助，互相关心，互相支持，互相理解，互相体谅，已是家常便饭。住在那样的环境里，不这样，各行其是，老死不相往来，只能加速灭亡。正因为看到了这一点，莽人间才形成一个和睦的集体，人与人彼此间发挥着你的事就是我的事，我的事就是你的事的共同作用。谁生病了，大家找药的找药，调的调理，求的求医，忙得不可开交；谁遇到麻烦，或天灾人祸，大家共同排解，或个别安慰，急得像自己的事一样；谁外出迟迟不归，大家盼大家找，直到水落石出；谁有高兴的事，奔走相告，你传我我传你，共同分享；谁生了儿女，门庭若市，大家乐不可支，共同庆贺。有人说，这样的氛围，只有越原始落后，越远离人群的地方才会出现。这不无道理。但深究下去，应该是文明程度越高，和谐氛围越大。反之，则越小，或归无。

在莽人居住的地方，和谐氛围越大，他们共同公认的“王”越受敬重。暗河之上，刀妹便是莽人心中的王。这是刀妹的造化。这造化来自她长期的辛勤。从知事起，刀妹心中就装着一个夙愿——为莽人寻求更理想的生存空间。不管这夙愿时明时暗，然而都始终伴随着她。带着这个夙愿，从十四岁开始，就不停地奔波、寻找，以致忘了个人的终身大事。

这下好了，找到了暗河之上的居住地，夙愿得到了安慰。

这块新天地，要山有山，要坝有坝，有水有水，要物有物，方圆宽宽，够不知多少代人尽情受用。

有了这块理想的新天地，她可以真正孝敬莽人一番。其中，在莽人中形成和谐氛围，就是她向莽人敬上的一杯陈酿心汁。

人们把刀妹称为“王”。其实，在莽人中没有王，也没有领袖、带头人之类。只有主动为莽人做事、出主意，深受大家爱戴、尊敬的人或德高望重者。还有，遇到涉及莽人重大利益和事件时个人（受尊敬者）无法决策，就由受尊敬者牵头找那些积极肯干、头脑灵活、出谋划策的莽人骨干共同商议决定。

在莽人部落，人与人之间没有根本分歧、重大矛盾、尔虞我诈、钩心斗角、争权夺利，以及巧取豪夺、拉帮结伙、杀人放火等社会恶习和弊端。这与莽人“软”“弱”“穷”的特殊性直接关联。换种角度讲，作为游动部落的莽人，生活上靠山吃山、临水吃水。没有可吃之物，换个地方居住，继续生存。因而，没有根本的利益冲突，只有相依为命，共同拉扯着过日子。

八十一

大包狼狈不堪，回到黄府，立即到中堂拜见黄炳成报告道：

“禀报老爷，没没没想到，凉京湾湾野人藏藏着一手，把我们的船船弄翻砸砸坏，不知知用何何种办法。我们只只得败回回来……”

黄炳成听大败而归的大包报告完情况，从龙椅上站起来，恼羞成怒，走到跪在蒲团上的大包前面，左手揪起大包，紧接着右手“啪啪”给大包一顿耳光。边骂边怒斥道：

“白养活你，一头蠢猪！滚！滚得远远的！”说后挽袖进到里屋。

“小小凉京湾，竟让我本老爷丢脸！此仇不报，我就不是黄老爷！”黄炳成在里屋窗前气急败坏地自言自语道。

时间过去了一月，不见黄炳成有什么动静，凉京湾人生产、生活日趋正常。

在洄沱，凉京湾十条渔船出海捕捞。现在的凉京湾人，捕捞设施、技术较之过去都大有改进。产量也比过去大幅增加。海产品除满足莽人生活外，还略有结余。结余部分主要投入竹叶岛交易互换。

凉京湾人去竹叶岛是有控制的，不是谁愿去谁就去。而是长期固定几个精明能干又会伪装的人去。这些人去，主要是为大家交易互换。他们把各户需要交易的产品带到竹叶岛市场，根据需求换取物资或钱币、银两。或者为莽人买回生活用品。所谓固定人去竹叶岛为大家办事，也是相对的，并非其他人一定不能去。除固定的人外，其他愿意去的，分期分批，在固定人员的乔装打扮、精心组织安排下去竹叶岛。凉京湾人大多都不想去与外部接触。主要原因一是语言交流，二是生活习惯与外部格格不入，三是尽量避免与外界接触，减少不必要的麻烦，四是“莽人”等同于“野人”，被外界看不起，莽人本身长期形成的自卑、自愚、自惭形秽、自我封闭、自我淘汰等因素，也自己看不起自己。还有一个原因，就是莽人无论迁徙到什么地方，都习惯于藏着、躲着过日子，害怕外界知道。因而，大多数人动员他去外界他也不去。

自从小胜大包船队后，王大、陈武、罗升平、罗石头、盘祥云等人，以交易做生意买卖的身份不时出现在竹叶岛市场。他们注意了解黄炳成的动向。

竹叶岛市场，有三家出名的商人大户，与黄炳成等大户都有交往。

这三家商人大户是：药商大户常同仁，布商大户梁平，盐商大户童元仑。

王大一行到竹叶岛市场，锁定三家大户，分头打探：罗升平重点放在药商大户常同仁那里，这是不用说的；盘祥云对布匹熟悉，也和布匹商有往来，留心布商大户梁平是当然的；由罗石头打探盐商那里的情况，也是合适的，因为买盐的事常常由他办。其余的人，打探大户之外的情况。

打探情况，他们心中有数：黄炳成与凉京湾的事，外界不提，他们不提；外界谈及，他们主要以不知的姿态出现，万不得已，附和、引申。

这样做，自有王大他们的道理。涉及此事，他们认为不扩散为上，于黄炳成、凉京湾都有利。前者，脸面、威信、地位都无损；后者，无事、太平为上，外界越不知（包括凉京湾有莽人）越好。

经过一段时间的了解，没有发现有人议论此事。

“外界不议论此事，黄炳成那里没有发现什么动静，这事难道就了啦？”王大在自家门前边晾晒香菇，边沉思自问。

“不管它，水到临时便开沟！”王大不想再为这事伤脑筋。

王大不管，黄炳成可没闲着。

在黄府后院，黄炳成监督家丁加工麻筋。家丁将剥了皮的元麻秆放到铺了石板的地上用榔头捣碎捣绒，去掉屑片，留下麻筋（纤维）。将麻筋揉成人头大小，中间放入石头（也可放泥土、沙子之类，增加重量），用绳捆扎，系上抛绳。

黄炳成走到一个家丁身后，指着地上的麻筋团挑剔道：

“有的小了，这个又大了！要大小一样，轻重一样！”

“是，老爷，我一定好好做！”家丁见主子指责自己，慌忙起身，向主子作揖保证道。

黄炳成又背手来到储藏室，看了看正在分装桐油的家丁，问道：

“总共装了多少桶？”

“禀报老爷，已装了五十桶。”家丁立即停下装油，作揖回答主子问话。

黄炳成接着叮嘱家丁道：

“装满油后，木桶一定盖紧密封，不能闻到油味！”

家丁急忙弯腰点头答道：

“老爷，小的记住了！”

在一个铁器工房，黄炳成拿起一把撬钩，用拇指试了试锋利程度。对家丁说道：

“要做到把一块布抛到空中，挥钩一刹那将其削断和戳穿。到时派上用场，才能发挥作用。”

听了主子的话，家丁一边应诺一边加快磨制撬钩。另外两个家丁加大火力，用生铁铸造中空的铁球。然后用木箱装好，准备运走。

在后山，一处隐秘的作坊，黄炳成的家丁正在制作火药。他们将制好的火药装进陶罐里，摆放在地下的暗道里。

黄炳成的船只经过修建，战斗的创伤全部恢复。与此同时，新置了几只新船。

以上黄炳成的这些事情都是在秘密中进行，外界全然不知。也不可能让外界知道。

兵马未动，粮草先行。黄炳成的准备工作基本就绪。他在谋划下一步棋该如何走。

他叫家丁去找大包。大包不敢懈怠，来到中堂坐在蒲团上，等候主子发落。

黄炳成从前院步入中堂，将身子重重挪到龙椅上，若有所思地看着大包。片刻，他问道：

“大包，那些‘野人’有多少人？强壮的占几成？都有何种武器？”

大包见主子发问，不等主子说完，便从蒲团站起，哈腰作揖回答道：

“禀报老爷，凉京湾总共一百多人口，男人女人各占一半，男人中，有三成上下为强壮人员。上次在海上和我们作对的，不过三十人。他们有火铳、泥炮、大刀。其余的算不上武器。十只木船又小又简陋。”

大包介绍到这里，黄炳成打断道：

“比起我的船怎样？”

大包进一步压低头答道：

“他们的船如何比得上老爷的船。老爷的船又高又大，设施齐全。老爷的船在天上，他们的破船在地下。”

黄炳成有些奸猾地似问非问道：

“是吗？”

大包自圆其说道：

“是的，老爷。”他不敢不承认。若说不是，他就是谎报军情，贬低主子。

黄炳成接过话题穷追不舍道：

“既然如此，你如何狼狈而归，一败涂地？”

“这，这，这……”大包猝不及防，无颜以答。他灵机一动，只得给自己找台阶下，接连打自己耳光：

“小的不才，小的不才！请老爷重罚！”

看到大包如此，黄炳成老谋深算地对大包道：

“算啦，算啦，事情都过去了！去吧，该做什么做什么！”。

大包退出中堂，满身冒汗。总算躲过了一劫。

黄炳成背着双手，走到前院，不停地踱着方步，脑海里浮现出上次战败大包的陈述：

绊绳、挂钩、火球、连船，说明“野人”并不野。至少，“野人”里有‘人”（能人），不可小视。

“连船？”黄炳成把这个问题在眼前放大，越放眼睛越亮。放着放着，他右手握拳，用力往左掌一击，自言自语道：

“好办法！”

在黄炳成泊船的地方。十多只船被隐没得严严实实。乍一看，谁也看不出是停船的地方。这个地方三面环山，一条三丈多宽的水道直插其中，构成内宽外窄的水域。这片水域足可以停泊十多只船。经过黄炳成的精心打造，这片水域全被密枝茂叶遮盖。

据说，黄炳成年轻的时候就看重这片水域。那时，葫芦形水域的最宽处深深凹进山里，顶部迎天展现。三岸的榕树都向“葫芦”中间“伸手”，梦求拉手成荫，联合避海。黄炳成偶然发现这一奇观，向在世的父亲转告，并说明自己的构想——嫁接榕树，移枝伸展，以求“拉手”成真。

父亲对儿子说道：

“你的想法虽天真稚嫩，但敢想应该肯定。我们汉人有近两千年的移花接木技术，你就试试看罢！

“炳儿，我老啦，今后黄家的家业就靠你来支撑。你覆盖水域的想法不会是只想弄着玩吧？”

“还是爹知道儿子的心。”黄炳成接过父亲的话说道：

“我想将来把我们黄家的船停靠在外人看不到的地方。至于以后……爹，我想走一步算一步！”

“……但要适可而止，以安宁为上。”父亲心有灵犀，语重心长地叮嘱儿子道。

得到父亲的认同，黄炳成开始着手覆盖的远大计划。经过几年的努力，“葫芦”上三岸榕树枝实现牵手。实现牵手的树极通人性，生命力旺盛，越长越紧密地联系在一起，惧怕有一天会分离似的。而且，嫁接之处越长越天衣无缝，彼此交融。不知内幕的人怎么也想不到其中的奥秘，只觉得奇怪：三岸之树你中有我，我中有你，无法分辨谁是谁。

这片神秘水域，不光停泊船只，还是黄炳成训练家丁的场所。

黄炳成进入“葫芦”水域，正在训练家丁的大包立即从水里上岸，迎接主子到来。他用征询的口气对主子说道：

“请老爷评评，按你的吩嘱这样训练行不？”

黄炳成没有直接回答，而是仔细观看家丁在水中开展的潜水训练。他发现吸气的竹管暴露在水面太明显，对大包提问道：

“还有何办法使吸管不易察觉？”

大包急忙回答道：

“我也正在想办法，还不知行不行。”

“何法，你大胆讲来！”黄炳成急待大包的好办法。

大包立即向主子献计道：

“老爷，人工蟾泡固定在安插有竹管的大片梧桐叶上，形成自然现象。请老爷裁度。”

黄炳成也想不出更好的办法，随意道：

“你看着办吧，越隐蔽越好！”

临走，黄炳成提醒大包道：

“其他训练也要抓紧，不可懈怠！”

大包屈身抬头望着主子道：

“是，老爷，小的记住了！”

八十二

现在说说花草的风花雪月。

先后来说花草风情邂逅的男人是：皮先元、马均定、刀正强、丰坪、冯永生、周洪、罗成弄、巴山、苟朝天、王海、蔡升云。

这些情侣，都是花草四十五岁前“娶”的。花草的感情生活并不幸运，和他共同生活的男人，大都是前面的因灾祸失去生命、病故、失踪、离弃后才与之结合的。

如前所说，花草是一个风骚的俏物。这一“特质”，决定了男人中主动应“娶”的大类：皮、罗、巴、王、蔡。

另一类是由虚荣产生。和花草同辈（莽人不娶异辈为妻）的男人，都喜欢私下议论，谁娶莽人中貌美的女子，谁就有享不完的艳福。花草正是貌美之人，自然被同辈翘首垂涎。这类人想尽办法讨好取悦花草，争取纳“赘”。这类有：马、丰、冯。

再一类就是花草一见钟情非弄到手不可的美男。剩下便是。

另一种划分，按来龙去脉归类。追溯缘源，花草认为男人中最有价值的最直得追求的，是敢于走出或向往走出莽山的。这些人有一般人不具备的志向。在她的情侣中，有五人出外闯荡过世界，被莽人所崇拜、尊敬；其余追随闯荡过外部世界的人，想法超前，不甘落后。但因为种种原因没能实现理想或时机不成熟。这两种人是花草委身的标准，尤其是前者。

钟情于走出或向往走出的这两种人，在妻夫生活中曾引起不少麻烦。

最大的麻烦出在周洪那里。周洪，是当时莽人中也是花草丈夫中外出闯荡时间最长、去处最多、见识最广的一个。与周洪新婚后很长一段时间，花草行不离周洪，言不绝周洪。两人形影不离，如胶似漆。花草爱周洪，是爱他闯荡世界结出的丰硕果实。她对周洪讲述的外部世界如饥似渴，百听不厌，白天想听，晚上做爱时也缠着要听。久而久之，必然引起其他被冷遇者的反感、嫉妒，甚至群起而攻之。

花草和周洪新婚后两月之久，完全忘记还有别的伴侣。在一个草床上，他俩如在二人世界，纵横交错欲情四溢。

繁星布满银河，不时有调皮的光束完全不顾刀正强浮躁的心情直刺他的眼帘。他弯腰抓起一把石子，朝天打去："滚开，滚开！"刀正强徘徊在花草的洞屋前，被花草与周洪做爱的"哼哼唧唧"声刺激，怒火、欲火迸发。

刀正强是花草委身的男人中力气最大的。他全凭自身的强壮远走他乡一年多。回莽山成为众星捧月的人物。他赠送花虫的定情信物便是从外带回的玉梳。定情时，花草与他山盟海誓，可周洪的出现，夺走了他和花草的柔情蜜意，他受到了花草的冷遇。身强力壮的他，受血气驱使，咽不下这口气。他再也容不下心头和肉体的双重创伤和煎熬。飞起一脚，将洞门踢开，直奔草床，将一丝不挂的周洪从花草身上拎起，扔出洞外……

每逢满月的夜晚，是莽人团聚欢乐、更是夫妻情侣团圆释怀的绝好时光。中秋的满月，高悬中天，把广宇照得亮如白昼，光彩夺目。连夜晚的游物也深藏不露，望空悲叹。这时，有三个人影在月光的拖拽下，向花草的洞屋移动。

苟朝天走到路的尽头，爬到一棵花梨树的树梢，抓住一根树枝向下纵身一跳，直落在花草的洞屋顶上，揭开洞顶的草，轻轻跳到洞中。

苟朝天曾因迷路误入汉人区，在惊喜地窥视中意外被汉人当成野人捕获。汉人不但没有伤害他，还把他当宠物热心喂养，供人观赏。他因祸得福，对外界有现实的了解和认知。汉人每天给他煮的、炖的、煎的、炒的、炸的、凉拌的他从未见过或吃过的美味，但由于他肠胃不适应，由泻变为燥，大便不下，高烧不退，性命难保。汉人心急如焚，无奈之下，只得将他放回森林自生自灭。他回到莽山，成为“新闻人物”，天天有人围住他讲“人间”的新鲜事。花草因此对他由敬佩、羡慕，发展成为爱慕、委身。在一起后，花草对他百依百顺，体贴入微，夫妻恩爱，感情与日俱增。这样的日子久了，花草对他逐渐冷淡，乃至长期不在一起。欲火越烧越旺的他，决心重拾丢失的爱，挽回男人的尊严，趁月圆的大好时机，与她重温旧梦。

三棵庞大的苦楝树将四周山坳覆盖成一个阴森的小世界。像巨大巴掌的树枝编织成五六处树屋，供莽人居住。属下窝塘边几个青年正在调侃，不时传出开心的笑声。

“蔡升云，花姑（花草）每次和你相遇，不是脸红，就是低头而过，是不是对你有那个……”

蔡升云将手中黄澄澄的葫芦串急忙递到问话青年的嘴边，堵住他的口，道：“停停停，不能乱说，小心传到她那里。”

蔡升云手里的宝贝真是一件稀罕物。这是他在流沙沟拾到的。这宝物由十多颗花生大小的像葫芦样的硬中带韧的物件，紧密连缀成一尺多长。可弯曲且不会断裂。他每次玩弄这宝贝，眼前总是出现花草丰满的身影，这成了他心中的秘密。不久，他将此心爱之物送给了花草，获得花草的青睐。随后，他俩感情不断加深，直到与花草结合，过上甜蜜的生活。不久，爱河冰封，花草渐渐疏远他。他对此耿耿于怀，但常常想和她破镜重圆。这晚，他直奔花草洞屋正门，摸进洞中。

这时，罗成弄通过侧洞门，也进了花草房中。

三人之所以从三个方向入洞，是为了预防不测。通常，花草与人幽会，要么选在野外，要么选在洞内，且为了避开与不速之客的冲突，约定了不莽撞行事。

三人不约而同进入洞内，又同时心急火燎直扑草床，三个头碰个正着，可床上却没有意中人。

月落星稀，花草在两个男人的拥护下回到草床上，十分疲惫地倒下便睡。躲避、等待的三人心灰意冷，愤愤离去。

在花草与众多情侣的家庭问题上，确实有许多不公平和不恰当的地方。

就花草而言，人非草木，不可能总是以一种心情、一种爱恋对待所有的男人。仅就做爱这事就使她伤透脑筋。有的一来就上，不管对方有无准备，囫囵吞枣，速战速决；有的来后温温柔柔，游刃有余，渐入高潮，余味无穷；有的见“花”早泄，望洋兴叹，一败涂地，乘兴而来，败兴而归；有的长久冷淡，避而远之，碍于脸面，鉴于情面，触及皮毛，草草收场，一退了之；有的仅仅走走过场，来后躺一下，或者酣然入梦，不近情事。诸如种种，难以尽述。

面对各种状况，花草打心眼觉得都是自己造成的。如意的不说，就说说那些没有激情的。这些人并非一开始就是如此。他们都有过如狼似虎、激情燃烧的岁月。然而，随着时间的推移，准确地说，是随着她花草喜新厌旧、偏袒一方的发展，他们越来越背离花草，越来越对她没有性欲。在这方面，有的女人就做得很好。她们始终把男人当成自己的十个手指，正确对待，不热一方冷一方。而且能充分利用他们的长处，合情合理恰如其分克服他们的不足之处。对个个都如此体贴温柔，从不故意伤害对方。脚踏实地做好贤妻良母。

想到这些，她开始从行动上扭转不利局面。

皮先元在丈夫中最先对妻子绝望，在很少与妻子体贴时，越来越失去男人的功能。本来多壮的身体怎么就变成这样呢？花草深知自己所犯下的罪过。她决心将他调整过来。

鹰嘴山下面地块的山芋已经熟透了，可是一直没有去挖。花草早就想到此事。时间长了，会霉烂。吃过早饭，她叫皮先元与她一块去收山芋。

到了那里，皮先元用锄头（竹叶岛交换而来）挖山芋，花草将山芋收进箩筐。太阳火辣辣地晒着他俩。汗水不停地湿透他们的全身。热、累交加。花草心疼地对皮先元说：

“我们休息一下，到沟里喝口水去！”她边说边拉着他往沟边走。

沟里的水清澈见底，潺缓下流。花草与皮先元坐在干草上，看着潺潺的流水，谁也不说一句话。

坐着坐着，花草疲乏难支，靠在丈夫身边闭上双眼，进入梦乡。皮先元触景生情，也受感染，倒在草上睡去。

一只青蛙跳到她的胸部，“呱呱”叫了两声，将她惊醒。

花草醒来，是气候，还是别的原因，使她略感狂躁。她看了眼熟睡的皮先元，冲动萌生。她将手搭到他的胸部，由此起航，穿过棕褂，靠近丘陵地貌，用心感觉股股振波的韵味。接着，双手扩大面积，从丘陵慢慢步入平川，徜徉在平静温柔的江面。船儿行到这片水域，不太安分，越往下，越摇动。进入险滩狭窄暗礁四伏的江面，汹涌的浪涛撞击船只。船儿剧烈摇晃，像发疯的野马，颠狂不羁，与浪互动。这时的船儿和波涛，分不清是波涛掀动船只，还是船只戏弄波涛，是波涛湧动船只，还是船只躁动波涛；是波涛紧拥船只，还是船只狂吻波涛，双方纠缠不清，难分难舍。突然，船身撞到礁石上，猛然蹶起，然后亶重地跌入起伏的波涛……

皮先元渐入躁动的佳境。他搂住一个从天上飘移下来的仙女。仙女温顺地配合他任意驰骋。他面对两座挺拔的高山，望而生畏。他慨叹自己不是男人，拜倒在山下。他鼓动自己：不就是两座山吗！他徐徐起步，向峰顶迈进。终于，他战胜了重重困难，站到了峰巅，感受着成功的喜悦。他俯视山下，抑制不住内心的激动，仰面朝天，全身平直，从山顶“哗啦啦”直接滑向山脚茅草覆盖的深涧。他展开双手，撩开茂密的茅草，赤身裸体试着进入深涧。温烫的肥水慢慢将他淹没。他吮吸着甘露，自己迅速化作肥水，壮大水源，云里雾里神游，完全进入到似曾相识又近乎陌生的世界……

太阳落山，他俩恢复过去的恩爱，背着装满山芋的箩筐回到家。

深秋，一片萧瑟景象。黄中透红的树叶称霸森林。在山风的吹拂下，霸叶危机四伏，零零落落，命悬一线。而爬行、步行、飞行、游行的动物丰衣足食，幸福美满。这些富足的动物不满意一时的安逸，饱思饥寒，未雨绸缪，寻穴、觅居、筑巢、筹粮、择配，为未来做准备。

一路景象，紧紧吸引住进林采摘干果的花草和丈夫丰坪。

他们，虽人在同行，却心猿意马。丰坪，对花草早已失去“妻”的希望与欲望。这显然是花草厚此薄彼一手造成的。自从花草新纳（娶之意）周洪以后，他除一两次外，花草不给他接触的机会。两次与妻的偶遇，心有余力不足，垂头丧气败下阵来。

那是妻子开恩的两个晚上。终于轮到他与妻作乐。他贴紧妻子，两堆赤条条（莽人睡觉除在野外和非正式睡觉外，习惯裸睡）的肉体黏合一起。在一接触的那一瞬间，他有过冲动。可这种冲动表现为想入非非，昙花一现。上去了，力不从心，用尽千般移山力，洞外糊弄苦难言，汗流浃背空费劲，望洋兴叹枉蝉联。却落得妻子一声“没用的东西！”被推下肚来。

失败了，男人！失去了，娇妻！从此，他雄心泯灭，欲火沉潭，完全成了行尸走肉。

对丈夫丰坪的绝望，花草心里像明镜似的。她怀有深深的负罪感。她对他有过刻骨铭心的怀念。他和她结婚后，他血气方刚，雄霸一方。常常是：十七八回壮不减，三番五次家常饭。弄得她：春心化作淫雨，玉体愿成柔柔躯。她，甘愿为他玉碎香消，花凋人谢。

她不时摸摸挂在胸前皮囊里从罗升平那里要来的壮阳药酒，和自己准备的鹿鞭、狗鞭、熊鞭。

今秋是个丰收的季节，树树果实满枝，枝枝叶片着地。他俩将采摘的核桃、栗子、麻子（火麻之实）、枧子（一种叶似银杏，果如豌豆可少量食用的植物）等果实运进洞穴储藏。看看时值中午，生火烤食。

丰坪取下腰间的弯刀，砍倒一根竹子，很快制成鱼叉，跑到附近水塘，叉了几条一尺多长的青鱼迅速架到火上烤炙。

花草一边生火，一边挖山药放到火里熏烤。还用竹筒打来泉水，摆到火旁加热。在丰坪叉鱼时，她将“三鞭”用韭菜、淫羊藿等层层包扎，又用芭蕉叶、柚叶等多层包裹，埋入柴火灰里焐烤。

烤肉、山药等各种香味慢慢散发，飞禽走兽闻香而至，山野成了自然集市和会所，一派奇异壮观的景象。

闻到香味，花草从皮囊拿出装有药酒的小土陶罐，从柴火灰里刨出“三鞭”包，从木架上取下各种烤熟的食物，一一摆到铺好的芭蕉叶上。一切就绪，她深情地对丰坪指了指芭蕉叶上请道：

“来吧，丰坪，肚子饿啦！”

丰坪看着妻子有条有理的安排，心里嘀咕道：

“今天她怎么啦！这哪里是野餐，分明是盛宴；这哪里是野外，分明是在殿堂。”

听到她深情的邀请，他忙提了一个他准备的草墩放到芭蕉叶边她的身下应诺道：

“坐下吃吧，你累了！”

见丰坪坐在自己对面，花草望着他责怪道：

“我是老虎，你怕我吃了你？”

丰坪眼巴巴望着她，不明白她话里的含义。

花草见状，直言不讳地对丈夫说道：

“你将草墩挪过来，坐到我身边！”

丰坪这才恍然大悟，难为情地连人带墩移到妻子身边。

花草见丈夫坐到自己身边，将药酒递到他手上提醒道：

“先喝一口润润嘴。”

接着，花草将滚烫的“三鞭”包抛到丈夫手里催促道：

“打开，全吃下！”

丰坪撕下包裹的芭蕉叶，见到里面的东西，他一切都明白了，指着包，疑惑不解地转头望着妻子道：

“我老了，早就不行了，这能管用吗？”

听他这么一说，花草立即伸手捂住丈夫的口阻止道：

“快另这样说，你才三十八岁，怎么就不行了呢！要真的不行，这都是我当婆娘的错。快吃罢！”

看着妻子动情，作为丈夫的他还有何好说的呢！他张口便吃。

“三鞭”、韭菜、淫羊藿、药酒全吃到肚里，又撕吃了几块鱼肉和山药，丰坪饭饱酒足，感到身子开始燥热，他站起来，脱去身上的棕片褂、草筋裤，裸露身子迎风散热。

花草急忙上前，将缠在腰间的围布解下，披在他身上，关心道：

“小心着凉！”她顺势抱住丰坪。

丰坪没有违背她的愿望，找来干草铺平，把她抱到草上。丰坪轻车熟路，将花草身上的布衣、布裤一一剥去，一丝不挂。他开始尽丈夫之职，先抱住妻子在草上滚了几番，然后压到她身上，双手从头至脚不停梳理：

缕缕瀑布柔顺地往下飘散，舒展到四周，翘首蓝天，翻云覆雨，变幻莫测。飞流的瀑布舔沐傲然挺立的双塔，卷起团团云髻，与霞媲美，与雾相蔚，遨游缥缈。调皮的瀑布撩拨两汪深潭，一叶游舟，几抹红云。那深潭，涟漪起后趋平静，平静之后起涟漪；那游舟，破重雾，顶狂浪，任意驰骋，独占山川；那红云，敞开心扉，穿透丝帘、直刺六围（指上下东西南北），喜含羞涩，深藏个中奥秘。

片片碧玉连成一体，天衣无缝，俨然就是一块白嫩的起伏活跃的天体。天体的上部，白皙的玉柱之下，玉峰亭亭，两颗紫色的葡萄各占山峦，玉立争锋。葫芦状的峰体由莫名的物质构成，看之丰腴，令人欲往；动之绵柔，爱不释手；吻之温软，心旷神怡；放之不舍，欲霸长久。天体的下部，亭峰之下，川流熠熠，玉波微微。突兀的浪棱静谧而躁动，柔顺而桀骜。

袅袅云团紧紧护卫狭窄的深涧。压抑不住的暗河之水变化成颗颗玉珠，挤出深闺，从涧缘滑出，融入云团，滚落尘寰。并不陌生的潜水员拨开杂乱无章的云团，挤进涧口，往纵深摸索。这时的水温由低往高逐渐上升，水体越来越黏滑。啊，这不是涧水，简直就是令人神魂颠倒的琼浆玉液！谁也不曾想，要在水里永远待下去。可辛勤的潜水员却油然产生这样的念头：独占水体，永吸奇妙的琼浆玉液，直到海枯石烂！再往前，水温抬升，达到不可名状的程度。潜水员这时只有一个愿望：水体快快把自己溶化，融入琼浆玉液，愿为风流把鬼做！行动受阻，潜水员碰到一块柔软灼热的礁石，自己开始解体，海啸山崩，摧枯拉朽，自己完全失控，变成液体，壮大流量，倒海翻江，奔腾不息，自己并非自己，更不知是何物。只觉得，顿时井喷，一股暖流直射幽寰，将自己立即化为乌有……

……

经过长时期的辛苦耕耘，花草竭尽妻子的责任，让皮先元、马均定、刀正强等丧失或基本丧失男人功能的男人恢复正常，使一家人又过上其乐融融的生活。

这一家，孩子只有四个，一女三男。孩子们都姓甚名谁的，这对于这家人来说并不重要。

八十三

自从陈武提出“求和”的意见以后，王大心里一直在沉思这个问题。

莽人认为，任人欺凌的“野人”与世隔绝，躲进深山老林靠山吃山，临水吃水，是最好的生存方式。如果这种生存方式也维持不下去，只有听天由命，任其自然。这种风俗不知在莽人中延续了多少代。在这种“精神”支撑下，陈武的提议不无道理。

如果能求和，是最高的奢望——是黄炳成的怜顾——是人类（外人）的恩赐——是上苍的网开一面。当然，也是全体莽人的造化。

如果不能求和，这是意料之中的事，只要做到仁至义尽，以了大家的心愿——明知徒劳而为之。

王大同意陈武的提议，组织大家准备礼物。

他们准备的礼物，以竹叶岛人为标准。也掺杂莽人的习俗。其主要礼品有：

绸缎、鹿角、象牙、鱼翅、虎皮、灵芝、崖蜜、水晶石，和一封请竹叶岛先生写的不便当面挑明的信。

这些礼品分别装入四个箩筐里。

陈武、罗石头是当然的送礼人。

这次送礼，陈武、罗石头商议了几种可能：

一种可能：不收，被逐出黄府。

一种可能：拒收，被打出黄府。

一种可能：进不了黄府，拒之府外。

一种可能：人、礼被收关。

一种可能：收，勉强收场。

陈武与罗石头越设想越觉得心里没有底。

“烦，不想它了，车到山前自有路！”罗石头无法控制情绪，对陈武表明自己的态度。

“石头，事先想得多些，全面些，对我们此行有利。如果缺乏周详的考虑，盲目上战场，是要吃亏的。”陈武劝慰罗石头道。

陈武虽这样劝说罗石头，可内心也和石头一样烦躁不安。这毕竟是有生以来的第一次。他不知道此行有几分胜算，更不知道吉凶如何。不入虎穴，焉得虎子？为了莽人，粉身碎骨也无所畏惧。

罗石头也有类似的想法。他知道，无论是王大、刀妹，还是陈武、盘祥云，他们出来闯荡天下，都是为了莽人的未来，而绝不是为个人利益。

正是这样的心情，牵引着他俩走上送礼之路。

“你们是干什么的，停下！”

看到陈武、罗石头牵着两匹驮着东西的马直奔黄府，一个门卫大声喊道。

“我们是来送礼报恩的，请你们开恩！”罗石头将两手笼住嘴，大声回应对方。

在离黄府几丈远的地方，陈武、罗石头勒住马停了下来，等待守门的发落。

守门的走向他们，边走边审视。

看完了马背上箩筐里装的全是礼品，又看了看陈武、罗石头身上没带任何家伙（防身器械），两个看门人中的一个发问道：

“谁让你们来的？”

陈武灵机一动，立即接上话回答对方道：

“您二位贵人多忘事，上次你们关照，引我们去中堂让太太挑绸缎布料，让我们发了点小财，这是你们老爷管教有方。小人我们知恩图报，特备礼品来报恩，还望二位恩准。”陈武边说边从衣兜里摸出两袋事先准备好的碎银，塞到两个看门人手里。

"接人手软，吃人口软"。两个门卫领陈武、罗石头来到黄府门前。

陈武、罗石头迅速将礼物从马背上卸下来，将马牵一旁拴到柱子上，扛箩筐进屋。

这时家丁速报道：

"快请老爷，有人送礼来！"

"这就回报。"从中堂传出一个女人的声音。

事情发展到这一步，必须点明罗石头与陈武对守门人的话暗藏玄机之处：

罗石头的对话：

"我们是来送礼报恩的，请你们开恩！"

这里，罗石头有意含混其词，不挑明报谁的恩送谁的礼。在黄府，值得报恩受礼的，显然不止黄炳成一人。换言之，黄炳成是首要的，而他之外，并非无人。作为下人——守门人之类，不必要知道得很多。基于这一点，罗石头的回答使守门人不可能察觉其中的隐匿。即使守门人有所察觉，后面的"请你们开恩"也将其口紧紧缄闭。何况尚不知"恩"和"礼"冲谁而来，弄不好触犯主子——接受报恩礼品者，后果难以预测。与其触犯黄氏成员，还不如"能饶人处且饶人"，蒙混过关为好。

陈武的对话：

"你们二位贵人多忘事，上次你们关照，引我们去中堂让太太挑绸缎布料，让我们发了点小财，这是你们老爷管教有方……还望二位恩准。"

陈武的对话既是对对方的巧妙回答，又是与罗石头回话的紧密衔接。其对话中包含肯定和不肯定："……让太太……老爷管教有方……"个中不定性显而易见。站在理解者的角度，很难裁定。此"含混"与罗石头话中之"隐"如出一辙。这种似有非有似是而非、模棱两可的话，作为下人的门卫即使有所悟也不敢自作聪明引火烧身，而只得似懂非懂任其"自然"以保下人的地位为上。

陈武、罗石头从筐里一样样将礼品取出分门别类摆放在中堂的案桌上。

这时，黄炳成手握水烟锅，腆着大肚子，迈着方步，由一随从陪同从里屋步入中堂，直奔龙椅，由随从服侍落座。

他审视"报恩""送礼"似是非是的来者，又用眼扫了扫案桌上的礼品，启动双唇面对陈武、罗石头试探地打听道：

“你们来就来了，何必带这些礼物？”他说着随便看了眼礼物又把目光收回到来者身上。

见主人问话，陈武立即上前作揖道：

“老爷对我们有恩，我们特来报答。”

黄炳成及时寒暄：

“言重了，谈不上恩不恩的。”

和黄炳成接上话茬，陈武绕开话题恭敬地对黄炳成客套道：

“老爷您身体近来好吗？——一切顺利罢？”

“还好还好，一切过得去。”黄炳成嘴又开启。

以防对方转移话题，陈武立即接着说道：

“小的我们带了点山货。”陈武说到这里指了指摆放在案桌上的礼品接着说道：

“请老爷您补养补养身体。”

黄炳成向前挪挪身子有些感激地对陈武说道：

“承蒙你们关心。”

从黄炳成的态度，我们发现，他这时完全处于一般的应酬，也不知道来者是何方人氏，姓甚名谁。这也难怪，每天迎来送往已成家常便饭，他黄炳成又能记得多少人的姓名、情况？传统的礼俗是，不论来者是谁，都是来送礼报恩的，都应以礼相待，热忱招待。否则，人家就会说他黄炳成傲慢无情，对礼义无知。日久天长，威风扫地，臭名远播，众叛亲离。

陈武、罗石头也发现黄炳成并没有认出他们是哪里人，名字叫什么。

当然，黄炳成也不在乎他们来自何方，叫什么姓名。更没有想过有人会觊觎他，对他不怀好意。在与人的关系上，他正如日中天，四方来朝，巴结声不绝，赞美声一浪高过一浪。

一般寒暄过后，出于面子观念，黄炳成佯装与来人很有交情，他不便在来人面前挑明自己不认识来人。若挑明，传将出去，会影响他在人群中树立的声誉和威信。他吩嘱下人道：

“伙房，准备饭菜，请二位客人！”

他的话音刚落，陈武抓住这一难得的机会，立即上前作揖道：

“老爷，我们还有别的事，吃饭就不麻烦老爷你们啦！”

陈武边说边从衣袋里掏出信件对黄炳成说道：

“老爷，我们还要急着赶路。请老爷您大人大量，小的有不当的地方，还请多多包容。”说到这里，把信件摆到身后的案桌上，告辞退出中堂离开黄府。

不难看出，陈武、罗石头从进入黄府到离开，心里都装着十五只吊桶，七上八下。更像热锅上的蚂蚁，坐立不安。他们只有一个念头：草草收场，快快离开。

黄炳成吩嘱下人送客，回到内房，又来到中堂，被来人摆放案桌上的信件引起注意。他打开信封，展开信纸，上面写道：

黄老爷：敬见！

我们斗胆仰登贵府，目的只有一个：

请海谅我们的冒犯和鲁莽。

我们祖祖辈辈、世世代代隐居深山老林，过着非人的生活。都是因为适合人类生存的地方没有我们的一席之地。普天之下，莫非王土。我们所到之处，都被人另眼和驱赶。本来，隐居也就罢了。可是，近几年苍天作弄，洪水、瘟疫、毒瘴不断，十室九殃。我们忍无可忍，被逼走投无路。无奈之下，找到凉京湾这块地方栖息。没想到，冒犯了老爷您！还恳乞您老大人大量，高抬贵手，放宽恩域，饶了我们罢！过去有做错的地方，望老爷您大人不计小人过，给我们一条生路。若老爷开恩，我们愿做您的牛马，供您奴役。

乞老爷垂怜！

凉京湾莽人叩拜

“不速之客，不速之客！”看完信，黄炳成气急败坏，将信重重地砸到案桌上，自言后又冲信件重重一拳，背着双手离开中堂。

八十四

凉京湾西北面，热带植物铺天盖地，看不见土地是什么颜色。时值中午，风停止撩动，气候闷热，知了叽叽，鸟儿无心栖息，烦躁地在树上蹦来跳去，不知寻找什么，即使是虫子飞到眼前，也视而不见。蜜蜂百无聊赖，停在蚁穴旁不停扇动翅膀，似乎是嫌天敌毁灭自己的行动太迟缓。大大小小的蛇忽略了猎人的存在，盘绕在树杈上，上身耷拉在地上，任凭苍蝇在自己身上践踏。有趣的是蝉发出嘘嘘的声音，以此向万物证明它的存在。

而凉京湾的人这时并没有闲着，为了生存，他们必须劳动。他们今天的劳动内容是采撷。自从有了大海的恩赐，他们很少打猎，海里的食物大多取代了陆地上的猎物。原因是在海上捕捞地点集中，风险小。他们之所以一定时间要在陆地上采撷，主要是对食物结构的调节。也顺便为去竹叶岛交换充实基础。

刘三妹收获丰硕，半天时间就采挖了一大箩筐香菇。她放下箩筐，来到土妮身边，打招呼道：

“土妮，我来帮你。”边说边用撬钩从泥土里刨出一根根山芋，放入土妮的箩筐里。

土妮用感激的目光望着刘三妹，顺便聊天：

“我今天不走运，挖山芋偏碰上乱石多的地方。”

刘三妹附和道：

“今天大家选择的这地方不便挖山芋，还是青沟、八迈那边土纯芋多。”

“大家休息，生火烧吃的！”陈武的声音。

不多一会儿，森林里燃起一堆堆烟火。

“陈武，有人！”罗石头气喘吁吁跑到陈武面前告诉他有情况。

陈武放下烧山芋的木棍，立即站起身，拉着罗石头边走边说道：

“走，去看看！”

在离莽人烧火的大约三十多丈的灌木丛里，有树枝晃动。

陈武、罗石头摸索前行，向“目标”靠近。

只见，三十多人手持大刀、铁斧、弓箭等器械，正向火堆移动。

陈武嘴对罗石头耳朵安排如何如何办。罗石头迅速离去。

不久，罗石头带领一部分人离开火堆，隐藏进密林深处。火堆旁，只留下护卫人员，继续烧烤。

那三十个不速之客越来越靠近火堆。

陈武尾随其后注视动静。

火堆旁，护卫人员将梭镖、刀、锤等家伙摆放在身边。

三十个不知从何来的神秘人物已经靠拢火堆；陈武也靠拢三十个人。

看情势，来者可能要对莽人动武。陈武这样判断。他掂量了一下手中的木棒，觉得结实可用。

三十人突然分成两部分，从两侧包抄火堆旁的莽人。

三十个人中，背对陈武左边的部分举起弓箭，听候指令。

陈武果断行动，右手掌一张，将一把飞刀送到领头的脊背。飞刀飞出的一刹那，陈武发出一声狮吼。

“哎哟，有人！”头领中刀，发出疼痛惊慌的哀号。

就在头领发出哀号的同时，护卫人员听到一声“狮”鸣，立即持械躲藏。

不知虚实的三十人见突然变故，立即停止行动。

这时，陈武已经归入自己的队伍。

陈武布置道：

“我们分散出击，趁乱取胜。”说完，将护卫队分为三部分。接着，他厉声点将道：

“龙虎，你带一部分从左出击！”

龙虎受令入列。

“郑大雷，你带一部分从右突袭！”

郑大雷受令入列。

“其余的我来带领！”陈武安排完，又向龙虎、郑大雷耳语了一番。紧接着，他手一挥，示意各部分行动。

陈武的排兵布阵，形成左右后三面反袭敌人的态势。

突然，一阵乱石像冰雹一样飞入贼阵。

贼人不知所措，乱作一团。

莽人边投掷石头，边冲向贼阵。

一时间，大刀、梭镖、铁锤、木棒等家伙在贼阵发挥作用。

反袭效果明显，一部分贼人倒地，其余逃窜。

根据陈武密谋，三面之莽人将逃寇逼向一块水草覆盖的沼泽地。

进入沼泽地的贼人见三面受敌，拼死朝“薄弱”之一面逃窜。正好进入绝境——前面便是悬崖，崖下是波涛汹涌的大海。

面对绝境，贼寇进退两难。贼人孤注一掷，与其进（跳崖入海）死，不如反身一拼，兴许还有活命。

于是，一场短兵相接的血刃不可避免。

一个高大的贼寇右手将斧一挥，险些划到龙虎的脑门。

龙虎眼疾腿快，立即躲闪。贼寇乘虚逼向龙虎，劈头盖脸，千钧重斧打将来。龙虎扭头躲闪，将计就计，一标虚晃入贼眼，掉转标头戳敌腹。趁敌仓皇失措，一标直刺敌头。不料，敌力过人，一斧将龙虎梭镖震落地上。龙虎手无寸铁，左闪右躲，防不胜防。当借助一棵树为掩护时，贼敌挥斧猛砍，不料，斧柄震断，斧头飞入泥潭。正好，一对一，赤手空拳。贼寇一拳猛击，正中龙虎腹部。龙虎顿时火星四溅。龙虎迂回躲闪，恢复神志。贼寇寸步不让，飞起一脚，直踢龙虎头部。龙虎急中生智，把平时练就的功夫派上用场。就在对方横空一脚之时，他瞅准对方“独立寒秋”（单腿独立）的姿势，飞起一腿，使其双腿悬空。说时迟，那时快，他迅疾蹬下，“双臂擎天”，使出举石碾之力，将贼人举过头顶，抛入沼泽。迎上来的莽人兄弟立即飞标一刺，结果了贼人的狗命。

正当龙虎与那个贼敌杀得难分难解之时，郑大雷却被两个强敌缠住不放。对手一个使刀，一个握锤。郑大雷持斧迎敌。俗话说，双拳难敌四手。郑大雷左冲右突，始终摆脱不了对手的步步紧逼。他改变对策，寻找单挑的机会。他试着以迅雷不及掩耳之势，飞起一斧，直劈对面的敌人。就在迎面的敌人躲闪之际，他乘机闪入另一敌后，对其发起攻击。当躲避的对手重新振作发起攻击时，他避实就虚，对另一对手飞身一腿。单挑办法立即生效。庆幸之时，不料双脚陷入沼泽，难以速拔。二敌见时机难得，举械直击过来。危急之中，郑大雷横斧拦阻，顺势抽身，脱离泥沼。天有不测风云，人有旦夕祸福。二敌乘人之危出击时，忘乎所以，也陷入泥沼不能自拔。脱危的郑大雷抓住时机，以急风暴雨之势狠劈敌人。虽如此，也被武艺娴熟的贼寇持械左拦右挡躲了过去。铁斧不灵，人总不能被尿憋死。他顺手抓起一把稀泥，冷不防向一敌脸上撒去，正中贼人眼睛。贼人立即双手护眼。给郑大雷空出了机会。郑大雷手起斧落，一个贼人应声倒在泥沼里。他松了口气，趁热打铁，举斧砍向另一贼人。几个回合之后，不仅没战胜对方，反而使对方挣出泥沼。双方围绕一棵大树寻机收拾对方。你一刀我一斧，难分难解。当郑大雷晃过树杈的一瞬间，贼人一刀砍下。这一刀，非但没有砍着郑大雷，却把刀砍入树杈拔不出来。机不可失，郑大雷突然抄到对方身后，双手各抓一根树杈，将贼人控制在人与树之间。这时，他没有多想，以抱石球之势，突然发力，挤压贼寇，直到贼寇双眼迸出，全身瘫软。

另一处，山木正与一个贼人周旋。和贼人相比，山木显得瘦小。可他灵活精悍。两人从沼泽打到树林，不分胜负。在一个山坳，树木杂乱，刀斧难以施展。但有刀有斧就能威慑对方。双方都舍不得放弃家伙，继续持械厮杀。当山木越过一棵树时，对方一刀砍下，险些让他丧命。但山木身轻如燕。飞身上到树上。利用树枝空隙，一腿横劈贼人脑袋。当贼躲闪时，他又跃过另一树丫，一拳砸到贼人脸上。对手无奈，只得上树与之较量。他乘对方上树未稳，利用下树的一刹那，当胸一击。当贼人下树追杀，他又重操练习木架、木梯的本领，轻身跳到树上，与对手周旋，伺机击杀对方。对方无奈，在树下“恭候”。他借枝乱叶厚为掩护，神不知鬼不觉，从另一棵树下到地面，突然出现在贼人的后面，以蛇的迅疾，虎的勇猛，斧落瓢（头）开，战胜了贼寇。

经过浴血鏖战，三十个贼寇被莽人消灭十五个，生擒二人，其余的逃亡。

经拷问，三十个进犯凉京湾的贼人是黄炳成的部下。是受黄炳成指使到凉京湾探寻虚实。不料，中途事情发生变故以战斗的形式收场。

而罗石头领走的那一部分莽人，显而易见，是护卫队保护的对象，是陈武怜惜的策略。

战斗结束，莽人护卫队因天适地宜人和，只伤无亡。

三十人探寻凉京湾，黄炳成又要干什么？陈武、王大、盘祥云、罗石头等人在一块商议，寻找答案。如此行动规模，自从凉京湾人与黄炳成交手以来是第一次。

“凉京湾，作为弹丸之地，区区其人，还用得着如此处心积虑，大动干戈吗？”陈武这样认为。

“黄炳成报复，是迟早的事。”盘祥云觉得。

“我们让黄炳成吃亏以后，又主动上门送‘礼’，这分明是打了一棒给块蜂蜜，他心里能好受吗！”罗石头说得透彻。

“报复是迟早的事。我也是这样想。他会如何报复，我们不可能知道。从拷问黄炳成受伤人员对这事也不得而知。”王大表示自己的想法。

“不论怎样，我们引起注意多加防范为上。为了生活，我们还得积极寻找出路，不能让莽人同胞饿肚皮，遭不测。”

“从来者（三十人不速之客）看。”王大转换话题说道，

“他们的功夫未必在我们之上。这就是说，如果在陆地上交手，看来，我们还是有利。其实，这次交手，就事论事，好像成了我们的反探试。要真是这样，我们大可不必担心。但就怕我们不知道他黄炳成葫芦里卖的什么药。”

王大说到这里，陈武接下说道：

“经王大提醒，海上是我们的软肋。要在海上和黄炳成匹敌，我们谈何容易！”谈到这里，陈武王大几乎同声感叹道：

“我们势力不如人啊！”

八十五

地形环境决定了红麻坝有独特的自然现象。这里的风，呈回旋状，形成一种向心力。这种向心力使所有植物由南向东北往西围绕中部循环，周而复始，古往今来，似乎都是如此。更为奇怪的，是天上的云也随着风常常在上空盘旋，好

像眷顾红麻坝非此莫属。还有地上的动物，平常行动也大多沿向心力周旋。顺者昌，逆者亡。这也难怪，在大自然生活的它们，违背自然，是要吃大亏的。

看着棵棵树朝一个方向成环状扭曲的枝叶，曹尔陷入茫然。

他一早就出门，来到暗河上面离莽人居住区有几十丈远的地方，拨开树枝，观看他亲自参与搭建的莽人居和独特的自然现象。

头天晚上，有人通知曹田水，每户派一个强劳力，挖排水沟，彻底解除洪水冲入红麻坝人集中居住区的历史遗留问题。父亲把这个任务交给了曹尔。

得知这个消息，曹尔心里着急，一夜难眠。每到雨季，由暗河之上冲入坝中的洪水，常常威胁人们的家园和生命。轻者冲垮房屋、农田，重者把人卷走，不知去向。这个问题为什么迟迟没有解决呢？原因主要是：工程量大，要挖上千丈长、八九丈宽、二丈深的排水沟。涉及多数人的田地，意见难统一；本应地方衙门管的事，却至今无人过问。红麻坝百姓曾几次动议自行解决，但又担心"凌驾"于衙门之上，招致后患，故未付诸行动。

这次得以"圆梦"，主要是朝廷腐败，不理朝政，地方政府上行下效，处于瘫痪状态。红麻坝人抓住这一好时机，统一大家的意见，共同出资出力，解决这一历史遗留难题。

对于红麻坝人而言，这是大好事，值得庆幸。可是曹尔为何忧心忡忡呢？

曹尔的担忧不无道理，防洪沟建成，红麻坝集中居住区无水患。而洪水的一部分却被拦在暗河之上。一旦洪水暴发，处于地势低下的莽人新居首当其冲。

曹尔毕竟和刀妹结下过深厚的感情。刀妹要做的事，他责无旁贷；刀妹的远大愿望，他不能熟视无睹；她的忧，就是他的愁；她的乐，就是他的喜。他曾经从内心分担过。人非草木，孰能无情！可这次他怎么为她分担即将到来的人为祸患？他即使有这个心，也没有这个力，他应该如何办啊？一连串的问题困扰着他。他看着莽人新居六神无主。

刀妹和莽人们，照常该干什么干什么，他们没有想到灾难即将临头。多么善良、朴实、勤劳的人们，为什么总遭厄运的捉弄？老天在上，不能视而不见，见而不怜，怜而不救！他近乎悲天悯人，义愤填膺。

他眉头一皱，心中形成一个方案。

十六日，是一个破土动工的黄道吉日。红麻坝一千多人的施工队伍开往修建排水沟的工地。

暗河之上，是几座大山鳞次排列。排在最前面的向红麻平坝倾斜的大山把红麻平坝与暗河之上的地域截然分开。这一分，将几山汇聚的洪水逼向红麻平坝，威胁百姓的生命财产安全。解除水患唯一的办法，就是在山腰挖沟渠，将水引向暗河方向。

曹尔对挖排水沟的线路十分清楚。当然，不只是他一人知道，大凡红麻坝的成人一提起排水沟的事，没有不知道的，这是老话题。

曹尔凌晨就提前赶到沟渠线路的前沿。他把事先准备好的一块上面镶有“龙脉”字样的条石埋到土里，表层恢复地貌原样。

为了这块条石，曹尔头晚费了很大工夫。他从后院的石墙中找出这块条石，用凿子将“龙脉”字样的边缘部分铲平，又用陈沙腐土摩擦，直到有自然形成的迹象为止。

曹尔埋好条石，看看是否露出蛛丝马迹，觉得一切妥善后方速速回家，又随队伍来到排水沟工地。

队伍来到开沟前沿，开始法事仪式：主持法事的长老走在队伍前面，转身向队伍发令道：

“跪下！”

人们依次沿着即将动土的线路跪下。

长老双手将三炷香举过头顶，口中念念有词：阿里约泥依喇……

有人将火送上，点燃长老手中的香。

长老念完法经词，三叩首，将香插到地上，接着点燃三支蜡烛，与香并列搁到地上。这时，队伍中有人将一箩筐纸放在香烛的旁边燃化。顿时，鞭炮噼里啪啦响彻山谷。

鞭炮声停，长老发令道：

“三叩首！”

跪拜的长长队伍叩拜。

祭拜完毕，长老又发令道：

“动土！”

手持各种工具的队伍破土动工，排水沟渠开挖。

开工第二天，工地上一派繁忙景象。长老与另外两人负责工程监督。他们来到工地前沿，发现一块条石被施工人员挖出摆放在沟旁。长老指着条石对施工者提醒道：

“这类石头和稍大的石头，不要弃之不用，可以放到沟墙之上起保护作用。”

施工者应诺将条石挪向沟墙。这时，长老发现石上有字样，急忙阻止搬动：

“别动，别动，我看看。”边说边用手抹去石上的泥土，惊奇地望着条石上的字心中念道：

“龙脉！”

两字由粘连在条石上的碎石和泥埂天然构成，有行书之流畅感。

长老看着看着，心里惊惧，全身毛骨悚然。他心里警觉，立即将条石挪到一旁，将有字的一面压到地面，故作镇静地对另外两名监管道：

“走，其他地方转转。”

天黑了，长老留在工地，直到所有人都离开工地，才慢慢向条石靠拢，惊魂未定，跪到条石旁，慌忙祭拜道：

“祈求神灵明鉴，饶老夫发现时不便声张。如若声张，工程停工事小，引起大家哗然、骚动，亵渎神灵，老夫担当不起。事情到了这一步，老夫愿受神灵责罚，即使是天打雷劈也绝无怨恨。”

末了，他在条石问世的地方，用铲深挖两米多深，又将条石深埋下去，一个人怏怏回返，惶然不定，按下不表。

夜深了，长老躺在床上，辗转反侧，满脑子想的都是条石。这事，于公于私，很难定夺。

于公，事情公开，排水沟永远是梦，水患仍世代祸及红麻坝子孙。

于私，祖祖辈辈、世世代代、炎黄儿女梦寐以求的风水宝地变为现实。这天下最大的宝贝降临在自己头上，意味着家族从此发吉、兴旺，成为人上人、贵中贵、四海来朝、五洲仰慕。

长老心里明镜似的。此事稍有疏漏，天下大乱，为争夺“龙脉”兵连祸结，多少生灵涂炭，永无宁日。

最后一声晨鸡报晓，长老进入冥冥之中。

多少人吵吵嚷嚷围住长老的故居长久不散。但是些什么人，是男是女，是老是少，是美是丑，长老揉烂双眼也看不出所以然。他们的声音，人世无，天上绝，声声入肺，句句沉脑，说些什么，全然不晓。他们的举止，似有似无，似大似微，幻化莫测。说话间，从他们口中奔腾起道道白雾。道道白雾汇聚成一条又长又大的透明蚯蚓，死死盘绕在长老房上，白光四射，刺破周围，直上晶莹九霄。

长老醒来，百思不得其解。其实，作为深通古代梦经的他，这梦怎么能难住他呢！只是回避正解而已。他披衣出门，直奔工地，很晚才回家。

梦中的重要细节，他怎么也回避不了。在他脑海里，时时不停地闪现断断续续的梦解——

似有似无，似是似非者，虚也。虚者，幻也。幻者，验也。验者，鬼魂无定也。

人世无，天上绝者，冥域也。冥域者，人之另界也。另界者，大多语言奇也。

白雾化白者，极白也。极白者，灾祸也。灾祸之形曲条者，龙也。龙者，对应于条石也。

此解在长老心目中无论如何也挥之不去。本来主吉祥的显灵——“龙脉”条石，为什么总是灾祸的征象？他越想越觉得这其中必有蹊跷。

他实地踏看，有所悟：

脉者，山梁也。沟渠经过，虽山非梁，何来脉也！莫非是远古之梁演变成而今的非梁，大自然鬼斧神工无奇不有！虽有此念，前者仍在他头脑里占了主导地位。

夜深人静的时候，他悄悄潜入工地，将石条刨出，用棉絮包裹好扛回家。当然，此举前，他是做了法事的——这种事，他绝不会轻举妄动。

回到家，他将条石安放在后院专门净化布置的密室神位上，立即焚香化钱，顶礼膜拜，说明此举的真正意图。

他用蒸汽水、莲蓬籽、沉香、仙灵（灵芝）等与香纸化烬勾兑成神水，将条石放进里面浸泡冲洗。不久，他发现，镶嵌“龙脉”字样的碎石泥埂纷纷脱落。他分析道：

“据史料记载，化石、画纹之存在与形成，非千年万年很难为之。”既然经长时期风化日浸气蕴才能成形，那么它怎能见水就脱落呢？莫非有人做假不成？他仔细观察摸索，发现有东西漂到水面上，他拾起用清水洗净，是没有磨细的米粒。他恍然大悟，进一步探究，将水底的黏稠物放到手上分解。不出所料，果然有石灰成分。他继而将黏稠物放置鼻下，有桐油的气味。真相大白：有人仿古用糯米、石灰、桐油等将碎石、泥埂拼粘成“龙脉”字样。从味道、成色看，做假时间不长，是新近的事。

为什么有人会如此做假呢？治水患是红麻坝所有人的夙愿。阻止夙愿的实行，从哪个方面都无道理。

“这，这这，无可理喻！”长老近乎气愤地对条石说道。

“不管它，不声张，继续修沟！”长老理直气壮地自言自语。

繁星点点，柔风丝丝，这和曹尔的心情很不和谐。他越过山梁，进入工地想看个究竟。

这几天，他内心十分焦急。工程开工已经几天了。按说，那块条石应该被人挖出，可怎么一点动静都没有？为了弄清是什么原因，他必须在工地上查看个水落石出。

曹尔取出火石、钢环，摩擦起火，将干竹子点着，沿工地一一查看，没有发现条石。

一定是没有挖出，或者是自己埋错了位置。他拿定主意，走到埋条石的地方，顺着自己留下的印迹，翻进新开的沟渠。一看，沟渠的深度已大大超出自己埋条石的深度。可条石无影无踪。

开工以来，曹尔被分派在后段施工。为了避嫌，他觉得这种分派正合自己的想法。他一边挖沟，一边等待条石的消息。

条石为何不见了？他举着火把又在四周找了一遍，毫无结果。他越发琢磨不透。

第二天，曹尔仍然和大家一道上山挖沟。他借故到工地前沿，私下查看条石迹象。前沿工地丝毫没有条石的动静。施工人员表情也显得平常。条石不翼而飞，这可能吗？

当天晚上，曹尔又到埋条石的地方，沿已挖的沟再往下挖了七八尺深，仍不见条石。

“这一定是有人取走了条石。”曹尔快刀斩乱麻，做出了最后的判断。

“取走条石会是什么人呢？”他进入推断：

在前沿挖沟的，直接承担埋有条石那段任务的是辛彬、梁元顺、仇之香、钱广大四人。四人中，梁元顺与曹尔的关系最好。

休息的时候，曹尔闲逛从梁元顺家门前过，正好遇到梁元顺，曹尔寒暄道：

“元顺，这几天辛苦啦！”

“大家都一样，为了早日挖通大沟。”梁元顺随和答道：

两人在房前的石子路上边走边聊。

曹尔切入正题对梁元顺试探道：

“我们修的那段乱石纵横，工程进展缓慢。”

梁元顺接过话题道：

“我们这段还好，石头不多，大一点的只有两块，长老安排我们将石头附在沟沿，以便以后备用。”

听到梁元顺这么一说，曹尔心里一亮，像明白了什么。

曹尔如获至宝，在工地上专门进行核实。他发现，在梁元顺他们负责的那段工地上，只有一块大石头，其余的都是小石头。那么，另一块大石头为什么不见了呢？

一块石头，如果没有发现什么蛛丝马迹，谁稀罕把它取走呢！曹尔放开想象的空间。

“长老，你们看看，我们这段挖得怎样？”有人与监管打招呼。

“长老！”曹尔的脑海顿时出现这人的形象。他立即将条石与长老联系在一起。

长老，深通天文地理，擅事阴阳八卦，寻觅风水宝地。条石失踪，与他有关。曹尔将目标锁定。

他心生一计：到长老家借风车（扬谷粒的工具）。

趁长老上工地，曹尔来到长老家，见到长老老伴，客气尊重道：

“大婶，你一向身体好吗？”

“大侄子，快请家里坐，喝杯茶。”长老老伴陈氏热情地招呼曹尔。

曹尔向陈氏说明来意道：

“大婶，我们家风车坏了，想借你们家的风车用用。”

陈氏指着后院对曹尔说道：

“风车在后院，他大侄子，你去扛吧！”

曹尔随即来到后院，边走边观察，果然发现条石在后院的一侧墙角摆着。

他借走风车，目的达到——条石失踪真相大白。

八十六

进入冬季，凉京湾气候变得非常恶劣。外面的世界雾霾密布，分不清哪是大海，哪是陆地，哪是天。伴随时而连绵的细雨，树木花草在流泪，动物石头在痛泣。屋内灌满雾气，门窗、墙壁、家私、檐椽、盖房的草和竹叶等等，一切的一切，都挂满了晶莹的水珠。掉落地上的水珠，发出声声哀鸣，这不仅仅是与外部的呼应，更是生命结束的凄婉。

这种气候，给凉京湾带来的只有灾祸。由赤日炎炎突变为雾霾腾腾的天气，凉京湾人十之八九染上了不治之症。这些患病的人其表状不外乎两种：身上，尤其是裆部、腋下等隐蔽部位，长出豌豆大小的玲珑剔透的疱疹；身上的关节部位阴冷疼痛，轻者行动不便，重者变形不能动弹乃至消瘦身亡。

面对大家的病魔，罗升平急得像热锅上的蚂蚁。他先是上山采药为大家治疗。接着是到竹叶岛求医买药为父老乡亲驱赶病魔。结果，医治无效。

在刘大尾家里，罗升平正在为刘大尾清洗疱疹。

刘大尾躺在床上，满身的疱疹不断破裂，疱水所流之处又长出疱疹。刘大尾眼看为自己医治的罗升平，非常内疚地对罗升平央求道：

“罗老弟，你就不用费心呐，我这病已经传遍全身，没有药可治，看来，老天也救不了我，你回家歇着罢！”说着，泣不成声。

罗升平一边清洗，一边望着刘大尾说道：

“刘大哥，你千万不能这样想，我一定要为你医个心不死。”他说到这里安慰刘大尾道：

“你一家九口人全靠你挑大梁，你可不能‘走’（死的避讳）。你的病会好起来的。”

“罗升平，罗升平，你出来一会。”这时，从屋外传来呼叫声。

罗升平放下手中清洗的布片，应声出门。一看，是朱开开。

“开开，是你，有事吗？”

朱开开沉重地走到罗升平身边，嘴对着罗升平的耳朵悄悄地说：

“钱山田‘走’啦。他‘走’时全身衣服被疱水湿透。他一家人正哭个不停。”

听到这个消息，罗升平像遇晴天霹雳，只觉脑海嗡嗡作响，险些晕倒在地。他对这种病的医治感到绝望。

这种病，发病时局部出现疱疹，逐步扩散，奇痒无比。疱疹破裂，多数是抓挠所致。破裂后，疱疹里黏稠透明的浓水四溢，流到之处，不几天就长出疱疹，蔓延很快。如不挠，疱疹破得慢，但不可能不破。得了这种病，后期全身溃烂，高烧频繁，最后一命呜呼。从发病以来，已经有一部分人失去了生命。在这些死于疱疹的人中，有老人、年轻人、小孩。有的，一家人都得这种病，惨不忍睹。

俗话说，祸不单行。此话在人类生存中，有不少应验和显现。在凉京湾莽人中，除了疱疹，还有伤寒，不时困扰他们。

得了伤寒病，最明显表现是头痛、颈强、畏寒、发热、关节骨酸痛、全身乏力、颜面无光泽且呆滞淡漠。还伴有胃胀肠塞、脉动缓慢、斑疹、脾肿大等。

为了治这种病，罗升平没有少跑竹叶岛寻医问药。他买了不少药给病人吃，终不见病情好转。无奈之下，他自己上山采药治病，其结果都没有希望。

伤寒恶劣之处在于传染快。一家人只要有一人发病，其他家庭成员很快就被传染。秦东永家便是典型病例。

秦东永发病于一天晚上。他躺在床上，总觉得被寒冷侵袭。家里人把所有能盖的东西都盖在他身上也未能祛寒。

见到父亲怕冷蜷缩在床上，小儿子秦鱼鱼索性搂着父亲睡。他问秦东永道：

“爹，这样还冷吗？”

秦东永回答道：

“儿子，不管用。”

于是，一家人找来柴草生火为他取暖。这法虽生效，可总不能白天黑夜都这样啊！

时隔不几日，秦东永的病开始传染。先传给大女儿、二儿子，后全家人都得了伤寒。不出一月，一家八口只剩下四人留在人间，却都奄奄一息。

自从凉京湾的人患上疱疹和伤寒，罗升平吃不好睡不踏实。“老天，什么药才能治好大家的病啊？”他在房前的小路上仰望雾气腾腾的天连声发问。

这时，从阴霾中走出一个人，直向罗升平走来。

“罗大哥，我来找你想想办法，我的身体虚弱无力。”还没等罗升平看清是谁，声音便传进罗升平的耳里。

来人是木山，二十多岁，结婚五年。

“木山，你说说你的身体情况。”罗升平对木山说道。

木山回答道：“我这病已经半年有余。得病那天我很清楚，是阴天。我一清早出门去打猎。沿途露水很多，将我肚子以下全部打湿，我非常怕冷，全身不时起鸡皮疙瘩。从那天起，我常畏寒怕冷，晒在太阳下也有这种感觉。伴随这种感觉，我常常觉得虚弱无力，失魂落魄，全身像没有骨头一样，面黄肌瘦，一天挨过一天。现在更严重，成天不愿动弹，只想躺下休息。”

听了木山的介绍，罗升平接着将自己了解的情况讲给对方听：

“你讲的情况，我已经听了十多个人有大体差不多的经历。他们，年纪大的五十多岁，小的二十岁左右。这种病最明显的表现是虚弱，消瘦，已经有一人离开了人间。”

说到这里，罗升平安慰木山道：

“木山，你不用着急，我想想办法看怎么办。”

木山离开后，罗升平独自苦苦思索：“这究竟是什么病呢？”

“赵九压、李八、申明土、陈外突、房改改……”罗升平一一回忆得这种病的人。得这种病的人也久久缠住罗升平的脑海不离不去。

这些人年长者五十岁，申明土；年小者二十一岁，房改改。他们，都是从莽山迁移过来的，没有离开过莽人。吃的、住的、穿的，衣、食、住、行都和大家基本一样，为什么他们就得这种病呢？罗升平百思不得其解。

罗升平漫步在凉京湾西头。几个青年正在一起吹牛谈天。

谭沉，是几个青年中年龄最小的，才十五岁，对什么都充满好奇。他问其中一个青年道：

“为什么周整整结婚几十年，只生一个娃？为什么李河石结婚不到十年，就养了七个娃？”

被问的青年一时回答不上来，一时不知说什么好：“这个……”

这个问题引发了大家的兴趣，在青年中炸开了锅：

“很简单，周整整又瘦又小，‘搞’他婆娘少了就生不出来啦！”

“再少，他不可能才‘搞’一回。”

“你以为，‘搞’一回就能弄出个娃？”

“要‘搞’多少回才行？”

“这个吗，要问房改改，我们都没有结婚。”

不知谁把目标定在房改改身上。接着，几个青年异口同声炮轰房改改道：

“房改改快说！”

房改改一时也不知说什么好，痴呆呆望着大家。

“房改改，我不相信你没有‘搞’过你婆娘，你们已经结婚快一年啦。”一个青年直接对房改改质问。

罗升平被房改改引起注意，他隐身到草丛后面，继续偷听青年们的谈话。

不知是谁打破了僵局，为房改改圆场道：

“这也不怪他，他可能还没有‘搞’婆娘。”

“婆娘讨进门，你憨包，为什么不‘搞’？我们白天晚上都想‘搞’。”

房改改被大家逼得急了，就对大家讲了自己的感受：

“那个‘东西’很好，但我却遇到过不愉快的事……”

“快讲，那‘东西’还有什么不好吗？！”有人迫不及待让房改改接下去说。

房改改接着说道：

“有一天天快亮了，我‘搞’了一回。可我妈催我出去挖木薯为一家人做早饭。我只得听从，披衣下床就往外走。没想，天下着小雨，路边的雨水很快就将我的全身弄潮了，我接连打了几个冷战。从那天起，我便全身不舒服，直到现在，身体一天比一天瘦下来，面黑肌瘦，也越来越没力气，当然我也就不想‘搞’那个‘东西’了。”

“后来呢？”有人兴趣大增，继续追问。

房改改面对追问的人，指指自己虚弱难支的身子说道：

“后来，就是现在的样子，身体一天天垮下来！”

罗升平在草丛后眼前一亮，自言自语道：

“难道这是房病？”边说边离开草丛。

第二天，李八到罗升平家找罗治病。

李八对罗升平回忆得这种病的起因：

那天，婆娘缠着我不放。天快亮了还要搞。末了，天已经大亮，我急忙赶牛出去放牧。当时，风大，像刀子刮一样，我支不住寒冷，接连打喷嚏。当天，全身不舒服，无力，没精打采。从那以后，这种症状一天天严重，身体虚弱成今天这个样子。他回忆到这里，指着自己瘦弱的身子没有再说下去。而是望着罗升平，企求拯救。

罗升平无奈地对李八说道：

“李八，这你是知道的，为这病，我没少跑竹叶岛找郎中，他们的确无法医治。唯一的办法，就是不要和女人同房，不要伤风着凉，多休息，慢慢恢复。”

罗升平应付李八后，又逐一打听这类病人，得病起因都相差无几。他正式确定这种病与房事有关，由房事引起。因为通过打听，没有房事、没有婆娘、没有结婚的人无人得这种病。

瘟疫、疾病使凉京湾人失去了近三成的生命。有两成左右的人不听劝阻带着疾病和惊恐集队回归故里——莽山。

八十七

好长一段时期，海风肆意和凉京湾人作对，掀起的海浪常常有几丈高，把渔船抛到浪尖上又重重摔到波底。几经折腾，凉京湾的船骨架松软，吱吱嘎嘎，无法下海，只能停泊休业。

不能下海捕捞，凉京湾人重操旧业，进山捕猎维生。可是，捕猎已远远满足不了他们生存所需，生存受到威胁，人们困惑、失望。凉京湾这一带，自然资源大多出自大海，陆地资源由于范围局限，十分缺乏。因而，人们更加怀念故乡莽山。莽山，莽山，莽莽苍苍，地大物博，资源丰足，需之即得，取之不尽。这在离乡背井的凉京湾人心中，打下了深深的烙印。

贫困交加，人心浮动，就连王大、陈武、盘祥云等中坚人物也对迁徙之地的决策产生怀疑。不过，他们怀疑归怀疑，只能埋藏心中，不能流于表面。他们互相打气、鼓励——他们不能垮，必须坚持下去，带领凉京湾莽人奔向理想的未来——过上与汉人一样的美好生活。

王大将盘祥云、陈武、罗升平、罗石头等人邀到家里，商议如何渡过眼前难关。

王大对大家说明自己的想法，他说道：

“请大家来，想想办法，解决生活难题。”

他说到这里，话锋一转，表明自己的想法道：

“陆地上，我们周围可利用的地盘仅仅只有几百丈远，不能扩大。扩大了，凉京湾以外的人不依不饶。”

“就算不扩大，我们现在占有的地盘黄炳成他们也苦苦相逼。”罗石头打断王大的话插进来说道。

“正是这样，我们更应该寻找生活出路，解决我们所面临的困境。”王大接着说道：

“从长远看，我们坚持发展粮食生产，增加收成；多养牛、羊、猪、马；把纺织、加工、储存等家庭副业搞起来。当前，要想办法出海……”

“叮当！”“砰”正在这时，大风将石子吹进屋打在砂锅上，又将门吹了关上。陈武借题发挥打断王大的话，指着门外插道：

“这样大的风，人出去站立都成问题，船如何下得了海！”

盘祥云看着陈武摇摇头，表示无可奈何。其余的人埋头不语，想不出办法。屋内陷入沉静。

沉闷僵局过后，王大看看大家接着先前的话题说道：

“我想了很久，看这个办法行不行：将我们所有的船用绳索牢牢连成一体，再将连成一体的船用绳索拴在岸上，避免被风卷走。这样，有不便的一面，就是捕捞受到绳索长短的限制。好的一面是船连成一片，船底占水面宽，抗风能力强，稳定性强。”

“可以试试看。”盘祥云赞同王大的主意，提出自己的看法道。

试船开始。连在一起的船迎风下海，如王大所料，在有限的区域内勉强维持作业。但是，风太大，超过一丈高的浪，这种办法还是不行，弄不好，会船翻人亡。这就是说，这种办法只能在一丈以下风浪中作业。超过一丈，只能停止出海，“刀枪入库，马放南山。”

虽然这样，连船捕捞临岸作业缓解了停船休业的矛盾，对人们的动荡心理也起到一定的稳定作用。

福兮祸所伏。连船捕捞、顶风作业却给黄炳成送去报复的机会。

夜幕降临，风慢慢收起长久的疯狂，大海出现难得的平静。凉京湾人瞅准这一机会，趁夜下海捕捞。同时，海上也出现星星点点的渔火，其他下海作业的人也不放过这一久违的机会。

王大的声音：

“盘祥云，你盯住天气，一有变化，我们就立即靠岸。我们的船小，提防为重。”

盘祥云的声音：

“王大，你们就放心忙吧，我已把缆绳准备好，大风一起，我们就往岸边靠。”

王大的声音：

“检查一下连船，连得不牢实的要加固，这也很重要。”

盘祥云的声音：

“好的，我这就检查，一定让我们的船牢牢地连成一片。”

“葫芦”泊湾。黄炳成的船队悄无声息地开出。船上没有灯火。船一条一条鱼贯前行，向凉京湾连船靠近。

黄炳成的声音：

“大包，你再仔细看看，该带的东西一样也不能少！”

大包的声音：

“老爷，小的这就样样检查。”

黄炳成的声音：

“那些东西一定不能着水！”说完，黄炳成又叮嘱大包道：

“办完这些事，你立即向我报告！”

大包的声音：

“老爷，我记住了！”

船队越来越靠近凉京湾的连船。

“报告老爷，按照你的吩嘱，小的我样样都办完了。”大包气喘吁吁，上船向黄炳成报告。

黄炳成命令大包道：

“你现在立即下船，岔路口有家丁等着你。”他说到这里，向大包抬手，示意大包到他身边。大包到了黄炳成身边，黄炳成嘴贴他耳朵，交代任务……

从远处看，凉京湾人的连船有星星点点的渔火。渔火应该是松脂燃料。渔火将连船装点成长长的方块。方块上人们各自忙碌。

黄炳成的船队，一条黑影向前移动。船上没有动静，连划船声也严加控制。船头见不到人影，带队、观察的人隐没在篷布下面。

船队越来越近，可以隐约看见连船的轮廓。

篷布下面，黄炳成与各船主舵聚集一处，商议行动方案。

船队停止前行，听候命令。

这时，一条船出列向前二船靠拢。主舵出篷上船，右手一挥，船离开队伍，向左前方侧进。驶出大约十丈远，船上的人口衔竹管，腰插撬钩，一个接一个潜入海水……

接着，两船出列向前二船靠拢。主舵出蓬上船，右手一挥，各自上船，离开船队，向右前方侧进。驶出大约十丈远，船员迅速将仓里的油桶搬出，启封；将麻筋球搬至油桶边，理顺绳索。

与此同时，装有铁球的船，装有火药的船，装有其他武器的船都分别出列进入指定的位置。

其余船只紧紧靠拢二船，听候调遣。

这时，一个三面遮盖严实，一面发出红光的方正灯笼徐徐从一条船上的桅杆上升起。

当灯笼升至桅杆顶，手握烟锅的黄炳成往前背对灯笼将三尺高的烟杆重重戳到船板上，发出一声“砰”响。这时，执掌灯笼的人将灯笼有红光的一面转向正前方，也就是凉京湾连船的方向。

灯笼红光转正的一刹那，装有火药的铁球、浸泡桐油的麻筋球像雨点般从黄炳成的船上抛向凉京湾连船。顿时，凉京湾的连船上铁球爆炸声、油火噼啪声、人的惊叫声连成一片。紧接着，海水不断涌入凉京湾的连船，船身不停摇晃。

突如其来的事变，使凉京湾连船上的船员晕头转向，不知所措，一时找不出对应的办法。

“拉船！”

“逃命！”

连船上有人发出命令。

“舀水灭火！”

“躲进船舱！”

连船上又有人发出命令。

“砍断绳索，分船逃避！”王大发出命令。

“我听到啦——”盘祥云回应。

连船上火光熊熊，爆炸声震破夜空。

火光中，不远处黄炳成的船时隐时现。船上仍在投掷铁球、麻筋球。

“妈的，黄炳成这个恶魔！”陈武气急败坏。

慌乱中，解开绳索的船只不知何去何从，横七竖八乱成一锅粥。

陈武见状，征求王大的意见道：

“只有一条路：跳海逃生。”

王大不假思索，立即回应道：

“只有这样！”

他立即高声动员大家道：

“大家立即弃船，跳水上岸！”

见连船燃烧爆炸倾覆，船员狼狈跳水逃命，黄炳成命令道：

“收兵返回！”

这次突袭，黄炳成不伤一兵一卒一船，神秘出击，悄然取胜；凉京湾人船只条条毁坏覆没，活命的船员不足一半。

逃命的船员回到凉京湾，只见火光冲天，只听哭声一片。

原来，黄炳成在进攻连船的同时，一石二鸟，命令大包带人烧毁莽人的家园。

黄炳成实现了将莽人驱逐出凉京湾的蓄梦已久的阴谋。

八十八

一大早，莽山的莽人就集中到车子坪，准备围猎熊、牛等动物。

莽人的狩猎武器已不再是过去比较单一的石器、骨器、木器之类，多以佩挂铁器如长刀、长钩等和手持梭镖为主。

这次集体行动捕猎，分工合作为显著特点。负责这次行动的有三人：牛寒、陈木木、李真宁。三人都是身体健壮的中年人。

牛寒身背长刀，手持铁钩，脚步轻快地跳上一块一丈多高的石头，向周围的莽人兄弟（这次行动均为男人）安排道：

“常一品……你们十人从我的身后正面行动，对付正面出现的野兽。

“刀至……你们十人从太阳升起的地方挨近常一品他们堵住逃跑的野兽。

“黄平沙……你们十人从太阳将要落山的地方与前面两组人员配合，形成三面夹击围猎。”

“因为有一面是绝壁。”牛寒说到这里，转身用手中的铁钩向前面一指，继续对大家说道：

“今天是三面围猎，地形对我们很有利。这一带，大家都知道，是大个动物常常出现的地方。只要我们今天有收获，我们莽人的生活就有望啦！”

他说到这里，莽人们举起手中的武器，口中发出“噢嚯”声，表示拥护。

自从莽人集体分流到凉京湾、暗河之上，留在莽山的莽人不足总人口的一半，且大多是老弱病残。莽人的减少，自然资源得以丰富发展。究其原因，人少资源多，人为破坏减少，资源发展快。资源的恢复发展，也给莽人带来不利。这些不利因素，主要表现在危及他们生命的资源，如大型动物、毒蛇、毒蝎、毒蛛、毒蜂、瘴气等不断增多。因而，莽人必须采取应对的办法。莽山的莽人单独出猎，最提心吊胆的，是招致野兽的伤害。为了人身安全，提高捕猎的成功率，人们以户或劳力为单位，联合其他劳力，一同出猎，分工合作，猎物实行平均分配。这种联合行动，平均分配，逐步扩大，发展为莽山人的集体行动，形成统一劳作、成果均衡、有难同当、有福同享的社会形式。

因而，莽山人遇事齐心协力，包括狩猎、采集、衣食住行等等，凡稍大的生产生活活动，都是集体行动，统一安排。具体讲，这些稍大的活动除狩猎、采集之外，有婚丧嫁娶、衣服（原料主要有兽皮、羽毛、棕皮、麻等）制作、重病照顾、村落安全防卫（主要是对大兽、洪水的防范）。

这种统一安排、集体行动、共同生活不仅是莽人成员减少的应对，更是历史发展的趋势。总而言之，是世世代代生存繁衍中与环境抗衡积累下来的经验结晶。

三面出击，效果明显。围捕围猎，人多办法多。不多一会，一头胖乎乎的黑熊进入包围圈。人们慢慢收缩包围圈。当黑熊发现已经进入“陷阱”，准备逃跑时，牛寒吹响牛角哨。哨音刚落，只见常一品的捕猎队，梭镖齐发，像雨点般刺向黑熊。紧接着，另两队的捕猎员手持铁钩飞快靠近黑熊。黑熊还没弄清是怎么回事，便倒在血泊中。

在围猎狮子中，他们遇到了麻烦。捕猎黑熊时，狮子被惊动而有所准备。狮子在众多大型动物中，是很会开动脑筋的。它机警地观察“敌人”的动向。发现自己被三面包围。而能逃生的唯一的一面，它比猎人还清楚——绝路。它想，绝路是不能选择的，若选择，只有死路一条。那么，三面中选择哪一面逃路呢？它经过对三面“敌人”的分析，决定选择“敌人”力量较弱，又有深壑可以利用的太阳升起的那一面突围。它主意一定，毫不犹豫，立即悄无声息地匍匐前行。它跃上土埂，向沟对面纵身一跳。几乎就在同时，有什么东西钩住了它的身体。原来是“敌人”的铁钩钩住了自己的大腿和脖子。它带着两个“敌人”落入深沟，昏厥过去。用铁钩进攻狮子的两个猎人，被狮子带落深沟一死一伤。

在一处深深的沟壑，全被茂密的杂草和灌木覆盖。只见夹角谷底有树木在动，时而还伴随几声“哞哞”嚎叫。凭经验，树动，是牛在挠痒；叫声，是牛所发出。

对待牛，莽人有一套成熟的办法。他们在牛易于退走的地方布下绊绳，等待机会的到来。

他们布下绊绳后，大多数人去采挖食物，留下人观察牛的动向。

一般情况下，牛吃饱草食后，原地休息消化。当太阳快落山时，它们便慢慢回家。

牛是一种憨厚的动物，警惕性较其他大型动物差。它们带着满肚子的草返回——从什么地方来回什么地方去。就在返回途中，有两头牛被绊绳套住。它们拼命挣扎，可越挣扎越被绊绳套牢。其余的牛只得眼睁睁看着自己的同类不能自救，发出着急的哀鸣。

“哞——哞”的哀号向莽人传递信息：有牛入套。莽人便手持长刀、梭镖奔向“陷阱”。他们见状，不容迟疑，分头将尖刀刺向牛的脖子。莽人分别吮吸“咕咕”流淌的殷红的牛血，以血解渴，以血滋补。吸完牛血，他们将两头牛五花大绑，准备抬回部落。

经过一天的紧张围猎，莽人共捕获两头壮熊，一只巨狮，两头牯牛，三头山猪。这些猎物，按人口平均分配给莽人。这次猎获，加上采集植物类食物参与调配，足够莽人生活半月之久。

这样的日子，莽人过得舒心、开心。但好日子中，常常伴随着对红麻坝、凉京湾莽人的牵挂。

当食物出现短缺，莽人集体齐心协力，四处寻找，想方设法，克服饥荒。

当疾病肆虐，莽人集体人多力量大，东奔西走，寻方找药，治病救人。

当灾难降临，莽人集体互相帮衬、化解、安慰，求天祈地排除灾祸，或把灾祸造成的损失降到最少。

当有人遇到红白喜事，莽人集体人人行动，积极参与，事无巨细，认真周到，有始有终。

当有人获得大量食物，首先想到的，是全部落莽人同胞，是与人分享。

当有人发现可供莽人吃、穿、用、玩的物品，便奔走相告，共同享用。

当有人去狩猎、采撷，别的莽人就像对待自己的亲人一样，翘首以待，至盼到归来才将悬着的心放下。

这种相互牵挂，相互关心，相互帮助，相互守望，总把别人的事当作自己的事的美德，在莽人中世代相传，从未断代。

莽山的莽人是这样，离开莽山的莽人也是这样。他们心中彼此都你中有我，我中有你。不能见面就跪地祷告、祈愿、祝福。或者，大家在一块念叨对方，期盼见面的日子。

莽山的莽人是这样，暗河之上、凉京湾的莽人更是这样。俗话说，人在异乡为异客。当遇到天灾人祸病患等痛心疾首身处逆境时，人们的思乡之情尤为急迫。

木船、竹筏被毁坏，大牲畜被毒害，房屋被焚烧，兄弟同胞被伤害，这些人为的祸患，给凉京湾莽人以严重的肉体、心灵的打击。面对这些残酷的现实，他们想得最多的、期盼的、寄慰的便是生养他们的莽山莽人。在故乡，虽说常常遇到朝不保夕的生活境地和大自然的种种不测，但能和乡亲们和睦相处，情同手足，风雨同舟的生活，他们还是感到很满足，很愉快。这种家乡情结，正是他们解除异乡痛苦烦恼的良药。

在暗河之上，莽人面对生活环境的被挤压，把新迁地遇到的种种困难和忧伤寄托在对故乡，对亲人的思念回忆上。这思念回忆成为他们有力的精神支柱，支撑他们忍受艰难曲折，克服各种困难，甚至灾祸，勇往直前向着理想目标奋进。

在暗河之上，最痛苦忧伤的莫过于刀妹。她不仅要承担克服千难万险保证莽人有吃有穿有住，消除同胞外界、自身造成的心灵创伤，还要正确对待自己情感上的失落与纠结。随着时间的推移，她慢慢抚平了情感的硬伤，不想曹尔，只当自己做梦一场。她“改邪归正”，仍将情感归宿于王大，寄希望于王大。

而凉京湾和暗河之上的莽人，彼此依恋，都从美好的、积极的、圆满的、憧憬的方面企望着对方，祝福着对方。都盼望着鸿雁传书，有好消息突然降临。在暗河刀妹的“人”字形房前一棵榕树上，一对白底黑颈、黑翅、花尾的喜鹊会不时光临闹个不停。每当这时，刀妹最先想到的是王大他们，和曹尔。当然，也想过故乡。一定有什么喜事出现或传来。当喜鹊停止欢叫飞走，她会打心眼里原谅：好事、喜事会有的，要不，喜鹊怎么会在我门前叫呢！当喜鹊报喜后迟迟没有期望的好事喜事出现，她又会自我宽慰：一定是有什么好事、喜事都给我留住，到时慢慢给我，让我一并享受。

刀妹是这样，王大也是这样。王大常常盼望一种梦的出现：自己淹没在浊水、脏水里，有时险些丧命，有时坠落便醒。凡遇此梦，醒来后，王大喜上眉梢，等待喜事临门。他并非空想。在故乡时，这种梦曾给他带来过收获：猎获意外的猎物、拾到天然宝贝（彩石奇石、奇花异草之类）、有人送礼、好友或心上人约见、意外惊喜。竹叶岛船上奇遇之前就做过类似的梦。

王大进入丛林狩猎，来到一处刀削的绝壁上，下面是望不到边的地方似有江水奔腾咆哮。绝壁上，一株刀叶仙草开着青色的花；几只山鹰在头上盘旋，但谁都不敢贸然靠近那株仙草，也许是同类中猛者不露，弱者不显，互相都在观察之中。突然，一只山鹰向仙草俯冲。就在这一瞬间，王大突然像长了翅膀，一跃“飞”向仙草。山鹰见体形不及自己一半的异类敢于和自己争抢仙草，立即扑向异类。它翅膀猛一扇，将异类击下悬崖。王大被这突如其来的打击击伤了头脑，徐徐往下跌落。终于，他落入江面。浑浊酸臭的波浪一浪高过一浪，将他卷入江底，没入黑亮黑亮的淤泥。他一声惨叫从梦中惊醒。之后，便被杨成志、杨洁父女俩救上船。

这类脏梦成真“收获”最多的当然不只是王大。

八十九

进入六月以后，红麻坝气候不同往年，阴雨连绵，乌云密布。这种气候，越往后，变化越恶劣。暴风、暴雨、雷电，交替出现，大有将红麻坝吞噬之势。

这种百年不遇的恶劣天气，给红麻坝人带来了巨大的损失。十有九户，房屋、树木、田地、牲口等，不是被大风吹垮吹倒，就是被洪水冲毁冲跑。有的人家的房屋，被吹坏冲坏修好后又多次被吹坏冲坏。有的人家被洪水大风毁坏，无家可归，借宿亲友家。有的人家田地被洪水冲毁，庄稼被淹没，失去了赖以生活的希望。

如果说红麻坝人遭受的是巨大的损失，那么，暗河之上的莽人遭受的却是灭顶之灾。

洪水泛滥，排水沟发挥了作用。排水沟容纳大量的山洪水，使红麻坝村民摆脱灭顶之灾。这要是不修排水沟，后果不堪设想。排水沟对红麻坝村民有利，可害苦了暗河上的莽人。排水沟排出的水，直冲莽人住地。开初，莽人用架木棒、编茅草堵洪水、流沙；后用石块砌墙、木板等抵抗洪水；最后一招，挖沟排洪。可招招用过，洪水太大，水流遍布，无法治服。眼看一间间“人”字形房屋毁于洪水，一块块平地被冲成沟洼，莽人心如刀绞，望洪断肠。

可悲的是，连日暴雨洪灾，莽人怨天不给他们活路，人人跪拜祈祷，仍寄希望于苍天。他们并不知道这灾祸是红麻坝人所致，是排水沟作孽。善人之善，善莫明理，甚悲！

面对惨状，莽人苦不堪言，以泪洗面，以哭发泄内心的悲愤。他们悔恨，悔恨枉为人，悔恨泱泱天下，竟然没有莽人太平安身之地。他们不怨，不怨领他们到暗河之上的人。他们只认命。命该如此，谁能奈何！

痛恨之余，安顿为首。他们立即在洪水冲不到的山上搭建草棚，暂时居住。

这期间，刀妹痛定思痛，苦思解除痛苦的出路。她开始反省自己。是自己找错了地方，把同胞带入苦海。她清楚记得，当初选定这个地方，是经过对周围反复查看，确定不可能出现山洪、垮塌等灾害后才下定决心的。可现在自己认为不可能出现的灾害偏偏出现，这真是自己错了吗？她带着疑团又到方圆几百丈甚至更远的地方看个究竟。查看中，排水沟引起她的注意。排水沟是在她修了莽人新居，莽人住进以后修建的。这无疑是红麻坝人所为。这排水沟之水直流莽人住地，不偏不倚。很明显，是红麻坝人不欢迎他们的作为。她发现了问题所在，把同胞们带到排水沟现场看个清楚明白。让同胞们知道灾祸的根源，知道莽人的处境。这样做，刀妹并没有希望大家不要怨恨她之意。

“挖掉排水沟！”有莽人气愤地提议。

“带上家伙（武器）找他们去！”有人提出激进的办法。

“烧了他们的房子！”有人喊出具体报复方案。

“……”

莽人义愤填膺，一发不可收拾。

只能灭“火”，不能“火”上浇油。刀妹望了眼远处，咬紧牙关，紧握双拳，制止大家道：

“请大家冷静，听我说说我的想法。”她接下去说道：

“凭人力，我们人少力量小，不是红麻坝人的对手；凭规矩，我们不能坏了莽人的德性去做坏事；凭实情，我们从莽山来到红麻坝人先占有的地盘上，这是我们站不住脚的地方；凭我们的命，该有此祸，该被人欺凌。原因很简单，我们是落后可怜的部落，落后可怜的人群，是上天忘记的一类……”说到这里，刀妹泣不成声，难以往下说。

过了一会，她用手背飞快地抹了一下眼泪，内心告诫自己：“我不能哭，不能没有主意，不能伤了大家的心”。

她安慰大家道：

“我们回去，平平心气再做打算。”

雨越下越大，风越刮越猛。莽人蜷缩在草棚里，听天由命。

树在吼，雨在狂，风雨飘摇。冰雹肆虐，洪水泛滥，万物连殃。夜，越来越黑；云，越卷越厚重。突然，“咔嚓”一声雷电划破长空，广宇狰狞闪现。继而，雷声延续，声音越发沉闷，一束蓝光从天而降直刺大地。细心的人发现，青蛙、老鼠、蛇、虎、兔、鸟不顾风雨雷电，离巢四处奔走，漫无目的。蓝光闪过的一刹那，地动山摇，鬼哭狼嚎，生灵涂炭。“哗啦”一声巨响，山体撕裂，草棚被卷入流动的泥石，飞速滑向山下……

暗河之上的莽人区，就这样毁于一旦。

九十

凉京湾、暗河之上，两支残存的人马，带着凌辱、歧视、排挤、驱逐、打击，带着伤痕、愤懑、沉疴、羞愧，带着破夙、昏暗、迷蒙、失望，带着遗眷、行囊、呻吟、疲惫，在不同的地点，相距很短的时间，朝着共同的、朝思暮想的故巢——祖祖辈辈唇齿相依、生存苟活的莽山回归。

路漫漫兮，心滴血，

人羞羞兮，肠断魂！

莽山啊，莽山！人说回家的路很近很近，可这两支颠沛流离、痛心疾首、挣扎惨败的儿女却越走越觉得遥远。

莽山啊，莽山！你和你的儿女都好吗？

那苍莽的白云缭绕的与天连接的茫茫林海依然如故吗？

那参天的枯藤缠绕的出类拔萃的棵棵古树照旧伟岸吗？

那倒下的腐土掩埋的长眠地下的层层朽木不知又增添多少成员？

那遮天蔽日的青翠潇洒的林中独秀的蓬蓬针叶仍旧独立寒冬傲视群雄吗？

那纠结的蛛网交错的屈居林下的丛丛灌木还是那样委曲求全顽强生存吗？

那艳丽的四时开放的无拘无束的满山花朵是否按时绽放，香馥四射？

那无花的、无果的默默苟活的葱葱郁郁的自然另类不会因朴实无华忍气吞声自我封闭枯萎凋零吧？

那灵动的拥有广大森林、空中、河流、泥石、岩崖、洞窟的自然使者们还无处不在吗？

那身体硕大、四肢如柱、鼻长眼小、全身灰褐皮肤的庞然大物仍占地为王、群群出没吗？

那臂长尾长、毛发金亮，四肢伶俐的精灵，还占据着林中霸主的地位吗？

那颈毛如裙、腰细毛短、声震山谷的家伙，是否依旧我行我素、目中无“人”？

那头顶凤冠、羽翼五彩缤纷、开屏如扇的佼佼者，应保持着原有的风采和高洁的品貌！

那双眼犀利、双爪似钩、双翅宽大的空中霸主，一定还独往独来，俯视着莽林的移动生命！

那悠然自得、随波逐流、成群集队的溪中主人，不会停止跃出水面对小虫子的贪婪！

那一生跳动、姿势潇洒、夜间共鸣的寂静破坏者，敢说对水塘、溪流、苇丛、湿地不离不弃自鸣得意？

那寄居在山洞、树杈、草棚、崖隙、石缝的莽山同胞，你们还好吗？你们是结队狩猎、合伙采集，还是各自为政、自寻生路？莽林的猎物还能满足你们的需求吗？一支支春笋、一朵朵香菇、一个个山芋、一条条溪鱼、一树树核桃板栗、一棵棵竹叶菜、一串串木耳、一处处蜂巢，是不是一年四季都此消彼长，无私奉献？

刀洪生、王月羞、刘双真、石雨、常支支、朱三姑、岩坪这些年老多病、腿脚偏瘫的长辈不会有什么变故吧？

陈大妹、陈腰腰、九子芝、黄娘女他们不知都生了什么娃？

无女无儿身残体弱的朋老妈、刀云彩，大家还常常照顾她们吗？

三鱼、包成正、五娃、牛妞、丰珍子这些山娃水妹一定早已婚配！

可怜的陪陪鼻孔里长的常常鼻涕直淌的肉柱不知又长了多长？

梁八八头上多年流黄水的疮不知好了没有？

遮工工的“命根子”一直肿大（疝气），像蟾吹出的泡，不会绝后吧？

酸草快五十了，她下身的恶臭滴漏（淋病）从三十岁起，一直不停，应该早好了！

洪云三吃石子的习惯是莽人中的怪事，他每天至少要吃一次碎石子，吃时“嘎嚓嘎嚓”的响声现在还在耳边清晰响起。但愿他早改变这个坏毛病。

巴之家养的山猫应该快二十年了，不知是不是还是那样毛色油亮、乖巧温顺？

……

无限的思绪，不尽的追忆，激荡的情怀，簇拥着两支返回故乡的队伍。在他们的头顶、四周，乌云、浓雾、寒鸦像翻滚的波涛，不离不去，越聚越厚。他们，看不见阳光，看不到前景，只能在懵懂中向着故乡的方向艰难地前行。

九十一

不知从何时起，也不知何人，建筑了一条时空隧道，将莽人直接载运到二〇〇九年。就在这年的上半年，当地政府在莽人居住的山下河谷地带，建起了一排排以路为街的小楼房，将散居各处的莽人分别安置在龙凤、牛场坪、水龙岩等地方集居。这一举措，又将莽人从原始社会直接带入社会主义社会。当年四月，中国国家民委批复，将莽人归族为布朗族。从此，六百八十多名莽人告别了深山，告别了原始落后的非人生活，终于步入中华民族大家庭的殿堂，过上了人的生活。

2003—2008 年

分别于红河哈尼族彝族自治州蒙自、金平、金水河镇、南科、龙凤和昆明完成一至五稿